Collection dirigée par Glenn Tavennec

L'AUTEUR

Victor Dixen, double lauréat du Grand Prix de l'Imaginaire, est l'une des figures de proue de l'imaginaire français (*Animale*, *Phobos*, *Cogito*, *Extincta*). Écrivain nomade, il a vécu à Paris, à Dublin, à Singapour et à New York, puisant son inspiration aussi bien dans les promesses du futur que dans les fantômes du passé. Dans sa nouvelle saga *Vampyria*, Victor Dixen s'empare de la figure du vampire pour composer une uchronie féérique et horrifique, entre jeux de masques et frissons. Une plongée palpitante dans les ombres d'un Grand Siècle éternel. Une épopée de fantasy baroque aux confins du temps.

Retrouvez tout l'univers de
Victor Dixen sur son site :
victordixen.com
et sur les réseaux de la collection R

COLLECTION R

VICTOR DIXEN

VAMPYRIA
LA COUR DES TÉNÈBRES

R

Illustrations intérieures : © Misty Beee (@misty.beee)
Design de la couverture : © Nekro (@Nekroxiii)
Lettrage de couverture : © Tarwane (@Tarwane)
Design des médaillons : © Loles Romero (@Lolesillustration)
ISBN 978-2-221-26319-8 ISSN 2258-2932

Loi n° 49-956 du 16 juillet 1949 sur les publications
destinées à la jeunesse et aux jeunes adultes
Dépôt légal : mai 2022

Éditions Robert Laffont – 92, avenue de France, 75013 Paris

Pour E.

Pour mes parents

Pour ma sœur Lisa

Nous pouvons tout ce que nous voulons
tant que nous sommes vivants ;
après notre mort, nous pouvons
moins que les particuliers.

Paroles du Roy-Soleil
au soir de sa vie

*

Enfin, Louis le Grand est mort !
La Parque a terminé son sort.
Ô reguingué, ô lon la la,
Elle vient de trancher sa vie,
Toute l'Europe en est ravie.

Chanson populaire à la mort du Roy-Soleil,
avant sa transmutation en Roy des Ténèbres
le 31 octobre 1715

Magna Vampyria
Anno 299
Angleterre
Provinces Unies
France
Savoie
Vers les Vice-Royaumes des Amériques
Espagne
Portugal
Maroc
Empire Ottoman
Royaume de France
Frontière de la Magna Vampyria
Vice-Royaumes

DANEMARK
SUÈDE
RUSSIE
POLOGNE
PRUSSE
GERMANIE
CIMMÉRIE
MOLDAVIE
SUISSE
AUTRICHE
TRANSYLVANIE
VENISE
PIÉMONT
VALACHIE
TOSCANE
EMPIRE OTTOMAN
NAPLES
MORÉE
États Alliés
Terra Abominanda (dernier tracé connu)
BEEE FECIT

CODE MORTEL

CODEX MORTALIS

Édit de

Louis l'Immuable, Roy des Ténèbres

Ludovicus immutabilis, Rex Tenebrae

servant de règlement pour l'administration
des roturiers mortels du quart état,
à travers le royaume de France
et ses vice-royaumes de la
Magna Vampyria.

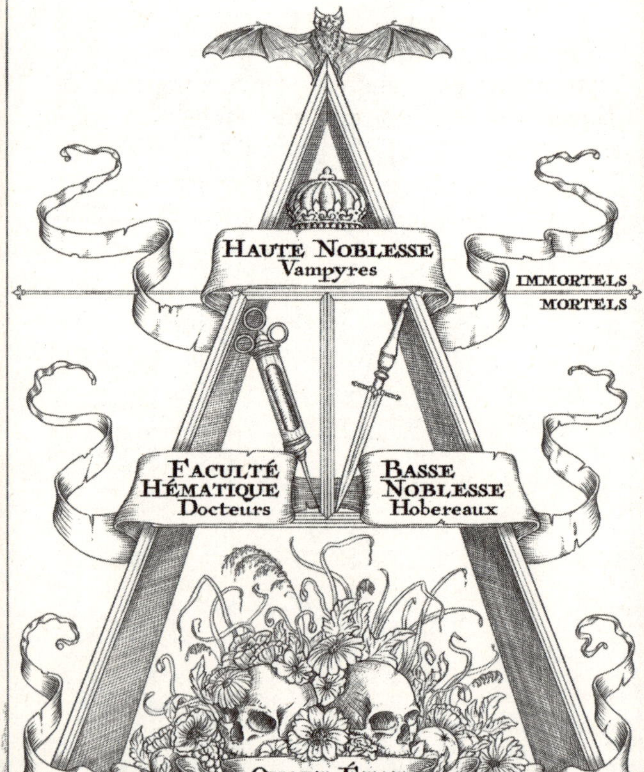

Préambule

Par la grâce des Ténèbres, la société de la Magna Vampyria est divisée en quatre ordres. Un ordre immortel : les vampyres de la haute noblesse. Et trois ordres mortels : les hobereaux de la basse noblesse, les docteurs de la Faculté hématique et les roturiers du quart état. Les articles ci-dessous concernent cette dernière population.

Art. 1er. Obéissance. *Oboedientia*

Les roturiers naissent et demeurent sous la protection des vampyres, en contrepartie de laquelle ils leur doivent une soumission totale.

Art. 2. Parcage. *Sequestrum*

Durant le jour, tant que brille le soleil, les roturiers ont interdiction de s'éloigner à plus d'une lieue de leur clocher.

Art. 3. Couvre-feu. *Ignitegium*

Durant la nuit, dès que sonne le tocsin, les roturiers ont interdiction de quitter leur domicile.

Art. 4. Dîme. *Decima*

Chaque mois, les roturiers ont obligation de verser un dixième de leur sang.

Art. 5. Sanction. *Supplicium*

Tout contrevenant aux articles précédents sera exécuté.

I

Visite

« AU NOM DU ROY, OUVREZ IMMÉDIATEMENT ! » ordonne une voix tonitruante.

Mes parents échangent un regard paniqué au-dessus de la table où nous venons de nous installer pour souper, tous les cinq. L'aîné de mes frères, Valère, se fige. Le cadet, Bastien, laisse sa cuiller tomber au sol. Moi, la benjamine, je la ramasse – car je passe toujours derrière Bastien.

« Qui cela peut-il bien être, un dimanche, à une heure pareille ? » demande ma mère.

Elle consulte la vieille pendule qui indique sept heures du soir à peine passées, à côté de l'almanach placardé au mur, ouvert sur la date d'aujourd'hui : le 31 août de l'an des Ténèbres 299.

En guise de réponse, un poing martèle la porte d'entrée, faisant trembler le bouillon de faisan qui fume dans nos assiettes. Mon cœur tremble bien plus fort encore. « Au nom du Roy », a annoncé le visiteur du soir. Il aurait aussi bien pu dire : « Au nom du diable en personne ! »

Je lorgne la gravure encadrée de Louis l'Immuable, trônant au-dessus de notre cheminée comme dans tous les foyers de France. Les longues boucles du souverain ont depuis longtemps perdu leur teinte brune – ou plutôt, c'est le papier lui-même qui s'est délavé au fil des ans, car il a été imprimé longtemps avant ma naissance. Le visage du Roy, lui, n'a pas pris une ride. Et pour cause : il est dissimulé derrière un masque d'or figurant des traits lisses, sans âge et sans expression, au milieu desquels émergent deux yeux noirs qui scrutent sévèrement tous les sujets du pays. Les lèvres de métal, closes et énigmatiques, sont plus glaçantes que si elles dévoilaient les canines aiguisées se cachant dessous.

Réprimant un frisson, je cours à la fenêtre de la salle à manger pour tenter d'apercevoir ce qu'il se passe dehors. À travers le carreau en verre épais, la rue principale de la Butte-aux-Rats est baignée dans une lumière dorée, aveuglante : nous sommes à la fin de l'été, quand les journées sont encore longues sur les plateaux d'Auvergne, quand le soleil se couche après huit heures… et quand les vampyres se lèvent tard. C'est la saison la plus heureuse de l'année, les quelques semaines où il fait juste assez bon pour sortir sans manteau. C'est le moment où les villageois parviennent presque à oublier le Code mortel, qui depuis des générations écrase la Magna Vampyria : une vaste coalition rassemblant le royaume de France et ses vice-royaumes.

« Jeanne, éloigne-toi de la fenêtre ! m'intime ma mère. Ne prends pas de risques inutiles. »

Elle rabat nerveusement derrière son oreille une mèche de sa longue chevelure brune. Mes propres cheveux, coupés au-dessus des épaules, sont gris depuis toujours. Il n'y a que maman pour trouver cette anomalie charmante.

« Les rayons ne vont pas me brûler la peau, dis-je en haussant les épaules. Je ne suis pas une suceuse de sang.

— N'emploie pas de telles expressions ! » se récrie mon père, outré, en frappant du poing sur la table.

Il est toujours le premier à s'indigner qu'on manque de respect aux vampyres, tel le bon citoyen à la botte du régime qu'il a toujours été. Il a religieusement installé sous le portrait royal des chrysanthèmes séchés, les fleurs des morts-vivants – c'est que, l'année prochaine, le pays fêtera le jubilé du despote. Près de trois siècles se sont écoulés depuis sa transmutation, en l'an de grâce 1715 de l'ancien calendrier, la nuit où il aurait dû mourir de vieillesse au terme d'une interminable fin de règne marquée par la guerre et la famine. Plutôt que de se coucher à jamais, le Roy-Soleil a accompli un rituel médical terrible et secret. L'opération lui a offert l'immortalité tout en mutilant son visage. Louis XIV est devenu Louis l'Immuable, le Roy des Ténèbres : le premier vampyre de l'histoire. Rapidement, tous les monarques du continent lui ont prêté allégeance pour se transmuter à leur tour en immortels. L'Europe s'est figée dans un joug de fer et le climat lui-même s'est enrayé. Un âge glaciaire s'est emparé des terres : l'ère des Ténèbres.

« Ouvrez immédiatement ou nous défonçons le battant ! » hurle la voix à l'extérieur, de plus en plus véhémente.

Le poing se remet à tambouriner à la porte de l'apothicairerie attenante à nos appartements, dont l'entrée donne sur la place du village.

Mes frères se lèvent à leur tour. Valère se précipite vers le buffet pour en sortir le long couteau avec lequel papa a découpé le faisan que j'ai braconné le matin même dans la forêt. Bastien se contente de jeter des regards affolés. Tibert, le vieux matou de la maison, délaisse son assiette d'abats pour aller se réfugier dans un coin. Quant à moi, je me campe instinctivement sur mes jambes, mes cuisses se tendant sous ma culotte en peau de mouton. J'ai beau être petite pour mes dix-sept ans, mon corps est vif et rodé à la course.

« Je reconnais les manières de la prévôté, murmure Valère, clignant des yeux derrière les besicles qui le vieillissent – il a toujours été le plus nerveux de la famille.

— Calme-toi, Valère, lui ordonne maman d'une voix à la fois douce et autoritaire. Lâche ce couteau. Il ne va rien nous arriver. »

Il s'exécute : devant notre mère, mes grands frères filent doux. À la boutique, c'est elle qui tient les cordons de la bourse, et à la maison c'est elle qui a le dernier mot.

« Maman a raison : il ne va rien nous arriver, dis-je. Tout simplement parce qu'il n'arrive jamais rien, ici – pas vrai, Bastien ? »

Malgré le ton moqueur que j'adopte pour arracher un sourire à mon frère préféré, je ressens une obscure inquiétude. Qui pourrait en vouloir au couple Froidelac, honorables apothicaires d'un bourg perdu au fin fond de l'une des provinces les plus enclavées de France, à vingt lieues de Clermont, la ville la plus proche ? Mes parents ont toujours payé l'impôt, que ce soit celui de l'or ou celui du sang. Douze fois l'an, mon père aide même le docteur Boniface à pratiquer la saignée sur tous les habitants du village, en commençant par lui-même, sa femme et ses enfants. Sous le Code mortel, la charge d'un apothicaire n'est pas seulement de fournir des remèdes aux gens, mais aussi de leur soutirer le précieux liquide. Telle est la dîme collectée par la Faculté hématique – du grec *haimatos*, le sang –, religion fondée par les prêtres-médecins qui ont transmuté le Roy. Nous autres roturiers, nous devons verser un dixième de notre sang en sacrifice, pour nourrir nos seigneurs et maîtres. Chaque mois, le docteur Boniface envoie deux cents flacons pleins à son supérieur, l'archiatre de Clermont, ainsi qu'on nomme les prélats ayant remplacé les évêques de jadis.

« Nous n'avons rien à nous reprocher, n'est-ce pas, mis à part d'être mortellement ennuyeux ? » dis-je en décochant un nouveau clin d'œil à Bastien, le seul à la maison capable d'apprécier mon humour noir.

Mon père opine du chef, comme il le fait habituellement pour rassurer les malades. Mais son front est plissé par l'angoisse. Je ne l'ai jamais vu comme cela – ou plutôt si : c'était la tête qu'il affichait par cette glaciale nuit de décembre il y a cinq ans. Les hommes du prévôt avaient traîné jusqu'à l'apothicairerie un voyageur étranger au manteau couvert de neige. Le pauvre bougre avait bravé le couvre-feu interdisant aux gens du quart état de circuler sur les routes passé le crépuscule. Il avait été victime d'un vampyre de passage, dont on ne connaîtra jamais le nom. Les seigneurs de la nuit ont le droit de se nourrir à leur guise sur ceux qui sortent après le son du tocsin. Pour toute signature, le prédateur n'avait laissé que deux perforations violacées sur le cou de sa proie, la vidant presque entièrement de son sang. J'avais douze ans, c'était la première fois que je voyais une morsure de vampyre. Je n'en ai pas revu depuis. Ici, au fin fond de l'Auvergne, où l'on compte deux fois plus de moutons que d'êtres humains, et dix fois plus de rats encore, les seigneurs de la nuit ne s'aventurent guère.

J'inspire profondément, tâchant de rassembler mes pensées.

Cette lointaine nuit d'hiver, tandis qu'un homme transi de froid agonisait dans ses bras, mon père avait le visage du désespoir. Mais aujourd'hui, en été, alors qu'il fait encore jour, qu'est-ce qui peut bien le plonger dans un état pareil ?

« Apothicaire, écoute-moi bien : c'est ma dernière sommation ! » avertit la voix furieuse depuis la place du village.

Mes parents échangent un regard poignant.

Puis mon père se dirige vers la porte séparant la salle à manger de la boutique.

La pièce révèle des étagères couvertes de pots en faïence soigneusement rangés, sur lesquels Bastien s'est appliqué à peindre les noms de divers onguents et potions. Le soleil du soir luit sur le comptoir en bois. J'ai si souvent étouffé dans cette boutique exiguë, à tenir la caisse, hantée par l'angoisse de sentir mon existence me filer entre les doigts. Je ne suis bien que dans mes culottes de peau, mes cheveux bizarres camouflés sous un chapeau de berger, à courir la forêt pour y récolter des simples… et pour y taquiner le gibier, lorsque l'occasion se présente.

À cette pensée, je suis prise d'un doute : et si la prévôté venait m'arrêter pour le faisan que nous nous apprêtions à déguster ? La chasse est interdite aux roturiers… mais jusqu'à présent, le prévôt Martin a toujours fermé les yeux sur mes incartades, parce que mes parents lui fournissent gracieusement la tisane de sauge avec laquelle il soigne ses crises de goutte.

Je me tords le cou pour mieux voir, filtrant la lumière éblouissante à travers mes cils. Derrière la porte vitrée donnant sur la place du village, je découvre enfin la silhouette du visiteur. Ce n'est pas le prévôt Martin, ce petit homme débonnaire qui dirige les trois gendarmes de la Butte-aux-Rats. L'individu qui menace de briser la vitrine de son poing ganté est grand et sec comme un gibet. Son corps est entièrement enveloppé dans une longue blouse noire tombant jusqu'au sol. Une large fraise de tissu blanc plissé fait le tour de son cou, ornement propre à la Faculté.

« Un inquisiteur… », je souffle, reconnaissant la boucle de fer en forme de griffe de chauve-souris accrochée à son chapeau conique.

Je n'ai jamais vu d'inquisiteur ailleurs que sur les gravures des romans. Mais je sais qu'ils sont les seuls membres de la Faculté à arborer la griffe de chauve-souris, prête à broyer les ennemis de la religion d'État partout où ils se nichent. La présence d'un dignitaire aussi haut placé à la Butte-aux-Rats est inouïe. La Faculté n'y est guère représentée que par le docteur Boniface, dont la modeste fraise se résume à une simple collerette aplatie.

Cette fois j'en suis sûre : il y a une erreur. Une effroyable méprise, que mon père va dissiper en quelques mots.

« Les enfants, montez à l'étage, nous ordonne maman.

— Pourquoi ? proteste Valère.

— Ne discute pas ! »

Nous lui obéissons à contrecœur. Mais, parvenus en haut de l'escalier menant aux chambres, je glisse un mot à mes deux frères :

« Restez derrière, dans l'ombre du couloir – moi, je vais épier ce qu'il se passe en bas. »

C'est l'avantage d'être la plus petite de la famille : je peux me cacher partout. Je me tapis tout contre la balustrade, comme lorsque je guette une proie en forêt sous le rebord de mon chapeau.

Le verrou de la porte d'entrée tourne dans un cliquetis.

Un fracas de bottes s'abat sur le carrelage de la boutique : l'inquisiteur n'est manifestement pas venu seul.

Depuis mon perchoir, je le vois pénétrer dans la salle à manger, suivi d'un… de deux… de trois soldats habillés de cuir sombre, chaussés de hautes cuissardes et lourdement armés. Ils sont coiffés de bonnets en drap gris doublé de fourrure, dont la longue pointe leur retombe sur l'épaule. Horrifiée, je reconnais le couvre-chef des dragons du Roy. Ces féroces guerriers sont chargés d'éradiquer tout ce qui menace l'ordre implacable de la Vampyria. Pourquoi sont-ils ici ce soir ?

Mon père tente de feindre l'assurance :

« Soyez le bienvenu dans mon humble demeure, Votre Révérence. Mon épouse et moi, nous sommes honorés de votre visite. Nous allions justement souper d'une poule au pot. »

Une poule au pot : voilà un petit mensonge, faire passer le faisan braconné pour une volaille achetée au marché. Un étranger comme l'inquisiteur ignore sans doute qu'à la Butte-aux-Rats, où il gèle les deux tiers de l'année, les hommes et les bêtes doivent arracher leur pitance à la terre stérile. Ici, même un notable comme l'apothicaire ne peut pas s'offrir un poulet chaque semaine.

« Nous serions ravis de partager avec vous notre modeste repas… », continue mon père comme si de rien n'était.

Il désigne du doigt la soupière ébréchée, le pichet rempli de vin coupé à l'eau, et la corbeille de pain que nous avons l'habitude de couvrir d'un torchon pour éviter que les rats ne s'y servent. C'est un service des plus simples, mais le bouquet rassemblé par maman ajoute une touche de couleur et de grâce – ce ne sont pas des chrysanthèmes séchés comme ceux qui ornent l'autel du Roy, mais des fleurs des champs encore fraîches.

« Le bon roy Henri, en son temps, n'a-t-il pas souhaité que chaque sujet de son royaume puisse mettre la poule au pot le dimanche ? » insiste mon père en souriant.

L'inquisiteur le coupe d'une voix gutturale, aussi tranchante que le visage en lame de couteau émergeant au-dessus de sa fraise :

« Laisse le vieux roy Henri où il est, dans sa tombe où ses os pourrissent depuis des siècles ! »

J'entends Valère lâcher un juron étouffé dans mon dos. Henri IV est l'avant-dernier mortel ayant régné sur le pays. Les sermons de la Faculté, que le docteur Boniface ânonne tous les dimanches à l'office, affirment que la transmutation de la haute noblesse a instauré une paix durable en France et en Europe : la *pax vampyrica*, mettant fin aux guerres du passé. Le dogme explique encore que les vampyres protègent les mortels contre les abominations nocturnes quittant leurs antres après le coucher du soleil – je ne sais pas si elles existent vraiment, car je n'en ai jamais vu. Le crédo hématique prétend enfin qu'il y a une continuité dynastique depuis Henri IV, le fondateur des Bourbons, qui aimait sincèrement son peuple, jusqu'à Louis l'Immuable, son petit-fils qui nous gouverne aujourd'hui. Mais les souverains du passé allaient à visage découvert comme chacun de leurs sujets, alors que depuis trois cents ans l'Immuable se cache derrière un masque impénétrable ! Ils vivaient et mouraient comme des êtres humains, alors que le Roy des Ténèbres baigne son corps immortel dans le sang des Français !

Je me colle un peu plus contre la balustrade du premier étage, saisie par la crainte irrationnelle que l'inquisiteur repère ma présence et lise dans mes pensées sacrilèges… qui sait de quels pouvoirs sont dotés les plus éminents membres du clergé à la solde de la Vampyria ?

Mais toute l'attention du visiteur reste focalisée sur mon pauvre père.

« La sédition a pris racine en ces murs, je le sens… », gronde-t-il en plissant les narines, comme s'il humait vraiment je ne sais quelle odeur coupable. Il pointe un index accusateur sur la soupière : « Et je sens aussi une odeur d'ail émanant de ce brouet !

— Nous ne le permettrions jamais ! se défend mon père. Nous savons bien que l'ail, urticant pour nos seigneurs les vampyres, est interdit dans le royaume ! C'est sans doute la ciboulette que vous humez, Votre Révérence. »

Se désintéressant de la soupière, l'inquisiteur se met à longer le mur contre lequel sont entassés les monceaux de bûches que mes frères ont débitées en prévision des six mois d'hiver glacé. Ses pas le dirigent vers la bibliothèque au fond de la pièce. Il pointe les rayonnages d'un doigt accusateur :

« Tant de livres chez des roturiers, voilà qui pue l'hérésie à plein nez !

— Ce ne sont que des traités d'herboristerie des plus classiques, et quelques romans inoffensifs », rétorque ma mère, se campant fermement sur ses jambes.

Elle a raison : il n'y a rien d'anormal dans notre bibliothèque, à part peut-être une collection de romans d'aventures en anglais, que j'ai lus des dizaines de fois pour fuir l'ennui de la Butte-aux-Rats. Ma mère les a reçus en héritage d'un obscur grand-oncle qu'elle n'a pas connu. Elle a appris l'anglais avant de me l'enseigner à mon tour, mais elle n'a jamais mis les pieds outre-Manche. En vertu du Code mortel, les roturiers sont non seulement soumis au couvre-feu qui les enferme chaque nuit, mais aussi au parcage qui limite leurs déplacements pendant la journée à une lieue du clocher de leur village…

L'inquisiteur n'est pas venu pour parler littérature. Il se détache brusquement de la bibliothèque et fond sur mon père, sa longue blouse noire fouettant l'air comme une cape.

« Mène-moi à ton laboratoire ! ordonne-t-il.

— Mon laboratoire ? Cette cave aveugle empeste les vapeurs toxiques. À cause de la mort-aux-rats, que je suis obligé de confectionner en grande quantité. Un tel lieu n'est pas digne d'un homme de votre rang…

— Tout de suite, ou je te fais égorger ! »

Les dragons sortent leurs épées, menaçants.

Mon père marque une seconde d'hésitation, un instant de doute.

Et moi aussi, je doute – oui, pour la première fois, *je doute de lui.*

Pourquoi rechigne-t-il à montrer son laboratoire à ces intrus ?

Cette pièce pleine de vieilles cornues ébréchées et d'alambics cabossés a peu d'intérêt.

À moins que…

« Qu'est-ce que tu vois, belette ? » murmure Bastien derrière moi, affolé.

Belette : voilà le surnom affectueux qu'il m'a donné. Bastien est un artiste qui passe ses journées à dessiner, et son œil est prompt à déceler les silhouettes de bêtes qui se cachent derrière celles des gens.

« Papa se dirige vers la trappe de la cave… », je chuchote.

Mon père m'apparaît soudain aussi voûté qu'un vieillard, alors qu'il n'a que quarante-cinq ans ; son regard vibrant s'envole jusqu'en haut de l'escalier et croise furtivement le mien.

J'ai l'impression déchirante qu'il veut me dire tant de choses qu'il m'a longtemps tues, mais à présent il est trop tard ; ces paroles manquées, j'en ai la terrible intuition, ne franchiront jamais la frontière de ses lèvres.

« Allons ! tonne l'inquisiteur en le poussant sans ménagement.

— Je suis le seul à utiliser ce laboratoire », prétend mon père.

Après la poule au pot, voilà un autre mensonge : maman, la spécialiste des herbes, l'aide chaque jour à préparer potions médicinales et onguents dans le laboratoire ; Valère y a étudié à leurs côtés des années durant ; Bastien lui-même y passe beaucoup de temps à confectionner ses peintures en broyant des pigments de roche. En réalité, je suis la seule de la famille qui ne descend jamais dans la cave. Et s'il s'y déroulait des expériences dont je n'ai pas conscience ?... Des pratiques interdites, susceptibles d'attirer l'attention d'un inquisiteur ?

Mon père s'engouffre à travers la trappe, le prélat et l'un des dragons sur les talons, tandis que les deux autres restent au rez-de-chaussée de chaque côté de ma mère.

Bientôt, un vacarme remonte de la cave : bruits de verre brisé et de métaux qui s'entrechoquent.

Je sens Valère frémir de colère dans mon dos, tout collé à moi :

« Il faut faire quelque chose ! murmure-t-il.

— Faire quoi ? rétorque Bastien dans un souffle chargé d'angoisse. Si ce n'est espérer qu'ils ne découvrent pas le passage secret ? »

Je regarde les visages de mes frères.

Dans l'ombre du couloir, ils me semblent soudain appartenir à des inconnus. Ce n'est pas seulement leurs cheveux bruns, si différents de ma chevelure pâle, ni leurs yeux marrons quand les miens sont d'un bleu-gris délavé.

Nous avons beau être nés tous les trois à un an d'écart, nous sommes aussi différents que possible. Valère a hérité du caractère besogneux de papa : c'est lui qui est censé reprendre la boutique plus tard. Bastien, lui, possède le raffinement de maman : quand il n'est pas occupé à dessiner ou à rêvasser, sa belle écriture fait de lui l'écrivain public du village. Moi, je ne tiens de personne. Aucun métier ne m'attend. Et ce soir, je me sens exclue de ma propre famille.

« De quoi parlez-vous ? je chuchote. Quel passage secret ?

— Mieux vaut que tu ne saches pas, rétorque Valère, le regard sévère derrière ses besicles. Les parents disent que tu es trop imprévisible.

— Quel passage secret ? » je répète en lui attrapant le poignet.

Valère serre la mâchoire, tirant sur son bras que je suis bien décidée à ne pas lâcher avant qu'il m'ait fourni une réponse.

Bastien intervient, de peur que notre lutte attire l'attention des dragons dans la salle à manger :

« Moi non plus, je ne savais rien avant mon dix-huitième anniversaire, l'année dernière, m'avoue-t-il du bout des lèvres. Et toi, belette, tu aurais fini par être aussi mise dans la confidence. Je suis sûr que maman attendait juste que tu aies atteint ta majorité pour tout te dire.

— Tout me dire quoi ?... », je murmure, le ventre contracté.

Je suis blessée que mon frère favori m'ait caché quelque chose – lui, la personne au monde dont je suis la plus proche, mon seul ami. Quant à ma mère... je ne peux m'empêcher de jeter un regard en bas de l'escalier, dans la salle à manger où résonne l'esclandre de la cave mise à sac.

Elle se tient entre les deux dragons, stoïque, le visage impénétrable. Maman a toujours eu une forte personnalité, moi aussi, ce qui a souvent créé de l'orage entre nous. Tout au long de mon enfance, elle était mon modèle : elle m'a tant appris, elle m'a donné le goût des livres et elle a su éveiller ma curiosité aux choses du vaste monde. Puis, à l'adolescence, je me suis mise à lui en vouloir : pourquoi avoir attisé cette soif brûlante d'un ailleurs, si c'était pour me rappeler cruellement les lois du couvre-feu et du parcage ? À mesure que je grandissais, la Butte-aux-Rats m'a semblé devenir de plus en plus étroite, et la conscience d'y être enfermée à vie n'a fait que nourrir ma frustration.

« Il y a une porte dérobée dans la cave, chuchote Bastien, si bas que sa voix n'est plus qu'un filet à peine audible. Un réduit secret se cache derrière le laboratoire. Un atelier où papa et maman pratiquent des expériences alchimiques interdites, pour le compte des frondeurs auvergnats. »

Je voudrais rétorquer que c'est impossible, que mes parents sont des boutiquiers englués dans le train-train quotidien, et non des comploteurs risquant leur vie pour une cause perdue d'avance. Chacun sait que la science alchimique est formellement interdite par la Faculté. Chacun sait aussi que les frondeurs sont des fous, des mortels qui osent se révolter contre le Roy. La rumeur prétend que ces illuminés utilisent la même énergie que celle qui coule dans le sang des vampyres – les mystérieuses Ténèbres –, pour créer des armes impies censées renverser la Vampyria. Ce ne sont que des racontars, bien évidemment, car la Vampyria est indestructible !

« Jamais les parents ne se seraient laissé embarquer dans une telle folie ! dis-je, ulcérée. Jamais ils ne… »

Une terrible détonation avale la fin de ma phrase, ébranlant la maison jusque dans ses fondations.

2

Secret

ASSOURDIE PAR LA DÉFLAGRATION, JE LÂCHE le poignet de Valère.

Il se jette aussitôt dans l'escalier en criant :

« Papa ! Maman ! »

Une fumée épaisse remonte depuis la trappe ouverte, provoquée par l'explosion qui vient d'avoir lieu au sous-sol.

Mes oreilles bourdonnent.

Les yeux me piquent.

Mais surtout, une intuition sinistre me foudroie : mes frères avaient raison, la cave contenait des substances explosives prohibées, et mon père vient de se faire sauter avec l'inquisiteur pour nous laisser une chance de nous en sortir !

Pestant et toussant, les deux dragons survivants portent la main à l'épée qui pend à leur ceinture ; ils cherchent ma mère, disparue dans la fumée.

Valère, rapide comme un éclair, se rue sur le couteau de cuisine abandonné au coin du buffet ; se retourne avec une agilité surprenante ; et enfonce la lame dans les côtes du premier dragon, jusqu'au manche. Mais ce coup de maître n'est qu'un hasard. Emporté par son propre poids, il trébuche, offrant sa nuque à l'épée du deuxième dragon.

Mon sang ne fait qu'un tour : je sors mon lance-pierre de ma culotte de peau, l'arme même avec laquelle j'ai abattu le faisan tout à l'heure. J'y enfonce un caillou pointu ramassé dans la forêt et je le fais tournoyer frénétiquement au-dessus de ma tête… pas assez vite cependant pour éviter l'inéluctable.

Le tranchant de l'épée s'abat comme un couperet sur le cou de Valère.

Le sang jaillit de la carotide sectionnée, jusqu'à la cheminée, barrant d'une giclure pourpre la gravure du Roy masqué d'or.

Ma main tressaille et mon projectile manque le meurtrier d'un bon mètre, faisant exploser le vase de la table à manger.

La tête de Valère achève de se séparer de son corps et va rouler sur les tomettes ensanglantées.

Je ne peux retenir un hurlement d'horreur.

Le dragon relève vers moi un regard brûlant de haine.

Je plonge fébrilement la main dans ma poche, à la recherche d'un nouveau projectile ; mes doigts tâtonnants ne touchent que du vide.

Déjà, l'homme se précipite vers l'escalier, brandissant son arme.

Mais à cet instant, maman surgit du tas de bûches au coin de la bibliothèque, le visage ravagé par la douleur. Elle se baisse pour ramasser un long fragment de vase brisé à côté de son fils décapité, et le plante dans l'épaule de l'intrus en hurlant :

« Pour mon fils ! »

L'autre se fige net.

Elle lève à nouveau le fragment, le serrant au point de s'y trancher les doigts, et l'abat de toutes ses forces :

« Pour mon mari ! »

Le soldat se retourne et, dans le même mouvement, entaille la gorge de son assaillante du fil de son épée.

« Maman ! » je hurle.

Ma mère a juste la force de darder le fragment une troisième fois : elle l'enfonce en plein dans le cœur de son adversaire, avant de s'effondrer contre sa poitrine.

Le bonnet à pointe du dragon tombe au sol.

Ils demeurent ainsi immobiles, reposant l'un contre l'autre, tels deux amants fondus dans une monstrueuse étreinte.

J'échappe aux mains tremblantes de Bastien qui tente vainement de me retenir, et je dévale les marches.

« Oh, maman ! » je répète en agrippant ses épaules, tandis que le corps sans vie du dragon s'affaisse derrière moi.

Celui de ma mère est aussi flasque entre mes doigts crispés qu'une poupée de chiffon. Comme celles que mes parents s'obstinaient à m'offrir quand j'étais enfant, avant de comprendre que la seule chose qui m'intéressait, c'était d'aider Tibert dans sa chasse en tirant les rats avec mon lance-pierre.

« Parle-moi... dis-moi quelque chose... », je parviens à articuler à grand-peine, entre deux sanglots.

Dis-moi tout ce que vous ne m'avez jamais dit, papa et toi.

Parle-moi de ceux que vous étiez vraiment, derrière la façade de normalité que j'ai si souvent raillée.

Parle, raconte-moi des histoires comme quand j'étais petite – des fables d'Ésope, des contes de Perrault ou des légendes plus merveilleuses encore, de ton invention.

Mais aucun son ne sort de ses lèvres exsangues.

Son visage inexpressif se brouille devant mes yeux embués de larmes.

Au-dessus de son épaule immobile, l'Immuable m'épie toujours derrière son masque figé, ses joues rehaussées de rouge là où le sang de Valère a giclé.

Incapable de supporter le spectacle du Roy un instant de plus, je m'accroupis pour coucher le corps de ma mère au sol, parmi les fleurs des champs éparses qu'elle a cueillies de sa main. Au moment où je pose doucement sa nuque sur les tomettes, mes doigts rencontrent la chaîne du petit médaillon de bronze qu'elle portait toujours autour du cou. Elle est brisée : l'épée du meurtrier en a fait sauter les maillons.

« Tous..., fait la voix de Bastien derrière moi, sa respiration rauque haletant sur mon cou. Ils sont tous morts. »

Tous morts ?...

Le temps que cette information impossible s'imprime dans mon cerveau, un sifflement strident retentit. Il vient du premier dragon, celui que Valère a poignardé avant de mourir. Le soudard gît à présent dans une flaque où son sang se mêle à celui des miens. Avec ses dernières forces, il souffle dans un sifflet, sonnant l'alerte.

L'inquisiteur est-il venu avec d'autres sbires, qui attendent dehors, prêts à terminer la dragonnade ?

« Il faut partir, balbutie Bastien.

— Partir…, je répète, contemplant les cheveux de ma mère – ces cheveux dont elle était si fière – flotter telles des algues rougissantes dans la flaque d'eau des fleurs.

— Ne me laisse pas tomber, belette ! »

Bastien me secoue par les épaules, m'obligeant à reprendre mes esprits.

Dans un réflexe dérisoire pour emporter un souvenir de maman, je glisse son médaillon dans ma poche, puis je me relève.

« La forêt », dis-je dans un souffle.

C'est là que je me suis exilée, toute mon adolescence durant, pour fuir la torpeur de la Butte-aux-Rats et tromper l'ennui qui m'empoisonnait l'âme. Et c'est là, naturellement, que mon instinct me guide pour trouver refuge à présent.

Au moment où Bastien et moi traversons la boutique peuplée de ses pots bien alignés – ce local embaumant l'alcool à désinfecter et la cire fraîche, où j'ai passé tant d'heures à me morfondre, rêvant de partir à l'autre bout du monde –, je suis frappée par la certitude que je n'y mettrai plus les pieds. J'attrape mon vieux chapeau de feutre accroché au mur et j'y enfouis mes cheveux.

Nous déboulons sur la place du village, écrasée de silence.

Le soleil, qui était si éblouissant tout à l'heure, a presque disparu derrière le toit des chaumières aux volets déjà clos.

Comme je le craignais, il y a d'autres dragons dehors, à l'autre bout de la place en terre battue : trois hommes armés de hautes lances, postés devant une diligence de bois sombre attelée de chevaux à la robe lustrée. D'épais rideaux en velours noir en condamnent les fenêtres.

J'incline instinctivement la tête, de manière à dissimuler davantage mon visage sous le large rebord de mon chapeau.

Pourquoi ces hommes ne se lancent-ils pas à notre poursuite ?

Il semble plus important pour eux de garder la diligence… et son occupant.

« Un… un carrosse de vampyre ! » bredouille Bastien.

Je déglutis douloureusement, tandis que remontent mes souvenirs de lectures nocturnes, ces mêmes romans où j'ai découvert le costume des inquisiteurs : certaines gravures représentaient les véhicules en précieux bois d'ébène à bord desquels se déplacent les seigneurs de la nuit, calfeutrés contre la lumière du soleil pendant la journée.

De ma vie, je n'ai jamais rencontré de vampyre. Même si, depuis toute petite, le portrait de leur créateur me surveille du haut de la cheminée. Même si, chaque mois, j'ai versé un dixième de mon sang pour eux dans un flacon hématique étiqueté d'après mon année de naissance. Là, pour la première fois de mon existence, je me trouve à quelques mètres de l'une de ces créatures, qui à la fois m'effraient, me dégoûtent… et me fascinent.

« La nuit tombera bientôt, et alors nous n'aurons aucune chance d'échapper à celui ou celle qui sommeille dans le carrosse », se lamente Bastien, m'arrachant à la contemplation morbide du véhicule.

Il m'entraîne dans l'ombre de la ruelle, hors de la vue des dragons.

« L'odorat d'un vampyre est plus fin que celui du meilleur limier, gémit-il. Il retrouvera facilement notre trace dans la forêt. Il… il faut nous cacher ailleurs.

— Ailleurs ? Mais où ? Il n'y a qu'une vingtaine de rues boueuses, de la forêt tout autour et le château au sommet de la colline !

— Justement », rétorque Bastien en s'agrippant à mon bras tel un naufragé à une bouée.

Il lorgne l'édifice croulant en haut de l'éminence escarpée qui a donné son nom à la Butte-aux-Rats. À la vérité, il s'agit plus d'un manoir que d'un château, une antique demeure fortifiée, rongée par les siècles. C'est là que vit le vieux baron Gontran de Gastefriche, suzerain de la Butte-aux-Rats et des quelques hameaux alentour. Depuis la disparition de son épouse en proie aux fièvres des années plus tôt, sa fille unique et lui sont les seuls nobles de la région, exempts de la dîme du sang au même titre que le docteur de la paroisse.

« Suis-moi », m'intime Bastien, soudain gagné par une assurance que je ne lui ai jamais connue.

Une lueur s'est allumée dans ses grands yeux sensibles – oui, la même étincelle de détermination farouche que j'ai si souvent vue dans les yeux de maman. En cet instant, plus que jamais, mon frère est le portrait craché de notre mère.

Il m'entraîne sur le chemin serpentant vers les hauteurs, en direction du dernier lieu où j'aurais pensé à chercher refuge.

*

Les toitures de chaume disparaissent derrière les cimes des arbres. Bientôt, on n'aperçoit même plus la girouette en forme de chauve-souris qui, depuis trois siècles, a remplacé la croix au clocher du village. Le chemin continue de s'élever en tournant autour de la colline.

Les pensées tournent aussi dans ma tête, obsédantes.

Ce sont toujours les mêmes mots qui reviennent, un horrible refrain qui me broie.

Ils sont tous morts…

La douleur est telle que même si je voulais hurler, je n'en aurais pas la force. Mes larmes ne veulent pas couler, notre course effrénée les assèche avant qu'elles déferlent sur mes joues.

Nous ne voyons plus le bourg, et ceux qui s'y trouvent ne nous voient plus : ni les habitants confinés derrière leurs volets, ni les soldats affectés au carrosse. Ces derniers n'ont a priori aucun moyen de savoir la direction que nous avons prise, Bastien et moi. Reste l'odorat de leur maître, lorsque celui-ci s'éveillera à la nuit tombée…

« Pourquoi le château ? je parviens à articuler entre deux inspirations.

— Parce que… pfff… j'y ai mes entrées », me répond Bastien, hors d'haleine.

Il a beau faire une tête de plus que moi, ses journées à gratter la toile ne l'ont pas préparé aussi bien que les miennes, passées à arpenter les bois. Je suis obligée de ralentir mon train pour ne pas le semer.

« Tu y as tes entrées ? je répète. Qu'est-ce que ça veut dire ? C'est un nouveau secret que vous m'avez tous caché, en plus de celui de la cave ? »

Une fois de plus, je m'aperçois que je ne connaissais pas ma famille, moi qui me croyais si perspicace. J'étais tellement obsédée par l'idée de m'enfuir de la maison, que je n'ai pas vu ce qu'il se passait sous mon propre toit.

« Non, souffle Bastien. Ce secret-là, c'est seulement le mien… pfff… les parents et Valère… pfff… ne le connaissaient pas… pfff… »

Voyant que mes questions l'essoufflent et le ralentissent, je renonce à l'interroger, du moins pour l'instant.

Lorsque nous parvenons enfin à la haute herse en fer forgé du château, le soleil jette ses derniers feux au-dessus des frondaisons de la forêt.

« C'est cadenassé ! je m'écrie, posant mes mains sur la chaîne qui pend aux barreaux telle une couleuvre assoupie.

— Pas complètement », rétorque Bastien, en nage.

Il me guide à travers les taillis, à gauche de la herse aux pointes acérées.

Mes culottes de peau protègent mes jambes contre les épines et les ronces, mais les manches de ma chemise s'y déchirent.

Soudain, j'aperçois une trouée dans la herse, invisible depuis le chemin : le temps et la rouille ont eu raison de trois barreaux, ménageant une ouverture assez large pour laisser passer un corps humain.

Bastien s'y coule avec l'aisance de l'habitude : ce n'est manifestement pas la première fois qu'il emprunte ce chemin. Je lui emboîte le pas et pénètre dans le parc, garni d'arbustes torturés et de buissons difformes. Il y a bien longtemps que la baronnie est tombée en désuétude – si tant est qu'elle ait jamais connu un âge d'or, ce bout de terre aride où rien ne pousse, qui porte sa malédiction jusque dans son nom : Gastefriche, la friche gâtée. Il n'y a plus personne à la Butte-aux-Rats, ni dans les villages voisins, pour savoir tailler les buis à la mode de Versailles. Notre progression est couverte par cette nature échevelée, laissée à l'abandon. Nous bondissons de buisson en buisson, échappant à l'attention du garde qui baye aux corneilles sur le parvis du château.

Contournant une statue de nymphe à demi dévorée par la mousse, nous atteignons l'arrière de la bâtisse. Le haut mur de pierre est percé de meurtrières sombres, à l'exception de la plus élevée. C'est aussi la plus large, dotée d'un petit balcon envahi de lierre. La lueur des bougies danse derrière les voilages.

« La porte de service n'est jamais verrouillée, m'assure Bastien, qui a un peu repris son souffle.

— Mais les domestiques ? je m'inquiète.

— Le baron soupe tôt et renvoie ses gens dans les dépendances avant la tombée de la nuit. »

Comment en sait-il tant sur la vie du château ? – je l'ignore, mais je suis pressée de me mettre à l'abri. Mon frère pousse la porte de bois vermoulu, me laissant entrer dans la demeure ancestrale des barons de Gastefriche.

Le panneau se referme derrière nous sans un bruit, nous plongeant dans l'obscurité totale.

« Tu as du feu ? » chuchote Bastien.

Je sors mon briquet de berger à amadou – mon canif et lui ne quittent jamais ma poche. J'actionne la roulette en pierre à silex. Au bout de quelques instants, les étincelles font naître une pointe incandescente au bout de la mèche. Bastien approche une lampe à huile qui semblait n'attendre que lui.

« Suis-moi, belette, me dit-il.

— Où ? »

Bastien lève la lampe pour éclairer son visage.

À dix-huit ans, il a beau être mon aîné d'une année, je l'ai toujours considéré comme mon petit frère. De constitution délicate, il prenait plusieurs jours à se remettre de la saignée de la dîme chaque mois. Papa devait lui administrer un tonique de gentiane, alors que j'étais sur pied en une heure. C'est que, selon la théorie des humeurs prêchée par la Faculté hématique, chaque personnalité est marquée par un fluide prépondérant. Les bilieux comme Valère ont un excès de bile jaune qui les pousse à la colère. Les flegmatiques comme Bastien ont un excès de flegme qui les déconnecte du monde et les plonge dans une rêverie permanente. Quant à moi, je fais exception car j'ai un profil humoral mixte, mélancolique et sanguin d'après le diagnostic de mon père : lorsque je suis inactive, mon excès de bile noire me plonge rapidement dans l'ennui et les idées sombres ; mais en pleine action, mon excès de sang prend le dessus, je deviens impulsive et même volcanique. Outre la concentration induite par la chasse, la compagnie apaisante de Bastien m'a souvent permis de canaliser mes émotions contradictoires. Combien d'heures nous avons passées tous les deux, allongés dans les prés, à regarder les nuages ! Mon imagination noire y projetait des monstres grimaçants et des scènes de massacre, tandis que Bastien m'aidait à y distinguer des pégases lumineux et des fêtes féeriques ! Les autres enfants du village l'appelaient *le fou* à cause de ses absences ; moi, ils m'appelaient *la sorcière* à cause de mes cheveux gris. Lorsque nous étions petits, c'était moi qui défendais Bastien contre tous ceux qui voulaient s'amuser à ses dépens. *La sorcière,* il ne fallait pas s'y frotter ! Plus tard, adolescents, c'était moi encore qui partais le chercher quand il se perdait en forêt, incapable de retrouver son chemin après s'être mis en quête d'un paysage à dessiner dans ses carnets. Mais ce soir, pour la première fois, c'est lui qui me guide à travers les ombres.

« Montons à la chambre de Diane, me dit-il doucement.

— La fille du baron ? »

Elle doit avoir mon âge, ou quelques années de plus, mais je ne lui ai jamais parlé. Je ne l'aperçois qu'une fois l'an à l'église, pour la nuit des Ténèbres le 21 décembre : la plus longue de l'année, remplaçant l'ancienne Noël. Je ne vois pas ce que mon frère peut bien avoir de commun avec la baronnette – lui, un roturier servant de bétail aux vampyres, et elle, une noble mortelle alliée à leur espèce.

À moins que ?… Je me souviens soudain de cette convocation au château, l'été dernier. Le baron avait fait venir Bastien parce qu'il voulait réaliser une peinture de sa fille désormais en âge de se marier – aujourd'hui comme jadis, un portrait réussi est le meilleur moyen de trouver un bon parti dans une autre province, avant de s'y déplacer soi-même. Or, comme les horticulteurs, les artistes ne courent pas les rues de la Butte-aux-Rats : mon frère était le seul capable de s'acquitter de la tâche. Il avait ainsi passé deux semaines chez le seigneur, à peindre son héritière.

« Diane et moi... nous nous aimons, murmure Bastien, confirmant mon intuition. J'ai juré de la sauver d'un mariage arrangé, celui en prévision duquel son père m'a commandé le portrait. » Un pâle sourire éclaire son visage en sueur, le sourire d'un innocent qui veut continuer son rêve alors qu'il nage en plein cauchemar. « Nous avons prévu de partir un jour ensemble, elle et moi. »

Partir ? Partir où ? J'ai soudain envie de prendre Bastien et de le secouer très fort. Moi aussi, toute ma vie, je n'ai rêvé que de partir ! De défier la loi du parcage, qui attache les roturiers à leur patelin jusqu'à leur mort ! Mais je ne suis pas une douce idéaliste comme lui, je sais bien que c'est impossible.

« Pour l'heure, Diane va nous aider à sauver notre peau, dit-il, la voix vibrante d'espoir, en s'engageant dans un escalier craquant. Il y a au fond de sa chambre une penderie profonde, où je me suis souvent caché quand un domestique venait frapper à sa porte.

— Tu veux dire que tu l'as revue, après la fin des séances de pose ? je lui demande, horrifiée.

— Je lui rends visite chaque semaine, depuis un an, avoue-t-il candidement. Nous n'avons aucun secret l'un pour l'autre. »

Gravissant les dernières marches de l'escalier, je repense soudain à tous ces après-midi où Bastien disparaissait des heures durant, revenant à la maison sans avoir dessiné la plus petite esquisse. Je sais maintenant où il passait son temps : dans les bras d'une fille dont le moindre baiser pouvait le condamner à mort, si cela s'était su !

Nous voilà parvenus à une porte vernie, dans un couloir où luisent des lampes à huile aux flammes vacillantes.

Bastien gratte doucement sur le panneau, selon un motif qui, je le devine, relève du code secret. Un sésame pour nous mener à notre salut… ou à notre perte.

3
Refuge

LA PORTE S'OUVRE SUR LA BARONNETTE, vêtue d'un long négligé.

Ce genre de robe d'intérieur, moussant de dentelles, correspond à l'idée que la noblesse se fait de la simplicité : nous la surprenons dans son intimité. Elle était occupée à lisser ses longs cheveux blonds, assise à la coiffeuse disposée à côté du balcon. Devant la porte-fenêtre ouverte pendent des voilages vaporeux, lentement agités par l'haleine du soir. Il fait presque nuit désormais, et la seule lumière provient d'un candélabre où sont empalées des bougies. À la lisière du halo, au-dessus d'une cheminée en marbre aux cendres éteintes, apparaît un portrait souriant de la jeune fille. Je devine que c'est l'œuvre de mon frère, revenue au bercail après avoir voyagé dans je ne sais quelle cour. Pour le reste, la vaste chambre est plongée dans la pénombre.

« Diane ! » s'exclame Bastien en lui prenant les mains entre ses doigts tremblants.

Diane, comme la déesse romaine de la chasse – c'est que le vieux baron est passionné de vénerie, n'hésitant pas à écraser les blés sous les sabots de son cheval, lorsqu'il traque un chevreuil à travers champs.

« Il s'est passé quelque chose de terrible, balbutie Bastien. Mon père, ma mère et Valère… »

Sa voix se brise dans un sanglot. Jusqu'à la porte de Diane, il était animé par un espoir fou, mais l'évocation de la dragonnade le ramène à l'horreur de la réalité.

« Ils ont été assassinés, dis-je, complétant les mots qu'il ne parvient pas à articuler. Nous sommes les seuls survivants. »

Je n'ai pas le choix : je dois faire confiance à cette fille en qui Bastien place ses espoirs.

La baronnette s'écarte pour nous laisser entrer et referme la porte derrière nous sans un bruit. Ce silence, ce teint blême et cette robe d'une blancheur spectrale… elle ressemble à un fantôme. Est-ce la nouvelle du sort ayant frappé ma famille qui la plonge dans cet état ? Non : il me semble qu'elle était déjà livide au moment de nous ouvrir.

Bastien compense le mutisme de son amoureuse par un flot de paroles désordonné :

« Un inquisiteur s'est présenté. Accompagné de dragons. Ils ont découvert le laboratoire secret de mes parents, celui dont je t'ai parlé… »

Chaque mot est comme un poignard qui s'enfonce dans mon ventre. Non seulement Bastien a risqué sa vie en courtisant une jeune fille bien au-dessus de sa condition, le titre de baron étant le plus haut de la noblesse mortelle ; mais il a aussi risqué nos vies à tous, en livrant à son amoureuse le terrible secret que je viens d'apprendre il y a moins d'une heure. Il lui a avoué que notre famille fricotait avec la Fronde – à elle, la fille du seigneur chargé d'appliquer la loi royale à la Butte-aux-Rats ! Se rend-il compte de son imprudence ? Ou est-ce que l'amour l'aveugle à ce point ?

« L'inquisiteur est venu avec un carrosse d'ébène, continue-t-il, haletant. Mais le vampyre qui y voyage ne pensera pas à venir nous chercher ici, au château. Dans ta penderie, ma sœur et moi serons à l'abri. Les parfums imprégnant tes habits dissimuleront notre odeur, couvrant le sillage qui remonte depuis le village. Et quand le carrosse repartira au jour levé, nous aussi, nous nous en irons : toi et moi, comme je te l'ai promis, avec ma chère Jeanne ! Tous les trois, nous traverserons les mers pour aller jusqu'aux Antipodes ! »

Les Antipodes ? Ce pays imaginaire, qui d'après la légende échappe au joug vampyrique pesant sur la France, sur l'Europe et sur tout le monde connu ?

« Mais les Antipodes n'existent pas, Bastien ! je m'énerve.

— Qu'en sais-tu ? Tu as bien passé des heures plongée dans tes romans, à imaginer que tu sillonnais les sept mers pour partir au bout du monde. Aux Amériques. En Afrique. Au Japon même. Alors pourquoi pas aux Antipodes, hein, belette ?

— J'imaginais juste, comme tu le dis ! C'était seulement un jeu, comme lorsqu'on regardait les nuages ! »

Au cours des années, l'optimisme souriant de mon frère est souvent venu illuminer mes sombres rêveries. Mais ce soir, il me met hors de moi.

« Les nuages ne sont que de la vapeur d'eau, Bastien : des mirages ! je lui crie. Et je ne suis pas une belette : je suis une roturière, condamnée comme toi au parcage. Il n'y a pas d'échappatoire. Les Ténèbres sont partout. À travers toute la Vampyria et au-delà. »

Il ne m'écoute plus : à force de vivre dans ses songes, il a définitivement perdu la raison !

Déjà, il se précipite vers la porte de la penderie, il connaît le chemin.

Mais à cet instant, pour la première fois depuis que nous avons pénétré dans la chambre, Diane de Gastefriche ouvre la bouche. Sa voix est à son image : spectrale, ténue comme un courant d'air, aussi fragile que la lignée exsangue dont elle est l'ultime rejeton.

« Je suis tellement désolée, mon amour, murmure-t-elle.

— Courage, ma muse, rétorque Bastien. Il nous en faut, à tous les trois. Tu dois agir comme si de rien n'était et mentir à ton père jusqu'à notre échappée belle. Quant à Jeanne et moi, nous pleurerons nos morts plus tard. »

J'ai l'impression terrible qu'il se méprend sur le sens des paroles de Diane. Trop enivré qu'il est par ses propres sentiments, il ne perçoit pas l'accent de culpabilité dans la voix de son aimée.

« Pourquoi êtes-vous désolée, Diane ? » je demande à la baronnette, assaillie par un funeste pressentiment.

Elle tourne vers moi ses yeux troubles, embués.

« Ce n'est pas ma faute, se lamente-t-elle. Je n'ai pas trahi le secret de votre frère, je le jure. Mais… »

Elle hoquette, des larmes se mettent à couler sur ses joues blafardes.

« Mais… ? je répète, les battements de mon cœur s'accélérant dans mes tempes.

— Mais Père a fait écouter à la porte de ma chambre à mon insu, la dernière fois que Bastien y était. C'est ainsi qu'il a appris, pour nous deux. Il sait tout : notre liaison, notre projet de fuite, le secret de votre famille. Il aurait pu nous prendre sur le fait, Bastien et moi, mais il a préféré le laisser repartir, afin de vous frapper tous les cinq un peu plus tard. Je voulais courir vous prévenir. Je n'ai pas pu, enfermée dans ce château, surveillée par mon père. »

En un vertigineux précipité, je comprends soudain ce qui a amené l'inquisiteur à la Butte-aux-Rats. Ce n'était pas un contrôle de routine, non : c'était une dénonciation !

Bastien écarquille les paupières, tel un somnambule qui s'éveille au seuil d'un précipice.

Il lâche la poignée de la penderie.

Je saisis celle de la porte – mais cette dernière tourne sous mes doigts avant que je puisse l'actionner : il y a quelqu'un, là, dehors, qui pousse de toutes ses forces !

« Bastien ! » je glapis en faisant un bond en arrière.

La porte s'ouvre avec fracas sur le garde que j'avais cru voir somnoler sur le parvis, mais qui est bien réveillé à présent, brandissant son épée. Quant à l'ombre furieuse se profilant derrière lui, elle appartient au vieux baron en personne.

« Je le savais ! vocifère-t-il. Le gueux qui a osé toucher ma fille est venu chercher refuge ici, dans ses jupons ! »

La lourde perruque poussiéreuse du baron tremble d'indignation au-dessus de son front ridé, pareille à une dépouille de mouton crevé. Les boucles d'un jaune délavé dégoulinent sur ses épaules voûtées et sur son maigre torse.

Il désigne Bastien du doigt :

« L'inquisiteur t'a peut-être laissé échapper, mais ta fuite pathétique s'arrête ici, misérable. Mathurin : embroche-le comme le pourceau répugnant qu'il est ! »

Le garde se précipite sur mon frère, lame au clair.

« Père, ayez pitié ! » hurle Diane.

Je n'ai pas le temps de m'interposer et Bastien, pétrifié, n'a pas le réflexe d'esquiver.

Le fer s'enfonce dans l'estomac de mon frère adoré, le pliant en deux sans qu'il émette la moindre plainte.

La sidération me coupe le souffle ; Diane, elle, hurle aussi fort que si l'épée l'avait éventrée :

« Non !

— Tais-toi donc ! lui ordonne son père. Vois plutôt l'avantage : en exterminant cette vermine frondeuse, j'ai peut-être enfin gagné ma transmutation, que j'attends depuis des lustres ! »

Ivre de douleur, des larmes plein les yeux, j'essaye de retrouver ma respiration. Mon Bastien, mort ! Et l'ignoble baron qui s'en réjouit pour acheter sa transmutation : le graal de tous les hobereaux mortels, aspirant à s'élever jusqu'à la haute noblesse vampyrique avant de passer l'arme à gauche ! Titubant de désespoir et de haine, je me déporte devant le balcon.

Le garde retire sa lame du corps de Bastien et interroge son maître du regard.

« Eh bien qu'attends-tu, imbécile ? rugit le baron. Achève-la, elle aussi ! »

La brute fonce tête baissée dans ma direction. Maintenant, se ressaisir ! J'ai parfois été poursuivie par des sangliers bien plus lourds que moi : dans ces cas-là, la ruse est la seule solution.

Ravalant mes larmes, je soulève les voilages, disparais parmi les pans et fais un bond de côté au moment où l'assaillant croit m'embrocher. Emporté par l'élan de son corps massif, ne rencontrant pas la résistance de mon propre corps, il se jette sur le balcon dans un grand crissement de rideau qui se fend… et bascule dans le vide pour s'écraser quinze mètres plus bas.

Hagarde, je me dépêtre des voilages déchirés et me retourne vers la chambre. Au-dessus du corps inanimé du dernier membre de ma famille, se tiennent les ultimes représentants de la famille Gastefriche : la fille pleurant à chaudes larmes et le père dégainant sa rapière de gentilhomme à poignée dorée.

C'est un frêle vieillard de soixante ans bien sonnés, croulant sous sa lourde perruque démodée ; mais il est armé d'un long dard, et je n'ai pour me défendre que le petit canif avec lequel je dépèce les lièvres. Me tenant à bout de lame, le baron m'aura transpercée de part en part avant même que je puisse l'égratigner.

Alors, je bondis sur Diane et la ceinture, plaquant la pointe de mon canif contre sa gorge.

« Un pas de plus et je la tue ! » j'avertis, tentant de maîtriser l'angoisse qui fait dérailler ma voix.

Une grimace de dégoût déforme le visage parcheminé du baron.

« Je te reconnais : tu es la fille Froidelac. Celle qui, dit-on, braconne sur mes terres. Cet incapable de prévôt n'a jamais réussi à te prendre sur le fait. Foin des preuves ! Ce soir, je rends moi-même la justice, ainsi que mon droit seigneurial m'y autorise, et je te condamne à mourir sur-le-champ ! »

Il se dirige vers moi en décrivant des moulinets compliqués de son épée, m'obligeant à reculer vers le balcon avec ma captive. Le maître d'armes du baron lui a sans doute enseigné maintes bottes et ripostes, dans sa jeunesse. Moi, personne ne m'a jamais appris à escrimer. Mais à force de fréquenter les bêtes sauvages de la forêt, mon instinct s'est affûté contre le leur. Comme la perdrix face au renard, comme la biche face au loup, je sais qu'il n'y a qu'une seconde entre la vie et la mort.

Et cette seconde, ce soir, je l'utilise à mon avantage : au moment où mes talons rencontrent le rebord séparant la chambre du balcon, je projette Diane de toutes mes forces vers la rapière tournoyante. Sans un instant d'hésitation pour l'imprudente qui nous a laissés tomber dans ce piège. Sans un remords pour la traîtresse qui a causé la mort de toute ma famille.

Le dard de métal s'enfonce au milieu des fleurs de dentelles, qui rougissent aussitôt tels des coquelicots.

Le baron, qui l'instant d'avant avançait à pas chassés vers moi avec l'agilité d'un jeune homme, redevient soudain un vieillard hébété.

« Ma... ma fille... », murmure-t-il d'une voix chevrotante, incrédule.

Au moment où il baisse sa garde, je lève la mienne : je n'ai droit qu'à un coup, et ce coup doit être mortel ! Brandissant mon canif, je bondis sur lui et enfonce la courte lame entre les boucles défraîchies de sa perruque, droit dans son arcade sourcilière.

« La voilà, ta transmutation ! » je hurle.

Une ondée pourpre m'éclabousse tandis que le baron s'effondre, et j'ai l'impression qu'un déluge s'abat sur moi : le sang de tous les morts qui se sont succédé en une heure à peine.

Au même instant, le tintement frénétique d'une cloche résonne derrière la fenêtre béante de la chambre, en provenance de l'église du village. Ce n'est pas le carillon clair qui égrène les heures de la journée, non : c'est le tocsin strident qui sonne la tombée de la nuit et le début du couvre-feu.

Une terreur mystique me tord les entrailles, balayant tout le reste.

Je devine que là-bas, sur la place du village, la porte du carrosse d'ébène vient de s'ouvrir, libérant un passager aux capacités surnaturelles.

Je sais que ce n'est plus qu'une question de minutes avant qu'il se présente au château, attiré par une odeur de sang que rien ne peut masquer.

Et je sais qu'à ce moment-là, ni mon fidèle canif ni mes instincts de chasseresse ne pourront me sauver.

Mes bras retombent le long de mon corps, soudain aussi flasques que les trois cadavres gisant sur le sol. Un sentiment de totale impuissance pèse sur mes épaules telle une chape de plomb. Incapable de rester debout, je m'affaisse sur le tapis, dont la trame élimée se gorge peu à peu de sang.

Je suis perdue et ma mort, je le pressens, sera terriblement lente.

Les tortures les plus douloureuses sont réservées à celles et ceux qui osent lever la main sur les nobles.

Le vampyre ne se contentera pas de me tuer d'un coup, lorsqu'il me découvrira dans cette pièce avec les corps du seigneur des lieux et de sa fille…

À cette pensée, une idée fulgure dans mon esprit – une idée folle.

Je délace à toute hâte ma culotte de peau, fais sauter les boutons de ma chemise, et me rue sur Diane pour lui retirer son négligé à manches longues. Les rubans poisseux de sang glissent entre mes doigts frémissants, mais je finis par les dénouer. J'enfile l'habit de linon parfumé : il me va comme s'il avait été fait sur mesure. De même, le corps svelte de la baronnette entre parfaitement dans ma tenue de chasse. Je ne garde que mon briquet à amadou et le petit médaillon de maman, les glissant dans la poche à peigne du négligé.

J'arrache ensuite à l'annulaire du cadavre la chevalière frappée des armes de Gastefriche – un blason barré d'un merle aux ailes déployées –, et je la passe au mien.

Pour compléter l'illusion, je jette mon chapeau de feutre dans un coin, laissant mes cheveux mi-longs retomber de chaque côté de mon visage. Puis je lève mon canif au-dessus du visage de la morte et je l'abats encore et encore, fermant les yeux pour ne pas voir le délicat minois peint par mon frère se transformer en bouillie méconnaissable.

Derniers détails de cette macabre mise en scène : je perce les bras de la baronnette avec une de ses épingles à cheveux pour simuler la ponction de la dîme, et j'ouvre sa main inarticulée pour y glisser le canif dégouttant de sang.

Je me relève, pantelante, l'estomac retourné par la boucherie que je viens de commettre.

Mon regard tombe dans le miroir de la coiffeuse. Mes yeux ne sont plus que deux puits sans fond. Ma chevelure lâchée ressemble à un casque métallique encadrant mon visage hébété. À travers le linon du négligé, ma poitrine se soulève à un rythme saccadé, secouée de sanglots de panique et de hoquets de rire. Oui, *je ris.* Je ris nerveusement, follement, sans pouvoir m'en empêcher, de me voir ainsi déguisée en noble demoiselle. Quelle sinistre mascarade ! Quelle farce grotesque !

À cet instant, un courant d'air glacé comme l'hiver soulève les voilages du balcon, éteignant toutes les bougies du candélabre, giflant mes joues tel un soufflet de givre.

Le rire dément meurt aussitôt dans ma gorge.

Je me retourne lentement.

Une ombre se tient dans l'encadrement de la fenêtre, une haute silhouette à forme humaine dont les contours se détachent vaguement contre l'obscurité de la nuit naissante.

Le vampyre.

Je n'ai pas besoin de le voir pour sentir que c'est lui.

Même si je n'ai jamais été en présence d'un mort-vivant, que j'ai simplement lu leur description dans les livres, toutes les cellules de mon corps me crient que je suis face à l'un d'entre eux. La froideur est la signature des Ténèbres, à l'image de l'âge glaciaire qui a débuté avec l'avènement des seigneurs de la nuit.

Il a fallu à peine quelques minutes à celui-ci, depuis que le tocsin a sonné, pour s'apercevoir que deux frondeurs avaient échappé au massacre de l'apothicairerie, puis gravir la colline que mon frère et moi avions mis plus d'un quart d'heure à monter. Quant à la manière dont il s'est hissé jusqu'au balcon le long du mur lisse, tel un lézard, je préfère ne pas y penser.

« Ce… ce garçon et cette fille…, je balbutie en désignant les corps de Bastien et de Diane. Ce sont des assassins venus nous égorger. »

Je suis le faisan abattu ce matin, quelques secondes avant que mon lance-pierre le fauche ; je suis le lièvre pris au piège la semaine d'avant, au moment où mon collet s'est refermé sur sa nuque.

« J'étais occupée à ma toilette quand ces meurtriers sont apparus, dis-je, levant une main tremblante à mes cheveux. Mon père est parvenu à les neutraliser, au terme d'une lutte féroce, au prix de sa propre vie. Le sang qui me couvre, c'est… c'est le sien.

— Et Sa Majesté lui en saura gré, mademoiselle. »

La voix de la créature est calme et profonde, harmonieuse, et pourtant elle fait se hérisser les poils de ma peau.

Je tire nerveusement sur les manches du négligé, pour m'assurer qu'elles couvrent bien les plis de mes bras, où les saignées répétées ont laissé leur marque violacée : le signe des roturiers soumis à la dîme du sang, que j'ai rapidement reproduit sur le cadavre de la baronnette.

« Ces misérables étaient de dangereux frondeurs, explique le vampyre en s'approchant lentement de moi. Assez redoutables pour que je fasse le déplacement depuis

Clermont, après avoir reçu la lettre que m'a adressée feu votre père. Ils ont eu raison d'un inquisiteur et de trois dragons, avant de venir semer la désolation dans votre demeure. Mais ces renégats ne nuiront plus à personne, à présent. »

Une main blanche aux longs doigts élégants émerge des ombres, festonnée d'une manche de soie fine.

La paume de marbre semble inviter la mienne.

Au moment d'y poser mes doigts tremblants, j'ai l'impression de toucher la surface glacée d'une statue. Le faible rayon de lune filtrant à travers les voilages éclaire la chevalière volée à Diane, dont l'éclat doré luit à mon annulaire.

« Vous êtes la fille unique du baron, n'est-ce pas ? » me demande le vampyre.

Je hoche la tête, la gorge trop serrée pour articuler la moindre parole. Mon stratagème fonctionne : le visiteur n'a jamais rencontré celle dont j'usurpe l'identité. Mon odeur de roturière semble masquée par le parfum imprégnant le négligé. Mais il suffirait que la créature se retourne et observe la chambre, pour découvrir au-dessus de la cheminée un portrait qui n'est pas le mien ! Aurai-je alors le cran de prétendre qu'il s'agit d'une parente ? Aura-t-il la curiosité d'inspecter le cadavre mutilé pour y chercher une ressemblance ?

Pour l'heure, toute son attention paraît dirigée sur ma seule personne.

« Je crains que vous ne soyez désormais orpheline, mademoiselle… mademoiselle ?

— Diane », je lâche dans un souffle.

Voici donc le dernier oripeau de ma victime que je dois encore m'approprier : son prénom. Il sonne étrangement proche du mien, comme s'il m'était prédestiné. La baronnette l'avait emprunté à la plus grande des chasseresses, et il m'échoit à présent, à moi qui braconnais sur les terres de son père.

« Ne vous tourmentez pas, Diane, susurre le vampyre. Sa Majesté sait se montrer généreuse envers les mortels qui se sacrifient pour elle. »

Il se penche en avant ; sa riche redingote de brocart bleu nuit entre dans le rayon de lune, puis le jabot de sa chemise piqué d'un gros saphir, et enfin sa tête tout entière. Elle m'évoque là aussi celle d'une statue. Son teint éclatant contraste avec sa longue chevelure d'un roux sombre et soyeux – rien à voir avec le nid à poussière informe qui coiffait le baron. Je suis frappée par la beauté juvénile émanant de ce visage parfaitement symétrique, d'un grain de peau si fin qu'il en devient indécelable, aux lèvres pleines et aux épais sourcils roux qu'on croirait peints sur de la porcelaine. Cet être semble avoir le même âge que moi, et sans doute était-ce le cas, la nuit où il est devenu vampyre – mais qui peut dire de quand date sa transmutation ? S'il l'a accomplie en même temps que le Roy, cela signifie qu'il infeste la terre depuis près de trois cents ans ! Au milieu de cette illusion de jeunesse, parmi cette candeur angélique, il y a tout de même un détail qui trahit sa nature monstrueuse : ses pupilles sont deux disques noirs tellement dilatés qu'ils dévorent presque tout le blanc des globes oculaires. Tels ceux des chats et des hiboux, les yeux des vampyres s'adaptent à l'obscurité ambiante, et voient dans la nuit comme en plein jour…

« Mes hommages, dit-il en se penchant pour me faire un baise-main. Je suis Alexandre de Mortange, vicomte de Clermont. »

Je détourne les yeux pour ne pas hurler, au moment où ses lèvres effleurent le revers de ma main de leur velours froid. Mon regard éperdu tombe à nouveau sur le miroir de la coiffeuse. Je m'y vois reflétée dans mon négligé souillé, dont la couleur brunit à mesure que le sang s'oxyde. Le visage du mort-vivant, en revanche, est invisible, de même que ses mains, comme si son habit de brocart n'était empli que de vide.

Ce n'est donc pas un mythe : la peau des vampyres, ces démons immortels, ne se réfléchit pas dans les glaces…

« Dès cette nuit, je vous emmène à Versailles, où je témoignerai devant la Cour de cette opération réussie contre la Fronde », dit-il en se redressant. Ses lèvres blêmes s'étirent pour dévoiler des dents plus blanches encore que son teint, prolongées de deux canines pointues, luisantes comme des agates. « Et dans quelques jours, Diane de Gastefriche, par la grâce des Ténèbres, vous aurez l'honneur de devenir pupille du Roy ! »

4

Départ

JE SUIS PARALYSÉE PAR LA PEUR.

Mon corps me semble cousu au cuir noir du carrosse d'ébène, dont les vibrations se répercutent jusqu'au creux de mes os.

En face de moi, sur la banquette opposée, le vampyre est immobile. Son visage sculptural est tourné vers le paysage nocturne défilant à travers la vitre. Les ombres noient son regard fixe. Pas le moindre souffle ne fait frissonner sa narine. Difficile de croire qu'il y a une heure, j'ai redescendu la colline à son bras jusqu'au carrosse venant à notre rencontre, sans croiser âme qui vive. À l'instar des habitants du village, les gens du baron sont restés cloîtrés dans les dépendances, respectant le couvre-feu, sentant peut-être qu'un seigneur des ténèbres rôdait au château…

Comme dans la chambre de la baronnette, j'ai l'impression d'être face à une statue. La seule chose qui bouge, c'est sa majestueuse chevelure rousse, vibrant doucement au rythme du carrosse. J'ai parfois vu mon père préparer le corps des défunts au village, pour l'inhumation. Il paraît qu'après le trépas, les ongles et les cheveux des cadavres continuent de pousser. Dans le cas des vampyres, c'est certainement vrai. Alors que tous les gentilshommes mortels et bien des nobles dames se parent de perruques et postiches pour se rendre plus impressionnants, les seigneurs de la nuit n'ont pas besoin de tels artifices : leur chevelure est surnaturellement éclatante de santé, gavée du sang de tous ceux dont ils se nourrissent…

Je serre les dents pour étouffer un gémissement.

Je suis en face d'un mort plein de vie. C'est le paradoxe des vampyres, une idée qui pour moi n'était qu'une abstraction jusqu'à présent, mais qui ce soir devient horriblement concrète. La mort vivante, c'est donc ça : cette pétrification totale à laquelle succèdent des mouvements d'une rapidité surnaturelle ; cette froideur qui semble émaner du corps du passager pour se transférer jusqu'au mien, malgré la couverture qu'il a jetée sur mes épaules ; enfin et surtout, c'est ce silence terrible qu'aucune respiration n'habite. Les deux dragons qui, je le sais, sont embarqués derrière à l'extérieur de la berline ne mouftent guère. Je n'entends que le craquement des essieux, le trot des chevaux, et parfois les brefs claquements de langue du cocher qui les encourage depuis l'avant du carrosse.

Ainsi vais-je, emportée dans une nuit inconnue plus loin que mes pas ne m'ont jamais menée, le corps transi et l'esprit engourdi, trop sonnée pour pleurer tous ceux que j'ai perdus.

*

« Vous voulez manger, mam'zelle ? »

J'ouvre lentement les yeux.

Un flot de lumière se déverse, si étincelant que je referme aussitôt les paupières.

Il me faut les cligner plusieurs fois pour en chasser les larmes d'éblouissement. Lorsqu'elles se dissipent, la berline capitonnée m'apparaît, le cuir noir étincelant sous les rayons du soleil. En face de la banquette où je me suis assoupie, la place est vide.

Comme si le vampyre s'était évanoui avec le matin.

Comme si tout cela n'avait été qu'un mauvais rêve.

« Mam'zelle, vous avez faim ? » insiste le dragon qui a ouvert la portière du carrosse pour s'adresser à moi.

Il me tend un panier d'osier, rempli de pain chaud et de lard.

Mes muscles, immobilisés par la présence du vampyre toute la nuit durant, retrouvent un peu de leur souplesse. Et mon esprit retrouve sa hardiesse.

Une idée fuse dans mon esprit : m'échapper.

Dès que possible et par tous les moyens.

Mais le dragon a beau me parler courtoisement, ainsi qu'il en a sans doute reçu la consigne, ses lèvres ne me sourient pas et ses yeux me surveillent attentivement. Un fusil pend dans son dos et une épée à sa ceinture. Le souvenir de la lame décapitant Valère me revient brutalement. La vision de maman égorgée me coupe le souffle.

Ravalant ma douleur, je fais mine d'attraper le panier, alors qu'en réalité je cherche surtout à évaluer mes chances de fuir. Je glisse la tête à travers la portière et j'aperçois le train arrière du carrosse ; de grosses malles en fer sont sanglées sous un auvent de cuir noir, où les deux autres dragons ont dû voyager pendant toute la nuit. À présent, ils déjeunent sur le gazon à grandes bouchées rapides, avant de reprendre la route.

Quant au cinquième passager du carrosse…

« Le vamp… le vicomte, je murmure, me corrigeant de justesse. Est-ce qu'il est… parti ? »

Un éclair de crainte passe dans les yeux du dragon.

« Le vicomte est là ! » me répond-il lugubrement.

J'ouvre la bouche pour le questionner davantage, mais la seule mention de son employeur l'a jeté dans un état fébrile.

« Bon, ben je vous laisse à manger, au cas où vous auriez envie de casser la croûte, marmonne-t-il en jetant le panier sur la banquette. Faut qu'on lève le camp sans tarder, si on veut être à Versailles après-demain.

— Attendez ! » je m'écrie, totalement désorientée.

Le vicomte est là ? – mais je ne le vois nulle part dans le carrosse.

Versailles dès après-demain ? – mais je croyais qu'il fallait une semaine pour monter de l'Auvergne à l'Île-de-France.

La portière se ferme sur mes protestations dans un claquement sonore, suivi du déclic de la serrure qui tourne.

Ma fenêtre d'échappée aura été de courte durée.

Tandis que le carrosse se remet en branle, je baisse les yeux sur le plancher.

Il y a un anneau de fer, au milieu, que je n'avais pas remarqué jusqu'à présent.

C'est la poignée d'une trappe.

Avec horreur, je comprends que la créature est bien là, en effet : protégée des rayons du soleil dans l'ombre de la soute, juste sous mes pieds, plus proche de moi qu'elle ne l'a jamais été !

*

Je passe toute la journée dans le même état de prostration que la nuit, immobile dans mon négligé de linon que la sueur séchée a raidi.

Le fait de savoir que le vampyre repose à quelques centimètres sous mes talons me tétanise, mais c'est surtout le doute qui instille son venin paralysant dans mes veines.

Comme tout le monde, j'ai entendu dire qu'il n'y a que deux moyens d'éradiquer définitivement un vampyre : soit lui planter un pieu de bois en plein cœur avant de lui trancher la tête, soit l'exposer au soleil assez longtemps pour qu'il brûle.

Faut-il tirer sur l'anneau de fer ? Dois-je tenter d'ouvrir la soute pour livrer celui qui y dort aux rayons inondant la cabine ? L'envie me démange furieusement, mais je crains de ne pouvoir maintenir le monstre dans la lumière plus de quelques secondes. S'il a pu s'élever hier jusqu'au château à la vitesse d'un épervier, il réussira certainement à fermer les rideaux avant d'être calciné. Au lieu de le brûler, lui, c'est ma couverture que je risque de griller. Et alors je mourrai bêtement.

Tandis que l'incertitude me torture, je sens la bile noire me monter au cerveau, apportant l'une de ces migraines dont je suis coutumière. Une chape de plomb appuie sur mon front, aussi pesante que les nuages qui écrasent le morne paysage derrière la vitre. La lourde tiédeur du court été s'attarde sur la plaine. Nous sommes déjà au seuil de l'automne, et dans quelques semaines, je le sais, le gel fera craquer les terres. Parfois, un hameau surgit au détour de la route, aussi isolé que l'était la Butte-aux-Rats, renfermant des vies aussi parquées que l'était la mienne.

Au fil des heures, le soleil décroît, inexorable.

Mon reflet apparaît de plus en plus distinctement à la surface de la vitre qui va s'obscurcissant : un visage fin aux yeux gris plissés par le mal de tête, émergeant d'un épais carré de cheveux pâles. Un minois de belette, comme le disait affectueusement mon pauvre Bastien. Une belette mise en cage.

Le jour finit par virer au soir, le soir au crépuscule, et soudain c'est la nuit.

Alors seulement, la trappe que j'ai passé la journée à observer sans oser agir se soulève, libérant un souffle glacé.

Une main blanche sort du trou béant : la paume où j'ai posé mes doigts la veille.

Puis le corps entier du vampyre s'extirpe de la soute dans un mouvement d'une aisance surnaturelle, à croire qu'une force invisible l'aide à se dresser.

Le jabot de sa chemise se gonfle telle une fleur mortuaire.

Il époussette le velours bleu de sa redingote, soulevant un nuage de poussière scintillante dans le clair de lune qui filtre à travers le carreau ; puis il agite ses longs doigts, comme s'ils couraient sur un piano fantôme, pour les délasser.

« Bonsoir, mademoiselle », me dit-il en s'inclinant vers moi.

Il se redresse et plonge dans mon regard ses yeux noirs et sans cernes, ni aucun des stigmates dont le sommeil marque habituellement la peau des vivants.

« Bonsoir, monsieur… », dis-je du bout des lèvres, l'aiguillon du danger dissipant la migraine.

Ça me fait tout drôle d'appeler *monsieur* cet être qui semble si jeune, plus encore qu'hier au château. Je m'aperçois que cette impression est due au fait qu'il a tiré sa dense chevelure rousse en arrière pour la lier en catogan. La beauté juvénile de son visage n'en est que plus éclatante.

Remarquant que mon regard s'attarde sur son front lisse, il déclare :

« Vous pouvez ôter votre perruque si cela vous est plus confortable, je ne me formaliserai pas. Je n'en ai d'ailleurs jamais vu de telle, mêlant vrais cheveux et fils d'argent – c'est très osé ! »

Je frémis à ces paroles. L'argent est interdit dans toute la Vampyria : si l'ail irrite les immortels, ce métal est pour eux plus toxique encore.

« Ce n'est pas une perruque : ce sont mes vrais cheveux, sans une once d'argent, je m'empresse de préciser.

— Vraiment ? » Il m'observe à nouveau, tel un entomologiste examinant la carapace d'un insecte, puis ajoute : « Vos cheveux sont épatants ! »

Ne sachant que répondre, je m'efforce de sourire, mais ne parviens qu'à produire une grimace se déformant au rythme des cahots de la route.

« Je ne suis pas comme les autres vampyres auvergnats que vous avez pu côtoyer, poursuit-il sans deviner qu'il est le premier que je rencontre. Par pitié, n'allez pas me mettre dans le même sac que ces vieux fossiles empestant la naphtaline, comme le marquis de Riom ou le comte d'Issoire. Ces épouvantails portent les mêmes sapes depuis au moins un siècle ! Je fais livrer les miennes de Paris à chaque saison, pour me tenir au goût du jour. » Il lisse fièrement le revers de sa redingote, qui en effet semble flambant neuve, parfaitement coupée pour épouser son torse athlétique. « Ma place n'est pas à Clermont, croyez-moi, et depuis des lustres je ne rêve que d'une chose : me faire la malle. »

Les paroles d'Alexandre de Mortange me laissent perplexe.

Il s'exprime comme un jeune d'aujourd'hui, quitte à employer le même argot que mes frères. Et surtout, il y a la manière dont il évoque les autres vampyres auvergnats ! Combien de fois mon père m'a-t-il reprise, quand je parlais des seigneurs de la nuit avec légèreté, sans témoigner du respect qui leur était dû !

« Je suis différent, conclut mon hôte en faisant bouffer le jabot de sa chemise. Résolument moderne. Et même, si j'ose dire, en avance sur ce temps qui refuse d'évoluer. Sans doute trop avant-gardiste pour la Cour de Versailles, puisqu'on m'a exilé il y a des années. Mais cette révolte de frondeurs, étouffée dans l'œuf, va changer la donne. » À ces mots, une ombre de contrariété passe sur son visage. « Certes, j'aurais préféré que les choses se déroulent autrement, car je déteste la violence gratuite et les souffrances inutiles. En tant que représentant du Roy, je n'ai fait qu'accompagner l'inquisiteur. C'est l'archiatre de Clermont qui l'a dépêché. Sous sa respectable blouse de prélat, cet homme était une brute épaisse ! Ses gens et lui ont fait une vraie boucherie chez les frondeurs. Rien que d'y penser, j'en ai des frissons. Malgré tout, j'espère rentrer dans les bonnes grâces de Sa Majesté. Qu'en pensez-vous ?

— Euh... oui, certainement », je balbutie, la gorge serrée.

Les souvenirs de l'assassinat des miens me bouleversent.

Le fait qu'un immortel se confie à moi pour que je le rassure me décontenance un peu plus.

C'est que, pour lui, je ne suis pas une roturière, mais une noble demoiselle : même s'il est vampyre et que je suis mortelle, le privilège de la noblesse nous rapproche à ses yeux.

« Mais je cause, je cause, je ne parle que de moi comme à mon habitude, et j'oublie le drame que vous venez de vivre ! s'écrie-t-il. Quel mufle je fais ! Vous êtes encore sous le choc d'avoir perdu votre père, secouée dans ce carrosse d'un autre âge. Savez-vous que vous êtes tombée raide de sommeil hier soir, avant même que nous fassions escale à Clermont ?

— Nous avons fait escale à Clermont ? je répète d'une voix blanche.

— Le temps pour moi de faire mes valises. C'est que je quitte l'Auvergne pour ne plus revenir ! Adieu ! *Bye bye ! Adios ! Arrivederci !* Prochain arrêt : Versailles ! »

J'enfonce mes ongles dans le cuir de la banquette, repensant aux énormes malles à l'arrière du carrosse et au temps qu'il a fallu pour les remplir, enragée de n'avoir pas pu saisir cette occasion de fuir.

« J'aurais aimé prendre le temps d'une halte chaque nuit dans une auberge, poursuit le vicomte. Je sais que les mortels préfèrent dormir dans un lit, plutôt que sur la banquette d'un carrosse. Moi-même, croyez-moi, j'apprécie le moelleux capiton de soie de mon cercueil bien davantage que cette soute poussiéreuse. Seulement voilà, j'ai trop hâte de gagner la Cour, ça fait si longtemps qu'on m'en a banni ! Sa Majesté m'avait laissé le choix : l'Auvergne ou la Bastille. À l'époque, j'étais persuadé de choisir l'option la moins ennuyeuse, mais avec le recul je n'en suis plus si sûr. Ah ah ! »

C'est la première fois que je rencontre quelqu'un qui a côtoyé le Roy des Ténèbres. Le souverain a toujours fait partie de ma vie, d'une certaine façon, mais seulement comme une gravure au-dessus de la cheminée, un profil masqué au revers des pièces de monnaie, ou une présence semi-légendaire dans les contes à faire peur le soir autour de l'âtre. Et voilà que nous galopons à bride abattue vers lui !

« J'ai demandé à mes hommes de changer de chevaux à chaque relais de poste, toutes les sept lieues, conclut le vampyre. Malgré les cahots, j'espère que vous appréciez le voyage.

— Beaucoup, je mens.

— Je suis heureux de l'apprendre. Mais dites-moi… la nourriture n'est pas à votre goût ? »

Il désigne du doigt le panier d'osier, auquel je n'ai pas touché.

« Je… si, elle a l'air succulente, dis-je, soucieuse de ne pas le froisser. J'ai juste l'estomac un peu serré. À cause de la mort de mon père, comme vous l'avez dit… »

… et de celles de ma mère et de mes frères, je complète mentalement, réprimant un sanglot.

« Je comprends, m'assure Alexandre de Mortange en opinant du chef. Même si j'ai été transmuté il y a un bail, je me rappelle à quel point les sentiments des mortels peuvent être intenses. Mais sachez que nos cœurs à nous autres vampyres s'émeuvent aussi, même s'ils ne battent plus. C'est juste que notre perspective sur les événements est… différente. Nos vies ne sont pas si éphémères que les vôtres. Il vous faut si peu de choses, si peu, pour passer des cimes aux abîmes en matière de sentiments ! De vraies montagnes russes ! Vous perdez un seul être cher et tout votre monde s'écroule. Vous trouvez le réconfort d'un seul ami et vous vous sentez ressusciter. Laissez-moi être cet ami, Diane – vous permettez que je vous appelle Diane ?

— Je vous en prie, euh, Alexandre, je réponds, gênée par sa familiarité et en même temps soulagée qu'il n'y voie que du feu.

— Alex tout court, ça suffira.

— D'accord… Alex. »

Il me tend sa main ouverte :

« Tope là, Diane ! Tant qu'on y est, on se dit *tu* ? Le vouvoiement me barbe, j'aurai toujours dix-neuf ans dans ma tête ! »

Je frappe ma paume contre sa paume glacée, ébranlée par sa capacité à passer en une phrase du langage le plus châtié au plus familier. J'ai au moins obtenu une information importante : Alexandre avait dix-neuf ans quand il a été transmuté.

Il sort un briquet en or de sa redingote et allume la lanterne au plafond. La lumière se déverse dans la voiture, dansant au rythme des soubresauts.

« Et voilà : *fiat lux*, que la lumière soit ! déclare-t-il. La chaleur et l'éclat d'une flamme, il n'y a rien de tel pour raviver le cœur battant des mortels. Certains vampyres l'ont oublié, à force de vivre éternellement dans la nuit, mais moi je le sais parfaitement. »

Son sourire s'élargit légèrement ; cependant, il prend soin de ne pas trop remonter ses lèvres, comme pour m'épargner le spectacle de ses canines. Quant à la pupille de ses yeux, elle se rétracte sous l'effet de la lumière ambiante. Ses iris, jusque-là invisibles, se dessinent : ils sont d'un bleu azuréen.

Je dois admettre que le vicomte possède la beauté surnaturelle d'un ange. Mais, comme le rappelle lugubrement son patronyme, cet ange-là est mort depuis longtemps. *Mortange*… Sous l'éclat de ses dix-neuf ans figés pour l'éternité, ses entrailles sont celles d'une momie immémoriale.

« Il faut manger, Diane ! m'encourage-t-il. Il faut prendre des forces pour la vie excitante qui t'attend à Versailles. Tu vas voir, c'est épatant ! »

J'écarte le torchon couvrant le panier, je saisis une tranche de pain du bout des doigts et je me mets à la mâchouiller.

« Hum… l'odeur du pain frais…, commente Alexandre en humant l'air. Je me souviens combien j'aimais ça, jadis.

— C'est bon ! dis-je entre deux bouchées, mais sur ma langue tout aliment ne peut avoir qu'un goût de cendres.

— Peut-être un peu sec, comme ça, tout seul ?

— Non, je vous… je t'assure, dis-je, butant sur ce tutoiement forcé, si peu naturel entre nous. Ce pain est très frais.

— Allez, tu peux me dire la vérité. Franchement, qui aime le pain sans aucune garniture ? »

Les manants qui n'ont pas les moyens de se payer autre chose, voilà qui, ai-je envie de rétorquer – mais bien sûr, je n'en fais rien. Il me faut jouer à fond mon rôle de privilégiée.

« C'est vrai qu'au château, j'avais l'habitude de petit-déjeuner de beurre frais et de confiture », je prétends.

Une moue contrariée passe sur le visage d'Alexandre, froissant un instant sa perfection.

« Ces empotés de dragons n'ont pas eu la présence d'esprit d'y penser, grommelle-t-il. On est si mal servi, dans les campagnes ! Une raison supplémentaire pour laquelle je suis impatient de regagner la civilisation. Versailles est un peu guindé, certes, et avec tout ce marbre le vin gèle dans les carafes dès novembre. Mais un courtisan digne de ce nom se doit d'y avoir un appartement. » Il pousse un soupir, comme si toutes les contraintes de cette Cour vers laquelle il se précipite lui pesaient d'avance. « Le Roy n'est pas un joyeux luron. Il passe ses nuits enfermé dans son observatoire, à regarder les étoiles avec les vieilles barbes de la Faculté. On murmure que derrière son masque solaire, il n'a jamais souri… »

Alexandre baisse instinctivement la voix en prononçant ces mots. Le véritable visage du Roy est un sujet tabou, mis à l'index par la Faculté. Quelles odieuses métamorphoses sa transmutation a-t-elle pu causer dans sa chair ? Les docteurs prétendent que c'est un mystère trop profond – ou trop terrible – pour que les simples mortels en débattent. Il semble que les vampyres eux-mêmes ne puissent aborder cette question sans frémir… Alexandre a tout de même lâché un mot qui pique ma curiosité.

« Un masque *solaire*, vraiment ? je répète, interloquée par ce paradoxe. Pour le Roy des Ténèbres ?

— Avant d'être le Roy des Ténèbres, l'Immuable était le Roy-Soleil, me rappelle gravement Alexandre. Il n'a jamais renoncé à l'idée de reconquérir le jour. C'est la raison pour laquelle il porte le masque d'Apollon, le dieu solaire. »

Les seigneurs de la nuit reconquérant le jour ? Les vampyres allant et venant à loisir avant le son du tocsin ? Cette seule pensée me donne la chair de poule !

Mais mon frivole compagnon de voyage est déjà passé à un autre sujet :

« Quoi qu'il en soit, malgré sa sévérité, le Roy a le sens de la grandeur, reprend-il. Chaque année en décembre, pour les célébrations de la nuit des Ténèbres, je peux t'assurer qu'on s'en prend plein la vue. Et puis, Paris est à un jet de pierre. À la capitale, c'est toujours la bringue ! Épatant, te dis-je ! Je vais m'enivrer de ces musiques nouvelles venues d'Angleterre, au lieu d'écouter toujours les mêmes concertos soporifiques des musiciens de Clermont. Je meurs d'impatience d'aller au théâtre de l'Odéon applaudir les dernières pièces à scandale, avant de m'éclater jusqu'au bout de la nuit au bal de l'Opéra.

— Mourir d'impatience, pour un vampyre, l'image est tordante… », je grince.

Les yeux bleus d'Alexandre pétillent d'excitation à la lueur de la lanterne.

« Mais c'est que tu as de l'esprit, Diane ! s'exclame-t-il. Épatant ! J'adore ! Tu verras, toi aussi tu vas faire des étincelles à Versailles et à Paris ! »

Cet étrange personnage qui déclare détester la violence ne cesse de me surprendre.

Il déborde d'une telle énergie adolescente, avec sa manie de caser des « épatant » à tout bout de champ. Certes, cet enthousiasme bouillonnant est en accord avec son physique de jeune homme. Et son titre de vicomte est le plus bas de la noblesse vampyrique, juste au-dessus du titre humain de baron. Mais qu'en est-il de son âge réel ?

« Merci de prendre si bien soin de moi, dis-je, me fendant d'un sourire hypocrite.

— Arrête, je te dis, pas de manières entre nous. C'est tout naturel, après l'épreuve que tu as traversée. Et c'est tout naturellement que le Roy t'accueillera à l'école de la Grande Écurie. La rentrée vient d'avoir lieu : tu pourras t'intégrer sans peine. J'ai envoyé un corbeau pour prévenir de ton arrivée, il nous précède à tire-d'aile. »

Un corbeau, oui : j'ai entendu dire que les vampyres commandaient à ces volatiles.

« Justement, j'appréhende un peu ce qui m'attend, dis-je. Jusqu'à présent, je n'ai guère quitté le château de mon pauvre père. La Cour m'intimide. Et tout est si précipité. Toi, tu as eu le temps de faire tes valises à Clermont, mais moi je n'ai pu emporter aucun effet personnel… » Je baisse les yeux sur la robe de linon tachée de sang séché. « … jamais un *négligé* n'a si bien porté son nom.

— Sur mon honneur, je suis confus de ne pas t'avoir laissé le temps de te changer ! se récrie Alexandre. Mais ne t'inquiète pas, en tant que pupille, le Roy te dotera comme il se doit dès ton arrivée. Sa Majesté est magnanime : elle saura prendre pitié d'une pauvre orpheline, tout comme elle saura pardonner à un repenti sincère tel que moi. »

L'espace d'un instant, la langue me brûle de demander à Alexandre l'outrage qu'il a commis pour encourir le courroux du souverain. Mais je me retiens. Il serait stupide de vexer ma seule source d'information sur le nid de frelons où je m'apprête à me jeter.

« Quant aux us et coutumes de Versailles, tu pourras compter sur moi pour te guider, reprend-il, affable. Je connais le palais comme ma poche. Tu vas t'y épanouir telle une magnifique fleur des champs et éclipser les fleurs des villes. C'est que la Cour raffole de ce qui sort de l'ordinaire. Tiens, rien que tes magnifiques cheveux couleur de lune, c'est la définition même du mot épatant, je suis sûr qu'ils feront se tourner toutes les têtes !

— Merci infiniment, dis-je, forçant mon sourire. J'ai de la chance d'avoir un… » Ma langue achoppe sur ce mot, le dernier que j'aurais jamais cru accorder à un seigneur de la nuit. « … un *ami* tel que toi. »

5

« Ami »

UNE FOIS ENCORE, JE ME RÉVEILLE BIEN après le lever du soleil, à croire que le mouvement du carrosse d'ébène me berce.

Tout comme hier, la banquette d'en face est désertée.

La trappe est refermée sous mes pieds, et désormais je sais ce qui se trouve dessous…

À nouveau, je suis tentée de la soulever, mais je me retiens. Pour horripilant qu'il soit, fanfaron et imbu de sa personne, Alexandre s'est aussi montré attentionné lors de notre échange. Bien évidemment, il demeure un seigneur de la nuit, un ennemi juré, et j'ai fait semblant de lui accorder mon amitié uniquement pour me concilier ses faveurs. Mais il n'est sans doute pas le pire représentant de son espèce – n'assure-t-il pas être « différent » de tous les autres ? Plus moderne, prétend-il, et peut-être aussi plus humain. Du reste, il n'est pas le commanditaire du meurtre de ma famille. Comme il me l'a dit, il n'a fait qu'accompagner l'inquisiteur en tant que simple représentant de l'autorité royale. Ce n'est pas lui, l'immortel, qui a massacré les miens, mais des hommes de chair et de sang, bien vivants comme moi ; tandis que ces assassins s'acquittaient de leur immonde besogne, lui gisait dans sa soute. Peut-être que s'il avait pu en émerger à temps, il aurait ordonné qu'on arrête le carnage pour se contenter de faire des prisonniers ? N'a-t-il pas affirmé qu'il détestait la violence gratuite et les souffrances inutiles ? Mon cœur chavire. Je suis orpheline désormais et je le resterai jusqu'au dernier jour de ma vie. Je n'ai plus de parents, plus de frères, et mes grands-parents sont morts depuis longtemps : me voilà seule au monde. J'avoue ne plus savoir à quoi je sers. Sans doute à rien du tout.

À cette pensée, je me rappelle le petit médaillon de maman.

Je l'extrais de la poche de mon négligé pour l'observer à la lumière du jour.

C'est un modeste bijou de bronze pas plus gros qu'une noix, sans autre fioriture qu'un petit fermoir. D'aussi loin que je me souvienne, je l'ai toujours vu au décolleté de ma mère, mais je ne lui ai jamais demandé ce qu'il renfermait. Le moment est venu de le découvrir. J'appuie sur le fermoir. Le médaillon s'ouvre telle une coquille.

À l'intérieur se trouve un petit cadran horaire blanc protégé par une plaque de verre – ce que j'avais pris pour un simple bijou est en réalité une montre à gousset, que maman portait en sautoir. Les aiguilles sont arrêtées, marquant 7 h 38. Le mécanisme s'est peut-être cassé dans la bataille, à moins qu'il ait été brisé avant.

Au revers du couvercle est gravée une devise : LA LIBERTÉ OU LA MORT.

Mais ce n'est pas tout : dans le réceptacle repose une mèche argentée, soigneusement enroulée autour d'un ruban bleu.

Ma gorge se serre.

Mes yeux se brouillent.

Ma mère, à qui je me suis si souvent opposée par goût de la contradiction, dont j'ai fui les sermons au fond des forêts, portait contre son cœur un échantillon de mes propres cheveux. Je me moquais d'elle quand elle me recommandait de ne pas prendre de risques inconsidérés, mais elle savait de quoi elle parlait mieux que quiconque, elle qui vivait sur le fil du danger. Je pensais jouer les grandes rebelles en prétendant vouloir aller à la foire de Bellerive à trois lieues de la Butte-aux-Rats, bravant la loi du parcage. Je me croyais follement courageuse, en affirmant vouloir chasser de nuit au mépris de la loi du couvre-feu, sous prétexte que les abominations sont rares dans notre région enclavée.

J'ai mal et j'ai honte, de lui avoir reproché pendant toutes ces années de veiller trop scrupuleusement à ce que je respecte le Code mortel. Elle le faisait uniquement pour que mes frasques n'attirent pas l'attention sur la famille et son secret. Même si pour moi, le mot « liberté » gravé sur le couvercle de la montre reste un mirage, j'aurais voulu partager ce mirage avec les miens…

Les paroles de Valère me reviennent en mémoire : *« Les parents disent que tu es trop imprévisible. »* Est-ce la raison pour laquelle maman a préféré me tenir hors de la confidence ? M'aurait-elle tout révélé pour mes dix-huit ans, comme l'a prétendu Bastien ? Est-ce que la présence de mes cheveux dans le réceptacle signifie qu'elle croyait au moins un peu en moi ?

Au moment de ranger la montre à gousset dans ma poche, mon regard tombe sur le panier d'osier, posé à côté de moi.

Il a été regarni depuis la veille.

Soulevant le torchon, je découvre une nouvelle miche de pain tranchée à la croûte dorée, mais aussi une motte de beurre frais soigneusement enveloppée dans du papier, accompagnée de trois petits pots de confiture.

Cette fois, je dévore ma pitance avec un appétit féroce.

*

Je passe le reste de la journée à observer le paysage à travers la vitre.

Bientôt, les hameaux se rapprochent, se transforment en véritables villes dont les toits luisent au loin d'un éclat métallique. Des murailles grises emprisonnent ces cités où se concentre le quart état.

Au moment où le soleil disparaît, le tocsin résonne derrière le carreau, démultiplié : ce sont tous les clochers des villes d'Île-de-France, qui sonnent les uns après les autres dans un concert menaçant.

La trappe se soulève en émettant un grincement et Alexandre apparaît dans un souffle d'air froid.

« À ton service, ma chère, dit-il après avoir allumé la lanterne, en s'inclinant pompeusement devant moi. La journée a été bonne ?

— Oui, quoiqu'un peu solitaire, je minaude, rentrant dans le jeu de la demoiselle en détresse pleine de gratitude. Notre conversation me manquait. »

Un fin sourire se dessine sur les lèvres du vicomte.

« Je suis là maintenant, prêt à en reprendre le fil ! s'exclame-t-il. Mais d'abord, dis-moi ce que tu penses de ces nouvelles pompes que j'ai mises spécialement pour toi. »

Il exhibe fièrement ses souliers.

« Ce sont des Talaria dernier cri, en pur croco de Louisiane, m'informe-t-il, comme je tarde à réagir. Classe ou pas ?

— Elles sont très belles.

— Ils font aussi des modèles féminins à se damner, m'assure-t-il. Le Roy t'en offrira sans doute quelques paires, en tant que pupille. Sans talons rouges bien sûr, parce qu'ils sont exclusivement réservés aux vampyres. Étiquette oblige. »

Je lorgne les talons vermeils des souliers d'Alexandre, prenant bonne note de cette information. Elle pourra m'être utile plus tard, pour reconnaître les suceurs de sang à la Cour, si l'aura glacée de leur présence n'y suffit pas.

« Tu sembles connaître tant de choses que j'ignore, dis-je, flattant son ego. Tu parles de Versailles comme si tu y avais déjà vécu une vie entière.

— Mais c'est le cas, Diane ! dit-il en riant, et cette fois-ci j'aperçois la pointe de ses canines. Une vie… et même plusieurs ! »

Comme la veille, l'illusion d'être en face d'un garçon de dix-neuf ans se trouble.

« Je repensais justement au passé, avant-hier soir, reprend-il. Je rassemblais mes souvenirs pour les mettre en bon ordre avant d'arriver à Versailles. Il ne s'agirait pas que je confonde untel avec un autre, que je fasse le baisemain à la mauvaise marquise ou que j'adresse la parole au mauvais duc ! La Cour des Ténèbres a ses codes, ses pièges mortels, et le moindre faux pas s'y paye au prix du sang… »

Je me rappelle l'état de pétrification dans lequel Alexandre est resté la première nuit du voyage, des heures durant : il était donc perdu dans ses souvenirs… À mon tour, il faut que j'y puise autant que possible.

« Cette école qui m'attend à Versailles, la Grande Écurie : de quoi s'agit-il exactement ? je lui demande.

— C'est une institution créée il y a trois siècles par Louis XIV lui-même, avant sa transmutation, pour former les meilleurs cavaliers du royaume. De nos jours, on y apprend toujours l'équitation, mais pas seulement : c'est là qu'est éduquée la fine fleur de la noblesse mortelle. La crème de la crème, si tu vois ce que je veux dire. Tous les ans à la mi-août, des filles et des garçons issus des plus hautes familles de la Magna Vampyria intègrent le pensionnat, avant de faire leur entrée officielle à la Cour. Les meilleurs d'entre eux sont même admis au service du Roy en personne, en tant qu'écuyers et écuyères. Sa Majesté en sélectionne deux parmi les aînés, chaque 31 octobre, la nuit anniversaire de sa transmutation. » Il s'esclaffe : « Je te parlais de la Cour comme d'un panier de crabes, mais ce n'est rien à côté du pugilat qui s'engage chaque année entre les prétendants à la faveur royale ! Toi, tu serais déjà disqualifiée… »

Il me pointe de son index.

Là, sur mon corsage, il y a une trace orange parmi les traînées de sang bruni : une petite tache de confiture d'abricots.

« Il faudra que tu apprennes à manger sans en mettre partout, me tance-t-il espièglement. Sans quoi tu t'attireras les foudres de madame Étiquette, l'hydre qui veille sur les bienséances à la Cour.

— Ne me fais pas croire que tu ne t'es jamais taché lors de tes… hum… *repas.* Le sang, c'est bien connu, ça marque terriblement. »

Il pouffe, son rire se mêlant au grincement des roues qui tournent à toute allure.

« Décidément, j'adore ton franc-parler ! Et la Cour l'appréciera aussi. » Il étire son long corps sur sa banquette, posant ses talons rouges au coin de la mienne. « Tu as raison, j'ai gâché plus d'un jabot de dentelle – ils sont si durs à récupérer une fois souillés. »

Il pousse un profond soupir :

« Le sang. Encore le sang, toujours le sang. On en revient sans cesse là. C'est la partie la plus pénible de notre nature, à nous autres vampyres. On nous appelle les seigneurs de la nuit. Mais en vérité, nous sommes des esclaves : les esclaves du sang. »

Je sens qu'il est sérieux à présent, le temps du badinage est passé.

On n'entend plus que les craquements du carrosse, tandis que la lanterne oscille au plafond.

« Si tu savais comme j'aimerais être libéré de cette soif débilitante, reprend-il. De toutes les chaînes du passé qui pèsent sur notre espèce, c'est la plus lourde à porter. Moi, je te l'ai dit, je veux m'envoler vers l'avenir. Je veux embrasser furieusement tout ce qui est moderne. Avec toutes mes tripes, avec toute ma cervelle, avec toute… mon âme ! Secrètement, je rêve d'un monde où les vampyres n'auraient plus besoin de sang humain pour se nourrir. »

Ces paroles me troublent plus que toutes celles qu'Alexandre a prononcées depuis notre rencontre. Jamais je n'aurais imaginé un vampyre parler de son *âme*, et encore moins dénigrer le sang, cette valeur suprême qui structure l'État, la religion, l'impôt, toute la société.

« Ton rêve se réalisera peut-être, je murmure. Je veux dire : peut-être qu'un jour, les vampyres découvriront le moyen de survivre autrement. »

Alexandre se penche vers moi et prend ma main dans la sienne.

Elle me semble légèrement moins froide qu'avant.

« Je vois que tu es une incorrigible idéaliste, comme moi. Il faudra te méfier à Versailles, car nombreux sont ceux qui veulent écraser tout germe de pensée progressiste.

— Merci pour cet avertissement, Alex. Je m'en souviendrai. »

Il me sourit, puis il se renverse à nouveau sur sa banquette.

« Pour l'heure, il convient hélas de sacrifier à la malédiction des Ténèbres : malgré tous les beaux discours et toutes les belles espérances, elle est toujours d'actualité. »

Il plonge la main dans sa redingote et en sort un récipient de verre que je reconnais aussitôt : c'est un flacon hématique, spécialement conçu par la Faculté pour prélever et conserver la dîme. Il est rempli à ras bord d'un liquide rouge et visqueux.

« Je suis désolé de me sustenter devant toi, s'excuse-t-il. D'habitude je préfère faire cela en privé. Mais vu l'étroitesse de notre voiture, je n'ai guère le choix. »

Il débouche le flacon et l'approche de son nez.

Pour la première fois, je vois sa narine frémir – oui, frémir de plaisir !

« Quel délicat fumet, se réjouit-il. Ce sang est encore frais, pas comme les flacons à demi coagulés que l'archiatre de Clermont m'envoyait chaque mois – maudite soit la Faculté ! Il faut dire que j'ai prélevé moi-même ce breuvage à la carotide de ma victime. Figure-toi, Diane, qu'un de ces frondeurs imbéciles était encore vivant, quand je me suis réveillé il y a deux nuits. Ou plutôt devrais-je dire : une frondeuse. »

Je me fige sur la banquette, crucifiée par ces paroles et par ce qu'elles signifient.

Non.

Non, c'est impossible.

Maman était morte quand nous avons quitté la maison, Bastien et moi, j'en suis sûre… ou presque.

« Cette garce se traînait sur le sol de sa salle à manger, une main plaquée sur le cou dans un effort ridicule pour stopper l'hémorragie, poursuit Alexandre. C'est fou comme la vermine s'accroche à la vie ! Si les frondeurs s'étaient laissé capturer sans discuter, tous les cinq, on aurait pu les décapiter proprement afin de recueillir leur sang sans en perdre une goutte. Tu te rappelles, je t'ai dit que je détestais les souffrances inutiles : tant qu'à souffrir, autant que ça serve à quelque chose. Comme le professe la Faculté, il n'est de pire crime que le sang gâché ! Bref, j'ai soulevé les doigts de cette gueuse un à un, pour laisser ce qui restait de sang chaud s'échapper de sa plaie, et j'en ai recueilli assez pour remplir trois flacons.

— Tais… tais-toi, je bredouille, prise d'une violente envie de régurgiter les tartines offertes par cette ordure que j'ai osé appeler mon ami.

— Ben quoi, Diane, ne te mets pas dans des états pareils, proteste-t-il, sans comprendre ce qu'il m'arrive. Je te parle d'une ennemie de la Vampyria ! D'une vile criminelle, associée à ceux qui ont lâchement tué ton père ! Elle m'a imploré de l'épargner. Si tu avais entendu la manière dont ses supplications grotesques se mêlaient au gargouillis du sang, dans sa gorge ouverte comme un sourire… c'était d'un comique ! Tu devrais savourer ta revanche, tout comme je savoure ce nectar. »

Il porte le flacon à ses lèvres blêmes, aspirant à longs traits tout ce qu'il reste de maman.

6

Haine

IL Y A QUELQUES HEURES ENCORE, JE ME demandais à quoi je servais – je le sais maintenant : à faire disparaître Alexandre de la surface de la Terre !

La vengeance : voilà pourquoi je suis toujours en vie !

J'ai sottement laissé passer l'occasion d'accomplir mon destin – ou tout du moins d'essayer –, hésitant par deux fois à soulever la trappe sous laquelle mon ennemi immonde sommeillait sans défense.

Il se tient à présent devant moi sur la banquette, discourant gaiement après avoir vidé un flacon rempli du sang de ma mère chérie.

Elle était encore vivante.

Elle aurait pu être sauvée.

Mais il l'a achevée, ce monstre : il l'a saignée de ses mains !

Au cœur de la nuit fourbe, je sais qu'il est invincible. Pour le prix de ma lâcheté, je suis condamnée à l'entendre raconter pour la centième fois son ennui en Auvergne et sa joie de retrouver Versailles, maintenant tout proche. Je le hais à en crever pour avoir tué ma mère. Mais plus encore, je me hais d'avoir écouté ses délires de rédemption, ses espoirs d'être libéré de la malédiction du sang, et d'y avoir cru ne serait-ce qu'une minute ! Une migraine pulsante, sauvage, me broie la cervelle comme pour me punir de ma bêtise.

« Voilà les banlieues parisiennes – nous y sommes presque », déclare-t-il soudain.

Derrière la vitre du carrosse, les agglomérations urbaines sont si rapprochées maintenant qu'elles ne sont plus séparées que par des terrains vagues envahis de mauvaises herbes. La lune bave sur des murailles de plus en plus hautes, confinant des cités de plus en plus denses. Des chemins de ronde crénelés en font le tour. De minuscules silhouettes armées de hallebardes y patrouillent, surveillant les rues, à l'affût de quiconque braverait le couvre-feu. Les tours d'immenses cathédrales noires coiffées de chauves-souris de fer dominent ces prisons à ciel ouvert. Je n'ose imaginer la taille des cuves que renferment ces gigantesques édifices, et les tonnes de sang que la Faculté y conserve…

« Je te l'accorde, ces banlieues ne sont pas riantes, commente Alexandre. Mais il faut bien cela pour parquer les dizaines de milliers de sans-dents nécessaires à l'alimentation de la Cour. Leur sang en échange de notre protection : c'est la base même du Code mortel. »

À chaque parole que prononce ce démon, mon estomac se tord un peu plus, ma migraine monte d'un cran. Cette expression, les « sans-dents », pour désigner les humbles soumis aux crocs des puissants, me révulse. Quant à la « protection » offerte par les vampyres, jamais elle ne m'a semblé aussi hypocrite. Ils prétendent préserver les mortels de leurs instincts guerriers – tels des enfants querelleurs qu'il faut parquer pour ne pas qu'ils se blessent ! Ils affirment aussi les protéger contre les abominations créées par les Ténèbres – mais ce sont les pires d'entre elles ! Toute l'iniquité de la *pax vampyrica* m'explose au visage comme jamais encore.

« Nous autres, immortels de la Magna Vampyria, nous avons renoncé à nos instincts sauvages pour nous contenter de boire en flacon, continue Alexandre, songeur, sans voir la répulsion qu'il m'inspire. Mais aucune fiole, si fraîche soit-elle, ne peut remplacer la joie de saigner une proie vivante en toute légalité. Cela n'arrive que lorsque l'on a la chance de prendre un roturier qui a bravé le couvre-feu… ou lorsqu'on coince un ennemi de l'État. Je dois t'avouer qu'après avoir rempli mes trois flacons, j'ai fini cette frondeuse à même la gorge, par pure gourmandise. »

Il m'adresse un odieux sourire complice, tel un garnement pris la main dans un pot de confiture.

Je ressens l'envie irrépressible de lui sauter au visage pour déchirer ce sourire avec mes ongles ; mais il le couvre d'un mouchoir en dentelle.

« Pouah, tout d'un coup ça empeste ! s'exclame-t-il tandis que nous passons devant une cité plus massive encore que les autres. C'est l'odeur du bas peuple quand on l'entasse. Là-dedans, ça doit grouiller autant que dans les batteries de volailles de la seigneurie de

Plumigny. Je gage que cette cité-là ne doit pas fournir des premiers crus, mais juste de la piquette à destination des vampyres désargentés. Hygiène approximative et maladies à gogo : bonjour les miasmes. Tu ne sens pas ? »

Je secoue la tête, les cahots des pavés disjoints sous les roues enfonçant autant de clous de fer dans ma cervelle.

La seule chose que je sens, c'est l'odeur acide de ma sueur dans cette maudite robe de linon que je n'ai pas quittée depuis trois jours.

Les sinistres banlieues-prisons finissent par laisser place à des immeubles de pierre blanche ornés de moulures. Nombreuses sont les fenêtres brillamment éclairées par des lustres en dépit de l'heure très avancée, l'air de la nuit d'été agitant leurs voilages. De langoureux sanglots de violons sourdent à travers certaines d'entre elles, des menuets sautillants s'échappent des autres. Je n'ose imaginer ceux qui s'ébattent dans ces appartements, vampyres, mortels, ou pire encore : un mélange des deux.

« De l'air, qu'on respire ! » décrète Alexandre, entrouvrant la vitre.

Le souffle de la nuit pénètre dans la cabine. Les mèches rousses d'Alexandre se soulèvent telles des flammes autour de son visage modelé sur la beauté du diable.

« Je sens la poudre des feux d'artifice et le sillage des gants parfumés ! s'exclame-t-il, écarquillant ses yeux aux prunelles dilatées. Je sens l'excitation des fêtards qui dansent la gigue sans repos ! Je sens les effluves suaves des roses vampyriques et l'odeur piquante des oranges sanguines montant de l'orangerie du château ! »

Gigue sans repos ? Roses vampyriques ? Oranges sanguines ? Mon esprit ne parvient pas à se représenter les horreurs qu'Alexandre évoque avec des frissons de plaisir. Sous les roues du carrosse, le bruissement régulier des pavés bien alignés vient remplacer les cahots de la campagne. Nous parcourons la dernière lieue comme dans un rêve, ou plutôt un cauchemar.

Soudain, le carrosse s'arrête devant une gigantesque grille de fer, aux barreaux quatre fois plus hauts que moi, terminés par des pointes acérées comme des lances.

« Nous y voilà ! s'exclame Alexandre. La Grande Écurie ! »

Il ouvre la portière avant même qu'un dragon se précipite pour l'aider, et saute dans la nuit.

« Mademoiselle ? » m'invite-t-il en se fendant d'un sourire charmeur.

Je surmonte mon dégoût et saisis le bras qu'il me tend pour sortir à mon tour de la voiture où j'ai mariné dans mon jus.

Au moment où nos corps se frôlent, je suis à nouveau prise du désir sauvage de lui lacérer le visage à mains nues.

« Nous allons devoir nous quitter, mais ma promesse tient toujours, dit-il. Quand l'école de la Grande Écurie te jugera prête à faire ton entrée à la Cour, que ce soit dans un mois ou dans un an, je serai là pour t'aider. Croix de bois, croix de fer, si je mens je vais en enfer – oups, j'oubliais que d'après les vieilles superstitions, j'y suis déjà ! Ah ah ! »

Je ne me rappelais plus cette promesse qui me répugne.

Mais qui m'arrange également.

La voix de la raison l'emporte sur celle de la rage.

Attendre d'être mieux armée pour attaquer.

Frapper au moment où j'aurai l'avantage.

Mettre toutes les chances de mon côté pour éradiquer l'assassin de ma mère – cela vaut bien la peine de patienter.

« Je m'en souviendrai, je parviens à articuler, surmontant la migraine qui me martèle la cervelle et le dégoût qui me tord les viscères.

— J'y compte bien ! Mais pour l'heure, va au lit. Tu es pâle comme la mort, et je sais de quoi je parle, pas vrai ? Ah ah ! »

Déjà, je vois une silhouette de femme se hâter vers nous, enveloppée dans une longue cape sombre, tenant une lanterne à bout de bras. Elle traverse la vaste cour en forme de fer à cheval qui s'étend derrière la grille. Des aboiements féroces résonnent sur son passage, émanant de niches obscures.

« Bien le bonsoir, madame, dit Alexandre. Voici Diane de Gastefriche, la jeune orpheline dont j'ai annoncé l'arrivée par corbeau voyageur.

— Très bien, Monsieur le vicomte, répond la femme. Vous pouvez me la confier, tout a été prévu. »

Alexandre pose ses mains – ses serres – sur mes épaules.

« Eh bien voilà, je te laisse, dit-il. Je m'en vais de ce pas plaider ma réhabilitation au palais. Là aussi, j'ai envoyé des corbeaux en avance, et je crois que je serai entendu d'une oreille bienveillante… » Il monte dans le carrosse. « … d'autant que j'apporte des preuves tangibles de la rébellion avortée.

— Quelles preuves ? » je demande au prix d'un effort surhumain, pour grappiller encore une miette d'information sur ma famille.

Il pointe le menton en direction de ses bagages :

« Il y a dans l'une de mes malles tous les débris que nous avons pu récupérer après l'explosion de ce laboratoire clandestin : les inquisiteurs sauront en tirer les enseignements nécessaires, pour comprendre ce qui se tramait là-bas. Mais les courtisans ne se soucient guère de science, ils laissent ces sujets barbants à la Faculté. Pour eux, j'ai apporté des trophées plus… comment dire… plus épatants : les têtes des cinq frondeurs. Je les ai fait tronçonner à l'épée par mes gens – c'est certes moins net qu'à la hache, mais les dragons ont fait avec les moyens du bord. »

Il claque la portière et le carrosse démarre aussitôt, l'emportant dans la nuit avec son rire hideux.

*

Ne pas vomir.

Ne pas écouter le grincement du carrosse qui s'éloigne dans mon dos.

Ne pas trébucher sur le pavé de la cour qui s'ouvre devant moi.

M'appuyer de tout mon poids sur le bras de ma guide.

Et surtout, chasser de mon esprit l'idée que, trois jours durant, j'ai voyagé à côté des têtes tranchées des miens. Mon seul soulagement est d'avoir mutilé celle de la baronnette au-delà de toute identification possible.

« Je suis madame Thérèse, gouvernante de la maison des filles, me dit la femme une fois que nous sommes parvenues à l'imposant bâtiment semi-circulaire ceignant la cour de sa masse ténébreuse. C'est moi qui organise la vie pratique des demoiselles à l'école de la Grande Écurie. »

M'arrachant à mes ruminations morbides, je lève les yeux sur la gouvernante et je la dévisage pour la première fois. Sous une charlotte à rubans assortis à sa cape, elle affiche un visage mûr et austère, pétri de principes. Elle n'a pas utilisé de particule pour se présenter, c'est donc qu'elle est roturière comme moi. Saurai-je en faire une alliée ?... Pour l'heure, elle me lorgne d'un regard peu amène, les cernes sous ses yeux indiquant qu'elle a veillé tard pour m'attendre.

« La maison des garçons occupe la deuxième aile, dit-elle en désignant du doigt l'autre moitié de l'hémicycle. Mais vous ne les côtoierez qu'au souper, les leçons étant strictement dispensées par sexe pour éviter toute dissipation. Je préfère vous prévenir tout de suite, nous sommes un établissement d'élite : les cours ont lieu sept jours sur sept. C'est Raymond de Montfaucon, directeur de l'établissement et Grand Écuyer de France, qui coordonne le tout. » Elle approche la lanterne de mon visage pour mieux m'observer. « Je n'ai pas pu trouver vos papiers de noblesse dans les archives, car nous ne conservons que ceux des familles présentes à la Cour. Dites-moi, quel âge avez-vous, mademoiselle de Gastefriche ?

— Dix-huit ans », je réponds, me rappelant que la baronnette avait le même âge que Bastien, un an de plus que moi.

Savoir que la gouvernante n'a pas accès aux papiers identifiant ma couverture me soulage un peu. Il semble que les Gastefriche ne sont pas venus à la Cour depuis des lustres, si tant est qu'ils y aient jamais mis les pieds. Il n'y a sans doute personne à Versailles pour se souvenir de la vraie Diane – du moins, je l'espère…

« Vous suivrez donc les cours des aînées et vous dormirez dans leur dortoir, décrète madame Thérèse. La rentrée des classes a eu lieu il y a deux semaines, mais ne vous méprenez pas : le retard que vous aurez à combler est bien plus important. La plupart de vos camarades étudiaient déjà en ces murs les années précédentes, d'abord comme benjamines, puis comme cadettes. Il vous faudra travailler trois fois plus si vous voulez être en mesure de faire votre entrée à la Cour à la fin de l'année scolaire, en juin prochain. Dites-moi, avez-vous appris des choses utiles dans votre province ?

— Je sais lire et écrire », je m'empresse de préciser, inquiétée par le délai annoncé.

Dix mois avant mon entrée à la Cour, c'est dix mois avant la vengeance dont l'obsession me brûle les entrailles, le seul sens qui reste à mon existence !

La gouvernante lève les yeux au ciel.

« Encore heureux que vous sachiez lire et écrire, soupire-t-elle d'un air excédé.

— Je connais aussi la langue anglaise. »

Mon interlocutrice sourcille :

« Vraiment ? Voilà qui n'est pas commun, pour une provinciale. Je dois vous dire que l'anglais est moins usité qu'avant à la Cour – à cause de la folie de la vice-reyne Anne et des événements de la Nouvelle-York… »

J'ai vaguement entendu parler de la démence de la vice-reyne vampyre occupant le trône de l'autre côté de la Manche. Son allégeance à l'Immuable serait chancelante, mais je n'en sais pas plus. Quant aux événements de la Nouvelle-York, que mentionne madame Thérèse, je n'ai pas la moindre idée de ce dont il s'agit.

« Et quoi d'autre ? enchaîne-t-elle. Savez-vous danser, chanter, jouer d'un instrument ?

— Euh, non…

— Nous enseignons ici les cinq nobles arts : art courtois, art de la conversation, art équestre, art martial… et art vampyrique, uniquement réservé aux aînés. Y en a-t-il un où vous excellez ?

— Je sais manier le lance-pierre », je balbutie.

La moue de madame Thérèse me dissuade d'en révéler davantage – le lance-pierre n'est sans doute pas une arme digne de la demoiselle que je suis devenue.

« Trêve de bavardage, tranche-t-elle sèchement. Pour l'heure, il convient de vous reposer. Vous devez être fatiguée – et je le suis aussi, les Ténèbres m'en soient témoin ! »

Éclairant le chemin au halo de sa lanterne, elle m'entraîne dans un grand escalier de pierre aux échos caverneux, jusqu'au quatrième étage.

Elle pousse une porte à doubles battants, derrière laquelle s'étend une vaste pièce séparée par une allée centrale. De chaque côté sont disposés des lits à baldaquin aux rideaux tirés.

« Sur la pointe des pieds je vous prie : vos camarades sont couchées », m'intime la gouvernante à voix basse.

Couchées, peut-être, mais endormies, je n'en suis pas si sûre… J'ai l'impression de voir des paires d'yeux m'épier sous le bord des rideaux, plus menaçants que ceux des chiens de garde depuis les niches de la cour.

7
Nouvelle

« EH ALORS, LA NOUVELLE, ON DORT ENCORE ? Je croyais que les provinciaux se levaient avec le chant du coq ? »

Une onde glacée me tombe sur le visage.

Je me redresse d'un bond contre mon oreiller trempé, les cheveux dégouttant d'eau, la mémoire encore hantée de cauchemars de têtes coupées.

La tête qui se penche au-dessus de mon lit est bien vivante, en revanche. Elle appartient à une fille à la beauté stupéfiante, acidulée par un sourire cruel.

« Voilà un début pour faire votre toilette, petite souris grise ! » s'esclaffe-t-elle. Elle pose sur ma table de chevet le verre dont elle vient de verser le contenu sur ma tête. « Mais je crains qu'il faille un baquet entier pour vous nettoyer, couverte de boue comme vous êtes ! »

Son rire clair fait trembler ses cheveux châtains frisés au fer, retombant en serpenteaux soyeux de chaque côté de son visage qu'on dirait peint par un maître de la Renaissance italienne.

Elle croit sans doute avoir affaire à une victime facile. Mais je n'ai pas affronté les insultes au village, toute ma vie durant, pour m'écraser devant une garce aux allures de madone qui veut amuser la galerie à peu de frais.

« Ce n'est pas de la boue, dis-je en m'accrochant au pilier du lit à baldaquin pour m'en extirper.

— Ah oui ? répond l'autre, se tournant vers les demoiselles qui ont assisté à mon brusque réveil. Et qu'est-ce que c'est, alors ? Du crottin ?

— C'est du sang séché. »

Le rire meurt dans la gorge de la beauté.

Ses paupières s'écarquillent sur ses yeux mordorés, d'un éclat aussi vif que celui de l'or pur.

« Du… du sang ? balbutie-t-elle, fronçant ses sourcils parfaitement dessinés.

— Voulez-vous toucher pour vous en assurer ? »

Je marche droit vers elle, trempée dans mon négligé crasseux.

Effrayée, l'impudente recule, trébuche du haut de ses talons… et tombe à la renverse parmi ses jupons, révélant l'armature en osier qui structure la forme de sa robe en damas d'un jaune solaire.

Les dernières filles qui riaient encore se précipitent à sa rescousse en poussant des cris alarmés :

« Est-ce que ça va, Hélé ? »

Une demoiselle profite de la diversion pour me prendre délicatement par le bras :

« Venez, je vais vous indiquer la salle d'eau... », murmure-t-elle d'une voix douce où perce un léger accent.

Sa tenue est bien plus simple que celle de ma rivale, c'est une tunique de soie mauve pâle élégamment croisée sur la poitrine et maintenue par une large ceinture assortie. Des fleurs blanches exotiques, dont l'espèce ne figure pas parmi celles que maman m'a enseignées, sont brodées sur l'ourlet. Ses cheveux noirs et lisses, d'une extraordinaire densité, sont rassemblés dans sa nuque en un épais chignon fermé d'une pique en bois rouge laqué. Sous sa frange coupée au ras des paupières apparaît un visage aux pommettes hautes et aux yeux légèrement cernés. J'ai lu autrefois un récit de voyage en Extrême-Orient : les gravures représentant les gracieuses habitantes de ces régions ressemblaient à cette jeune fille.

Je me laisse entraîner à l'extérieur du dortoir, traversant un couloir aux dalles brillantes. La lumière pénètre sans entrave à travers les hautes fenêtres, en dépit du ciel chargé. Les murs immaculés et ornés de moulures délicates font au moins trois fois la taille de ceux de notre maison de la Butte-aux-Rats.

Soudain, je me fige devant l'une des fenêtres : là, à deux cents mètres derrière le carreau, s'étend une vaste place menant à des remparts colossaux. Alors que les murailles cernant les banlieues étaient tristes et sombres, maculées de déjections d'oiseaux charognards, celle-ci est constituée de la pierre de taille la plus éclatante. Des motifs géants en émergent, sculptés de manière exquise. Mais à mieux y regarder, l'effroi prend le pas sur l'émerveillement : ces hauts-reliefs ne figurent pas des nymphes et des dieux, comme dans le jardin du vieux baron de Gastefriche. Ce sont de gigantesques vampyres représentés dans toute leur sauvagerie, dévoilant en plein jour leurs dents acérées, plongeant leurs crocs dans les cous sans défense de mortels pâmés, entièrement livrés à eux. Au milieu de ce pandémonium immobile, qui semble proclamer pour l'éternité la toute-puissance de la race des seigneurs, se dressent de fantastiques colonnes baroques autour desquelles tourbillonnent des meutes de loups, de corbeaux et de chauves-souris.

« Ce que tu vois au bout de la place d'Armes, c'est le mur de la Traque, me glisse ma guide à l'oreille, le calme de sa voix contrastant avec l'horreur du spectacle. Tel est le nom de l'enceinte fortifiée du château de Versailles, érigée pendant le premier siècle de la Magna Vampyria. C'est une protection complètement hermétique – parfaitement infranchissable –, qui enferme le palais et ses occupants pendant la journée. La nuit, la muraille s'ouvre, mue par un système hydraulique relié aux mêmes aqueducs qui alimentent les fontaines de Versailles. La structure est due à Jules Hardouin-Mansart, architecte attitré du Roy, et les sculptures sont le grand œuvre de François Girardon, son sculpteur favori – tous deux ont été transmutés, de manière à poursuivre leur travail pendant des décennies. Les dizaines de milliers d'ouvriers mortels qui ont péri dans le chantier n'ont pas eu cette chance. Ça fait toujours le même choc, quand on pose les yeux sur le mur de la Traque pour la première fois. »

Me voyant frémir, elle me touche la main.

Ce ne sont pas tant les sculptures qui me font trembler, que la prise de conscience de la muraille se dressant entre la Grande Écurie et les appartements d'Alexandre… entre moi et ma vengeance.

« Vous finirez par vous habituer à cette vue », m'assure ma guide.

Elle m'entraîne à l'écart de la fenêtre :

« Au fait, je m'appelle Naoko Takagari. Je suis la fille de l'ambassadeur du Japon – je veux dire, l'ambassadeur de jour, car l'ambassadeur de nuit est bien sûr un vampyre. »

Mon intuition était juste : Naoko vient des contrées lointaines où le soleil se lève, celles auxquelles je rêvais dans ma chambre de la Butte-aux-Rats. Même si le Japon ne fait pas partie de la Magna Vampyria, l'empereur qui y règne a lui aussi été transmuté – il est donc représenté à la Cour du Roy des Ténèbres.

« Hier, madame Thérèse a réclamé une volontaire pour veiller à ce que l'intégration de la nouvelle se passe bien, me dit Naoko en reprenant la route. Je me suis proposée. Je sais que ce n'est pas facile de se faire une place à la Grande Écurie. Moi aussi, quand je suis arrivée ici il y a deux ans en tant que benjamine, j'ai fait les frais de la méchanceté d'Hélénaïs.

— Hélénaïs ?

— Hélénaïs de Plumigny, précise Naoko. Fille cadette d'Anacréon de Plumigny, petit seigneur de la Beauce et principal fournisseur du royaume en pintades, chapons et poulets. »

Je baisse les yeux, me rappelant la manière dont hier encore Alexandre comparait les banlieusards aux volailles s'entassant dans les batteries de Plumigny.

« Les seigneurs de Plumigny ont coutume d'adopter des prénoms grandioses dérivés de l'antique, pour compenser le caractère récent de leurs quartiers de noblesse, précise Naoko. Ils ont été anoblis il y a moins d'un siècle pour services rendus à la Couronne.

— Je vois… »

J'évite de croiser le regard de la Japonaise, de peur qu'elle ne devine que mes quartiers de noblesse à moi remontent à trois jours seulement, quand j'ai usurpé l'identité de la baronnette. Malgré la prévenance qu'elle témoigne à la « nouvelle », cette fille est comme toutes les autres pensionnaires de la Grande Écurie. Une privilégiée vivant dans sa bulle. Une nantie exemptée de la dîme, échappant au Code mortel qui opprime le quart état. Une alliée des vampyres, qui n'aspire sans doute qu'à rejoindre leurs rangs dès que l'occasion d'être transmutée se présentera. Je ne ferai pas deux fois l'erreur que j'ai commise avec Alexandre. Jamais je ne la considérerai comme mon amie. Mais elle, de son côté, ne doit jamais me soupçonner d'être une usurpatrice.

« Je m'appelle Diane de Gastefriche, dis-je précipitamment. Il s'est produit un drame dans ma famille, là-bas en Auvergne, d'où ma présence ici. »

Ma voix se brise, car je ne peux prononcer le mot « famille » sans penser à mes parents et à mes frères.

Naoko me sourit tristement :

« Oui, je sais, on nous a averties : votre pauvre père a été assassiné par des frondeurs. Mais vous êtes sauvée maintenant. »

À l'instant où elle dit cela, le couloir marque un tournant et nous nous trouvons nez à nez avec un homme en armes, posté au garde-à-vous devant une fenêtre. Rien à voir avec les uniformes noirs des dragons de Clermont :

ce soldat-là porte une somptueuse livrée rouge garance, aux épaules ornées de galons dorés.

« C'est un garde suisse, m'explique Naoko en le contournant sans un regard, comme si c'était une statue faisant partie des meubles. Ils sont les plus fidèles guerriers de la Couronne, prêts à mourir pour elle à tout instant. »

Je jette un coup d'œil nerveux au militaire ; après les molosses dehors dans la cour, Versailles est décidément un endroit sous étroite et constante surveillance. Il faudra que je sois très habile pour mener à bien ma vengeance. Et même si j'arrive à tuer Alexandre, je ne me fais guère d'illusions : mon sort sera aussitôt scellé. Je le suivrai rapidement dans la tombe. Mais au moins, j'aurai l'ultime satisfaction que ce monstre, mort pour de bon, ne ressorte jamais de son cercueil !

« Vous êtes à l'abri ici, continue Naoko, en total décalage avec mes pensées. Le Roy a affecté un régiment entier de gardes suisses à la protection de la Grande Écurie. Avec eux, aucun risque que les frondeurs parviennent à s'infiltrer. »

Ces dernières paroles me frappent comme un coup de poing.

« Le Roy craint donc les frondeurs ? » je lui demande.

Elle me jette un regard par-dessous sa frange épaisse :

« Difficile à croire, n'est-ce pas, que le souverain le plus puissant d'Europe ait à se soucier de cette menace, dans son propre palais ?

— Difficile, en effet », dis-je, tentant de ralentir ma respiration qui s'emballe.

La semaine dernière encore, je considérais la Fronde comme une rumeur. Après avoir découvert qu'elle existait réellement et que ma famille entière en faisait partie, j'apprends maintenant que ses ramifications secrètes s'étendent jusqu'à Versailles…

« Il se murmure que des tentatives d'attentat ont lieu régulièrement, me confie Naoko. Les services secrets de Sa Majesté les déjouent à chaque fois. »

À ces mots, elle s'arrête devant une porte peinte d'une sirène entourée de coquillages.

« Voici la salle d'eau », annonce-t-elle.

Elle pousse la porte, m'invitant à pénétrer dans une pièce entièrement carrelée de blanc, telle que je n'en ai jamais vu.

« La baignoire est là, me dit-elle en désignant une profonde cuve en cuivre rutilant, ornée d'un bec de bronze en forme de cygne.

— La baignoire ? »

La jeune fille me regarde, étonnée.

« Eh bien oui, pour vous laver ! s'exclame-t-elle. L'eau chaude se trouve ici, de ce côté du robinet… » Elle tourne une poignée à la gauche du cygne, qui se met à cracher un jet fumant, puis elle actionne une deuxième poignée à sa droite. « … et l'eau froide là. Je laisse couler. Vous n'avez pas de baignoire, dans votre château ?

— Euh… si, bien sûr, je m'empresse de répondre pour sauver la mise. Mais elle ne ressemble pas à celle-ci. »

Il faut vraiment que je me souvienne que je suis censée être une noble à présent, pas une roturière.

Je ne suis plus Jeanne, la sauvageonne des forêts, mais Diane, la petite chérie élevée dans la soie. Même si je ne me suis jamais lavée qu'avec un linge humide au-dessus d'une bassine d'eau froide tirée au puits, je dois faire comme si j'étais habituée à tout ce faste.

« Je vous laisse, me dit Naoko. Servez-vous en sels de bain parfumés. Les linges pour vous sécher et les habits neufs que madame Thérèse a fait préparer pour vous sont là, sur la commode. Ils devraient être à votre taille, mais les couturières pourront toujours faire des retouches plus tard si besoin. » Elle désigne un paquet d'étoffes soigneusement pliées, à côté duquel repose un plateau avec un peu de nourriture. « Je me suis permis d'ajouter quelques biscuits pour votre petit déjeuner, ainsi qu'une tasse de café au lait. Dès que vous serez rafraîchie, appelez-moi en tirant sur ce cordon de velours. Il faut faire vite : ce matin, nous avons cours d'art de la conversation avec madame de Chantilly. »

Elle se dirige vers la porte, s'arrête au dernier moment sur le seuil :

« Au fait, même si Hélénaïs vous a traitée de souris grise, je voulais vous dire que je trouve votre teinture très réussie.

— Oh, je vous remercie… »

Pas la peine de la détromper et de lui révéler que c'est ma couleur naturelle.

« Je suis heureuse d'avoir été retenue pour être votre tutrice, ajoute-t-elle. Vous me semblez aimable et sans malice. Peut-être même pourrions-nous… être amies ?

— Euh… mais bien sûr, Naoko. »

Elle m'adresse un sourire radieux, qui éclaire momentanément ses yeux fatigués et rosit légèrement ses joues pâles ; puis elle s'éclipse.

Je m'extirpe alors du négligé que la sueur rance et le sang séché ont transformé en carapace amidonnée.

Une fois nue, je pénètre dans la baignoire remplie de cette eau chauffée par je ne sais quelle sorcellerie.

La vapeur amollit mes muscles tendus par le stress ; le bruit du jet, qui continue de jaillir du robinet, dissout mes pensées. Mon corps et mon esprit se relâchent d'un seul coup. Là, recroquevillée dans la baignoire, entourée de tout ce luxe inouï, je me laisse aller pour la première fois depuis mon départ de la Butte-aux-Rats. Sans personne pour me regarder, ni vampyre ni mortel, je m'autorise enfin à pleurer.

*

L'escalier de marbre claque sous mes escarpins neufs, pourvus des talons les plus élevés que j'ai jamais portés. L'épaisse jupe de brocart beige m'entrave les jambes. Sous le bustier à manches trois-quarts, mon corset me coupe le souffle. Quant à la masse de mes cheveux, Naoko l'a nouée en deux temps trois mouvements en un chignon que je serais bien incapable de reproduire.

« Allons, m'encourage-t-elle. Nous sommes en retard pour le cours. »

Je me tiens à la rampe cirée pour ne pas m'étaler, tout en jetant des coups d'œil nerveux aux gardes suisses postés à chaque étage. Parvenues au premier, nous nous dirigeons vers une porte peinte d'une muse tenant une lyre entre ses mains.

Naoko frappe trois coups discrets, puis actionne la poignée.

Toute la classe des aînées se tourne vers nous : une quinzaine de demoiselles assises chacune à son pupitre, au premier rang desquelles Hélénaïs siège en majesté.

« Ah, Naoko, nous vous attendions ! » s'exclame une dame assise dans un fauteuil face aux pupitres.

Elle est vêtue d'une robe d'organdi crème, sa chevelure blanche gonflée par des postiches au sommet desquels repose un napperon en dentelle. Ses besicles me rappellent celles de Valère – si ce n'est qu'elles sont cerclées d'or et non de fer.

« Et vous, vous devez être Diane de Gastefriche, ajoute-t-elle.

— Pour vous servir, madame de Chantilly. »

Je m'efforce d'imiter la révérence que Naoko exécute avec grâce, mais je manque m'empêtrer dans mes jupons, déclenchant des rires étouffés à travers la classe.

« Un peu d'indulgence, mesdemoiselles ! réclame la professeure. Diane pourra travailler sa gestuelle de cour avec le général Barvók. Ce matin, je vous rappelle que nous sommes en cours d'art de la conversation, et non en cours d'art courtois. »

D'un signe de la tête, elle nous invite à aller nous asseoir aux deux derniers pupitres encore libres.

« Si la nouvelle n'est pas capable de faire la révérence correctement, je ne vois pas comment elle pourrait aligner deux paroles intéressantes ! raille Hélénaïs.

— Mademoiselle de Plumigny ! » la reprend la professeure.

Je sens les battements de mon cœur accélérer, la colère fouetter mes tempes. Il faut que je fasse comprendre à cette fille que je suis son égale : une noble impétueuse, arrogante et cruelle. Ma fausse identité est mon seul passeport pour gagner la Cour et venger les miens.

« Pardonnez-moi, madame, mais la nouvelle a-t-elle bien sa place dans cette classe ? persiste Hélénaïs en me désignant de son gracieux menton. À ce qu'il paraît, elle n'est jamais sortie de sa triste campagne. De quoi pourrait-elle bien converser, si ce n'est de vaches et de cochons ?

— De moutons, je rectifie.

— Pardon ?

— Dans ma triste campagne, comme vous dites, la terre n'est pas assez riche pour permettre l'élevage des bœufs et des porcs. Nous devons nous contenter de moutons. D'ailleurs, vos magnifiques frisettes me font penser à celles de Pâquerette, la plus fameuse brebis du cheptel de la baronnie.

— Mais… ma coiffure à la hurluberlu est la plus en vogue à la Cour ! s'étrangle Hélénaïs, manifestement peu habituée à ce qu'on l'attaque sur son physique parfait.

— Vraiment ? En tout cas, Pâquerette a décroché le premier prix au concours agricole en 294. Vous devriez vous inscrire cette année, vous avez peut-être une chance de remporter la cocarde. »

Hoquetant de sidération, Hélénaïs se tourne vers madame de Chantilly.

« J'espère que vous allez la punir pour son impudence ! exige-t-elle.

— Et pourquoi donc, Hélénaïs ? répond la professeure d'un ton sec. Il me semble que nous sommes en pleine démonstration d'art de la conversation – en pleine joute de *mots d'esprit*, pour être exacte. C'est une compétence indispensable à la Cour. Vos charmes, dignes de ceux de la belle Hélène de l'Antiquité, ne suffiront pas à vous y faire briller, si vous restez muette. Je vous en prie, contre-attaquez, montrez-nous ce dont vous êtes capable. »

Ma rivale tourne vers moi son délicat visage empourpré, aimantant tous les regards.

Ses supportrices lui murmurent des encouragements feutrés : « Vas-y, Hélé, montre-lui ! »

Elle cherche ses mots, manifestement habituée à laisser son intimidante beauté parler pour elle, et déclencher des guerres de Troie en un papillonnement de paupière.

« Je… je ne vous permets pas, finit-elle par bredouiller. Ce… c'est vous la brebis, d'abord ! Ou même pire : une souris grise, comme je vous l'ai dit ce matin. » Le sourire revient sur ses lèvres ourlées, toute contente qu'elle est de sa trouvaille. « Oui, c'est ça, vous êtes une stupide souris de rien du tout !

— Si vous pensez qu'une souris est stupide, je peux vous dire que vous avez tort, car celles de mon château déjouaient tous les pièges. En revanche, il faut de la patience pour faire la conversation à une dinde – fût-elle la fille de l'empereur du poulet. Notre échange, je crois, vient de le prouver. »

Hélénaïs en reste sans voix.

Les autres demoiselles retiennent leur souffle, ne sachant quel parti prendre maintenant que la reyne est détrônée.

Naoko elle-même baisse ses yeux cernés. J'imagine qu'elle garde le souvenir douloureux des brimades infligées par Hélénaïs dans le passé.

Des claquements rompent le silence : c'est l'occupante du pupitre à côté du mien, qui frappe dans ses mains tout en mastiquant je ne sais quoi. Elle est vêtue d'une robe ajustée bleu foncé, taillée dans une toile d'aspect rêche et élastique qui contraste avec les soieries chatoyantes arborées par les autres demoiselles. On entrevoit la dentelle d'une lingerie dépassant outrageusement dans l'échancrure de son corsage – à dessein, j'en suis sûre. Sous son haut chignon de cheveux bruns, ramenés sur le dessus de la tête et attachés par des nœuds du même tissu effiloché, son maquillage sombre sonne comme un défi : yeux charbonneux et lèvres peintes en bleu nuit. Sa carnation est tellement pâle que je pense un instant avoir affaire à une vampyre… mais je me souviens que c'est impossible, puisque nous sommes en plein jour.

Elle cesse de mastiquer pour s'adresser à moi d'une voix un peu cassée, marquée par l'accent anglais que m'a enseigné ma mère :

« Échec et mat, *darling* ! Brebis ou dinde, vous l'avez tondue puis vous l'avez plumée. »

Hélénaïs lance un regard brûlant de rage à la fille blême, mais elle n'ose rien dire : elle a suffisamment montré à toute la classe que le sens de la repartie n'était pas son fort.

Madame de Chantilly émet un toussotement :

« Du calme, Proserpina, dit-elle. Il n'est pas très élégant de s'acharner sur les vaincus. Et cessez avec cette insupportable gomme à mâcher, je vous ai déjà dit que je ne voulais pas de cette manie venue des Amériques pendant mes cours. »

Une manie venue des Amériques ? Se pourrait-il que cette pensionnaire soit née aussi loin que Naoko ? Quant à ce prénom – Proserpina –, je sais qu'il désigne la reyne des morts dans la mythologie romaine, épouse de Pluton, le dieu des Enfers. Il va comme un gant à cette fille au teint de noyée.

Elle déplie un mouchoir et y crache un bout de gomme mâchouillé, puis elle me décoche un clin d'œil complice de sa paupière noircie.

« Merci, Proserpina…, je murmure.

— Poppy », rectifie-t-elle.

Madame de Chantilly met fin à notre bref échange :

« Bien, mesdemoiselles ! Après ce plaisant intermède, reprenons le cours là où nous l'avons interrompu. Nous parlions donc des amours des dieux de l'Olympe : un sujet de discussion très utile en société, puisqu'il permet d'aborder les choses du cœur avec tact et délicatesse. Avant-hier, nous avons évoqué ensemble Adonis et Vénus, Cupidon et Psyché, Orphée et Eurydice, et pour aujourd'hui je vous avais donné à lire quelques chapitres des *Métamorphoses* d'Ovide… Puisque nous accueillons une nouvelle venue portant le nom d'une déesse romaine, qui peut me dire quelles sont les amours de Diane ? »

Les demoiselles échangent des regards dubitatifs.

L'une d'elles, une petite brune portant une robe vert anis et des besicles en tout point semblables à celles de la professeure, lève la main.

« Oui, mademoiselle des Escailles ? dit la professeure.

— C'est une question piège, madame. Diane ne connaît pas l'amour. C'est une chasseresse qui a fait vœu de chasteté.

— Très bien, Françoise. Et qui peut me citer les soupirants qui ont fait les frais de sa froideur ? »

Je lève à mon tour la main, décidée à jouer le jeu jusqu'au bout. Moi aussi, j'ai lu Ovide, il figurait en bonne place dans la bibliothèque de mes parents.

« Diane a empoisonné le géant Orion avec un scorpion, dis-je. Elle a tué les titans Otos et Éphialtès de ses flèches. Et elle a transformé le chasseur Actéon en cerf, avant de le faire dévorer pas ses propres chiens. »

Madame de Chantilly m'adresse un regard approbateur par-dessus ses besicles.

« Impressionnant, mademoiselle de Gastefriche ! s'exclame-t-elle. Vous ajoutez l'érudition à l'esprit : deux qualités majeures pour l'art de la conversation. Je vous avoue que lorsque madame Thérèse m'a annoncé qu'une nouvelle élève arrivait de nulle part, j'avais des doutes. Je pensais que nous faisions œuvre de charité en accueillant une pauvre orpheline en nos murs. Mais maintenant que je vous vois, que je vous entends, j'ai changé d'avis. Je me dis même que vous pourriez concourir à la Gorgée du Roy, en octobre prochain ! »

Un murmure s'élève dans la classe autour de moi – pour la première fois depuis mon réveil, il n'exprime ni le mépris ni la menace, mais l'admiration.

8

Concurrence

« QU'EST-CE QUE LA GORGÉE DU ROY ? » je demande à Naoko.

Elle et moi nous sommes attablées à l'écart, dans le petit réfectoire de l'aile des filles. Un grand portrait nocturne du Roy des Ténèbres trône en majesté au-dessus de la cheminée. C'est une toile charbonneuse, sinistre. Le souverain chevauche un étalon sombre, dont la robe se détache à peine sur fond de forêt noirâtre. Il porte un costume de chasse bordeaux et un large tricorne garni de plumes de faisan, enfoncé sur sa chevelure dégoulinante. Seul point vaguement lumineux dans cette grisaille : le masque d'or du souverain, percé de deux trous noirs.

Sous le regard horrifique du Roy, la salle bruisse du ballet des servantes et de la conversation des demoiselles venues déjeuner – les quinze aînées âgées en moyenne de dix-sept ans, mais aussi les cadettes de seize ans et les benjamines de quinze ans : une cinquantaine de filles en tout, issues des plus nobles familles.

Naoko lève ses yeux du filet de sole auquel elle n'a pas touché, se contentant de picorer les petits légumes qui l'accompagnent.

« Le rituel de la Gorgée désigne la cérémonie au cours de laquelle le Roy choisit deux nouvelles recrues pour sa garde mortelle, m'explique-t-elle. Traditionnellement, un garçon et une fille.

— Sa garde mortelle ? » je répète, me remémorant les paroles d'Alexandre. Il m'avait en effet annoncé que le Roy des Ténèbres sélectionnait deux élèves de l'école tous les 31 octobre, mais il n'avait pas mentionné de fonction militaire. « Je croyais qu'il s'agissait juste pour le Roy de désigner un écuyer et une écuyère…

— Précisément. Les jeunes élus ont le privilège de rejoindre le cercle très fermé des mortels en qui le Roy a toute confiance : trois garçons et trois filles qui lui servent de gardes du corps. Les six écuyers n'ont pas seulement la charge d'accompagner le souverain pendant ses nuits. Il s'agit aussi d'assurer sa garde personnelle et de veiller sur son cercueil pendant ses jours. »

Mon regard s'envole furtivement à travers la fenêtre donnant sur la cour de la Grande Écurie, jusqu'aux hautes grilles et au-delà : vers le mur de la Traque. Derrière la blancheur éclatante de ce rempart colossal se cache un palais secret, au fond duquel reposent les noirs cercueils de tous les immortels de la Cour…

« Le Roy n'a-t-il pas assez des gardes suisses pour défendre son cercueil ? je murmure.

— Ce n'est pas suffisant, me dit Naoko. Les gardes suisses resteront des soldats toute leur vie, attachés au palais. Alors que les écuyers et écuyères du Roy, après avoir servi quelques années dans sa suite, sont appelés à s'élever à la Cour, à faire des mariages prestigieux, à voyager dans les provinces et même à l'étranger. Ils deviennent les yeux et les oreilles de Sa Majesté, les plus solides piliers du royaume de France à travers toute la Magna Vampyria et au-delà. »

Je médite quelques instants ces paroles, observant l'almanach affiché au mur, ouvert à la date du jour : le 3 septembre. Soit une éternité avant l'entrée officielle des aînées à la Cour, à la fin juin l'été prochain.

Et si j'avais mes chances d'être choisie par le Roy, comme l'a affirmé madame de Chantilly ce matin ? Non pas pour le servir, ça jamais ! Mais l'idée de pénétrer au palais dès le 31 octobre, dans deux mois, rend soudain la perspective de ma vengeance contre Alexandre beaucoup plus proche et tangible.

« Je vois…, dis-je. Mais cela ne m'explique pas pourquoi cette cérémonie se nomme *Gorgée du Roy.* »

Naoko se penche un peu plus vers moi.

« Parce que c'est ainsi que le Roy scelle le lien unique qui l'unit à ses écuyers, murmure-t-elle. Il leur donne à boire une gorgée de son propre sang. »

Je repose doucement ma fourchette sur le bord de mon assiette, incapable d'absorber une miette de plus. Mes connaissances sur les vampyres sont plus que limitées, cependant je n'ignore pas que la transmutation passe par le sang.

« Le Roy transmute ses suivants en vampyres ? » je demande, baissant à mon tour instinctivement la voix, comme si l'imposant tableau au-dessus de la cheminée pouvait m'écouter.

Devant l'expression étonnée de Naoko, j'ajoute aussitôt :

« Pardonnez mon ignorance, mais dans la province reculée d'où je viens, les seigneurs de la nuit ne courent pas les rues.

— La transmutation est un rituel complexe, dangereux et fortement réglementé, qui ne peut légalement s'accomplir qu'avec l'accord de la Faculté hématique, m'explique-t-elle patiemment. Le nombre de vampyres en circulation dans la Magna Vampyria fait l'objet d'une stricte limitation, le numerus clausus, afin de s'assurer que les immortels constituent une infime minorité par rapport au cheptel mortel destiné à les nourrir. »

Je hoche la tête : voilà qui explique pourquoi, dans mon trou dépeuplé, on ne voyait jamais aucun seigneur de la nuit.

« La cérémonie de transmutation exige qu'un vampyre puissant donne à boire une grande partie de son sang à un mortel préalablement vidé du sien, poursuit Naoko. Alors que le rituel de la Gorgée, comme son nom l'indique, n'implique de quelques millilitres de sang royal. C'est assez pour doter celles et ceux qui les boivent de pouvoirs surhumains, sans pour autant les transmuter totalement. Ainsi, chaque année, le Roy offre une gorgée à tous les membres de sa suite, afin de maintenir la pleine force de ces pouvoirs. »

Une jeune servante rousse passe pour débarrasser la table. Les pliures de ses coudes, portant les cicatrices violacées de la saignée réservée aux roturiers, achèvent de me couper l'appétit. C'est que, sous les manches de ma robe, ma peau porte des marques semblables, creusées depuis l'enfance par des centaines d'aiguilles. Bras droit et bras gauche, ponctionnés chaque mois alternativement : des poinçons infamants, qui ne se résorberont sans doute jamais tout à fait…

« Attendez, Toinette, s'il vous plaît », dit Naoko à la servante, qui s'apprête à enlever mon assiette ; elle se tourne vers moi : « Vous ne finissez pas vos légumes, Diane ? »

Je secoue la tête et la jeune Japonaise transvase mes restes dans sa propre assiette.

« Je suis végétarienne, m'explique-t-elle.

— Végéta-quoi ?

— Je ne mange ni poisson ni viande. » Devant mon air perplexe, elle ajoute aussitôt : « La consommation de chair animale… euh… me donne des insomnies. C'est que j'ai le sommeil très léger et les repas trop lourds m'empêchent de dormir. Les cuisines semblent l'avoir oublié aujourd'hui, mais ce n'est pas grave, je vais terminer votre ration. »

Je hoche la tête, intriguée. Dans ma campagne, la viande n'était pas abondante, le poisson encore moins. À la maison, mes rares prises de chasse amélioraient un peu l'ordinaire. Quant à ces troubles du sommeil que mentionne Naoko, les cernes sous ses yeux indiquent que son régime ne les a pas résolus…

« Les pouvoirs que confère la Gorgée du Roy, quels sont-ils ? je lui demande.

— On raconte qu'ils diffèrent, car chacun réagit différemment aux Ténèbres. J'ai entendu parler de vision nocturne, de sens exacerbés, et même de télépathie. La seule certitude, c'est que les suivants du Roy cessent de vieillir tant qu'ils boivent le sang royal. Après plusieurs années, la plupart d'entre eux finissent par être définitivement transmutés. En récompense de leurs bons et loyaux services, la Faculté leur ménage une place dans le numerus clausus. Ils rejoignent alors pour toujours les rangs de la haute noblesse vampyrique immortelle. Dans ces conditions, vous imaginez que les places sont chères…

— … oui, quelqu'un m'a dit que la sélection tournait chaque automne au pugilat. »

Naoko acquiesce, tout en picorant délicatement ses petits pois du bout de sa fourchette.

« Eh bien cet automne, le pugilat se résume à un duel en ce qui concerne l'aile des filles, me confie-t-elle. Vous avez rencontré les deux rivales, qui l'an dernier déjà se partageaient les premières places du classement dans tous les arts. Hélénaïs de Plumigny n'a pas sa pareille à l'escrime et pour les manières de cour, tandis que Proserpina Castlecliff coiffe tout le monde par le mordant de son esprit et son assiette à cheval. »

Je suis le regard de Naoko à travers le réfectoire. En effet, les aînées se sont réunies en deux tablées à peu près égales, l'une autour de la châtaine aux frisettes, et l'autre autour de la brune au teint blême. Voilà pourquoi cette dernière s'est réjouie que je remette Hélénaïs à sa place, tout à l'heure devant tout le monde. Pas par complicité, comme je l'avais naïvement cru, mais par esprit de compétition.

« Proserpina vient de l'une des plus anciennes familles d'Angleterre, les légendaires lords Castlecliff, me glisse Naoko. Leurs quartiers de noblesse remontent au règne de Guillaume le Conquérant, mais aujourd'hui ils sont désargentés.

— J'ai entendu dire qu'il y avait des tensions entre la France et le vice-royaume d'Angleterre, je murmure, me remémorant les paroles de madame Thérèse.

— C'est justement pour ça que Proserpina a été admise à l'école à titre gracieux : pour renforcer les liens diplomatiques entre les deux pays, en ces temps mouvementés. Si elle devenait écuyère du Roy, ce serait un signe puissant. Elle converse parfaitement en français, comme vous avez pu vous en rendre compte…

— Vous aussi », je m'empresse d'assurer.

Naoko secoue la tête, manifestant ce manque de confiance en elle que j'ai déjà décelé :

« Mon français est peut-être correct, mais je suis incapable de faire des mots d'esprit comme vous ce matin en cours. Mes manières courtoises sont loin d'égaler celles d'une Hélénaïs, dont la seule beauté illumine toutes les pièces où elle pénètre. Et je n'ai pas l'assurance d'une Proserpina, qui réussit à imposer son style au mépris de l'étiquette. » Elle donne un coup de menton en direction de la brune sulfureuse. « Qui d'autre qu'elle oserait porter du denim à l'école ?

— Du denim ?

— Oui : de la toile de Nîmes. Un nouveau tissu élastique et bon marché, que les jeunes roturiers dans le vent portent à même la peau. Il faut dire que sur lady Proserpina – ou plutôt Poppy, comme elle se fait appeler –, c'est étourdissant. Elle devance même en élégance Séraphine de La Pattebise, ses mantelets à franges et ses robes en lambrequins ! »

J'acquiesce sans mot dire, mesurant à quel point j'ignore tout de ces modes qui n'ont jamais pénétré ma lointaine Auvergne.

Une nouvelle servante vient nous apporter ce qu'elle présente comme une « mousse à la goyave et à l'ananas » : des fruits pour moi aussi inconnus que les tissus exotiques de Versailles.

Je goûte, un peu méfiante… c'est délicieux.

« Poppy et Hélé, c'est la vieille noblesse d'épée qui affronte la nouvelle noblesse de robe, conclut Naoko, songeuse, tout en dégustant sa mousse. Elles se partagent les bonnes notes des professeurs et les mots doux des garçons de l'autre aile. Elles dominent le jeu. À moins qu'elles ne finissent par se neutraliser l'une l'autre.

— Que voulez-vous dire ?

— À la fin de l'année dernière, la tension était si forte entre elles que monsieur de Montfaucon les a convoquées dans son bureau pour les menacer d'exclusion. »

La jeune Japonaise frissonne dans sa tunique de soie à la mention du directeur de l'école, que je n'ai pas encore rencontré.

« Le Grand Écuyer est-il donc si redoutable ? je lui demande.

— Il descend d'une longue dynastie de tortionnaires anoblie par le Roy : les bourreaux du gibet de Montfaucon. Il s'agit de la plus grande potence de Paris, du royaume de France et même de toute la Magna Vampyria. On dit que jusqu'à mille suppliciés peuvent y être pendus en même temps… »

J'ouvre la bouche pour poser une nouvelle question, mais à cet instant un carillon retentit depuis l'entrée d'un réfectoire : c'est madame Thérèse, sonnant la cloche pour nous rappeler en cours.

*

Si les matins sont consacrés aux activités de salon – conversation et art courtois, alternativement –, aux après-midi reviennent les activités physiques – équitation et art martial. Précisément, aujourd'hui, les aînées se rendent dans la salle d'armes, au sous-sol de la Grande Écurie.

C'est une vaste pièce voûtée, éclairée par d'énormes lustres en fer forgé. Toutes sortes d'armes sont accrochées aux murs : des épées, des sabres et des lances, mais aussi des formes pointues ou contondantes que je n'ai encore jamais vues, même dans les livres.

« Gastefriche, en garde ! » tonne soudain une voix décuplée par l'acoustique caverneuse de la salle.

Je me retourne vivement.

Une femme d'une trentaine d'années vient de pénétrer dans la pièce. Contrairement à toutes celles que j'ai croisées jusqu'à présent à la Grande Écurie, elle ne porte pas de robe, mais des culottes d'homme semblables à celles que je mettais à la Butte-aux-Rats, prolongées de cuissardes montant jusqu'au-dessus des genoux. Au-dessus de sa chemise ajustée, ses cheveux auburn sont noués en catogan, dégageant un visage ovale aux yeux perçants – braqués sur moi.

Elle me lance l'une des deux épées qu'elle a apportées.

Prise de court, je manque de me blesser en attrapant l'arme.

Le temps que j'affirme ma prise sur la poignée, l'escrimeuse avance vers moi à pas chassés.

Je me revois trois jours plus tôt dans le château du vieux baron – mais aujourd'hui, je n'ai pas sa fille dans les bras pour faire diversion, ni de voilages dans lesquels m'escamoter. Je n'ai que l'épée tremblante au bout de mon poing.

« Madame, je ne comprends pas… », je balbutie.

Avant que je puisse terminer ma phrase, la combattante se fend avec une agilité féline.

Je ne parviens pas à éviter le coup, engoncée dans ma robe trop encombrante : la lame arrache le nœud de brocart décorant mon épaule gauche.

« Si j'avais voulu, vous n'auriez plus de bras gauche », commente l'escrimeuse en se redressant avec aisance, sans que sa botte n'ait déplacé un seul de ses cheveux. « Voyons si vous saurez mieux défendre votre bras droit. »

Elle se fend à nouveau, et cette fois-ci j'ai le réflexe de dresser mon épée. Sa lame glisse sur la mienne en émettant un crissement aigu ; mais, alors que je croyais l'avoir déviée, elle termine sa course à sa destination exacte : le nœud ornant mon épaule droite tombe au sol comme une feuille morte.

« Vous voilà transformée en Vénus de Milo ! se moque la diablesse, en référence à cette statue sans bras, dont j'ai admiré la reproduction dans un livre à la maison.

Est-ce que je vais aussi vous changer en Victoire de Samothrace ? »

Cette statue aussi, je l'ai vue dans le livre : elle n'a pas de tête !

Au moment où l'escrimeuse brandit à nouveau son arme, je fléchis les jambes si brusquement que ma jupe se déchire.

L'épée manque mon front… mais tranche net le ruban qui enfermait mes cheveux, les libérant de chaque côté de mon visage.

« Voilà, vous n'avez plus de tête », résonne la voix goguenarde de l'escrimeuse au-dessus de ma nuque.

Mes cuisses, libérées de la gangue de tissu qui les enfermait, ont retrouvé leur agilité. Toujours accroupie au sol, devant mon adversaire qui pensait en avoir fini avec moi, je frappe ses souliers d'un balayage de la jambe.

« Et vous, vous n'avez plus de pieds ! » je m'écrie.

Fauchée par la surprise autant que par le choc, l'escrimeuse perd l'équilibre.

Elle tombe au sol et s'y roule en boule avec la souplesse d'un chat, pour se relever aussitôt. Désormais, une légère transpiration fait briller son front et quelques mèches se sont échappées de son catogan.

Je lève instinctivement mon épée, anticipant un nouveau coup.

Au lieu de quoi l'escrimeuse me tend sa main libre pour m'aider à me relever.

« Joli mouvement, m'accorde-t-elle. Inattendu. Je suis Adrienne, chevalière de Saint-Loup, maîtresse d'armes de la Grande Écurie.

— Je… je suis désolée pour cette robe toute neuve, dis-je en baissant les yeux sur ma jupe déchirée. C'était une dotation du Roy.

— Le Roy s'en remettra, tranche la chevalière avec un aplomb qui me sidère. Mieux vaut perdre une robe que perdre la vie. Si j'avais été une assassine réellement décidée à vous tuer, vous n'y auriez pas réfléchi à deux fois avant de sacrifier cette nippe, et vous auriez bien fait. » Elle se tourne vers le reste de l'assistance. « Cela dit, mesdemoiselles, les toilettes et les parures ne présentent pas que des inconvénients. Les lourdes étoffes nous ralentissent dans nos gestes, mais elles nous font aussi paraître plus inoffensives que nous ne le sommes, ce qui est utile pour tromper l'ennemi. Sans compter toutes les armes qu'on peut cacher dans les plis d'une robe à panier d'osier ou dans un faux-cul bien surélevé. Voilà autant d'artifices que les hommes n'ont pas et qui nous donnent un avantage sur eux – s'il en était besoin ! »

Une jeune fille au long cou de cygne lève la main :

« Mais est-ce bien gracieux d'utiliser ces coups fourrés, Madame ? demande-t-elle. Surtout pour des jeunes filles de qualité comme nous… »

La chevalière balaye ses scrupules d'un revers de la main :

« Il n'existe pas de coups *fourrés,* Séraphine de La Pattebise ! Il n'y a que des coups réussis ou ratés. Quant à la grâce dont les femmes devraient prétendument faire preuve, c'est une invention des hommes pour mieux nous soumettre. » Elle relève le menton, bravache. « Vous avez la réputation d'être la meilleure danseuse de l'école, Pattebise – mais dans ma salle d'armes, j'enseigne les bottes qui permettent de survivre, pas l'escrime artistique. Gardez donc vos bonnes manières pour les bals et les soupers fins de Barvók. Ici, je n'autorise ni courbettes ni minauderies : garçon ou fille, seule la rage de vaincre est admise en ce lieu ! »

9
Garçons

« LES SOUPERS MIXTES SONT UNE IDÉE DU général Barvók », me dit Naoko tout en me coiffant.

Il est bientôt sept heures, et après une journée bien remplie nous nous apprêtons à descendre souper. Tandis que je faisais ma toilette du soir, les couturières œuvrant dans les entrailles de l'école ont réparé ma robe en moins de temps qu'il ne faut pour le dire.

« Notre professeur d'art courtois fait aussi office d'intendant pour l'aile des garçons, continue de m'expliquer Naoko. Il tient à ce que les jeunes filles et les jeunes gens soupent ensemble, pour pratiquer la galanterie et les bonnes manières dans les conditions réelles de la Cour… »

Je ne l'écoute que d'une oreille, repassant dans mon esprit les événements de ma première journée à la Grande Écurie. Malgré mes appréhensions, elle s'est plutôt bien déroulée. J'ai montré à celles qui voulaient me marcher sur les pieds que je ne me laissais pas faire. J'ai gagné l'estime de deux professeures. Mais le plus important, c'est que personne ne se doute de mon identité réelle ; jusqu'ici, l'illusion fonctionne à merveille.

Reste la question du tempo de ma vengeance.

Attendre la fin juin pour entrer à la Cour avec les autres aînées ?

Ou bien forcer ma chance, postuler à la Gorgée du Roy, et pénétrer peut-être au palais dès le 31 octobre, dans huit petites semaines seulement ?

Chacune de ces possibilités présente des dangers. Si j'attends juin, je multiplie le risque d'être percée à jour pendant un si long laps de temps. Et si je suis recrutée comme écuyère du Roy, il me faudra jouer serré pour parvenir à assassiner Alexandre sans avoir à boire le sang du souverain… car il est bien entendu hors de question que j'y trempe mes lèvres !

« Voilà, c'est parfait ! » déclare Naoko.

Je lève les yeux sur le miroir devant lequel je suis assise, au fond d'une nouvelle salle d'eau – il y en a plusieurs à chaque étage.

Alors que ce matin, prise par le temps, Naoko avait noué mes cheveux en chignon rapide, ce soir elle s'est surpassée. La masse de ma chevelure est relevée sur le dessus de ma tête, formant un toupet sophistiqué qui me grandit de dix bons centimètres, tout en dégageant la courbure de ma nuque. L'ovale de mon visage n'en paraît que plus fin.

« Vous êtes ravissante, me glisse la jeune Japonaise. J'ai choisi un ruban rose pâle, pour faire ressortir l'éclat froid de vos cheveux. C'est merveilleux, les nuances qu'ils ont, la manière dont ils captent la lumière : on les dirait tissés d'argent pur !

— Je ne sais pas si j'ai des cheveux d'argent, mais vous, vous avez de l'or dans les doigts, dis-je, un peu gênée par ces compliments. Qui vous a appris à coiffer ainsi ?

— Personne. J'ai appris moi-même. Tout comme j'ai appris la peinture sur soie pour décorer mes robes de lotus et d'orchidées. »

Je me tourne vers Naoko, intriguée par sa réponse lapidaire. Au-dessus de son visage blanchi à la poudre de riz, ses cheveux forment un magnifique chignon : à sa longue pique en bois rouge laqué, elle a ajouté diverses broches, épingles et ornements. Quant à sa robe, elle est décorée de fleurs peintes à la main, plus exquises encore que celles de sa tunique de jour.

L'espace d'un instant, je sens monter en moi un élan de sympathie pour cette fille solitaire, hantée par des insomnies tenaces, qui en deux ans n'a pas vraiment trouvé sa place à la Grande Écurie. Elle me fait penser à Bastien – déconnectée du monde comme par un excès de flegme qui me donne envie de la protéger d'elle-même et des autres.

Je réfrène vite ce sentiment déplacé, et même périlleux : si elle devinait celle que je suis vraiment, je suis certaine que ce n'est pas un sourire qu'elle m'adresserait, mais une grimace de dégoût.

Cependant, il me sera utile d'avoir une confidente dans l'école… même si notre complicité est basée sur un mensonge à sens unique.

« Et si on se tutoyait ? je lui demande brusquement. Après tout, ce matin tu m'as demandé d'être ton amie – et des amies sincères se tutoient.

— Je… oui », dit-elle, rougissant un peu sous son teint blanchi à la poudre de riz.

Une vague honte m'effleure, de lui imposer une telle familiarité, comme mon pire ennemi l'a fait avec moi dans son carrosse. Mais je balaye tout sentiment de culpabilité. La fin justifie les moyens !

*

Alors que le déjeuner se déroulait dans le petit réfectoire au premier étage, le souper a lieu dans la grande salle de gala du rez-de-chaussée, à l'endroit où l'aile des filles communique avec celle des garçons. Nous y descendons escortées par madame Thérèse. J'ai le souffle coupé en pénétrant dans cette pièce majestueuse, éclairée de lustres. Une dizaine de tables rondes se dressent sur le parquet ciré, chargées d'une débauche de verres en cristal et de couverts rutilants. Je devine qu'ils sont en étain et non en argent, métal interdit – mais ils brillent à s'y méprendre.

« Voilà les garçons », me glisse Naoko à l'oreille, me ramenant à la réalité.

Une porte s'ouvre, à l'opposé de celle par laquelle les demoiselles sont arrivées.

Une quarantaine de jeunes gens entrent à leur tour, d'abord les benjamins, puis les cadets et enfin les aînés. Ils portent de longues vestes sur mesure et des chemises immaculées, assorties de culottes serrées aux genoux et prolongées de bas de soie. Seule exception à l'étiquette :

à la Grande Écurie, on autorise les élèves à aller tête nue, laissant leurs cheveux au naturel, au lieu d'arborer de lourdes perruques comme il sied aux gentilshommes de la Cour. Il en est même un qui porte les cheveux courts : un grand jeune homme aux traits sculpturaux et à la peau sombre.

« Les pensionnaires viennent de toute la Magna Vampyria, me glisse Naoko à l'oreille. Et même de l'autre côté de l'Atlantique, en ce qui concerne Zacharie de Grand-Domaine. Il est né en Louisiane, d'une mère africaine et d'un père français. »

Je détache mes yeux du beau métis pour les reporter sur l'imposant personnage qui ferme la marche. Lui porte bien la perruque : je devine que c'est le fameux professeur d'art courtois et intendant de l'aile des garçons. Au milieu de ses épaisses boucles grises s'ouvre un visage rubicond, barré de moustaches taillées au cordeau. Sa redingote vert-de-gris est surmontée d'une minerve de fer maintenant son cou et son menton parfaitement immobiles. Il y a dans sa démarche quelque chose de heurté, et dans ses mouvements quelque chose de mécanique. Il traverse la salle d'un pas raide, pour rejoindre madame Thérèse. À mesure qu'il s'approche, je remarque avec un sursaut d'horreur qu'il lui manque les mains : ses deux bras ont été remplacés par des prothèses métalliques. Des pinces émergent de ses manches à dentelle, pareilles à de monstrueuses pattes d'insecte.

« On dit que le général Barvók était l'un des plus braves officiers de l'armée hongroise gardant la frontière orientale de la Vampyria, aux confins de la Transylvanie, murmure Naoko. Il a été sauvagement démembré dans la lutte contre les stryges. Ainsi mutilé, il ne pouvait plus se battre, alors il a été appelé à Versailles où la Faculté lui a greffé ces prothèses. Il paraît qu'il doit porter sa minerve en permanence, même la nuit, sans quoi ses vertèbres se disloqueraient instantanément. »

Les stryges… Ce sont les plus redoutables d'entre toutes les abominations infestant la nuit, d'après la Faculté. Le docteur Boniface en parlait souvent à l'office. Il nous invitait à louer les seigneurs de la nuit pour la protection offerte contre ces démons menaçant d'envahir l'Europe. Je croyais que ce n'était qu'une légende, un argument de plus pour justifier le Code mortel. Il s'agirait de vampyres mutants, échappant au contrôle de la Vampyria, devenus difformes et fous sous l'influence des Ténèbres. Le dogme prétend que les armées de l'Immuable les combattent depuis près de trois siècles, tout là-bas à la frontière de l'Est, au seuil de la Terra Abominanda : la Terre Abominable, ainsi nommée parce que les abominations y règnent sans partage…

J'aimerais bien questionner Naoko davantage à ce sujet, mais à cet instant le bizarre professeur d'art courtois fait tinter ses pinces l'une contre l'autre pour réclamer le silence.

« Mesdemoiselles et messieurs, salutations ! » commande-t-il d'une voix grave où roule un accent guttural.

Aussitôt, les quarante filles exécutent une révérence coordonnée, tandis que de l'autre côté de la salle, les garçons inclinent le buste comme un seul homme. Je me débrouille comme je peux pour suivre le mouvement sans trop me faire remarquer.

« Mesdemoiselles et messieurs, à vos positions ! » ordonne-t-il ensuite, comme s'il menait ses troupes à l'assaut.

Les filles se mettent en marche vers les tables, imitées par les garçons.

« Les aînés siègent au centre de la salle, me glisse Naoko. Mais le plan de table change tous les soirs, pour nous apprendre à nous mêler gracieusement à la société. Assieds-toi là où tu vois ton nom. »

Je remarque en effet qu'un petit carton est disposé devant chaque assiette, orné de patronymes élégamment calligraphiés. Déjà, Naoko se dirige vers la table où elle a repéré le sien, me laissant me débrouiller seule.

« Oh, pardon ! je m'excuse en heurtant une demoiselle.

— Il n'y a pas de mal. »

Je lève les yeux : ce n'est pas une fille, mais un garçon portant une veste d'un beau grège clair. Les mains posées sur le dossier d'une chaise, il a manifestement trouvé où on l'avait placé ce soir. Sous ses cheveux blond cendré, l'harmonie de son visage est troublée par une longue cicatrice courant du coin de son sourcil droit jusqu'à sa joue. L'ancienne blessure file à quelques millimètres de son œil d'un bleu profond ; il s'en est fallu de peu pour qu'il soit borgne…

« Je cherche ma place, dis-je.

— Princes comme valets, ne cherchons-nous pas tous notre *place* en ce monde ? » rétorque-t-il.

Je me fige, saisie par l'angoisse – est-ce parce qu'il m'a percée à jour qu'il me parle de valets… ?

Mais non, c'est sur le mot *place* qu'il a insisté, et la lueur de défi dans ses yeux azur semble appeler une réponse. Les quatre autres filles et garçons debout autour de la table me scrutent attentivement eux aussi. Je reconnais Séraphine de La Pattebise, celle qui s'est offusquée de mon manque de grâce au combat – à présent, elle me fixe de son regard aigu, s'attendant à ce que je fasse preuve d'esprit.

« En effet, monsieur, je réponds, tâchant d'entrer dans le jeu. Mais comme le dit l'adage, *qui va à la chasse perd sa place*. Alors cessons de philosopher : asseyez-vous à la vôtre et laissez-moi trouver la mienne. »

Je m'apprête à le contourner, mais il ne m'en laisse pas le temps :

« Et si nous allions souper en cuisine, *à la place* ? »

J'ai conscience de magnétiser à présent tous les regards de la salle, y compris ceux du général et de la gouvernante depuis leur poste d'observation à l'entrée. Les autres pensionnaires se sont tus, pour écouter la « nouvelle » et voir comment elle se débrouille.

« Ce serait un peu *déplacé*, je rétorque.

— Nous pourrions nous faire *remplacer*, répond le garçon à la cicatrice, continuant ses variations ridicules sur le même mot.

— Bon sang, je cherche juste ma place ! je soupire, à court de munitions.

— Vous l'avez déjà dit, me reprend-il. Il me semble que vous faites du *surplace*, mademoiselle… mademoiselle…

— De Gastefriche », je lâche du bout des lèvres.

Mon voisin de droite me donne un discret coup de coude. Il n'est pas très grand. Son habit de velours entièrement noir, des bas jusqu'au buste, contraste avec les couleurs arborées par les autres pensionnaires. Ses ongles eux-mêmes sont vernis de noir. Mais au-dessus du col rigide qui maintient sa tête dans une position altière, son visage est plein de sollicitude – cheveux bruns en bataille et yeux vert sombre.

« Vous êtes là, mademoiselle », me souffle-t-il d'une voix rauque où chante un léger accent étranger.

Je suis son regard jusqu'à l'un des cartons disposés sur la table : mon nom est inscrit dessus.

J'ai enfin trouvé ma chaise, mais cela ne m'avance guère… Comment m'asseoir en pleine joute, alors que tous attendent une repartie brillante de ma part ? Tandis que je me creuse la cervelle, les yeux désespérément rivés sur la nappe, mon reflet m'apparaît à la surface d'un beurrier en étain poli comme un miroir.

Prise d'une inspiration soudaine, je redresse brusquement la tête et m'exclame au nez du blond :

« Détournez donc vos yeux, monsieur, ils sont trop mal polis pour que je m'y *contemplasse*… quand bien même vous seriez le plus haut *comte en place* ! »

Les convives partageant notre table émettent de discrets applaudissements – y compris Séraphine de La Pattebise, de ses élégantes mains blanches ornées de petits diamants, ainsi que sa voisine, une brune farouche dont le carton indique le nom : *Marie-Ornella de Lorenzi.*

Je me dépêche de m'asseoir, soulagée que les conversations feutrées reprennent à travers la salle. Barvók lui-même se retire derrière la porte en boitant, entraînant madame Thérèse avec lui pour discuter de je ne sais quoi.

« Vous m'avez crucifié avec votre dernière réplique, me glisse le garçon à la cicatrice en s'asseyant à côté de moi. *Mal polis* et *malpolis, contemplasse* et *comte en place* : un double jeu de mots tout en reprenant la rime riche autour de laquelle nous débattions, c'est du grand art ! » La lueur de défi se rallume dans ses yeux, comme s'il voulait encore en découdre malgré ses compliments. « Toutefois, vous avez commis une inexactitude. Je ne suis pas comte, titre réservé aux immortels, mais seulement chevalier… »

Je jette un coup d'œil à son carton : *Tristan de La Roncière.*

« Nul n'est parfait, Tristan ! » dis-je en lui décochant mon sourire le plus mielleux, afin de lui signifier que la joute est définitivement terminée – et qu'il l'a perdue.

Je lui tourne ostensiblement le dos pour m'adresser au garçon en velours noir assis à ma droite, celui qui m'a charitablement indiqué ma place : son carton annonce *Rafael de Montesueño* – un nom aux consonances hispaniques.

« Merci, lui dis-je.

— De rien. Je sais ce que ça fait d'être un étranger à la Grande Écurie… »

Étranger : comme Naoko, ce pensionnaire vient d'ailleurs, et son intégration à l'école n'a pas dû être aisée. Il y a quelque chose de triste dans sa voix, dans ses yeux. Je m'apprête à le questionner, mais à cet instant les servantes entrent dans la salle, les bras chargés.

Une assiette de porcelaine atterrit devant moi, remplie d'un potage blanc opaque qui dégage un délicat fumet.

Du coin de l'œil, j'examine les gestes délicats de Séraphine en face de moi, afin de déterminer quelle cuiller utiliser, parmi les six qui sont disposées autour de l'assiette.

« Diane, comment trouvez-vous ce velouté de truffes blanches du Piémont ? me demande-t-elle. N'est-il pas délicieux ? »

Elle me sourit au-dessus de son assiette, sans que je puisse déterminer si son amabilité est sincère ou calculée.

« Attendez, je goûte... », dis-je.

Je trempe la cuiller adéquate dans le potage fumant, repensant avec nostalgie à la cueillette aux champignons où maman m'emmenait chaque automne quand j'étais petite, avant que je décide que je n'avais besoin de personne pour aller seule en forêt. Il n'y avait pas de truffes blanches à la Butte-aux-Rats, seulement des champignons ordinaires, mais rien ne pourra remplacer le goût à jamais perdu des soupes que faisait ma mère...

« Hum, vous avez raison, Séraphine : délicieux ! » dis-je malgré tout.

La vérité, c'est que j'ai une faim de loup après tous les événements de la journée.

Je plonge à nouveau ma cuiller, elle bute sur quelque chose.

Un champignon qui ne serait pas passé à la moulinette ?

Je lève mon couvert pour mieux examiner le morceau à la lumière des lustres... sa consistance poisseuse et velue, dont les poils accrochent le velouté... sa forme ovale où affleurent des fragments clairs ressemblant à de l'os... et les longues incisives jaunâtres qui dépassent devant.

On dirait…

… une tête de souris crevée !

Prise d'un haut-le-cœur, je laisse retomber la macabre découverte dans mon assiette.

Les éclaboussures de velouté giclent sur ma robe fraîchement recousue, déclenchant les exclamations de mes compagnons de table.

Je sens mon estomac remonter dans ma gorge, et je recrache la seule cuillerée de potage que j'aie eu le temps d'avaler.

Le rire clair d'Hélénaïs résonne à travers la salle, tandis que tous les regards convergent vers moi.

« C'est ainsi qu'on vous a appris à souper, dans votre château ? » raille-t-elle depuis sa table. Elle profite du fait que le professeur d'art courtois s'est absenté pour hausser la voix, afin que toutes et tous puissent l'entendre. « Je suis surprise. Mais en même temps, quelles manières attendre de la part d'une souris grise ? »

À la façon dont Hélénaïs accentue ce mot – *souris* – je devine que c'est elle qui a glissé l'immondice dans mon potage. À quel moment et par quel moyen, je l'ignore, mais c'est elle !

Je me lève sous la risée générale, tremblante de honte dans ma robe tachée de soupe. Les servantes elles-mêmes ont suspendu le service pour me regarder d'un air désapprobateur.

« Ce… c'est vous qui avez mis cette chose dans mon assiette, je balbutie.

— Quelle chose ? fait Hélénaïs, feignant l'étonnement.

— Ne jouez pas les innocentes !

— Je ne vois pas de quoi vous voulez parler. D'abord vos cochonneries à table, puis cette scène ridicule – tenez-vous donc, que diable ! Votre mère est-elle morte avant de vous inculquer les bonnes manières ? »

C'est la goutte d'eau qui fait déborder le vase. Même si Hélénaïs fait allusion à la mère de la vraie Diane, la baronne emportée par les fièvres il y a des années, c'est l'image de ma propre mère qui jaillit dans mon esprit. Assassinée il y a quelques jours seulement, pour maintenir l'ordre de la Vampyria, afin que des nanties comme Hélénaïs puissent continuer à déguster leur velouté aux truffes !

La rage l'emporte sur la honte.

Je m'empare du couteau le plus aiguisé posé à côté de mon assiette, me retenant au dernier moment de le lancer ; à la place, je saisis la salière et la projette de toutes mes forces à travers la salle. Mes années de pratique du lance-pierre m'ont appris à viser : la salière atterrit en plein dans l'assiette à soupe d'Hélénaïs, éclaboussant copieusement son buste et son visage.

Elle pousse un hurlement aigu.

« Assez ! » gronde une voix profonde comme le tonnerre.

C'est le général, le visage rouge comme une pivoine au-dessus de sa minerve de fer.

Dans ma fureur, je ne l'avais pas vu entrer avec la gouvernante.

Il se tient là, ses membres métalliques s'entrechoquant d'indignation comme s'il n'en avait plus complètement le contrôle.

Je balbutie un début d'excuse, faisant glisser le couteau dans la poche de ma robe.

« Je suis brûlée vive ! geint Hélénaïs en appliquant une serviette sur son long cou laiteux. Ma beauté légendaire est détruite à jamais ! »

Elle joue la comédie, bien sûr. Mais à la Grande Écurie comme à la Cour, toutes les hypocrisies sont permises.

« Gastefriche ! Dans le bureau du Grand Écuyer, tout de suite ! » m'ordonne madame Thérèse.

*

La gouvernante parcourt les couloirs déserts au pas de course, m'entraînant sur ses talons claquants. Le soir est presque tombé à présent et des chandeliers ont été allumés le long des murs. Les gardes suisses, eux, n'ont pas bougé d'un pouce.

J'ai beau essayer d'expliquer ce qu'il s'est passé à madame Thérèse, elle ne veut rien entendre.

Elle ne s'arrête qu'une fois parvenue devant une grande porte capitonnée de cuir flanquée de deux gardes immobiles.

Elle frappe trois coups secs.

« Entrez », fait une voix caverneuse, de l'autre côté.

Madame Thérèse ouvre la porte et me pousse devant elle.

Face à nous se dresse un grand secrétaire en bois sombre, orné de deux lourds chandeliers en bronze représentant des chevaux cabrés. La lueur des bougies éclaire des épaules imposantes, enveloppées dans un manteau de cavalier à large col. Un visage au teint cireux en émerge, paraissant à la fois brutal et maladif. Les traits durs semblent taillés dans le roc, les joues massives creusées d'ombres, la mâchoire protubérante soulignée par une petite barbiche épineuse sous la lèvre inférieure. Une longue perruque noire aux boucles grasses et détendues pend lourdement de chaque côté de cette face effrayante, jaunâtre. Mais le plus inquiétant n'est pas la tête du Grand Écuyer : ce sont les bocaux sur les étagères derrière lui, où flottent des formes baignant dans un liquide translucide. Dans la pénombre, je les distingue à peine, incapable de déterminer s'il s'agit d'une collection d'organes animaux… ou humains.

Monsieur de Montfaucon, le redouté directeur de l'école, a le physique de ses ancêtres : on dirait un bourreau dans son antre.

« La nouvelle pensionnaire a sauvagement attaqué mademoiselle de Plumigny, m'accuse la gouvernante. Je l'ai vue lancer une salière avec une fureur de bête sauvage, elle visait la tête !

— Non, je ne visais pas la tête…, je tente de plaider, morfondue de m'être laissée emporter par mes émotions.

— Silence ! » m'intime le Grand Écuyer d'une voix qui fait clapoter le formol dans ses sinistres bocaux.

Sous ses sourcils broussailleux, ses yeux fiévreux luisent telles deux braises prêtes à me consumer.

« Savez-vous combien les parents des autres pensionnaires payent pour leur éducation à la Grande Écurie ? me demande-t-il.

— Je… je l'ignore, je bredouille.

— Évidemment, puisque vous êtes ici sans débourser un denier. Vous êtes l'invitée du Roy. Et à ce titre, vous devriez faire montre d'un comportement exemplaire.

— Je vous promets que je ne recommencerai plus », dis-je, crucifiée par l'injustice d'avoir à endosser la responsabilité d'une querelle que je n'ai pas provoquée.

Le Grand Écuyer palpe sa barbiche du bout de ses mains d'étrangleur : ses doigts massifs sont chargés de lourds anneaux, qui s'entrechoquent dans un inquiétant cliquetis.

« En effet, vous ne recommencerez plus, répète-t-il. Il y a eu suffisamment de disputes l'année dernière à l'école, entre Plumigny et Castlecliff. La dernière chose dont j'ai besoin, c'est d'un autre ego surdimensionné. Vous passerez les jours suivants enfermée dans une chambre de service, sous les combles. D'ici la fin de la semaine, nous vous trouverons une place dans un couvent de la Faculté, à Paris.

— Mais je suis une pupille de l'Immuable ! » je proteste.

Quelle abjecte ironie, d'invoquer le nom du Roy pour sauver la mise !

Le Grand Écuyer me fixe de son regard dur :

« Le Roy ne sait même pas qui vous êtes, petite impertinente. Comment serait-il au courant de votre dérisoire existence ? Les gens de sa maison ont organisé votre venue à Versailles, par égard pour le sacrifice de votre père. Vous avez laissé passer votre chance. Vous resterez pupille, mais entre quatre murs. Vous coûterez moins cher à la Couronne une fois cloîtrée. »

Un déluge carillonnant s'abat sur moi : c'est le tocsin qui sonne à tous les clochers de Versailles, annonçant le début de la nuit.

*

J'ai tout gâché.

Il y a deux heures encore, je faisais des plans pour entrer au palais, et maintenant je sais que je n'y mettrai jamais les pieds.

Je bourre mon oreiller de coups de poing, pour la centième fois depuis qu'on m'a enfermée dans cette chambre minuscule au dernier étage de l'école. Ce déchaînement de rage pathétique ne parvient qu'à aggraver la migraine qui me vrille le cerveau.

Mes vêtements de brocart souillés m'ont été retirés ; en échange, on m'a donné une robe rudimentaire en grosse toile grise : pas besoin de fioritures pour la vie qui m'attend au couvent. Madame Thérèse a fait préparer un sac de modestes effets – brosses, sous-vêtements, châle austère pour couvrir mes épaules et mes cheveux. Je n'ai pu escamoter que ma montre à gousset, mon briquet à amadou et le couteau à viande subtilisé au souper – mais de quel usage pourrait-il m'être maintenant ? Il est convenu qu'un coche vienne me chercher à la fin de la semaine, quand on aura identifié l'institution acceptant de m'accueillir.

Un long grondement retentit soudain dans la nuit, ébranlant les murs et jusqu'à mon crâne palpitant de douleur.

Je crois d'abord que c'est l'orage qui éclate, après avoir couvé depuis des jours.

Mais non : derrière la lucarne de la chambre mansardée, les nuages ne se sont pas déchirés. Ils sont toujours pleins, énormes et menaçants, obstruant la lune et les étoiles.

Pourtant, le grondement continue.

À bout de nerfs, je traverse la pièce plongée dans l'obscurité et colle mon front douloureux au carreau vibrant.

La titanesque muraille du palais m'apparaît, plus monstrueuse encore que durant le jour, comme si la nuit avait raccourci les deux cents mètres de la place d'Armes. À la lumière dansante des torchères allumées tout autour, les immenses vampyres sculptés dans la paroi semblent s'animer pour chasser leurs proies mortelles subjuguées.

Mais…

… on dirait qu'ils bougent vraiment !

À mieux y regarder, c'est le mur de la Traque lui-même qui s'entrouvre, coulissant sur des rails invisibles dans un grondement sismique. Comme Naoko me l'a expliqué, à la nuit tombée, la puissance des fleuves en amont de Versailles est utilisée pour mouvoir les milliers de tonnes de pierre.

Lorsque le vacarme cesse enfin, un portique colossal s'est ouvert au milieu des fortifications, haut et large de dix mètres au moins. Des carrosses entrent et sortent de l'enceinte royale, sous la surveillance de gardes suisses brandissant des flambeaux – certains carrosses en bois clair, transportant des vivants, et d'autres en ébène, acheminant des immortels.

Savoir que je ne pourrai jamais franchir cette ouverture béante me tue de frustration ! J'en ai des sueurs froides, mes mains tremblent sur le cadre de la lucarne.

Insensible à ma détresse, un véhicule plus gros que les autres se détache du trafic funèbre. Attelé à six chevaux, il est entièrement blindé de fer et gravé d'une grande chauve-souris aux ailes déployées, insigne de la Faculté hématique. Je frémis d'horreur en songeant à la quantité de sang frais contenue dans cette citerne ambulante, qui a dû quitter les banlieues dès la nuit tombée pour venir alimenter la Cour…

Tandis que le funeste convoi marque l'arrêt pour se prêter aux contrôles nécessaires, un mouvement attire soudain mon attention en marge de la place d'Armes. Je plaque mon visage un peu plus au carreau, effaçant convulsivement la buée de mon souffle, pour mieux voir. Trois silhouettes se dirigent d'un pas heurté vers le portique : deux gardes suisses encadrant un troisième homme vêtu de guenilles, qui semble se débattre. Ils sont trop loin pour que je distingue leurs visages ou entende leurs voix. Mais les contorsions du prisonnier, la manière dont son corps se cabre de terreur, me glacent. Je repense au voyageur solitaire qui avait eu le malheur de cheminer de nuit, là-bas en Auvergne, et qu'un vampyre avait saigné à blanc. Ce soir, ce pauvre mendiant est resté dehors après le début du couvre-feu, sans doute parce qu'il n'avait nulle part où se réfugier… À présent, les soldats le mènent dans le nid de vampyres le plus concentré du royaume pour qu'il y subisse sa sentence !

Je suis comme ce vagabond : désemparée et impuissante.

Comment ai-je pu croire un seul instant que j'étais de taille à lutter contre les seigneurs de la nuit ?

Abrutie de fatigue et de désespoir, la cervelle saturée de bile noire et des sanglots plein la poitrine, je me laisse tomber sur ma couche, vaincue.

10

Fuite

JE SUIS COMME CE VAGABOND.

Au réveil, cette idée illumine ma tête enfin libérée du carcan de fer de la migraine.

Je suis comme ce vagabond.

Hier soir, la bile noire noyait mes pensées, mais ce matin tout est limpide.

Je suis comme ce vagabond !

La voilà, la seule, l'unique manière d'entrer au palais : me faire capturer tel un agneau qu'on mène à l'abattoir !

Je m'arrache à mes draps, dans lesquels je me suis endormie tout habillée, et je cours à la fenêtre.

Dans le matin grisâtre, sur lequel pèsent des nuages plus lourds que jamais, le mur de la Traque s'est refermé. Mais contrairement à hier, le spectacle de la forteresse la plus imprenable du royaume ne me consterne pas. Au contraire, il m'inspire. Si je parviens à pénétrer dans l'enceinte comme prisonnière, peut-être qu'une fois à l'intérieur je trouverai le moyen d'échapper à mes gardes pour dénicher ce monstre d'Alexandre. Peut-être que j'aurai le temps de le mutiler, et même de le tuer, avant d'être à mon tour livrée à la mort.

Un grand calme m'envahit. Mon esprit est parfaitement concentré. Hier, j'étais désemparée, en proie à la mélancolie la plus profonde car je ne voyais aucune issue ; mais maintenant que j'ai un plan, si fou et suicidaire soit-il, la trappeuse en moi reprend le dessus.

Monsieur de Montfaucon a annoncé qu'on me trouverait une place au couvent à la fin de la semaine : je peux donc espérer être toujours à la Grande Écurie cette nuit, pour tenter de m'enfuir de cette chambre. Par où ?

D'un côté, la porte verrouillée à double tour, derrière laquelle s'empilent cinq étages infestés de gardes suisses surentraînés ; de l'autre, la lucarne étroite donnant sur les toits, les gouttières, et la cour peuplée de molosses. Mon instinct me porte vers la lucarne : dans mes forêts, j'ai plus souvent eu l'occasion d'affronter des bêtes féroces que des soldats.

Voilà qui est décidé. Maintenant, les armes… Il me faut un pieu à planter dans la poitrine d'Alexandre, puis une lame pour lui trancher la tête. En ce qui concerne la décapitation, j'ai le couteau à viande. Sectionner le cou d'un vampyre avec cet ustensile sera une vraie boucherie ; j'y prendrai d'autant plus de plaisir qu'Alexandre ne s'est pas gêné pour mutiler les cadavres des miens afin de rapporter des trophées.

Quant au pieu, l'unique chaise de la chambrette fera l'affaire. J'attendrai ce soir, après la dernière ronde des gardes, pour me confectionner l'arme fatale.

*

Forte de ce plan, je passe la journée immobile, assise sur le bord de mon lit.

Les heures ne m'ont jamais semblé si longues.

Chaque fois que la clé tourne dans la serrure de la porte, je suis prise d'angoisse : pourvu qu'on ne vienne pas pour m'emmener au couvent ! Mais non : ce sont les gardes qui m'apportent mes repas et viennent vider mon pot de chambre.

Puis le jour commence enfin à décroître, l'excitation montant à mesure que la lumière diminue.

J'attends que le tocsin ait sonné avant de me mettre en action, certaine qu'on ne me dérangera plus de la nuit.

D'abord, je retourne la chaise. Profitant du vacarme du mur de la Traque qui s'ouvre à nouveau, là-dehors, je donne de grands coups de talon sur l'un des pieds de bois. Il finit par craquer et se détacher du cadre, sans attirer l'attention des gardes. Je m'en empare et me mets à tailler fébrilement le bout avec la lame de mon couteau. Copeau après copeau, une pointe se dessine. Quand je la juge assez acérée, je soupèse le pieu de trente centimètres dans mon poignet endolori par une heure de travail : il est parfaitement lesté.

Je retire alors ma robe. J'en déchire le bas à mi-cuisse pour permettre à mes jambes de bouger plus aisément. Je forme un bandeau avec la large chute de toile, que j'enroule en brassière croisée autour de mon torse afin de ménager un fourreau dorsal. J'y glisse le pieu et le couteau, une arme contre chaque omoplate, à portée de main. Puis je repasse la robe écourtée par-dessus le tout, abandonnant le corset, et je noue mes cheveux avec un ruban. Enfin, je fais sauter mes escarpins à talons, libérant mes pieds nus.

À cet instant, dix coups résonnent aux clochers de Versailles, sonnant dix heures du soir.

Le moment le plus délicat est venu : celui de la fuite par les toits. Je tourne la poignée de la lucarne.

L'air de la nuit caresse mes joues, tandis que monte la rumeur des carrosses se pressant sur la place d'Armes.

Je prends une inspiration profonde puis, sans un regard en arrière, je me hisse à travers l'ouverture étroite.

*

Je me mets à arpenter la toiture, en quête d'un endroit où amorcer ma descente. Les nuages qui cachent la lune me dissimulent, mais ils m'empêchent aussi d'y voir clair. Aussi dois-je tâtonner, à quatre pattes, cherchant des mains un tuyau plongeant. Ce faisant, je m'efforce de ne pas regarder le gouffre noir de la cour vingt mètres plus bas. Quant aux molosses tapis dans leurs niches, j'espère qu'ils sont attachés à de solides chaînes.

Tandis que j'ausculte la nuit en guettant les grognements des chiens, un craquement retentit dans mon dos.

Je me retourne lentement, en équilibre au bord du toit, tous mes sens en alerte…

… mais je ne vois rien.

Sans doute était-ce un oiseau de nuit.

L'angoisse au ventre, je reprends ma laborieuse exploration, jusqu'à ce que mes doigts rencontrent une soudure connectée à un coude plongeant vers la cour. Je l'empoigne fermement et tente de l'arracher pour en évaluer la solidité : il résiste. Pourvu qu'il soit aussi solide que les troncs d'arbres que j'escaladais jadis pour aller voler des œufs de caille dans leur nid.

Je laisse mes jambes pendre dans le vide, jusqu'à ce que mes orteils rencontrent une soudure sur laquelle s'appuyer le long du conduit vertical. Je presse la plante de mes pieds de chaque côté de la soudure, sans prêter attention au contact du métal froid contre ma peau nue.

Ça a l'air de tenir bon.

Je détache alors ma main droite du toit et j'enfonce bien mes doigts entre la tubulure de fer et le mur de pierre pour assurer ma prise. Enfin, je détache ma seconde main qui vient rejoindre la première.

Voilà : la descente a commencé.

Déjà un mètre de franchi.

À vue de nez, plus qu'une vingtaine de mètres de rien du tout avant de toucher terre.

Je descends un pied le long du tuyau en quête d'une nouvelle soudure sur laquelle m'appuyer.

Plus bas…

Encore un peu…

Au moment où je sens enfin une excroissance sous la pointe de mon orteil, le corps étiré entre ma jambe tendue et mes mains qui s'agrippent toujours au-dessus de ma tête, une vive lumière blanche déchire la nuit. Mon ombre écartelée se projette brièvement sur le mur.

L'instant d'après, le grondement formidable du tonnerre fait écho à cet éclair : l'orage vient d'éclater.

Je lève le visage vers le ciel, hagarde.

Une pluie de gouttes tièdes me tombe sur le front.

Un nouvel éclair m'éblouit.

Le temps que je ramène la jambe qui s'était aventurée plus bas, l'averse se transforme en torrent. Le ciel se déchire. Les tonnes d'eau que j'avais senties s'accumuler depuis des jours, tout au long de ma montée à Versailles, s'abattent sur moi.

Je tente de remonter mes mains le long du tuyau pour atteindre la gouttière ; mais cette dernière déborde déjà du trop-plein de pluie qu'elle ne parvient pas à évacuer. Le tuyau de descente trempé devient glissant sous mes paumes. Les trombes d'eau, s'engouffrant à gros bouillons dans la plomberie, envoient des vibrations jusqu'au creux de mes cuisses.

Le tonnerre claque dans mes oreilles, le déluge m'assomme.

Le vent furieux arrache mon ruban et me plaque les cheveux dans les yeux.

Les bourrasques s'immiscent entre le mur et moi comme pour m'en arracher.

Millimètre après millimètre, je sens mes doigts glisser.

J'ai beau les enfoncer dans le métal au risque de me retourner les ongles, rien n'y fait.

Je suis sur le point de tomber…

Je… je tombe !

Un étau se resserre soudain sur ma main gauche, la dernière à lâcher prise.

Pendant un instant, je flotte ainsi au-dessus du vide mugissant, suspendue par le bras.

Puis la chose qui m'a rattrapée de justesse me hisse jusqu'à elle avec une force phénoménale.

J'atterris en boule sur le toit, pantelante, l'épaule disloquée.

Les rafales de pluie sont si drues, si serrées que je ne vois rien autour de moi – rien qu'une ombre penchée sur mon corps meurtri.

« Qui… qui êtes-vous ? » je bredouille.

L'eau s'engouffre dans ma bouche et la tempête avale mes paroles.

L'être qui m'a sauvée me prend à nouveau le bras et me soulève.

J'étouffe un cri de douleur, chancelant sur mes jambes encore percluses de crampes… puis soudain, comme par magie, je me sens quitter le sol de tuiles.

Le toit se met à défiler à toute allure devant moi : je suis dans les bras de la créature.

Le contact de sa poitrine trempée contre la mienne est anormalement froid, on dirait la peau d'un… vampyre ?

Non, c'est impossible ! Un bruit sourd résonne contre mon oreille, plus lourd et profond que les coups de tonnerre. Le battement d'un cœur vivant.

Je lève les yeux pour tenter d'apercevoir le visage de mon ravisseur, mais ce dernier est dissimulé sous une profonde capuche de cuir, battue par la pluie. Il en émane une odeur douceâtre de sous-bois en automne, un parfum de feuilles mortes…

« Où m'emmenez-vous ? » je hurle.

Pas de réponse.

« Lâchez-moi ! je crie en fouillant dans mon dos pour en extraire le couteau. Lâchez-moi ou je vous jure que je vous tue ! »

Je plaque la lame à la base de la capuche, mais la créature ne s'arrête pas, au contraire : parvenue au milieu du toit, elle bondit sur la plus massive des souches de cheminée et se glisse dans le large conduit. Se raccrochant d'une main aux barreaux d'une échelle de ramoneur rouillée, tout en me tenant toujours dans son autre bras, elle descend avec une agilité surhumaine.

La fureur des éléments s'étouffe peu à peu, à mesure que nous nous enfonçons dans le puits d'ombre et de suie.

La faible luminosité s'éteint tout à fait.

Je n'entends bientôt plus rien que ce cœur palpitant que, d'un coup de couteau, je pourrais transpercer.

*

Lorsque nous touchons le sol, les échos de la tempête se sont totalement dissipés.

Je devine que nous avons gagné les entrailles de la Grande Écurie – plus bas que les salles de cours, plus bas que la salle de gala au rez-de-chaussée, plus bas même que la salle d'armes en sous-sol.

Mon mystérieux ravisseur me repose enfin à terre.

Nous sommes dans une crypte de dimensions incertaines, la seule source de lumière provenant d'une petite lanterne en fer posée sur une table bancale. Dans le halo tremblotant, j'aperçois un grand linteau de cheminée au foyer éteint, par lequel nous sommes arrivés.

L'inconnu, lui, se tient à la lisière du halo, comme s'il craignait d'y pénétrer tout à fait. Je ne discerne que les grossiers chaussons de cuir enveloppant ses pieds, et le bas de ses culottes de toile dégouttant d'eau de pluie ; le reste de sa silhouette, son torse et sa capuche disparaissent dans l'ombre.

Pendant quelques instants, nous demeurons ainsi, l'un face à l'autre, au milieu du silence.

Tandis que mon regard s'acclimate à la pénombre, à défaut de pouvoir dévisager celui qui vit ici, je distingue mieux les objets disposés sur la petite table. Il y a là un pichet en terre cuite, un gobelet en fer et le dernier objet que j'aurais imaginé trouver en ces lieux : un harmonica. Mais ce n'est pas tout. Derrière ces modestes effets repose un tas blanchâtre… un amoncèlement aux formes hideusement familières.

Dans un horrible déclic, mon esprit fait le rapprochement avec les ouvrages d'anatomie de mon père.

Des tibias à demi rongés.

Des fémurs brisés pour en sucer la moelle.

Et des crânes fracassés comme des coquilles de noix pour en dévorer la cervelle.

Je brandis devant moi le couteau que j'avais imprudemment baissé.

« La sortie ! » je coasse d'une voix broyée par l'angoisse, à l'idée que mon hôte a soupé ici de restes humains.

Il esquisse un mouvement dans ma direction, tendant une main qui, l'espace d'un instant, apparaît dans la lumière.

« Arrière ! je hurle en levant mon arme. La sortie, j'ai dit ! »

Il tourne brusquement les talons.

J'ai juste le temps d'attraper l'anneau de la lanterne, avant de lui emboiter le pas.

« Si vous essayez de me semer ou de m'égarer, je vous poignarde ! » je l'avertis, grelottante et trempée jusqu'aux os.

Le reclus des profondeurs avance aussi vite dans ces souterrains qu'il le faisait sur le toit, et il me faut courir pour garder le rythme. Le halo tremblotant de ma lanterne ne parvient jamais à remonter plus haut que ses talons fuyants.

Un escalier étroit apparaît soudain, s'envolant en colimaçon. Je m'y jette à la suite de mon horrible guide. La plante de mes pieds nus frappe les marches usées par les siècles, encore et encore. À mesure que je monte, il me semble sentir de l'air frais.

Ce n'est pas seulement dû à cette course folle : un souffle me caresse le visage !

De plus en plus puissant !

De plus en plus proche !

De plus en plus…

La flamme s'éteint d'un seul coup, soufflée par une bourrasque venue d'en haut.

Surprise, je manque une marche et lâche l'anneau de la lanterne. Elle dégringole l'escalier en émettant des échos métalliques, avant de se fracasser un peu plus bas.

Me voilà plongée dans l'obscurité totale alors que je croyais atteindre enfin la sortie.

J'empoigne mon couteau à deux mains, me plaquant au mur circulaire de l'escalier.

Une odeur d'automne remplit mes narines. Je reconnais aussitôt celle du reclus qui s'approche : même si je ne le vois pas, je le sens. Son parfum est celui de la mort et de la décomposition, de la peur elle-même.

« Ne me touchez pas ! » je hurle en dardant la lame.

Le tranchant glisse sur la surface rêche d'une toile, puis sur la chair élastique en dessous.

L'effluve douceâtre reflue aussitôt.

Je ne sais pas ce qui est le plus horrible, entre la sensation d'avoir senti la créature si près de moi, et le fait qu'elle s'est esquivée sans un cri de douleur, sans même un murmure, après que je l'ai écorchée.

Je reste dos collé au mur, pantelante, prête à frapper à nouveau s'il le faut.

Mais j'ai beau humer, je ne perçois plus d'odeur de feuilles mortes. Il ne reste que la senteur minérale des vieilles pierres.

Soudain, un grincement de gonds retentit dans les hauteurs de l'escalier.

Un flot de lumière pâle tombe sur les marches au-dessus de moi.

Je franchis la dernière volée pour me précipiter sur la porte qui vient de s'ouvrir, et je me jette à l'extérieur.

Je déboule dans une ruelle déserte, maculée de larges flaques où se reflète la lune aux trois quarts pleine.

Je lève les yeux : tout là-haut, l'orage a cessé. Dans le ciel lavé, les étoiles brillent à nouveau. Une vive fraîcheur a remplacé la lourde tiédeur de la fin d'été : l'automne a bel et bien commencé.

C'est alors qu'un nouveau grincement retentit dans mon dos.

Je n'ai que le temps de me retourner pour voir la porte de fer se refermer dans la façade arrière de la Grande

Écurie, actionnée par l'ermite cannibale qui s'y cache. À aucun moment je n'ai entendu sa voix. Je n'ai pas vu son visage. Je n'ai aperçu de lui que sa main, tout à l'heure, dans le halo de la lanterne. Je m'en souviens maintenant, car elle s'est imprimée dans ma rétine et dans ma mémoire : une main aux longs doigts olivâtres, à la paume traversée d'une ligne de points de suture noircis.

II

Vagabonde

« JE PEUX VOUS AIDER ? » GRONDE UNE VOIX au loin.

Je me retourne : c'est la silhouette d'un gendarme qui approche depuis le bout de la ruelle, sa livrée noire se confondant avec la nuit.

Profitant de la pénombre, je glisse le couteau dans mon dos, sous la brassière à côté du pieu. Puis je le laisse me rejoindre.

Il plisse les yeux sous le bord de son tricorne et me détaille de haut en bas, visant mes pieds nus, ma jupe déchirée, mes cheveux trempés.

« Vous avez vos papiers de noblesse ? » me demande-t-il d'une voix menaçante.

Dans mes haillons, il n'imagine pas un instant que je sois une pensionnaire échappée de la Grande Écurie qui se dresse juste dans mon dos. Je ressemble bien davantage à une vagabonde. Tant mieux. Il va m'arrêter et me jeter en pâture aux vampyres du château, comme je l'ai prévu.

« Je… je n'ai pas de papiers, je bredouille, faisant trembler ma voix. Pitié, monsieur l'agent : je ne suis qu'une pauvre mendiante. »

Mon appel à la clémence du gendarme, purement rhétorique, fait partie de mon plan. Je sais bien que les agents de la Vampyria sont sans pitié pour celles et ceux qui enfreignent le Code mortel.

Mais contre toute attente, cet homme ne m'arrête pas.

« Tu n'as pas entendu parler du couvre-feu, petite écervelée ? murmure-t-il. Va vite te réfugier à l'hospice au bout du boulevard, avant d'y laisser ta peau. » Il désigne du doigt une large avenue, perpendiculaire à la ruelle où j'ai débouché au sortir de la Grande Écurie. « Les nonnes de la Faculté te prélèveront une seringue de sang pour la nuitée, mais c'est mieux que d'être entièrement saignée si tu restes dehors. Va, te dis-je, je ferai comme si je ne t'avais pas vue. »

En temps normal, ce témoignage d'humanité me réchaufferait le cœur ; mais ce soir, il vient contrecarrer mes plans.

« Non ! je m'écrie à tue-tête, jouant les folles. Pas l'hospice ! C'est plein de cafards et d'araignées ! »

Le vacarme attire l'attention d'un autre homme, émergeant des arcades d'une rue voisine à présent que la pluie a cessé. Sa livrée n'est pas noire, mais rouge : c'est un garde suisse.

« Que se passe-t-il ? » demande-t-il en s'approchant de nous.

Le brave gendarme pousse un soupir sincèrement désolé :

« Tu as raté ta chance de fuir, ma pauvre enfant... Que Dieu prenne pitié de ton âme. »

La mention de Dieu explique la charité de cet homme : même si la religion chrétienne a été bannie du royaume de France avec l'avènement des Ténèbres, nombreux sont ceux qui la pratiquent encore en cachette. Les églises ont beau avoir été toutes réquisitionnées par la Faculté hématique, les crucifix fondus pour modeler des chauves-souris à la place, il reste le temple inviolable des cœurs.

« Ce n'est qu'une vagabonde qui n'a plus toute sa tête, explique le gendarme au garde suisse. Laisse-moi l'emmener à l'hospice, l'ami. »

Mais l'homme en rouge a préséance sur un simple gendarme, et il n'a pas la même mansuétude.

« *L'ami* ? dit-il sévèrement. Sais-tu, gendarme, que cette familiarité pourrait te coûter ton poste ? La vagabonde a enfreint le couvre-feu. Le Code mortel est formel : elle doit en payer le prix. »

Il m'empoigne fermement le bras et me pousse devant lui, en direction de la place d'Armes.

Je fais mine de résister un peu pour lui donner le change, poussant des cris aigus, trébuchant dans les flaques.

Le mur de la Traque se rapproche de minute en minute, ses sculptures menaçantes grandissent à vue d'œil. Même si c'est la destination à laquelle j'aspire du plus profond de mes entrailles, je ne peux m'empêcher de frémir en détaillant les expressions extatiques des statues de vampyres et celles, désespérées, de leurs victimes à jamais figées dans la pierre.

« Voilà une proie de plus pour la chasse galante de ce soir », annonce le garde suisse à ses acolytes gardant le portique.

J'ai l'air si vulnérable qu'ils ne prennent pas la peine de me fouiller : ils écartent leurs hallebardes pour nous laisser entrer dans le vaste tunnel traversant la muraille – cette dernière fait bien quinze mètres d'épaisseur, à l'épreuve de tous les canons.

« La chasse galante ? je murmure, pas sûre de comprendre ce qu'a dit le garde. Vous ne me menez pas au billot ?

— Billot ou autre, que t'importe, la gueuse ? répond-il sèchement, son dur visage à demi éclairé par les torches brûlant aux parois du tunnel. De toute façon, tu ne verras pas l'aurore. C'est qu'il faut fournir des divertissements aux courtisans, qui n'en sont jamais rassasiés. Chaque soir, sur le coup de minuit, une cinquantaine de délinquants et de marginaux de ton acabit sont lâchés dans les jardins de Versailles pour leur bon plaisir. Tiens, justement, voilà les proies d'hier qu'on évacue – ou du moins, ce qu'il en reste. »

Il désigne un énorme chariot venant à notre rencontre sur ses roues grinçantes, conduit par des cochers aux visages dissimulés par des masques respiratoires en cuir. À la lumière des torches, je distingue les cadavres qui s'amoncèlent dans le chariot, blanchâtres, vidés de leur sang. Une émanation putride s'en dégage et suffoque mes narines.

Je n'ai pas le temps de digérer ce macabre spectacle que nous parvenons à une majestueuse grille d'honneur, au sortir du tunnel. Une effigie dorée à l'or fin surplombe l'entrée grande ouverte : un masque ressemblant à celui de la gravure du Roy chez mes parents, mais dix fois plus grand… et dix fois plus intimidant. Je devine que j'ai devant moi le visage d'Apollon, le dieu solaire dont se revendique l'Immuable – mais inversé. Ce soleil-là est un astre noir, irradiant d'une puissance maléfique ! Sa bouche n'est pas scellée comme celle du masque de la gravure, mais entrouverte sur des canines avides de sang. Des rayons encore plus aiguisés, tranchants comme des lames, tournoient autour de deux yeux aussi sombres que l'espace. Les ailes déployées d'une chauve-souris encadrent cette face terrifiante, tandis que deux insignes cauchemardesques jaillissent de la chevelure soulevée par un vent surnaturel : à gauche, une énorme rose pétrifiée ; à droite, une main de justice aux griffes acérées.

Je frissonne en franchissant la grille fatidique, comme si je passais le seuil même des enfers ; une vue merveilleuse lui succède aussitôt, dans cette Cour où le sublime côtoie l'effroyable.

Le château de Versailles.

Plus grandiose encore que dans mon imagination.

Au bout d'une immense cour pavée se dresse un majestueux corps central flanqué de deux ailes gigantesques. Les façades ornées de colonnes sont percées de centaines de fenêtres. Scintillantes comme des étoiles, elles s'étagent jusqu'au sommet décoré de corniches en forme de boucliers. De grands feux brûlant dans des vasques de marbre éclairent le tout, faisant ressortir la blancheur éclatante de la pierre. Dans le contre-jour des flammes, je distingue des dizaines de silhouettes emperruquées : des courtisans.

La splendeur des lieux me terrasse.

Leur vastitude m'écrase plus encore.

J'hésite à échapper aux mains du garde suisse maintenant. Comment retrouver Alexandre dans tout ça ?

« Par ici, gronde le garde en me tirant par le bras. Tu ne pensais tout de même pas aller jusqu'aux jardins en traversant la cour d'Honneur ? Nous passerons par l'accès des jardiniers. »

Il m'entraîne loin de la rumeur des courtisans et des mélodies de clavecin s'élevant des fenêtres, jusqu'au bout de l'aile gauche du château.

« Entre par ici, ça mène aux jardins », m'ordonne-t-il en me poussant sous une arcade où rougeoie un grand brasero.

Mais alors que nous sommes à mi-chemin dans la galerie traversante conduisant de l'autre côté du château, il m'arrête.

« Un moment, ma jolie. Pourquoi ne pas prendre un peu de bon temps, avant d'affronter la mort ? Tu n'es pas épaisse, mais je gage que tu dissimules bien des charmes sous tes guenilles. »

Il plaque ses mains sur mes hanches et m'attire à lui.

« Lâchez-moi ! » je crie.

Son haleine puant la chique m'agresse les narines :

« Un baiser, rien qu'un seul… », implore-t-il.

Soudain, il se fige.

Je devine que ses mains, en me serrant contre lui, ont rencontré mon fourreau dorsal.

« Qu'est-ce que… », gronde-t-il. Il extirpe le pieu de son étui de tissu. « Maudite ! Si quelqu'un découvre que j'ai laissé entrer un pieu dans l'enceinte du château, c'en sera fait de moi ! »

Il balance le bout de bois dans le brasero, où il s'enflamme aussitôt.

« Non ! » je hurle en me précipitant pour le récupérer.

Mais le garde s'accroche brutalement à la longue manche de mon bustier :

« Minute : tu me dois ce baiser et tu vas me le donner, que tu le veuilles ou non ! »

Je fais mine de lever la main pour lui caresser la joue, mais je prolonge le geste pour attraper le manche du couteau dans mon dos – croyant m'avoir désarmée en me retirant le pieu, ce salaud n'a pas remarqué que je cachais une seconde arme.

Alors qu'il approche ses lèvres des miennes, je lui plante la lame dans la jugulaire, de toutes mes forces.

J'ai juste le temps de faire un bond en arrière pour éviter que le sang ne gicle sur ma robe déjà trempée d'eau de pluie.

Il s'affaisse en grognant contre le mur.

« Petite… punaise…, halète-t-il. Tu… tu… m'as piqué… »

Je ne le laisse pas terminer sa phrase : je porte un deuxième coup sur sa nuque courbée, à l'endroit précis où je frappais naguère les lièvres pour les achever sans les faire souffrir.

Il finit de s'écrouler, raide mort.

Je demeure un instant immobile, reprenant mon souffle sous l'arcade où dansent les flammes du brasero. Mon pieu improvisé flambe sauvagement, et avec lui ma seule chance de venir à bout d'Alexandre cette nuit.

À la morsure de la frustration s'ajoute le dégoût du meurtre que je viens de commettre. Après le vieux baron de Gastefriche, voilà le deuxième homme que je tue. Ils étaient mauvais l'un et l'autre, il n'empêche : ça me retourne l'estomac.

Mais déjà, j'entends des pas se rapprocher depuis la cour d'Honneur. Il n'y a qu'une issue possible : vers les jardins.

Je rengaine le couteau dans mon dos, m'élance à travers la galerie et débarque sur une esplanade de sable blanc, ouvrant sur une vue dégagée à cent quatre-vingts degrés.

Si je trouvais le palais monumental, ce n'est rien comparé à l'immensité des jardins de Versailles ! Ils s'étendent jusqu'au bout de la nuit, agrémentés de bosquets, de parterres symétriques, de statues sur piédestaux et de bassins réfléchissant la lumière de la lune. Tout au fond se détache un gigantesque canal, sur lequel il me semble voir flotter des gondoles éclairées de lanternes minuscules.

Je traverse les allées comme une ombre, terrifiée par des échos de plus en plus sonores dans mon dos : les éclats de voix des courtisans s'égayant dans les jardins après la pluie. Et soudain, un cri vient des arcades – le cadavre du garde a été retrouvé ! Ma course éperdue s'achève devant un grand carré de haies touffues. Tout au fond, cent mètres plus loin, se dresse une haute tour octogonale surmontée d'un dôme. Entièrement plongée dans l'obscurité, sans flambeau ni aucune fenêtre éclairée, je ne l'avais pas vue depuis l'esplanade. Je n'ai guère le loisir d'hésiter : je franchis l'arche de verdure.

Me voici dans un couloir de feuillages dense, étouffant tous les sons. En quelques pas, la rumeur des jardins s'évanouit. Ici, point de torches ni de violons. Il n'y a que le crissement du gravier blanc sous mes pieds, auquel répond le silence du gravier stellaire au-dessus de ma tête. Je tourne à droite au détour d'une haie, puis à gauche derrière une autre. En fait de refuge, je prends conscience que je suis en train de m'enfoncer dans un labyrinthe végétal.

Soudain, je me heurte à une fontaine ornée de deux sculptures représentant un lièvre et une tortue, chacun des deux animaux crachant un long jet d'eau vers le ciel scintillant.

Mon cœur se serre en reconnaissant les protagonistes de l'une des fables d'Ésope, les premières historiettes que ma mère m'a racontées quand j'étais toute petite. Instinctivement, je palpe la montre à gousset dans la poche de ma robe.

Puis je reprends aussitôt ma fuite, contournant la fontaine pour m'engager dans une autre allée ; elle débouche à son tour sur une nouvelle pièce d'eau, représentant un renard guettant des grappes de raisin en pierre.

Les scènes se succèdent ainsi au fil de ma course folle, et avec elles autant de souvenirs de mon enfance, rejaillissant de manière incongrue au milieu de ce cauchemar : *Les coqs et la perdrix*, *Le dauphin et le singe*, *Le paon et la pie*… jusqu'à ce que j'arrive à une grande pergola, tout en treillage de fer couvert de chèvrefeuille odorant. La fontaine la plus spectaculaire se trouve ici. Le pourtour du bassin est peuplé de statues de chiens, de loups, de furets, tournant leurs gueules béantes vers des oiseaux suspendus. Les becs de pierre vomissent des jets d'eau dont le clapotement choral imite un furieux gazouillis. Tout en haut de cette structure baroque se dresse une sculpture de chauve-souris aux ailes déployées. Je reconnais la fable du *Combat des oiseaux*. Elle raconte comment la chauve-souris, être hybride partagé entre les animaux terrestres et les animaux aériens, ne sut choisir son camp dans la guerre qui les opposait et fut condamnée depuis à voler de nuit pour cacher sa honte…

Tout en reprenant mon souffle, je déchiffre la petite plaque de marbre disposée devant la fontaine. Dans une odieuse perversion, la morale de la fable est inversée pour faire de la chauve-souris l'héroïne de l'histoire : une reyne de la nuit siégeant au-dessus des autres animaux, tout comme la noblesse vampyrique trône au sommet de la pyramide des quatre ordres.

Guerre entre les peuples du ciel et de la terre,
Dont pas un ne voulut avoir le démenti ;
Mais la chauve-souris, transcendant les partis,
Établit son règne par-delà la lumière.

Alors que je lis le dernier vers, un bruit de pas retentit derrière moi.

Hagarde, je cherche une issue des yeux, n'en trouve pas, et le bassin de la fontaine est trop peu profond pour que j'y plonge. Me voilà prise au piège de la pergola où je me suis imprudemment aventurée ! N'ayant aucun autre refuge, je me coule derrière les statues animalières. La température déjà fraîche me semble baisser instantanément de plusieurs degrés supplémentaires : ce sont bien des vampyres qui approchent.

Je me recroqueville un peu plus, me faisant toute petite, tandis que des bribes de conversation flottent jusqu'à moi :

« … le Roy a beau s'apprêter à fêter son jubilé en grande pompe l'année prochaine, la situation politique est des plus tendues, fait une voix féminine. Voilà des siècles que la *pax vampyrica* n'a pas été aussi menacée. Chaque jour, le risque de guerre avec l'Angleterre augmente.

— Et cela vous inquiète vraiment ? répond une voix d'homme à la diction hachée, brutale. Le royaume de France bénéficie de la meilleure armée du monde. Sans compter celles de nos vice-royaumes. Si l'Angleterre se retourne contre le Roy, elle en payera le prix. Rien ne peut résister à la charge de la Magna Vampyria, princesse des Ursins, je vous le garantis ! »

Princesse des Ursins : j'ai déjà entendu ce nom à la maison. Il appartient à la ministre des Affaires étrangères. Le fait de savoir que je suis à quelques mètres de l'une des immortelles les plus influentes du royaume me fait frissonner de plus belle. Quant à ce risque de guerre… j'étais au courant pour les affrontements lointains avec les stryges de l'Est, mais c'est la première fois que j'entends parler d'un conflit qui opposerait des royaumes vampyriques entre eux.

« Précisément, monsieur de Mélac, répond la princesse des Ursins à son interlocuteur. Contre l'Angleterre, vos soldats ne peuvent pas charger – du moins, pas avant d'avoir débarqué. »

Si le nom de la princesse des Ursins m'avait refroidie, celui de Mélac me glace d'horreur. Ce nom-là, tout le monde le redoute : Ézéchiel de Mélac n'est autre que le cruel ministre des Armées, maître des soldats et des dragons qui ont massacré ma famille !

Les deux promeneurs s'arrêtent en face de la fontaine, à quelques mètres de moi.

Retenant mon souffle, je prie que le chèvrefeuille couvre mon odeur corporelle.

« Regardez cette fontaine, Mélac, reprend la princesse des Ursins. Il est toujours instructif de se pencher sur la sagesse des Anciens. Voyez ce tigre terrassé par un aigle, cet ours aux yeux crevés par une chouette. Sur terre, les fauves sont indestructibles. Mais ils perdent la guerre contre les oiseaux qui attaquent par la voie des airs. Il en va de même de la Magna Vampyria : toute-puissante sur le continent, mais vulnérable sur les mers. Si la guerre éclate, les premières batailles seront des batailles navales, et la marine continentale est loin d'égaler celle des Anglais. »

Je me tapis un peu plus contre le treillage, transie de peur.

« Qu'est-ce qui pourrait bien pousser la vice-reyne Anne à attaquer ? » demande Mélac.

La plus grande diplomate du royaume baisse la voix :

« La soif, Mélac…, murmure-t-elle. La soif de sang… La vice-reyne Anne veut s'approprier les immenses populations mortelles du continent européen, et sans doute aussi celles des Amériques, pour rassasier les vampyres anglais. Ne me dites pas que vous n'avez pas senti votre soif s'accroître, vous aussi, ces derniers mois. Un besoin de sang de plus en plus pressant… de plus en plus difficile à satisfaire.

— En effet, mais je pensais que j'étais le seul dans ce cas, avoue l'autre.

— Détrompez-vous : nous sommes tous concernés. Mes espions placés dans les diverses cours d'Europe me l'ont confirmé. Partout, les Ténèbres se renforcent de manière incontrôlable. Dans les châteaux et les palais, la soif des immortels augmente ; dans les campagnes et les bas-fonds des villes, les abominations s'agitent. Les stryges sont en proie à une frénésie jamais vue, à en croire les comptes rendus de massacres qui me viennent du front de Transylvanie. En Valachie, en Moldavie et en Cimmérie, nos alliés ottomans et polonais ont de plus en plus de mal à les contenir. À l'est de la mer Noire, c'est encore pire : les stryges ont continué leur expansion chaotique à travers la vaste steppe kazakhe. Ils menacent à présent les contreforts du sous-continent indien… »

Les paroles de la diplomate réveillent mes souvenirs. Je revois l'atlas devant lequel j'ai passé tant d'heures à rêver, à la maison. La steppe kazakhe s'étendait sur des milliers de lieues. Tout ce territoire fait-il désormais partie de la… Terra Abominanda ?

La princesse des Ursins pousse un long soupir, dans lequel il me semble percevoir une réelle anxiété :

« Pour étancher la soif croissante des immortels de la Magna Vampyria, la Faculté songe à doubler la dîme. Si le décret passe, beaucoup de roturiers périront d'épuisement, et les survivants seront considérablement affaiblis – d'autant que les hivers sont de plus en plus rigoureux, ces dernières années. Je ne vous vois pas partir en guerre avec une armée de soldats mortels exsangues, anémiques et mal nourris – que ce soit contre l'Angleterre à l'ouest ou contre les stryges à l'est. »

Doubler la dîme ? À la Butte-aux-Rats, les plus jeunes et les plus anciens mettaient déjà des jours à récupérer de la saignée mensuelle, alors je n'ose imaginer si on leur pompe deux fois plus de sang ! Ce serait une hécatombe ! Ce qu'énonce la princesse des Ursins relève du génocide pur et simple.

Elle émet un toussotement, puis ajoute :

« Comme si le contexte extérieur n'était pas assez difficile, les services de renseignement ont noté une recrudescence des sabotages de la Fronde partout dans le royaume. » Elle se remet en marche avec son compagnon, continuant de deviser tout en s'éloignant à travers le labyrinthe. « Tenez, pas plus tard qu'hier, un vampyre de Clermont est monté à Versailles avec les têtes de cinq dangereux frondeurs… qui préparaient… une révolte… Roy… »

Le clapotement de la fontaine avale la fin de la phrase et recouvre le bruit des pas qui diminuent. Alors que, depuis de longues minutes, j'implorais le ciel d'éloigner les vampyres, maintenant je voudrais les retenir pour entendre la fin de leur conversation. Ma famille préparait une révolte ? Bastien l'aurait-il avoué à son amoureuse, alors que le baron écoutait à la porte ? Et que lui aurait-il révélé d'autre ?

Je m'extrais de ma cachette, aiguillonnée par un impérieux besoin de comprendre, plus puissant que la peur. J'ai souvent suivi des bêtes dangereuses en forêt, je sais comment marcher sans faire le moindre bruit. Et le vent, soufflant dans la direction opposée à celle que les deux vampyres ont prise, masque mon odeur.

Si seulement je pouvais m'approcher assez pour entendre encore quelques mots, juste quelques mots…

Tandis que je tends l'oreille, une voix enjouée retentit juste derrière moi dans le labyrinthe :

« Regardez ce que j'ai trouvé, Marcantonio ! Le Roy nous gâte : il n'est pas encore minuit, et le lâcher de proies pour la chasse galante a déjà commencé ! »

12

Proie

JE PIVOTE SUR MES TALONS.

Les ombres de deux courtisans se tiennent derrière moi au milieu du couloir de verdure.

Deux vampyres, un mâle et une femelle.

J'étais tellement obsédée par l'idée d'écouter la fin de la conversation entre Des Ursins et Mélac que je n'ai pas entendu ces deux-là venir. Pas plus que je n'ai prêté attention à la baisse de température annonçant leur approche. Mais ils sont là à présent, silhouettes sombres d'où se détachent deux faces opalescentes, d'une blancheur spectrale.

« Cette proie est dans un drôle d'état, Edmée, dit le vampyre d'une voix où chante un accent italien, parlant de moi comme si j'étais un animal. *Che peccato !* D'habitude, l'intendance des menus-plaisirs habille les offrandes dans des emballages plus appétissants. »

Lui-même est vêtu d'une veste dorée, dont les plis scintillent sous la lune. Entre les boucles de son imposante chevelure acajou en crinière de lion, son visage est celui d'un trentenaire. Il est constitué de ce marbre dans lequel sont taillés tous les vampyres, une surface sans défaut, à l'exception d'une petite mouche collée sur la joue. Ses deux grands yeux noirs, aux pupilles entièrement dilatées, paraissent d'autant plus énormes.

« Moi, je trouve ces haillons alléchants, Marcantonio, rétorque la vampyre. C'est plus – comment dire ? – bohème. On a l'impression d'être en safari dans l'une de ces banlieues mortelles sordides, plutôt qu'aux jardins du palais. »

Paraissant du même âge éternellement figé que son compagnon, la vampyre se fend d'un grand sourire qui étire ses lèvres peintes en vermillon et révèle ses canines pointues. Puis elle soulève les pans de sa grande jupe de taffetas mauve, dévoilant une gracieuse cheville couleur de lait, pour enjamber une flaque.

À la surface de l'eau noire, le reflet de la lune est un instant éclipsé par la robe qui semble se mouvoir toute seule : le visage de la vampyre ne s'y réfléchit pas.

« Je ne suis pas celle que vous croyez ! je m'écrie, le ventre broyé par la panique. Je ne suis pas une proie !

— Tut-tut-tut, fait la vampyre en secouant sa tête surmontée d'un énorme macaron de tresses brunes, piqué d'une myriade de perles. Ils disent tous ça. Mais rien ne sert de causer, ma petite : il faut courir.

— Je dirais même plus : rien ne sert de courir, il faut partir à point ! » rétorque son acolyte, citant la morale du *Lièvre et la Tortue,* dont j'ai aperçu les sculptures un peu plus tôt.

Les deux vampyres éclatent d'un rire cruel.

« Vous ne comprenez pas ! je m'époumone. Je suis une pupille du Roy ! »

Celle qui porte le nom d'Edmée me pointe de son doigt à l'ongle vernis de rouge, démesurément long :

« Vous entendez ça, Marcantonio ? Qu'elle est amusante ! Pupille du Roy, rien que ça ! Cette proie-là ne manque pas de toupet ! »

Je me souviens soudain de la raison qui m'a amenée ici :

« Menez-moi au vicomte Alexandre de Mortange, si vous ne me croyez pas », je m'écrie.

Le rire cristallin de la vampyre cesse subitement.

« Mortange ? demande-t-elle à son compagnon. N'est-ce pas ce cuistre qui a mis le feu à l'Opéra, il y a vingt ans ?

— Je crois bien, répond l'autre. Un horrible goujat qui, dit-on, est récemment revenu en grâce. Je parie qu'il a déjà planté ses crocs dans cette proie, elle a dû lui échapper avant qu'il la finisse. » M'adressant un sourire carnassier, il me jette : « Et tu penses que glapir son nom à tout-va te sauvera la vie, petite péronnelle ?

— Quel dommage ! grimace Edmée. Il n'y a rien de plus contraire à l'étiquette que de boire au cou de la proie d'autrui ! »

J'ouvre la bouche pour plaider ma cause, mais les tintements d'une cloche résonnent alors au-delà du labyrinthe, depuis la chapelle du château : ce sont les douze coups de minuit.

« Ma chère Edmée, *bellissima*, je vous affirme que désormais cette proie n'est à personne d'autre qu'à nous, s'exclame férocement Marcantonio. Je ne sais pas qui l'a entamée, mais je sais que c'est nous qui la finirons. La chasse est ouverte ! *Salute !* »

Il saute par-dessus les flaques, plus vif que les daims de mes lointaines forêts.

D'un mouvement fébrile, je cherche le couteau coincé dans mon dos.

Au moment où je le sors, le vampyre est déjà sur moi.

Je lève le poing et frappe de toutes mes forces, visant sa poitrine…

… en vain : la pointe du couteau ne rencontre que du vent.

Mon adversaire a évité le coup avec une agilité surnaturelle, démoniaque.

« Attention, Edmée, cette proie-là a des griffes ! » siffle sa voix dans mon dos.

Je me retourne en dardant furieusement la lame – une fois encore, il l'esquive sans effort.

« Moi aussi, j'ai des griffes ! » résonne la voix claire de la vampyre – elle a bondi jusqu'à moi comme par magie, sans que je la voie venir.

D'une main, elle m'arrache mon arme dérisoire et la jette au loin par-dessus la haie ; de l'autre, elle me lacère la joue.

Le choc et la douleur sont tels que ma vision se brouille un instant.

Je ne reviens à moi que pour voir la vampyre lécher ses longs ongles manucurés, dégouttant de mon sang luisant.

« Hum, c'est frais et velouté, riche en globules rouges, se délecte-t-elle. Ça fleure bon les bois et les prés. » Elle ouvre grand la bouche, révélant ses ignobles canines qui s'érigent horriblement dans l'anticipation du festin à venir. « Cette proie-là ne vient pas des batteries de banlieue : elle a été élevée au grand air, à la campagne. Vous devriez goûter, Marcantonio. »

D'instinct, je sais qu'il ne me reste qu'un espoir : la fuite.

Je m'élance dans le labyrinthe, courant plus vite que je n'ai jamais couru.

Les graviers pointus écorchent mes pieds nus à chaque foulée.

Si lourdement que batte mon cœur dans mes tempes, si fort que siffle ma respiration, ce n'est pas assez pour couvrir les gloussements des vampyres lancés à ma poursuite.

Ce rire affreux, sardonique, c'est le seul signe de leur présence à mes trousses. Leur cœur à eux ne bat plus, leur respiration ne s'essouffle pas, leurs souliers mêmes n'impriment aucun tremblement à la terre de l'allée – comme s'ils y glissaient davantage qu'ils ne couraient.

« *Mamma mia !* Mais c'est qu'elle détale plus vite qu'un lapin ! s'esclaffe Marcantonio, d'une voix effroyablement proche.

— Tant mieux, rétorque Edmée. Son sang n'en sera que plus oxygéné ! »

Ils jouent avec moi.

Comme mon chat Tibert jouait avec les rats.

Et quand ils se seront lassés, ils me briseront, ils me saigneront et ils me jetteront.

En proie au vertige, je tourne au coin d'une énième haie – est-ce la même, est-ce une autre ? – et m'écrase de tout mon poids sur l'obstacle qui se trouve derrière.

*

Mon crâne résonne comme le tocsin.

Mes côtes m'élancent comme si elles étaient toutes cassées.

Et surtout, une froideur douloureuse me glace les chairs : j'ai heurté de plein fouet un immortel.

Grelottante, je lève les yeux. Un visage mangé d'ombre est là, à quelques centimètres du mien.

Je m'attends à sentir d'un instant à l'autre la douloureuse morsure au creux de mon cou…

« Diane ? Diane de Gastefriche ? »

Je plisse les paupières, stupéfaite, me raccrochant au gilet de soie bleue contre lequel j'ai atterri.

Les traits de l'inconnu se dessinent dans les rayons lunaires.

L'ourlé de cette bouche moqueuse… la courbure élégante de ces sourcils… et ces magnifiques cheveux roux tirés en catogan…

« Mais oui, c'est toi, Diane ! » s'exclame Alexandre de Mortange.

Ses yeux se détachent des miens, attirés par ma joue écorchée, ses pupilles se contractant instinctivement à la vue du sang.

Dans un réflexe absurde, je porte la main à mon dos pour saisir le pieu qui lui était destiné. Mes doigts se referment sur du vide.

« Alex… Alexandre ! » je coasse.

Au même moment, la voix courroucée d'Edmée résonne derrière moi :

« Quand on parle du loup ! s'exclame-t-elle. Regardez, Marcantonio : c'est lui, je le reconnais. C'est Mortange. Aussi sans-gêne qu'il y a vingt ans. Non seulement il a eu le culot de commencer cette proie avant minuit, mais voilà qu'il veut nous la voler en pleine chasse ! »

La vampyre émet un feulement sauvage.

Dans ce cri animal, son beau visage se transforme en affreuse grimace. Ses pupilles se contractent jusqu'à disparaître presque complètement. Ses lèvres maquillées se retroussent jusqu'à dévoiler l'intégralité de ses gencives. Sa face tout entière n'est plus qu'une mâchoire claquante, horrible, tendue vers moi.

Mais alors qu'elle bondit sur Alexandre pour m'enlever à ses bras, ce dernier se met à son tour à feuler. Il ouvre grand la bouche et ses canines s'allongent démesurément, jaillissant des gencives pâles où elles étaient en partie rentrées.

Il… il me défend, ce monstre !

Les ongles d'Edmée – ces griffes qui m'ont fendu la joue – fusent dans la nuit.

Alexandre me jette derrière lui contre la haie, faisant rempart de son corps.

Son attaquante lui arrache le nœud de son catogan, libérant le feu de ses cheveux.

Par-dessus l'épaule de mon protecteur, j'aperçois Marcantonio qui se transforme à son tour en bête sauvage, les babines retroussées sur des dents aiguisées comme des poignards.

« Elle est à nous ! gronde-t-il d'une voix rauque, inhumaine.

— À nous ! À nous ! » répète Edmée, son timbre cristallin changé en un hululement.

Les deux vampyres se précipitent sur Alexandre ; il recule sous le choc, me pressant un peu plus contre les branchettes saillantes de la haie ; elles s'enfoncent dans mes chairs tel un millier d'aiguilles.

Je ne vois plus rien, aveuglée par la lutte.

Je suffoque, écrasée sous les trois créatures qui se déchirent.

Mais au moment où je crois étouffer, les combattants s'écartent subitement.

Je ressens un froid aussi vif que celui qui bleuit les hauts plateaux d'Auvergne au cœur de l'hiver : un quatrième immortel approche, je le sens, plus puissant que la somme de tous ceux que j'ai croisés jusqu'à présent. L'aura qui le précède possède la froideur de la mort elle-même.

Pantelante, à demi asphyxiée, j'écarquille les yeux : le couloir de gravier blanc m'apparaît sous le clair de lune. Les trois vampyres me tournent le dos, aussi immobiles que les statues des fontaines. Edmée est pliée en deux dans une révérence, Marcantonio et Alexandre dans un profond salut.

À chaque seconde qui passe, la froidure augmente. Le silence n'est troublé que par la brise de la nuit, la rumeur des petits animaux nocturnes fouissant sous les buis et les hurlements lointains des proies humaines lâchées dans les jardins.

Et soudain, il m'apparaît au détour d'une haie.

Le Roy.

Malgré la faible luminosité qui le transforme en ombre chinoise, je sais que c'est lui. Ce port de tête altier et cette chevelure léonine cascadant en boucles épaisses, je les ai vus chaque jour de ma vie sur la gravure officielle de la Butte-aux-Rats. Dans la nuit, je distingue les contours opalescents d'un somptueux justaucorps de velours blanc, orné de broderies d'or et de gemmes pâles scintillant sous les rayons lunaires. Les grandes plumes d'autruche festonnant le chapeau du monarque frémissent à chacun de ses pas ; sous le large rebord de satin clair, sa tête n'est qu'un trou noir.

« Quel est cet esclandre qui nous trouble sur le chemin de notre observatoire ? » demande-t-il.

Bien qu'il n'ait fait que murmurer au milieu du silence, sa voix me fend l'âme. Elle est profonde comme un cor, accablante d'autorité.

L'observatoire doit être la tour octogonale dont j'ai deviné la présence au bout du labyrinthe – l'endroit où, d'après Alexandre, l'Immuable passe ses nuits à contempler les étoiles, rêvant de reconquérir le jour...

Quant à ce « nous » qu'il a utilisé, ce n'est pas seulement le « nous » royal : le monarque est accompagné. Les ombres de deux grands chiens se serrent contre ses souliers à talons rouges, et la silhouette d'un homme vêtu d'un long manteau apparaît dans son dos.

« Ce... c'est Mortange, Votre Majesté, bredouille Marcantonio en s'inclinant un peu plus. Il nous a ravi notre proie. Il a enfreint les règles de la chasse galante. »

Le Roy se fige, sculptural, au milieu de l'allée.

Sous son imposant chapeau, que la lune elle-même semble couronner, sa face demeure une ombre béante.

« Ce combat de chiffonniers n'était pas très galant, lui non plus, assène-t-il d'un ton à la fois cassant et las – celui d'un dieu s'abaissant de son ciel inaccessible pour observer une bataille d'insectes. Marquise de Vauvalon, comte de Tarella : nous ne saurions souffrir de telles manières à notre Cour, qui doit donner l'exemple au monde entier. Et tout ce désordre pour quoi – une simple proie ? »

Même si je ne distingue pas les yeux du souverain, j'ai l'impression de les sentir me transpercer de part en part. Et s'il percevait mon odeur de roturière élevée dans les foins et les forêts, derrière le parfum des sels de bain où mon corps a baigné… ?

J'esquisse un mouvement pour me dégager de la haie dans laquelle je suis enfoncée ; au même moment, les deux chiens se mettent à grogner ; six ombres jaillissent dans le dos du Roy et du courtisan qui l'accompagne. Trois silhouettes d'hommes et trois silhouettes de femmes, qui avaient toujours été là mais que je n'avais pas vues jusqu'à présent, hypnotisée que j'étais par le monarque. C'est qu'ils sont vêtus tout de noir, comme pour mieux se fondre dans la nuit. Rapides comme du vif-argent, ces agents slaloment entre les vampyres tétanisés et se précipitent vers moi pour me neutraliser.

Des mains se referment sur mon corps – elles ne sont pas froides, mais tièdes. Tièdes aussi, les respirations caressant mon front. Quant aux visages penchés sur moi, ils ont les caractéristiques de la jeunesse comme ceux des vampyres que j'ai rencontrés à Versailles, mais pas cette pâleur d'outre-tombe qui est l'apanage des morts-vivants. Je devine que je suis aux prises avec les plus fidèles suivants du Roy : ses écuyères et écuyers.

« Cessez, leur ordonne-t-il dans un murmure. Cette jeune proie terrorisée ne présente aucun danger. »

Les mains me lâchent aussi vite qu'elles m'ont ceinturée, et les six écuyers refluent tels des spectres dans le dos du souverain.

C'est à ce moment qu'Alexandre choisit d'intervenir :

« Vous avez mille fois raison, comme toujours, Votre Majesté. Non seulement cette jeune fille ne présente aucun danger, mais ce n'est même pas une proie », explique-t-il, la tête toujours baissée, ses mèches rousses pendant dans le vide.

Le courtisan accompagnant le Roy émet un claquement de langue, tranchant comme un coup de hache sur un billot.

Dans le contre-jour de la lune glauque, je distingue la teinte de son long manteau : il est rouge écarlate, fermé par la fibule en forme de chauve-souris de la Faculté.

« Regardez, Sire : c'est Mortange, dit-il d'une voix aussi veloutée que l'étoffe dans laquelle il est entièrement enveloppé. Toujours fourré dans les mauvais coups, celui-là. Ses vingt années de bannissement semblent n'y avoir rien changé. »

Je sens Marcantonio et Edmée frémir de satisfaction, de voir leur rival ainsi rabaissé.

« Pardonnez-moi, Votre Éminence, mais c'est justement dans mon bannissement que j'ai rencontré cette jeune personne », rétorque Alexandre en relevant la tête. Il ose ajouter : « Comme vous jadis, j'ai mis mon exil à profit. »

Votre Éminence… un titre réservé aux plus hauts dignitaires de la religion. Quant à cette allusion à l'exil du prélat, elle est transparente. Je suis face au Grand Archiatre Exili, chef de la Faculté hématique de France et plus proche conseiller du Roy. On raconte qu'il a gagné son nom en menant une vie d'exil à travers les cours et les prisons de toute l'Europe, il y a trois cents ans, avant d'officier au rituel démoniaque qui a transmuté Louis XIV. Dans la foulée, il est lui-même devenu l'un des tout premiers vampyres. Sa réputation machiavélique est parvenue jusqu'à la Butte-aux-Rats. Après avoir frôlé Mélac, le maître de tous les dragons de France, voilà que je suis à quelques pas du démon qui commande à tous les inquisiteurs du royaume !

Je n'ai pas le temps d'accuser le coup qu'Alexandre se tourne à nouveau vers le souverain :

« Diane n'est autre que la fille unique du baron de Gastefriche – votre pupille, Sire ! assure-t-il. Je l'ai moi-même escortée depuis l'Auvergne jusqu'à Versailles. J'ignore ce qu'elle fait ici ce soir, mais elle est inoffensive – sur ma tête, j'en réponds. »

L'ironie de cette plaidoirie me foudroie.

Après m'avoir sauvé la vie une première fois face à Marcantonio et Edmée, cet être que j'ai promis de tuer me défend à nouveau, jurant que je suis celle que je ne suis pas.

« Ne l'écoutez pas, Sire ! glapit Edmée. Cette sauvageonne n'a rien d'inoffensif ! Elle a essayé de m'attaquer avec un couteau !

— Un couteau ? répète le Roy, toujours à demi couvert d'ombre. Eh bien, mademoiselle de Gastefriche, que répondez-vous à cela ? »

Il s'adresse directement à moi.

Lui, le plus grand monarque du monde, qui régnait déjà avant la naissance de mon père, du père de mon père, et de leurs aïeux sur dix générations.

Lui, le Roy-croquemitaine, dont l'ombre terrifiante dissuade les enfants de sortir après l'avertissement du tocsin.

Mes peurs de gosse me submergent, surgies du tréfonds de ma mémoire.

« Je… je me suis perdue… », je bredouille, redevenue soudain une toute petite fille prise en faute.

Le Roy se dirige vers moi, sa canne scandant son pas solennel.

Les deux cerbères avancent avec lui, parfaitement coordonnés. Ils entrent dans la lumière lunaire et je m'aperçois que ce ne sont pas des chiens : ce sont deux grands loups au pelage entièrement blanc, assorti au justaucorps de leur maître.

La tête du souverain émerge enfin de l'ombre.

J'ai la sensation démente, nauséeuse, de voir s'animer la gravure de la cheminée. Comme dans un songe délirant. Comme dans un cauchemar éveillé. Le masque d'or de Louis l'Immuable luit au milieu de sa crinière fantastique. Ce long nez droit, ce haut front lisse, ces lèvres fines figées dans une absence d'expression totale : un faux visage insondable, à l'image du temps lui-même. L'histoire dit que Louis avait soixante-seize ans lorsqu'il a été transmuté – mais à quoi ressemble-t-il réellement, sous ce masque sans âge ? Ses chairs ont-elles bénéficié du rajeunissement maléfique dont jouissent les autres vampyres ? Ont-elles au contraire conservé l'aspect de son âge avancé ? Ou pire encore, quelle mutilation innommable ont-elles subie ?

En guise de réponse aux questions qui me vrillent la cervelle, l'Immuable m'interroge à son tour :

« Vous vous êtes perdue, vraiment ? Et dans votre errance, auriez-vous poignardé par mégarde l'un de nos gardes suisses, dont on a retrouvé le cadavre il y a une heure à peine, à la lisière de nos jardins ? »

À travers les fentes de son masque, je distingue ses pupilles largement dilatées par l'obscurité. Ce regard insondable et plus noir que la nuit me terrasse. Il me renvoie à mon insignifiance, à ma totale vulnérabilité.

Mes dents se mettent à claquer. Pas seulement à cause de la terreur : c'est aussi le froid, si glacial à présent qu'il pénètre jusqu'au creux de mes os et même plus loin encore, au fond de mon âme. Je suis obligée de me rattraper à Alexandre pour ne pas chanceler.

Il n'y a absolument aucune échappatoire.

Il n'y a aucune explication acceptable à ma présence dans les jardins, pendue au bras d'un vampyre que je hais… à moins que cette image pathétique soit mon salut ?

« Je n'ai pas seulement perdu mon chemin, Sire, je hoquette. J'ai aussi perdu la raison, en voulant retrouver mon amour éternel ! »

Je lève les yeux sur la tête d'Alexandre, cette tête que je me suis juré de trancher.

« Diane ? murmure-t-il, fronçant ses sourcils roux. Qu'est-ce que tu racontes ?

— Je suis tombée sous ton empire, Alexandre. Depuis notre voyage en carrosse. Et même au premier regard. »

Ma voix chevrote de dégoût en prononçant cette déclaration exécrable, totalement fausse. Mais qu'en savent-ils, ceux qui m'écoutent ? À leurs yeux, je ne tremble pas de peur, mais de passion, et c'est tout ce qui compte.

« Passer une heure de plus sans toi m'était insupportable, dis-je encore. Je me suis enfuie de la Grande Écurie pour te retrouver… mon amour. »

Je me serre contre son gilet de soie, faisant mine de m'y réfugier tel un oisillon, et j'éclate en sanglots :

« Quant à ce garde suisse… Il… il a voulu abuser de moi en faisant semblant de me mener à toi… J'ai juste essayé de me défendre comme j'ai pu, avec un couteau volé à sa ceinture, moi qui n'ai jamais manié d'arme de ma vie. Je… j'ignorais qu'il était mort de sa blessure. »

Les larmes coulent abondamment le long de mes joues. Non par pitié pour le garde suisse. C'est la tension accumulée depuis le début de la nuit qui explose d'un seul coup, comme ont éclaté les nuages lorsque j'étais sur les toits.

« Mortange ! » tonne le Roy, aussi fulgurant que les éclairs qui striaient le ciel.

C'est la première fois qu'il se départ de son ton distant et vaguement ennuyé pour hausser la voix. L'effet est d'autant plus terrifiant que les lèvres métalliques de son masque n'ont pas bougé d'un millimètre. Son grondement suffit à faire taire les jardins entiers, jusqu'aux animaux nocturnes dans les haies. Alexandre lui-même reste coi, foudroyé par la colère royale.

« Vous avez tourné la tête de cette jeune mortelle pour la séduire ! l'accuse le Roy, abattant sa canne sur le sol si fort que je sens une secousse sismique jusque dans mes jambes. Vous n'avez décidément rien retenu des leçons du passé. »

La poitrine d'Alexandre frémit sous ma joue – oui, frémit de peur. Je devine que ces « leçons du passé » font référence à la raison pour laquelle il a été banni il y a vingt ans de cela. Est-ce l'incendie de l'Opéra, évoqué par Edmée ? Peu m'importe : la seule chose qui compte, c'est que l'attention du Roy se soit détournée de ma personne pour se concentrer sur la sienne.

« Vous avez encore joué les don Juan sans penser aux conséquences, misérable créature que vous êtes, engluée dans des passions trop humaines, poursuit la terrible voix filtrant du masque aux lèvres closes. Et voyez le résultat ! Vous serez privé des honneurs de la Cour pour deux mois : pas de bals ni de festivités pour vous jusqu'à nouvel ordre.

— Votre Majesté..., parvient à articuler Alexandre.

— Silence ! Si vous n'aviez pas contribué à écraser d'immondes cloportes frondeurs, je vous renverrais aussitôt en exil – et pour quarante ans cette fois. »

La mention de ma famille me tord les boyaux.

La manière dont le Roy les traite de cloportes me vrille le cœur.

Je risque un coup d'œil vers lui. Mon regard s'abîme droit dans le sien, infiniment dilaté. J'ai l'impression de me noyer corps et âme dans un gouffre sans fond. Comme si les milliers de nuits passées à observer l'univers du haut de sa tour avaient empli l'esprit du Roy d'un vide cosmique, infini et glacé comme l'espace lui-même !

Je baisse la tête, les yeux embués de larmes et l'âme déchirée, incapable de supporter ce spectacle une seconde de plus sans devenir démente. Mon attention se fixe sur les loups blancs, qui me couvent de leurs pupilles noires. Elles aussi sont dilatées de manière aberrante, surnaturelle : ces animaux, je le devine, ont du sang vampyrique dans les veines !

« Quant à vous, mademoiselle, vous êtes une sotte, m'accable le Roy d'une voix suintant le mépris, au-dessus de ma nuque courbée. Vous vous êtes amourachée d'un vampyre comme une vulgaire roturière des banlieues. Qu'espériez-vous, qu'il vous transmuterait ? Non seulement il est illégal de transmuter quiconque sans l'accord de la Faculté, en application du numerus clausus, mais ce paltoquet est loin d'en avoir le pouvoir. Il ne réussirait qu'à vous saigner à mort. Votre erreur de jugement, à elle seule, mériterait que nous vous renvoyions de notre école… »

Les yeux rivés sur mes pieds nus et couverts d'écorchures, je déglutis pour faire passer le goût amer de ma survie, arrachée de justesse au prix d'une vengeance perdue.

« … mais votre bravoure, si désordonnée soit-elle, commande que nous vous y gardions, continue le Roy. Vous avez échappé à un rustre qui en voulait à votre vertu et à deux vampyres en chasse : ce n'est pas rien, pour une petite souris grise comme vous. »

Souris grise : les mêmes mots qu'Hélénaïs a employés pour m'insulter.

Mais dans la bouche du Roy, étrangement, ils semblent sonner davantage comme un compliment.

« Suraj, raccompagnez-la à la Grande Écurie, ordonne-t-il. Et veillez à ce qu'on lui accorde une garde-robe digne de ce nom, au lieu de cette toile grossière. Qu'il ne soit pas dit que l'Immuable habille ses pupilles avec des chiffons. Pour l'heure, les étoiles nous appellent : l'empyrée n'est jamais si limpide qu'après la pluie… Venez, Exili. Laissons ces basses querelles de courtisans sans intérêt, pour nous absorber dans la contemplation infinie de l'espace et du temps. »

Je ne relève la tête que pour voir le Roy masqué tourner ses talons rouges, entraînant à sa suite son Grand Archiatre, ses loups vampyriques et son escorte silencieuse, vers le mystérieux observatoire. La froideur reflue telle une marée qui se retire. Parmi les six écuyers mortels, un seul est resté derrière : un grand jeune homme à la peau cuivrée et à l'allure altière. Sous un turban d'un ocre foncé, assorti au cuir de son plastron, ses yeux sombres m'étudient attentivement. Est-ce un Ottoman venu de Turquie ? Un Cosaque de la dangereuse Cimmérie ? Ou quelqu'un qui vient de plus loin encore ? L'étrange dague accrochée à sa ceinture évoque l'Orient mystérieux de mes romans d'aventures : deux lames ondulées se déploient de chaque côté du manche en corne ciselé.

« Mademoiselle… », dit-il en me présentant sa main.

Il y a quelque chose de grave dans sa voix profonde.

Je m'accroche à son bras puissant pour m'arracher à Alexandre, encore muet des remontrances du Roy.

Soutenue par l'écuyer, je m'enfonce vers la sortie du labyrinthe, vers le monde extérieur, vers la vie.

13
Retour

UN MURMURE ÉBAHI RETENTIT AU MOMENT où je pousse la porte de la salle de classe, ponctué d'exclamations étouffées :

« Elle est de retour ! »

« Il paraît qu'elle a vécu une aventure avec un seigneur de la nuit ! »

« Son amant lui aurait promis de la transmuter en dépit du numerus clausus… »

« On dit que c'est le Roy en personne qui lui a donné une deuxième chance. »

J'ai passé la journée d'hier à dormir dans la chambre mansardée, pour récupérer des épreuves de ma nuit sauvage. J'ai eu droit à tous les égards, moi qu'on vouait au couvent : après tout, c'est sur ordre royal que j'ai réintégré l'école dont on m'avait chassée. Madame Thérèse elle-même a pansé mes plaies, sans oser me faire la moindre remontrance pour ma fuite – et moi, je n'ai pas osé la regarder dans les yeux, de peur qu'elle ne devine la véritable raison pour laquelle je m'étais introduite au palais. Adieu la toile grossière de couventine : on m'a donné une robe de brocart toute neuve. Et me voici, de retour après quarante-huit heures d'absence, pour le cours d'art courtois.

« Dépêchez-vous, mademoiselle de Gastefriche, me lance le général Barvók depuis l'estrade. Vous arrivez juste à temps pour la pratique des jeux de société. » Sa minerve métallique l'empêchant de tourner la tête vers moi, ses gros yeux roulent dans ses orbites pour m'inviter à entrer. « J'espère que vous saurez mieux vous tenir qu'au souper d'avant-hier, car il n'y a rien de plus discourtois que de perdre son sang-froid quand on joue aux cartes. »

Aujourd'hui, les demoiselles ne sont pas assises chacune à un pupitre, mais quatre par quatre à des guéridons. Chaque table ronde est couverte d'un tapis de jeu vert où sont disposés des paquets de cartes et des tas de jetons.

« Asseyez-vous là », m'enjoint le professeur en désignant un guéridon, du bout de la pince en fer acérée qui lui sert de main droite.

La table accueille Proserpina Castlecliff, Hélénaïs de Plumigny et une troisième fille avec qui j'ai soupé le premier soir : Marie-Ornella de Lorenzi, l'une des meilleures amies d'« Hélé ».

Je prends place, tâchant d'ignorer les regards curieux des demoiselles à travers la salle, et ceux, fielleux, d'Hélénaïs et Marie-Ornella tout près de moi. Je préfère fixer mon attention sur Proserpina, qui me sourit d'un air complice. Aujourd'hui encore, elle est vêtue d'une robe de denim, non pas bleue mais gris délavé, dont les effilochures font office d'ornements.

« *Welcome back !* me lance-t-elle de sa voix rocailleuse, en me décochant un clin d'œil de sa paupière noircie de fard.

— *Thank you… Poppy* », je lui réponds avec mon accent franchouillard.

Le général nous reprend aussitôt :

« Pas de langues étrangères dans mon cours ! »

La matinée se passe à explorer les règles du brelan, jeu de hasard et de bluff qui fait, semble-t-il, la joie des courtisans désœuvrés.

« Quand un joueur a dans son jeu trois cartes identiques, il y a brelan, explique le professeur, son accent d'Europe centrale faisant rouler le *r* de brelan. Il s'agit de mener bataille en gardant le sourire, mais ne vous y trompez pas, mesdemoiselles : des fortunes ont été conquises et d'autres ont été perdues sur le tapis vert ! »

Tandis que le réformé du front de l'Est explique la manière de miser et d'enchérir avec des sommes toujours plus importantes, je songe amèrement aux tombereaux d'argent que doivent brasser la plupart de mes camarades. Des fortunes conquises non pas à la table de jeu, mais arrachées aux paysans du quart état. Elles ne sont peut-être pas des vampyres au sens propre, elles et leurs familles, mais elles le sont au figuré : en guise de sang, c'est la sueur et les larmes du peuple qui les abreuvent !

« Pourquoi jouons-nous ce matin avec des jetons, plutôt qu'avec de l'or ? demande Hélénaïs au général, en écho à mes pensées. Ça serait tout de même plus amusant.

— Il s'agit d'un apprentissage, mademoiselle de Plumigny, rétorque sévèrement Barvók. Lorsque les soldats s'entraînent, ils combattent à épée mouchetée et ils tirent à blanc. De même qu'il ne faut pas partir en guerre avec une armée d'éclopés, je ne tiens pas à ce que vous fassiez votre entrée à la Cour déjà ruinées. »

Hélénaïs hausse les épaules, les grandes plumes de paon dont elle a orné sa coiffure à la hurluberlu s'animant de reflets irisés en accord avec son ombre à paupières.

« Bof, ce ne sont pas quelques centaines d'écus en moins qui vont nous ruiner – n'est-ce pas, Marie-O ? »

Elle adresse un clin d'œil à sa voisine, dont la chevelure est plus chargée de perles que celle d'Edmée. Ces derniers jours, j'ai appris que les Lorenzi étaient une famille de riches banquiers florentins, implantés à Versailles depuis des générations – et aussi riches que les Plumigny.

« Tu as raison, Hélé, répond la Florentine. On n'en est pas à quelques piécettes près. »

Les deux amies nous lancent un regard perfide, à Poppy et à moi. Elles doivent bien se douter que la fille d'un obscur baron auvergnat ne roule pas sur l'or. Quant à la piquante Anglaise, Naoko m'a expliqué que sa famille était désargentée depuis des générations.

Je garde les lèvres fermées ; je préfère avaler des couleuvres, plutôt que de me faire exclure à nouveau à cause d'un stupide coup de sang. Rester jusqu'au bout, gagner mon entrée au palais et tuer Alexandre cette fois : c'est tout ce qui compte !

Mais Poppy, elle, ne l'entend pas de cette oreille :

« Non, Hélénaïs, je n'ai pas quelques centaines d'écus à mettre sur la table, dit-elle, plantant son regard charbonneux dans celui de sa rivale. À la vérité, je ne suis même pas fichue de miser un seul liard de cuivre… »

Le sourire d'Hélénaïs s'élargit. Elle s'apprête à en rajouter, cependant Poppy n'en a pas fini :

« … pas plus que mes aïeux n'ont eu à débourser un seul sou pour leurs titres de noblesse acquis sur les champs de bataille. Contrairement aux vôtres. »

Les sarcasmes d'Hélénaïs meurent dans sa gorge blanche.

« J'aimerais bien savoir de quels champs de bataille il s'agit, dit-elle d'une voix sourde, plissant les paupières sur ses yeux mordorés. Ceux de la guerre de Cent Ans, quand les Anglais massacraient de bons Français ? »

Barvók heurte la table de sa pince de fer, dans un martèlement frénétique – chaque fois qu'il s'énerve, ses membres artificiels sont pris d'un tremblement incontrôlable. Comme si son corps mutilé voulait rejeter ces greffes issues des sombres laboratoires de la Faculté.

« Il suffit ! tonne-t-il, se rengorgeant dans sa minerve. Il est très malpoli de parler politique en société. Du reste, le temps des vieilles querelles est révolu. L'Angleterre communie de nos jours avec la France, comme tous les vice-royaumes de la Magna Vampyria. »

Réduite au silence, Hélénaïs s'empare du paquet de cartes le plus proche et se met à les distribuer furieusement de ses mains délicates. Comme la plupart des pensionnaires, elle a dû avoir vent des tensions entre les deux couronnes vampyriques officiellement alliées. Mais elle ne soupçonne pas l'imminence du conflit, que j'ai apprise en écoutant la conversation des ministres dans les jardins royaux.

*

Après trois heures de jeu nerveux et tendu, c'est enfin l'heure de déjeuner. Je cherche Naoko du regard à travers le réfectoire. Elle est là, à un coin de table au fond de la salle, son éternel chignon fermement attaché sur la nuque.

Je m'assieds face à elle, soulagée. Mais loin de m'apporter le réconfort d'une conversation amicale, elle me foudroie de ses yeux creusés par-dessus son assiette de légumes.

« Je ne te fais pas mes compliments, me lance-t-elle froidement en guise d'accueil.

— Il y a eu plus de peur que de mal, dis-je en m'efforçant de sourire. Je suis saine et sauve.

— Je ne parle pas de ça. Je parle de ma confiance que tu as trahie. Tu as prétendu vouloir mon amitié, mais tu m'as caché cette idylle avec un vampyre. Tu ne m'as rien dit de ton projet de fuite. Je croyais avoir enfin trouvé une *amie sincère* – c'est le terme même que tu as employé. Quelqu'un à qui je puisse parler à cœur ouvert. Mais je m'aperçois que je ne sais pas qui tu es vraiment. »

Les accusations de Naoko me touchent plus que je ne le voudrais.

J'avais senti sa solitude dès notre rencontre, son besoin viscéral d'une oreille attentive, mais là il m'explose au visage au moment où je m'y attendais le moins.

Le mensonge que je prononce pour y répondre me brûle la langue.

« Je suis exactement telle que tu me vois : je suis Diane, ton amie sincère, dis-je. Je ne veux avoir aucun secret pour toi. Si je ne t'ai pas parlé d'Alexandre, c'est que je n'en ai pas eu le temps. Désormais, je te dirai tout. »

Naoko me dévisage de ses yeux noirs.

« Tu me le jures ? me demande-t-elle.

— Je te le jure. »

Elle hoche la tête, esquissant un demi-sourire.

« Tu es folle, tu sais, murmure-t-elle.

— De m'être enfuie ?

— D'être tombée amoureuse d'un suceur de sang. »

Ces mots, dans la bouche habituellement châtiée de Naoko, me choquent. Les roturiers peuvent parler ainsi des vampyres, mais pas les nobles demoiselles. Est-ce une erreur de traduction, une expression que la jeune Japonaise maîtrise mal dans son français par ailleurs excellent ?

Mais non, elle renchérit :

« Ces créatures ne sont pas comme nous, dit-elle en baissant la voix. Et à leurs yeux, nous ne serons jamais comme elles. Juste des jouets entre leurs mains.

— Mais… certains nobles mortels sont parfois transmutés, dis-je. À commencer par les écuyères et les écuyers du Roy, après plusieurs années de service, comme tu me l'as expliqué toi-même.

— Honnêtement, je ne le souhaite à personne. »

Nouveau choc. Jusqu'à présent, j'étais persuadée que tous les nobles n'aspiraient qu'à une chose : monter en grade, passer de l'autre côté du plafond de verre séparant la basse noblesse mortelle de la haute noblesse vampyrique. Mais apparemment, ce n'est pas le cas.

Naoko semble remarquer ma perplexité.

« Je t'ouvre mon cœur, parce que nous venons de nous jurer de tout nous dire, précise-t-elle. Je peux comprendre que tu veuilles entrer à la Cour – mais souhaites-tu réellement concourir à la Gorgée du Roy ? »

Cette question me prend de court, ravivant ce dilemme que je n'ai pas encore tranché.

« La faveur royale constituerait sans doute une opportunité unique, pour une orpheline comme moi qui doit reconstruire sa vie..., je balbutie.

— Je le conçois et je ne te dissuaderai pas de le faire. Boire une gorgée de sang vampyrique ne te changera pas en morte-vivante. Cependant dis-moi : accepterais-tu à terme d'être transmutée en vampyre, que ce soit par le Roy ou même par ton amant des Ténèbres ? »

Non ! je hurle intérieurement. *Plutôt mourir mille morts !*

« Je ne me suis jamais posé la question, je prétends, ne sachant quelle réponse fournirait la véritable Diane de Gastefriche.

— Eh bien maintenant, il est temps de te la poser, car tu es au cœur de la Vampyria, me dit gravement Naoko. Il est temps de te rendre compte que sous leur beauté ensorcelante, les seigneurs de la nuit sont des cadavres desséchés qui ont oublié ce qu'être mortel signifiait, et qui ont perdu toute once d'humanité. C'est peut-être difficile à imaginer en regardant ton bel Alexandre. Mais ces têtes, là, dehors, te montreront le vrai visage de leur cruauté. »

Pour la première fois depuis que je suis entrée au réfectoire, je regarde par la fenêtre située droit dans l'angle de la cour. Tout au bout des pavés s'élèvent les piques menaçantes de la grande grille. Des formes sphériques sont plantées sur les cinq pointes centrales.

Malgré la distance, je distingue des traits humains, gonflés par les gaz de putréfaction.

Ce sont cinq têtes empalées – celles qu'Alexandre a rapportées d'Auvergne !

Ma vision se trouble.

Ma respiration se coupe.

Je lutte de toutes mes forces pour ne pas régurgiter mon lapin, tandis qu'une terrible migraine se met à cogner derrière mon front.

Garder le contrôle de mon corps.

Sauver les apparences.

Rester à la Grande Écurie.

Tuer, tuer, tuer Alexandre !

Car ce ne peut être que lui, à l'origine de cette macabre mise en scène – n'est-ce pas ?

« Le Roy a demandé à ses gens d'installer ces trophées sur la grille, en ton honneur, murmure Naoko.

— Le… le Roy ? je parviens à hoqueter.

— Ces têtes appartiennent aux assassins de ton père. L'Immuable se plaît à humilier ainsi ceux qui osent se rebeller contre lui. Il t'offre ce spectacle pour ta jubilation : il a dû se dire que cela te réjouirait de voir ces dépouilles se décomposer et se faire becqueter par les oiseaux. »

Horrible écho aux paroles de Naoko, un corbeau descend du ciel et se pose sur l'une des têtes, dont les longs cheveux bruns pendent dans le vide – ces cheveux dont ma mère était si fière, car c'est bien d'elle qu'il s'agit.

Je réprime un gémissement au fond de ma gorge… *ô maman ! ma chère maman !*

Le volatile se met à fourrager la chevelure, en quête de lambeaux de chair à arracher. Son bec aiguisé finit par plonger dans l'orbite du crâne pour y prélever le mets le plus tendre : le globe oculaire.

Incapable de détacher le regard de cette scène d'épouvante, j'ai l'impression que le bec picore mes méninges pulsant de douleur. Ma fourchette d'étain s'entrechoque de manière incontrôlable contre la porcelaine de mon assiette. Jusqu'à ce que Naoko pose sa main sur mon poignet pour l'empêcher de trembler.

Je trouve enfin la force de m'arracher à l'atrocité.

« À voir comme tu es blême, je devine que ce spectacle te dégoûte autant que moi, me dit-elle. Même si ces gens-là ont tué ton père, ils demeurent des êtres humains dont la dépouille ne mérite pas d'être soumise à une telle profanation. »

J'acquiesce, la gorge trop serrée pour prononcer la moindre parole, ou pour avaler la plus petite bouchée.

*

C'est le ventre vide, encore transie d'horreur, que j'entre dans le vaste manège couvert où se déroule le dernier cours auquel je n'ai pas encore assisté : le cours d'art équestre. Pour l'occasion, on nous a autorisées à ôter nos robes pour revêtir des culottes de cheval en toile épaisse – c'est qu'aujourd'hui, nous montons à califourchon.

« Je préfère ça plutôt que de monter en amazone, me glisse Naoko. Même si c'est moins élégant, c'est plus pratique. Et toi ? »

Elle a piqué ses cheveux de broches supplémentaires afin de les maintenir en place pendant la reprise, son chignon ressemblant plus que jamais à un casque noir.

« Je ne me transmuterai jamais en vampyre… », je murmure, la gorge serrée, retenant mes larmes – si une décoction de cyclamen a pu calmer mon mal de tête, rien ne peut effacer de mon cerveau l'image des têtes empalées sur la grille.

La jeune Japonaise me dévisage par-dessous sa frange.

« Voilà ma réponse à la question que tu m'as posée tout à l'heure, je précise dans un souffle. Quoi qu'il advienne, je ne me transmuterai pas, je te le jure. »

Avant que je puisse ajouter quoi que ce soit, une grosse voix tonne depuis le milieu du manège :

« Mesdemoiselles, à vos montures ! »

Là, au centre de la pièce rectangulaire, se dresse monsieur de Montfaucon dans sa veste de cuir noir. Les bras croisés sur sa large poitrine, ses lourdes bottes enfoncées dans la sciure de bois épandue au sol, le Grand Écuyer nous toise de toute sa hauteur. À la lueur des lustres, son teint cireux paraît encore plus maladif, comme saturé d'un excès de bile jaune – l'humeur de l'amertume et de la colère. Derrière lui se tiennent cinq palefreniers, chacun menant trois chevaux entièrement harnachés.

Les demoiselles se dirigent vers leurs montures ; manifestement, les chevaux ont été attribués au début de l'année, avant mon arrivée à la Grande Écurie. Il me reste le quinzième : un étalon bai brun foncé aux naseaux frémissants, le plus haut au garrot.

D'une main encore tremblante d'avoir aperçu les têtes tranchées des miens, je saisis les rênes que me tend le palefrenier.

« Il s'appelle Typhon, mademoiselle, me glisse-t-il. Les gens disent qu'il est difficile, mais il est juste à fleur de peau. Soyez douce avec lui.

— En selle ! » gronde le Grand Écuyer.

Le palefrenier lâche les rênes ; lui et ses semblables reculent derrière les pare-bottes du manège.

Je ne suis jamais montée sur un cheval de ma vie. À la Butte-aux-Rats, il n'y avait que des ânes servant aux labours. Je jette un regard fiévreux à mes camarades. Elles savent toutes exactement ce qu'il faut faire, levant la jambe sur l'étrier gauche pour y prendre appui et monter jusqu'à la selle.

J'essaye de les imiter tant bien que mal.

Mais au moment où mon pied droit quitte le sol, le cheval piaffe nerveusement.

Déséquilibrée, je tombe à la renverse dans la sciure de bois.

« Gastefriche, qui vous a autorisée à mettre pied à terre ? » me lance Montfaucon, pointant brutalement sa longue cravache dans ma direction.

Je me relève péniblement, au milieu des moqueries étouffées de quelques cavalières.

J'empoigne à nouveau le pommeau de la selle et tente de me soulever ; mais au moment où je vais m'asseoir, Typhon se cabre, m'envoyant rouler au sol.

L'épaule endolorie, la bouche pleine de sciure, je me remets d'aplomb tandis que le Grand Écuyer m'accable :

« Eh bien ! Nous n'allons pas y passer la journée. Je savais bien que votre place était au couvent. S'il ne tenait qu'à moi, vous y seriez déjà. Ne serait-ce que pour vous protéger de vous-même et de votre cœur de midinette… »

Au mépris qui perce dans les paroles de Montfaucon, je devine qu'il est au courant de mon excuse pour m'être introduite au palais, cet amour inventé pour un vampyre et tout ce qu'il dénote de faiblesse d'âme.

« Quoi que veuille Sa Majesté, il faut s'y plier, conclut-il dans un soupir. Il n'importe : je gage que vous ne ferez pas long feu à la Cour. »

Je le hais, cet homme qui se venge mesquinement d'avoir perdu la face.

Je les hais, ces moqueuses qui se sentent tellement supérieures du haut de leurs selles.

Je la hais tout entière, cette maudite Cour qui se rit du peuple.

Mais plus que tout, je le hais, *lui*, sur qui cet empire sanguinaire repose : le Roy.

Humiliée et couverte de sciure, je commence à entrevoir une vengeance plus vaste, plus folle que tout ce que j'ai imaginé jusqu'à présent.

Quoi que veuille Sa Majesté, il faut s'y plier, a dit Montfaucon.

Et si je le faisais plier, lui, Louis l'Immuable, le maître de la Magna Vampyria ? – et si je le pliais en deux, de part et d'autre de mon pieu s'enfonçant dans son cœur glacé ?

La vision de cette vengeance suprême m'arrache un long frisson, telle une révélation mystique. Mon sacrifice serait une apothéose, si je parvenais à entraîner le Roy des Ténèbres avec moi dans le néant !

« Allez ! ordonne Montfaucon. Comment osez-vous prétendre entrer à la Cour, si vous n'êtes même pas capable de tenir en selle ? »

Je rattrape la bride de Typhon de mes mains moites, la rage au cœur.

Il faut que je le monte, je le dois, cet étrier est la première marche qui me mènera jusqu'au palais… jusqu'au Roy !

L'étalon tire sur son mors, son œil noir roulant furieusement entre les longs crins de sa crinière ondulante. Une demi-tonne de muscles, contre moi qui pèse à peine plus de cinquante kilos… Je ne fais pas le poids : d'un grand coup d'encolure, Typhon m'envoie mordre la poussière pour la troisième fois.

« Je crois qu'il est inutile d'insister, cingle le Grand Écuyer.

— Donnez-lui plutôt mon cheval ! »

Cet accent n'appartient qu'à une seule pensionnaire : Poppy, chevauchant un grand alezan.

« Myrmidon est facile à mener, monsieur, et vous savez pertinemment que Typhon est réputé indomptable, insiste-t-elle.

— Assez d'insolence, Castlecliff ! » tranche-t-il, faisant claquer sa cravache contre le cuir de sa botte.

Mais Naoko, à son tour, vole à mon secours :

« Ce n'est pas juste d'avoir attribué l'étalon à la nouvelle, plaide-t-elle depuis son petit cheval gris pommelé. Moi aussi, je peux lui céder ma jument. Calypso est fort docile.

— Il suffit, j'ai dit ! rugit le directeur de la Grande Écurie. Castlecliff, Takagari, ce n'est pas vous qui faites cours : c'est moi ! Gastefriche montera Typhon ou ne montera pas. Un point, c'est tout ! »

Pour la quatrième fois, je me dirige vers l'étalon, dont la robe moirée tremble nerveusement sous les feux des lustres. À voir sa peau frémissante, les paroles du palefrenier me reviennent soudain en tête : *il est juste à fleur de peau, soyez douce avec lui.*

« Là, là…, je chuchote d'une toute petite voix que lui seul peut entendre, en posant ma main sur son encolure. Je suis aussi terrifiée que toi… »

Le fait de palper sa force brute sous mes doigts m'apaise étrangement.

Tandis que les battements de mon cœur se calment peu à peu, je sens l'immense cœur de Typhon ralentir dans son vaste poitrail.

Il s'immobilise.

Et ne bouge plus d'un pouce, lorsque je passe le pied à l'étrier et me hisse enfin sur la selle.

Dans le manège, plus personne ne rigole. Moi qui étais écrasée par les autres cavalières, voilà que je les dépasse toutes à présent. J'ai beau être cramponnée à la crinière de Typhon à pleines mains, je n'ai pas vraiment peur de tomber. La chaleur de ses flancs sous mes mollets me rassure. La puissance de ses muscles entre mes jambes me ragaillardit.

Le Grand Écuyer lui-même me regarde d'un air perplexe, comme s'il ne comprenait pas que l'étalon indomptable accepte sur son dos une si piètre cavalière.

« Voilà, je suis prête, je lui lance. Pour la Cour. Et pour la Gorgée du Roy. Car je veux me présenter. »

Ma déclaration publique déclenche des exclamations étouffées. Il me semble entendre la voix rocailleuse de Poppy et les jurons indignés d'Hélénaïs. Mais je ne regarde que Naoko, m'efforçant de lui sourire pour lui rappeler mon serment : même si je deviens écuyère, je refuserai de me transmuter en vampyre.

« Je prends note de votre candidature, grogne Montfaucon, l'œil torve. Mais je vous préviens, Gastefriche : il ne s'agit pas seulement de *vouloir.* Sa Majesté ne saurait donner son sang précieux à qui ne peut justifier au moins dix quartiers de noblesse. Est-ce que vos papiers en attestent ?

— Vous connaissez les circonstances de ma venue à Versailles, monsieur, je rétorque. Je n'ai rien pu emporter de mon château, pas même une robe convenable, et encore moins des papiers. Mais je vous assure que la noblesse des Gastefriche remonte au moins jusqu'aux croisades. »

Le Grand Écuyer grimace :

« Vous m'excuserez de ne pas vous croire sur parole. Comme je vous l'ai dit l'autre soir, au cours des années, j'ai vu défiler dans ces murs plus d'un ego surdimensionné. » Il se racle la gorge et crache dans la sciure du manège. « Dès ce soir, je dépêcherai un corbeau à la cathédrale de Clermont. Je demanderai à l'archiatre de nous envoyer par retour de corbeau l'extrait complet de vos papiers de noblesse, tiré des archives. Tout y sera consigné sans contrefaçon possible : lignée, ancienneté, armoiries et jusqu'à votre portrait ! »

14

PAPIERS

« **COMBIEN DE TEMPS CELA PRENDRA-T-IL** au corbeau pour revenir avec mes papiers ? je demande d'une voix blanche.

— Je dirais trois jours, quatre au maximum », me répond Poppy, entortillant autour de ses doigts une longue mèche brune échappée de son chignon fouillis. « Allez, Gastefriche, déstresse : je t'assure que le directeur recevra tes papelards bien avant la Gorgée du Roy. »

Ma nouvelle « amie » repousse son assiette terminée et glisse une boule de gomme à mâcher entre ses lèvres. Le hasard des plans de table nous a rassemblées pour la soirée. Je partage le souper avec elle, Rafael de Montesueño et trois autres pensionnaires que je n'ai jamais côtoyés jusqu'à présent. Poppy a choisi d'adopter le ton le plus familier pour s'adresser à moi, sans que je sache si c'est par réelle sympathie ou pour tenir près d'elle une rivale potentielle dans la course à la Gorgée du Roy.

Pour l'heure, c'est le cadet de mes soucis : je ne concourrai jamais à cette épreuve si le corbeau revient avec des papiers affichant un portrait qui n'est pas le mien. Avec ses grands yeux lointains, son nez retroussé et son haut front bombé, Diane de Gastefriche ne me ressemble pas du tout : en un coup d'œil, Montfaucon mettra mon usurpation au jour !

« J'ai peur que le corbeau s'égare en route, d'autant que les tempêtes d'automne vont bientôt commencer, je prétends. Comment être sûre qu'il arrivera à bon port ? Et d'ailleurs… où est-ce qu'il est censé arriver ?

— Directement dans la piaule de Montfaucon, me répond Poppy, cessant un instant de mastiquer sa gomme. Cet épouvantail crèche sous les toits, au milieu des hiboux et des corbeaux. »

Je me sens blêmir, voyant m'échapper toute possibilité d'intercepter le courrier avant qu'il soit lu.

« Je te charrie, *darling* ! s'exclame Poppy, avec cet accent anglais que je trouvais charmant et que j'ai soudain envie de lui faire ravaler. Si tu voyais ta tête ! »

Elle part d'un éclat de rire franc, repris par les autres convives. L'un d'entre eux s'esclaffe plus fort que les autres, comme pour attirer l'attention de la belle brune : un garçon du nom de Thomas de Longuedune, dont les yeux brillent chaque fois qu'il les pose sur Poppy. Il n'y a que Rafael à rester de marbre.

Mais le rire de l'Anglaise se transforme bientôt en quinte de toux. Elle presse un mouchoir contre sa bouche le temps de reprendre son souffle, à moins que ce soit pour recracher sa gomme à mâcher.

« Même si Montfaucon est un rustre, il doit tenir son rang, reprend-elle après avoir fait disparaître son mouchoir dans la poche de sa robe de denim. Il dort au premier étage dans une chambre de maître. Tu l'imaginais vraiment nicher au grenier comme un ermite sorti de je ne sais quel roman à sensation ?

— Non, bien sûr que non », je rétorque en m'efforçant de rire à mon tour.

Proserpina Castlecliff fait la maline pour amuser la galerie, mais elle ne se doute pas qu'un véritable ermite hante les entrailles de la Grande Écurie à l'insu de tous… un monstrueux reclus aux mains suturées, au régime d'os broyés, qui lui couperait net l'envie de plaisanter si elle le frôlait.

« Les corbeaux voyageurs arrivent par la volière », déclare soudain Rafael, coupant court aux taquineries de l'Anglaise.

Comme chaque fois que je l'ai vu, il est entièrement vêtu de noir – c'est, semble-t-il, la mode à la cour d'Espagne, d'où j'ai appris qu'il était originaire. Là-bas, la Faculté a pris la forme d'une Inquisition plus sévère encore qu'en France, et on y célèbre les Ténèbres de manière plus funèbre. Pour le reste, le passé de Rafael reste un mystère. Il semble aussi solitaire dans l'aile des garçons que Naoko dans celle des filles, deux étrangers peinant à trouver leur place à la Grande Écurie.

Il pointe son index à l'ongle vernis de noir vers la fenêtre. Prenant soin d'éviter de regarder la grille maudite et ses macabres trophées, je suis des yeux la direction qu'il indique, jusqu'à une tourelle de pierre haute et étroite érigée au bout de la deuxième aile. Dans l'air du soir, des corbeaux entrent et sortent au travers d'ouvertures rondes ménagées sous le toit conique.

« La volière communique avec le cabinet de poste, m'explique encore Rafael, avec son accent hispanique. Chaque matin, un page vient relever les missives arrivées pendant la nuit, pour les apporter au Grand Écuyer. Les corbeaux viennent de toute l'Europe et au-delà : des Provinces-Unies, d'Autriche, de ma Castille… et même des Indes. » Ses yeux vert sombre se voilent. « Si les corbeaux peuvent parcourir les milliers de lieues qui nous séparent de l'Orient, ils pourront aisément venir d'Auvergne jusqu'à Versailles. Lady Castlecliff a raison, il ne faut pas vous en faire : vos papiers seront bientôt sur le bureau du Grand Écuyer. »

J'affecte un sourire soulagé.

Derrière cette façade, je rumine les informations que je viens d'apprendre : ce cabinet de poste, il faut absolument que je m'y introduise… Quand exactement le corbeau arrivera-t-il, et comment le reconnaîtrai-je ? Ça, je l'ignore encore. Mais je dois l'intercepter, je n'ai pas le choix !

*

Je passe une nuit agitée, qui ne me repose guère.

Chaque fois que je parviens à m'assoupir, la vision cauchemardesque des têtes tranchées me réveille en sursaut.

Au matin, je m'extirpe de mes draps trempés de sueur. Les contusions de mes multiples chutes de cheval sont plus douloureuses encore que la veille.

La journée s'écoule lentement. Je suis d'une oreille distraite les cours de conversation de madame de Chantilly, et je me borne à esquiver lors des passes d'armes orchestrées par la chevalière de Saint-Loup. Au soir, enfin, le moment que j'attendais arrive : on nous accorde une heure entre la fin des cours et le souper pour nous préparer.

J'échappe aux soins de Naoko, prétextant vouloir me retirer seule dans une salle d'eau du rez-de-chaussée afin de m'épiler. En réalité, je pars explorer les couloirs de la Grande Écurie. On laisse en théorie les pensionnaires aller et venir librement dans l'enceinte de l'école. Mais la tourelle de la volière et le cabinet de poste attenant se situent du côté de l'aile des garçons – autorisera-t-on une jeune fille à s'y aventurer ?… Mes pas me mènent jusqu'au grand escalier central par lequel nous descendons habituellement à la salle de gala pour le souper. Je le traverse prestement et pénètre en territoire inconnu. Je passe devant plusieurs gardes suisses, prenant l'air affairé et évitant de croiser leurs regards fixes. Nul ne m'arrête… j'imagine que les garçons doivent eux aussi être occupés à leur toilette du soir.

À cet instant même, une porte s'ouvre à ma droite, libérant un nuage de vapeur.

Un garçon torse nu en émerge, un drap de bain noué autour des hanches, tenant un paquet d'habits dans ses bras finement musclés.

Confuse, je reconnais Tristan de La Roncière, les joues échauffées par la chaleur du bain, les cheveux encore humides.

« Diane de Gastefriche ? s'exclame-t-il. Que faites-vous ici ?

— Je… euh… je cherche le cabinet de poste », je bredouille, détournant le regard de ses abdominaux dessinés. J'ajoute aussitôt : « Madame Thérèse m'a chargée d'aller chercher une missive.

— Vraiment ? Attendez, je remets mes vêtements de jour et je vous y conduis », propose-t-il.

Sans me laisser le temps de lui dire que je peux me débrouiller seule, il rentre dans la salle d'eau, pour en émerger quelques instants plus tard vêtu de sa chemise, de sa culotte et de ses bas.

« C'est parce que vous êtes une campagnarde que madame Thérèse vous a envoyée faire cette course à la place d'une servante ? » me demande-t-il en se mettant en route.

Son visage affiche un sourire goguenard que j'ai aussitôt envie d'effacer à coups de gifles.

Je me contente de ricaner :

« Ah ah, très drôle ! Mais vous avez tout faux. Je me suis moi-même proposée, car il s'agit d'un courrier d'Auvergne me concernant directement, que j'ai grand-hâte de décacheter. »

Tout en marchant, Tristan me scrute de ses yeux de lynx clairs, comme s'il tentait de lire dans mes pensées. Entre ses mèches blondes encore mouillées, j'aperçois la longue balafre traversant sa joue droite.

« Je comprends, dit-il. Vous avez le mal du pays.

— Non, pas du tout ! » je rétorque.

Mais ce n'était pas une provocation. Nous ne sommes plus en joute oratoire sous le regard de Barvók : il n'y a que Tristan et moi dans le couloir désert.

« Vous êtes très forte, si vous avez réussi à oublier votre province quelques jours seulement après l'avoir quittée, dit-il, une expression nostalgique chassant son air moqueur. Beaucoup plus forte que moi. Ça fait deux ans que je suis à la Grande Écurie, et les grandes forêts de mon pays me manquent encore. Elles m'ont marqué à jamais dans mon cœur… et dans ma chair. »

Il touche sa balafre, d'un mouvement instinctif – ce n'est pas une tentative pour cacher un défaut dont il aurait honte, mais plutôt un geste spontané pour effleurer un souvenir.

« Je suis tombé nez à nez avec un ours, un soir en rentrant de chasse. Nous avons lutté à mains nues. Je ne suis jamais passé si près de la mort. Et, étrangement, je ne me suis jamais senti si vivant. » Il pousse un soupir. « La Faculté m'a diagnostiqué mi-sanguin, mi-mélancolique. Dans mes forêts, c'était le sang qui prédominait : mon cœur battait à plein, au cours de mes longues chevauchées en solo. Mais ici, à Versailles, la bile noire m'instille son poison mortifère. J'ai l'impression d'être en cage. Il m'arrive de pleurer, certains soirs, en songeant aux Ardennes… »

Cette confession inattendue m'ébranle davantage que les jeux de mots compliqués et les piques assassines. Il faut du courage pour combattre un ours à mains nues. Il en faut davantage encore pour admettre que l'on pleure, dans cette école où tout aveu de faiblesse est aussitôt sanctionné.

Cet étrange noble vient d'une terre sylvestre, comme moi… C'est un chasseur solitaire, qui a le même profil humoral que le mien… Aurions-nous d'autres choses encore en commun ? Je ne veux même pas y penser…

sauf si ça peut m'aider à le manipuler pour arriver à mes fins !

« Ne le dites à personne, mais je crois que je ne serai jamais à ma place à la Cour, me glisse-t-il en tournant au coin d'un couloir. Ma mère m'y a envoyé pour représenter les La Roncière. C'est une maîtresse femme, qui administre notre fief avec justice depuis la mort de mon père, et je ferai de mon mieux pour lui obéir. Mais mon âme, elle, restera toujours dans les forêts…

— Comme la mienne, je lui assure, soucieuse de renforcer ce lien qu'il a cru percevoir entre nous. J'avoue vous avoir menti en prétendant ne pas avoir le mal du pays. Nous sommes pareils, vous et moi : des campagnards, comme vous l'avez dit. Nous devons nous serrer les coudes. »

Le sourire qui se dessine à nouveau sur son visage n'a plus rien de goguenard. Parfait, j'ai marqué un point.

« Nous y voilà », annonce-t-il en s'arrêtant devant une porte de bois brut, sans ornementation.

Il frappe trois coups.

« Entrez ! » fait une voix bourrue, de l'autre côté.

La porte s'ouvre sur une pièce aux murs couverts d'étagères où s'empilent des tiroirs soigneusement étiquetés. Un vieux valet en livrée couleur taupe se tient derrière un secrétaire, occupé à noter des comptes dans un gros registre.

« Diane, voici Fulbert, premier valet de l'aile des garçons, m'annonce Tristan.

— Bonjour monsieur, dis-je. C'est madame Thérèse qui m'envoie. Je voudrais savoir si un corbeau est arrivé d'Auvergne… de Clermont, plus exactement. »

Le vieux valet m'examine par-dessus ses besicles, puis il tire un nouveau registre de son secrétaire et se met à le compulser.

« Clermont… Clermont…, murmure-t-il. Non, je ne vois rien. Il n'y a que du courrier en provenance de Plumigny, comme chaque jour. Voulez-vous que je vous fasse prévenir si nous recevons quelque chose ?

— Je vous en saurais gré. »

J'effectue une révérence qui semble amuser Tristan.

« Vous êtes une curieuse demoiselle, à vous incliner devant un valet, dit-il après que nous avons quitté le cabinet. Vous ne faites décidément rien comme tout le monde.

— M'incliner devant la valetaille, ça m'amuse follement ! je fanfaronne, jouant à l'insupportable snob pour rattraper ma bévue. J'aime faire les choses à ma guise.

— C'est ce que j'ai entendu dire, en effet. Votre escapade d'il y a deux nuits en est le fougueux exemple. Une vraie chasseuse de vampyres ! »

Ma respiration se bloque.

« Que voulez-vous dire ? je balbutie.

— Que vous chassez vos amants parmi les immortels, à ce qu'il paraît », répond-il.

Ouf ! Tristan ne sait rien du pieu ni de mon projet d'assassinat manqué ! Il fait juste référence à ma ridicule histoire d'amour vampyrique. La rumeur a visiblement gagné l'aile des garçons.

« Il ne faut pas croire tous les ragots que vous entendez, chevalier de La Roncière, je le tance, parvenue au grand escalier.

— Non, bien sûr, dit-il. Je préfère toujours avoir un témoignage de première main. J'espère que le plan de table des soupers à venir nous réunira bientôt. Votre compagnie m'enchante et j'espère que la mienne ne vous déplaît pas trop… » Son sourire s'élargit imperceptiblement, teinté d'une émotion nouvelle. « … même si je n'ai pas les attraits sulfureux d'un seigneur de la nuit. »

Je me contente de lui sourire à mon tour. Je ne le laisse pas indifférent ? Soit : voilà un atout dans ma main. Je n'hésiterai pas à jouer ce cavalier de cœur à ma guise, dans la partie serrée qui mènera à ma vengeance. Sans ajouter un mot, je m'enfuis dans l'aile des filles.

*

La journée suivante se déroule dans une attente anxieuse.

J'ai un mal fou à me concentrer sur l'exposé soporifique de Barvók à propos de la longueur des traînes en fonction des rangs à la Cour.

Seules mes retrouvailles avec Typhon pour le cours d'art équestre me calment un peu. Il se contente de suivre le mouvement des autres chevaux dans le manège d'un trot souple, comme s'il voulait me ménager. Accrochée à sa crinière, je le remercie en lui chuchotant des mots à l'oreille.

« Votre assiette est déplorable, Gastefriche ! gronde le Grand Écuyer, à l'affût de la moindre occasion pour me harceler. On dirait un crapaud sur une boîte à tabac ! Et cessez ces murmures grotesques. Où vous croyez-vous ? Il n'y a que les charretiers pour parler à leurs chevaux ! »

Le souper venu, je ne participe guère aux conversations des convives du soir. Je m'use les yeux à guetter les mouvements des corbeaux au sommet de la volière, à travers la fenêtre de la salle de gala, jusqu'à ce qu'il fasse trop sombre pour distinguer quoi que ce soit.

Le moment de se coucher arrive sans qu'on m'ait avertie de l'arrivée d'un courrier d'Auvergne. Comme la nuit précédente, je peine à trouver le sommeil, me tournant et me retournant sur mon matelas. L'angoisse m'enserre la poitrine, j'ai l'impression d'étouffer dans l'alcôve de mon lit à baldaquin. Était-ce bien sage de demander à Fulbert de me prévenir ? Et si mon effronterie remontait aux oreilles de Montfaucon ?

Lorsque résonnent les douze coups de minuit à un clocher lointain, n'y tenant plus, je m'extirpe de mes draps. J'écarte le lourd rideau de mon lit et traverse le dortoir obscur sur la pointe des pieds. Vêtue de mon négligé de nuit, je m'engage dans le couloir. Il est désert : la nuit, les gardes suisses ont pour consigne de quitter l'étage du dortoir des filles et d'aller monter la garde aux étages inférieurs. Je parviens ainsi à la salle d'eau la plus proche sans croiser personne, et j'ouvre grand la fenêtre.

Enfin, je me sens respirer !

Une brise fraîche me caresse le visage, charriant la rumeur lointaine des fêtes nocturnes venant du palais.

Peu à peu, mes yeux s'habituent à l'obscurité et, pour la première fois depuis deux jours, j'ose regarder en direction de la grille.

Les cinq têtes sont toujours plantées là – celles de ma famille et de la vraie Diane de Gastefriche. Mais au lieu du soleil qui en dévoilait cruellement les horribles détails, la douce lune les nimbe d'une aura poudrée, presque féerique. Je ne distingue plus vraiment la chair martyrisée des miens, creusée aussi sauvagement par les becs que celle de la baronnette au bout de mon canif. Seules restent les chevelures flottant doucement dans la brise.

« Je vous aime…, je chuchote d'une voix étranglée. Je ne vous oublierai jamais. Et vous, où que vous soyez à présent, ne m'oubliez pas. Je vous rejoindrai bientôt dans la mort, dès que je vous aurai vengés. Derrière le masque de Diane, je serai toujours votre Jeanne – votre fille, votre sœur, à jamais ! »

Je suis prise de l'envie irrépressible de leur parler comme jadis. J'aurais tant besoin des conseils avisés de papa et maman, je donnerais tout pour entendre encore une plaisanterie de Bastien… même les sermons de Valère me manquent.

« Je vous jure d'aller jusqu'au bout de la vengeance, je répète, tremblante d'émotion. Je sais que je n'aurai droit qu'à un coup avant d'être tuée. Ce coup, jusqu'à présent, je le destinais à celui qui a fait trancher vos têtes. Mais maintenant, je veux frapper celui qui les a fait accrocher là. »

En énonçant ce projet fou de régicide, je me rends compte de son énormité. Il y a quoi, une chance sur mille que j'arrive à assassiner le tyran qui depuis trois siècles règne sur la Vampyria ? Une chance sur un million ?

Je sors de la poche de mon négligé la montre à gousset de maman, qui ne me quitte jamais, et je la caresse du bout des doigts tel un porte-bonheur. Dans la lueur nocturne, sa surface de bronze luit faiblement. Moi qui n'ai jamais été superstitieuse, j'ai viscéralement besoin d'un signe.

« Mes chers morts : on prétend que l'Immuable vous a plantés sur ces piques pour vous humilier, je murmure. Mais je sais bien que c'est faux. Vous êtes revenus pour veiller sur moi, montant la garde depuis la grille. Si seulement je pouvais vous embrasser ! Et vous, si seulement vous pouviez étendre vos bras pour attraper le corbeau de Clermont, depuis votre poste de vigie ! »

Je tends l'oreille malgré moi, dans l'espoir délirant de percevoir les voix à jamais éteintes.

Je n'entends bien sûr rien d'autre que le souffle du vent, le crissement des carrosses et les violons étouffés du château…

… rien d'autre, vraiment ?

N'y a-t-il pas une seconde mélodie qui se superpose au menuet sautillant de la fête ?

Un air plus simple, plus triste… plus proche.

Oui, je l'entends au fond de l'obscurité, depuis le toit : un air mélancolique d'harmonica !

Un souvenir me percute, celui de l'antre de l'ermite dans les entrailles de la Grande Écurie, avec sa lanterne, son tas d'ossements humains à demi rongés… et cet harmonica qui m'avait semblé si incongru.

Saisie de panique, je referme prestement la fenêtre de la salle d'eau et m'enfuis dans le couloir, jusqu'à mon lit.

*

Le reclus de la Grande Écurie rôde toujours ! – je me réveille avec cette idée effrayante gravée dans la tête.

Dans le dortoir baigné de soleil, pareille pensée semble irréelle. Il est difficile d'imaginer qu'une présence monstrueuse hante ces murs immaculés.

« Tu es toute pâle, remarque Naoko au petit déjeuner. Tu vas bien ? »

C'est gentil à elle de s'inquiéter de ma santé quand, à en juger par sa mine chiffonnée, elle a de nouveau passé une nuit difficile.

« C'est seulement un truc que je n'ai pas digéré hier, je prétends.

— Pareil pour moi, s'exclame Poppy, qui ne nous quitte plus. Rien que l'odeur de vos cafés me retourne l'estomac. J'ai toujours trouvé ce breuvage écœurant, mais aujourd'hui c'est pire que jamais… Je crois que la tourte au homard d'hier soir n'était pas de première fraîcheur. Beuh ! J'en ai eu des ballonnements toute la nuit !

— Charmant, toute l'élégance d'une lady anglaise… », commente Naoko en levant les yeux au ciel.

Poppy éclate de rire :

« Ne fais pas ta mijaurée, la Levantine ! Ça prouve que je suis toujours vivante, et pas encore transmutée en vampyre. Mais ça ne saurait tarder, les filles, je vous le promets. »

Naoko s'abstient de commenter, elle m'a déjà expliqué ce qu'elle pensait de la transmutation. Poppy semble loin d'avoir de telles réserves. Comme la majorité de la noblesse mortelle, elle aspire visiblement à intégrer l'échelon du dessus… et son ascension passe par la voie royale pour y parvenir : la Gorgée du Roy.

Une nouvelle matinée de torture débute. Chaque fois que le parquet craque derrière la porte de la salle d'art de la conversation, mon cœur se serre : est-ce un valet qui vient me prévenir que la missive est arrivée ? Ou le Grand Écuyer qui, l'ayant déjà lue, est sur le point de révéler mon imposture ? Ni l'un ni l'autre : la porte reste close et les pas s'éloignent dans le couloir. Le reste de la journée s'écoule à l'avenant, du réfectoire à la salle d'armes, puis à la salle de gala. Une fois de plus, je vais me coucher dans l'expectative, incapable de m'endormir. Comme hier, j'attends les douze coups de minuit pour m'échapper de la prison étouffante du lit à baldaquin – j'ai besoin d'air frais ou je vais suffoquer !

Mais au moment où j'entre dans la salle d'eau, c'est la surprise : la fenêtre est déjà ouverte.

Je me fige dans l'embrasure, sur le qui-vive, scrutant les ombres de la pièce.

Un froissement attire mon attention : il y a une grande corbeille d'osier, là, renversée sur le carrelage. Quelque chose s'agite à l'intérieur. Je referme doucement la porte derrière moi et je frotte mon briquet à amadou pour allumer la lampe à huile posée au bord de la baignoire. Munie de cet éclairage, j'avance à pas comptés vers la corbeille. Ici même, hier soir, je demandais un signe – et s'il était arrivé ? Je m'accroupis lentement et pose la lampe sur le carrelage. Entre les brins d'osier tressés, à la lumière tremblante, il me semble voir des plumes noires et brillantes… oui, des plumes de corbeau !

« Tout doux… », je murmure du bout des lèvres, aussi calmement que j'ai parlé à Typhon dans le manège.

L'oiseau pris au piège arrête de remuer, ses pattes cessent de faire crisser l'osier.

Alors seulement, je soulève un coin de la corbeille. Le corbeau apprivoisé se laisse prendre sans chercher à s'enfuir : à sa patte gauche est fixée une étroite cartouche de cuir. Je la détache délicatement et replace l'oiseau calmé sous la corbeille. Puis j'ouvre le petit étui et j'en sors le document en papier bible qui y était enroulé. C'est un parchemin à peine plus large que mon petit doigt ; pourtant, le papier est si fin qu'il se déroule sur trente bons centimètres. Il y a là toute la vie de Diane de Gastefriche consignée en pattes de mouche – sa date de naissance le 5 mai 281, son baptême hématique, les titres et décorations qui lui sont échus par transmission –, ainsi que l'ascendance de ses parents sur vingt générations. Le parchemin se termine par une vignette de papier neuf collée sur le document, addition la plus récente au document. C'est une gravure représentant la baronnette. Je reconnais aussitôt la reproduction du portrait réalisé par mon frère, que j'ai aperçu au manoir cette nuit fatale où il a trouvé la mort. Un visage éthéré, embelli par le pinceau amoureux de l'artiste.

« Est-ce que c'est toi, Bastien, qui m'as apporté ce corbeau ?... », je murmure, levant instinctivement les yeux vers la fenêtre et vers la grille au-delà.

Ma raison me dit que c'est impossible ; mais mon cœur voudrait tellement que mon cher frère m'ait tendu la main, par-delà la mort !

Je fouille la nuit du regard, à la recherche de sa tête.

Elle n'est plus là.

Ni la sienne, ni celles de Valère et des parents, ni même celle de la baronnette : les cinq funèbres trophées ont disparu des piques acérées.

Au-dessus de la grille, les étoiles brillent d'un éclat implacable – ces astres indifférents, qui existent depuis toujours et que le Roy des Ténèbres passe ses nuits à observer, semblent soudain me regarder à mon tour.

Comme si la nuit-araignée, prête à me dévorer vivante, m'épiait avidement de ses mille yeux brillants…

Je chasse cette sensation d'épouvante sidérale avant qu'elle me glace le cerveau, et je tente de réfléchir. Les têtes seraient-elles tombées dans la cour pour être dévorées par les molosses, ultime outrage ? Je me redresse lentement, levant la lampe au-dessus de mon front pour illuminer l'obscurité immense au-dehors. Bien sûr, la petite flamme tremblotante n'y parvient pas ; son halo n'éclaire que le carrelage luisant, la commode où s'empilent des linges… et l'appui extérieur de la fenêtre, où sont posées cinq formes rondes. Dans la pénombre, je les avais prises pour des pots de fleurs, comme ceux qui garnissent les rebords de nombreuses fenêtres de la Grande Écurie – mais à présent, je comprends ce dont il s'agit vraiment.

Ce sont les têtes !

Alignées par les mêmes mains qui ont capturé le corbeau… des mains couturées de partout, j'en ai l'intuition !

Le souffle court, je pivote sur mes talons, brandissant la lampe :

« Toi, le reclus : si tu es là, montre-toi ! » je lâche dans un murmure, déchirée entre l'envie de hurler et la nécessité de rester discrète pour ne pas ameuter tout le dortoir.

Rien n'apparaît à la lumière de la lampe, mais je sais que le reclus est tout près… je le sens à cette odeur d'automne que j'ai déjà humée en sa présence.

« Tu es une créature abjecte, dis-je dans un hoquet. Comptes-tu te repaître de ces restes ? Les as-tu apportés pour les dévorer devant moi ? Je t'en empêcherai, sale monstre ! »

En prononçant ces mots étouffés, je n'espère aucune réponse. Cette bête à forme humaine est restée muette lors de notre première rencontre, elle n'est certainement pas douée de parole. Mais elle est douée d'intelligence, je suis obligée de l'admettre. Car elle m'a écoutée et comprise, hier soir, tandis que je priais devant la fenêtre en pensant que personne ne pouvait m'entendre. C'est la seule explication possible. J'ai réclamé à voix basse le corbeau de Clermont, et l'ermite me l'a amené. J'ai fait le vœu d'embrasser une dernière fois les miens, et l'ermite m'a apporté leurs têtes. Tel un génie démoniaque, il a exaucé mes deux souhaits… à quel prix ?

J'ai beau essayer d'éviter de regarder les têtes, je ne peux m'en empêcher. Leurs orbites sont creuses, vidées des globes oculaires que les oiseaux ont gobés. Les yeux manquants ont été remplacés par des galets blancs, polis et ronds, donnant aux têtes un regard surréel, presque serein. Leur peau même paraît avoir été recousue avec application aux endroits que les becs avaient fendus, et les traces de sang ont été soigneusement nettoyées. Alors qu'avant-hier, ces dépouilles m'étaient apparues dans toute l'horreur de leur décomposition, elles semblent ce soir avoir fait l'objet de la toilette mortuaire la plus respectueuse. Jusqu'à celle de Diane de Gastefriche qui, si elle reste méconnaissable, n'inspire plus le dégoût mais plutôt une inquiétante étrangeté : l'embaumeur a rassemblé la chair poignardée et pratiqué trois longues sutures – une pour la bouche et deux pour les paupières –, donnant à la baronnette un visage de poupée cousue.

En écho à mes pensées, quelques longues notes d'harmonica s'égrènent dans la nuit.

Je me penche au-dessus des têtes et j'aperçois une silhouette sombre accrochée à la gouttière la plus proche ; mais avant que le halo de ma lampe l'illumine, elle déguerpit dans les hauteurs avec l'agilité d'un singe.

« Attends ! » je m'écrie.

M'apercevant que j'ai haussé la voix, j'écrase ma main sur ma bouche.

Au même instant, j'entends derrière moi la poignée de la salle d'eau qui tourne, le bruit des gonds qui grincent.

Quelqu'un a été attiré par mon cri, déjà ?

Le battant s'ouvre, créant un appel d'air.

Le vent soulève le parchemin que j'avais laissé au sol à côté de la corbeille d'osier.

Il s'envole jusqu'à l'embrasure de la porte, où une main le rattrape.

La main de Naoko, vêtue de ce négligé oriental qu'elle nomme *kimono.*

« Diane, que se passe-t-il ? murmure-t-elle, levant le bougeoir qu'elle tient dans son autre main afin de mieux me voir. Tu sais que j'ai le sommeil léger : je me suis réveillée au milieu de la nuit et j'ai vu que ton lit était vide. Alors je suis partie à ta recherche. »

Naoko et ses maudites insomnies, j'aurais dû me méfier ! Et j'aurais dû barricader la porte de la salle d'eau !

« Est-ce que tu es encore malade, comme hier soir ? me demande-t-elle.

— Je… je vais bien, je bredouille, refermant la fenêtre pour qu'elle ne voie pas les têtes sur le rebord extérieur.

J'avais juste besoin d'un peu d'air frais. Tu peux retourner te coucher… après m'avoir rendu ce bout de papier. »

Je me précipite vers elle.

Ses yeux plus bouffis que jamais et son chignon attaché à la hâte en quittant le lit semblent indiquer qu'elle est encore dans un demi-sommeil – suffisamment sonnée pour que je lui prenne le document avant qu'elle ait le temps de l'examiner !

« Ce n'est rien qu'un brouillon, dis-je précipitamment. Quelques idées pour le prochain cours d'art de la conversation.

— Un brouillon, tu veux rire ? rétorque-t-elle plissant les paupières, approchant le bougeoir du petit parchemin. Ce portrait est superbement dessiné, tu m'avais caché tes talents d'artiste. Qui est cette jeune fille ?

— Donne ! »

J'essaye de le lui arracher, mais elle se dérobe.

« Tu ne veux pas me le dire ? Ce n'est pourtant pas un secret, puisque le nom est marqué là en toutes lettres… » Ses lourdes paupières se rétractent de stupeur tandis qu'elle déchiffre le titre des papiers de noblesse : « … Diane de Gastefriche ? »

15

Vérité

« CE N'EST PAS CE QUE TU CROIS », JE CROASSE, la gorge nouée.

Mais j'ai beau nier par réflexe, je sais que cela ne sert à rien. Naoko est tout à fait éveillée maintenant. À la manière dont elle me dévisage, je sais qu'elle a percé mon secret.

« Et que suis-je censée croire ? murmure-t-elle d'une voix amère. Tu peux me le dire, toi, mon *amie sincère* ? »

Cette expression, que j'ai employée à plusieurs reprises pour l'assurer de mon amitié, est comme un coup de poignard.

Je ne tente même pas de lui reprendre le parchemin, ça ne sert plus à rien.

Je suis désormais à sa merci. Dès qu'elle sortira de la salle d'eau, elle pourra me dénoncer…

… à moins qu'elle n'en sorte pas !

Une image jaillit dans mon esprit affolé : celle de mes mains autour de son cou gracile, serrant jusqu'à ce qu'elle ne puisse plus jamais parler. Je me retiens à la baignoire pour ne pas vaciller. Il y a quelques jours encore, j'aurais affirmé que tous les obstacles entre ma vengeance et moi devaient être balayés sans scrupule. Seulement voilà, Naoko n'a été que gentillesse depuis mon arrivée à la Grande Écurie. Elle m'a prise sous son aile. Elle m'a pardonné mes mensonges par omission. Elle a déploré le traitement inhumain que les vampyres faisaient subir aux dépouilles de leurs ennemis. En un mot, elle a fait éclater mes préjugés qui mettaient tous les nobles dans le même panier.

« Je… je peux tout t'expliquer, je bredouille.

— Je ne veux pas d'explications, rétorque-t-elle. Je veux la vérité. Qui es-tu vraiment ? »

Me voilà au pied du mur, au moment que je redoutais entre tous : celui de jeter le masque.

Soit je tue Naoko, soit je lui dis tout.

Il n'y a pas d'autre possibilité.

« Je m'appelle Jeanne…, je lâche du bout des lèvres. Jeanne Froidelac. »

En prononçant ces mots, j'ai l'impression de me déchirer la peau, comme si j'arrachais un masque cousu sur mon visage.

« Je ne suis pas noble, j'enchaîne dans un souffle, dépeçant le mensonge lambeau après lambeau. Je suis une roturière. Je suis la fille de ceux dont tu as vu les têtes accrochées sur la grille. »

Les yeux de Naoko s'écarquillent d'incrédulité.

Sous sa frange noire, son visage dévoré par les ombres tressaille.

« C'est pour ça que tu étais si pâle, quand tu as aperçu les têtes l'autre jour, murmure-t-elle. Et ta méconnaissance des manières courtoises, toutes ces questions que tu m'as posées pour des choses qui me paraissaient évidentes, jusqu'à ton anxiété de recevoir tes papiers de noblesse… j'aurais dû m'en douter. »

La panique me serre le ventre : elle va tourner les talons, là maintenant, pour filer directement chez le Grand Écuyer !

Dans un réflexe d'animal acculé, je lui attrape le poignet pour l'empêcher de fuir ; elle en lâche son bougeoir, qui s'éteint ; j'ai juste le temps de le rattraper au vol avant qu'il se fracasse au sol.

Nous restons une seconde figées dans la pénombre silencieuse, accrochées l'une à l'autre, comme en suspension : il s'en est fallu d'une seconde pour que le fracas du métal sur les dalles ne réveille le dortoir.

« Ne parle jamais de ça à quiconque, sinon… ! je la menace.

— Sinon quoi ? Tu te débarrasseras de moi ? » rétorque-t-elle.

Son grand calme contraste avec ma panique.

La manière dont elle énonce à voix haute la pulsion meurtrière qui a traversé mon esprit quelques instants plus tôt me pétrifie.

Les mots débordent de mes lèvres tremblantes, bouillie incompréhensible :

« Je… je… je ne…

— Tu me tueras comme les tiens ont tué la véritable Diane de Gastefriche ?

— Tais-toi ! »

Un éclair passe dans les yeux noirs de Naoko.

« C'est toi, n'est-ce pas ? m'accuse-t-elle. C'est toi qui l'as assassinée ? »

Je plaque ma main sur sa bouche pour qu'elle se taise, appuyant de toutes mes forces au risque de l'étouffer.

Mais, d'un geste précis, elle renverse ma prise, m'attrape le bras et me projette au sol.

Je me roule en boule sur le carrelage dur et froid pour amortir ma chute, et surtout pour en atténuer le bruit.

La porte de la salle d'eau a-t-elle étouffé notre lutte ? Rien ne vient perturber le silence, ni cri d'alerte ni pas précipités. Il n'y a que le bruit de mon cœur battant contre mes tempes.

« Qu'est-ce que tu m'as fait ? je chuchote, écartant les cheveux qui retombent devant mes yeux.

— Une prise d'aïki-jitsu, murmure Naoko. Il s'agit de retourner la force de l'adversaire contre lui. Et j'ai des dizaines d'autres prises en réserve, si tu t'avises encore de lever la main sur moi. » Elle se campe devant la porte, croisant les bras sur son kimono. « Continue ton récit. »

Je me relève, pantelante.

Autour de nous, la salle d'eau est éclairée seulement par la lampe à huile posée au sol. La soie blanche du kimono en capte les lueurs. Il est orné de fleurs de cerisier, que Naoko a peintes à la main.

« Diane m'a servi de bouclier devant l'épée de son père, je lâche. C'était elle ou moi. Or, il fallait que je vive. Il fallait que je monte à Versailles en usurpant son identité. Pour venger les miens. » Je prends une longue inspiration. « Alexandre de Mortange n'est pas mon amant, comme je l'ai laissé croire. C'est le meurtrier de ma famille. Je n'allais pas le retrouver, l'autre soir quand j'ai fui la Grande Écurie : j'allais lui planter un pieu dans le cœur. »

Voilà : tout est dit.

Je me sens vidée, comme le ciel de la semaine dernière après l'orage.

« Que vas-tu faire de moi, à présent ? » je demande à Naoko.

Les yeux noirs de la jeune Japonaise ne m'ont jamais semblé aussi impénétrables – ce sont ceux d'une chatte me tenant sous sa griffe.

Elle lève la main, exhibant les papiers de noblesse qu'elle tient toujours, cette preuve irréfutable de ma duplicité.

« Ce que je vais faire ? répète-t-elle. T'aider à falsifier ce document, pardi. On dit que j'ai un bon coup de crayon, mais il faut faire vite.

— Tu… tu veux m'aider ? je parviens à articuler, abasourdie.

— N'est-ce pas ce qu'on attend d'une amie sincère ? Et sincère, tu l'as enfin été. Je m'explique mieux maintenant ce non-dit que je sentais entre nous. Je comprends aussi la raison pour laquelle tu désires devenir écuyère du Roy, et je suis rassurée sur le fait que tu ne voudras jamais te transmuter. À présent que l'abcès est crevé, je peux enfin te faire confiance. »

Je sens une boule chaude se former dans mon ventre, un élan de gratitude solaire au milieu de cette nuit froide, dans cette école hostile.

« Oui, Naoko, tu peux me faire confiance ! dis-je. Totalement, absolument ! Tu n'auras jamais plus à douter de moi ! »

Elle hoche la tête :

« Attends-moi ici. Je file au dortoir prendre ma trousse, mon carnet et mon encrier. »

Elle me remet les papiers de noblesse et approche son bougeoir de la lampe à huile pour en rallumer la flamme. Puis elle s'éclipse sans un bruit dans la pénombre du couloir. Je n'ai pas peur qu'elle me trahisse – si elle l'avait voulu, il lui aurait suffi de crier.

Seule dans la salle d'eau, je me souviens soudain du reclus suspendu à la gouttière. Je rouvre fébrilement la fenêtre : sur l'appui extérieur, les têtes ont disparu. Subtilisées, je le devine, par celui qui les avait apportées là afin que je leur fasse mes adieux. Où sont-elles à présent ? Est-ce qu'il les a remportées dans son antre pour les… dévorer ?

Déjà, Naoko est de retour.

« Tout le monde dort à poings fermés et il n'y a pas un garde suisse à l'étage, dit-elle en s'asseyant au sol. Profitons-en : au travail. »

Elle dispose à la hâte son matériel artistique près de la lampe à huile et du bougeoir, sortant de la poche de son kimono un carnet à dessin aux pages fines.

« Remplis ce récipient d'eau et fais-le bouillir au-dessus de la flamme de la bougie, me dit-elle en désignant une coupelle de savon posée au coin de l'évier. La vapeur nous permettra de décoller la vignette représentant la défunte. Et pendant ce temps, je ferai ton portrait. »

Elle plonge la pointe de sa plume la plus fine dans son encrier et se met à me dessiner avec application. Tout en l'observant, je repense au soin que mettait Bastien à ses crayonnés croqués sur le vif : Naoko a la même manière de lever furtivement les yeux, comme pour voler des détails à son modèle.

« Je ne sais pas comment te remercier…, je murmure, émue.

— Nous parlerons de ça plus tard, dit-elle, ses yeux continuant leur fiévreux va-et-vient de mon visage au carnet. Pour l'instant, ne bouge pas, si tu veux que ton portrait soit ressemblant. »

Ressemblant est un faible mot : lorsque Naoko me tend son ouvrage achevé, j'ai l'impression de m'y voir reflétée comme dans un minuscule miroir. Entre-temps, l'ancienne vignette s'est détachée des papiers de noblesse. Naoko la laisse se consumer dans la flamme de la bougie. Puis, de quelques points de colle tirée de sa trousse, elle fixe la nouvelle vignette à l'emplacement libre. L'illusion est parfaite.

« Voilà, Jeanne ! décrète-t-elle. Ou plutôt devrais-je dire : Diane, comme en attestent ces papiers. Maintenant, il faut les acheminer jusqu'au Grand Écuyer. Comment procéder ?

— Le corbeau », dis-je en désignant la corbeille.

Naoko sourcille.

« Tu as réussi à capturer un corbeau voyageur, toute seule avec tes petites mains ? Chapeau. Mon maître d'aïkijitsu serait fier de toi.

— Ce n'est pas moi qui l'ai capturé, Naoko. Il y a quelqu'un, là, dehors, ou quelque chose… Une créature étrange, une sorte de monstre, dont je ne parviens pas à décider si c'est un démon sanguinaire ou un ange gardien. »

Naoko sourit faiblement :

« Disons alors que c'est un *démon gardien.* Après ton bellâtre immortel, tu as décidément d'étranges fréquentations. Mais tu m'en parleras plus tard. Le temps presse. »

Elle m'aide à soulever la corbeille, et à rattacher la cartouche remplie des papiers de noblesse falsifiés à la patte du corbeau.

Je saisis délicatement l'oiseau noir entre mes mains, puis je vais à la fenêtre.

Le messager s'envole dans la nuit, droit vers la volière : la destination de son voyage depuis Clermont.

*

« Diane, monsieur de Montfaucon vous réclame dans son bureau », me hèle madame Thérèse à la sortie du petit déjeuner.

Voilà le moment de vérité que j'attendais anxieusement depuis le réveil.

J'échange un regard avec Naoko qui, d'un discret sourire, semble m'assurer que tout va bien se passer. Puis j'emboîte le pas à la gouvernante, jusqu'au bureau du Grand Écuyer.

La dernière fois que j'ai pénétré dans cette pièce, c'était au crépuscule et j'en garde un souvenir lugubre. À la lumière du jour, le bureau n'est guère plus riant, au contraire. Je distingue mieux le contenu des pots alignés sur les étagères. Ce sont des mains. Certaines entières et coupées à l'avant-bras ; d'autres tronçonnées au poignet, auxquelles il manque plusieurs doigts. Leurs énormes ongles, jaunâtres et cornus, évoquent des griffes de bêtes féroces.

Du bout de son menton à la barbiche hirsute, Montfaucon m'ordonne de m'asseoir sur la petite chaise face à son vaste bureau.

« J'ai reçu vos papiers, annonce-t-il sombrement. Vous vous êtes bien payé ma tête. »

Tous mes muscles se raidissent.

Il sait !

Il a découvert la supercherie !

« Je... je ne vois pas de quoi vous voulez parler, monsieur, je bredouille.

— Ne jouez pas l'innocente, tonne-t-il.

— Je vous assure.

— Silence ! Vous avez voulu vous faire passer pour ce que vous n'êtes pas ! »

Mon regard fuse sur l'un des gros bronzes en forme de cheval cabré sur le coin du bureau. Serais-je assez forte pour le soulever et pour en assommer cette brute ?

« Vos quartiers de noblesse ne remontent pas aux croisades, comme vous l'avez éhontément prétendu, mais seulement aux guerres d'Italie ! » tonne-t-il.

Son accusation me laisse sans voix.

Les... croisades ?

C'est ça qui l'a mis dans cet état de fureur ?

« Je vous ai déjà dit que je ne supportais pas la forfanterie, assène-t-il. La Cour compte bien assez de mégalomanes comme ça, et je ne tiens pas à ce que mon école vienne en grossir le nombre. Surtout parmi les écuyers du Roy. »

Je n'en crois pas mes oreilles.

Il y a un instant, je pensais être percée à jour ; mais au contraire, il semble que le Grand Écuyer m'annonce à contrecœur que ma candidature est valide.

« Vous voulez dire que je peux concourir à la Gorgée du Roy ? je demande.

— N'est-ce pas votre ambition ? rétorque-t-il, plein de dédain. Vous frayer une place aux premiers rangs de la Cour ? Et surtout, être transmutée par tous les moyens, comme votre consternante idylle avec un vampyre peu recommandable l'a prouvé ? »

Je réprime le rire de soulagement nerveux qui veut remonter dans ma gorge, m'efforçant de garder un visage lisse.

« Je ferai de mon mieux pour être digne de la faveur royale, dis-je.

— C'est ça, c'est ça…, grommelle Montfaucon. Gardez vos courbettes pour d'autres. » Il renifle bruyamment, ses narines se plissant d'un air dégoûté. « Que les choses soient bien claires, Gastefriche : je ne vous apprécie pas, avec votre arrogance de petite arriviste sans scrupules. Alors dégagez-moi le plancher. Retournez en cours et tâchez de vous faire oublier. »

Au moment où je me lève pour disposer, mon regard s'accroche à nouveau aux mains répugnantes conservées dans le formol. Je repense à la sinistre réputation des ancêtres de monsieur de Montfaucon, cette lignée de bourreaux à la solde de la Vampyria…

L'œil du directeur étincèle sous sa perruque molle.

« Ma collection de pattes de goules vous intéresse ? me demande-t-il à brûle-pourpoint.

— Pattes de goules ? » je hoquette.

À l'image des stryges, voici un autre genre d'abomination enfanté par les Ténèbres, que je tenais pour légendaire jusqu'à ce jour. Les contes prétendent que ces êtres cannibales hantent les cimetières à la nuit tombée, pour se repaître des restes humains…

« Il n'y avait pas de goules en Auvergne », je balbutie.

Le Grand Écuyer émet un ricanement dédaigneux :

« Bien sûr que non. Votre patelin était bien trop dépeuplé pour attirer de tels charognards. Mais ils pullulent à Versailles et à Paris, une vraie engeance : les cimetières et les fosses communes en débordent. »

Hypnotisée par les immondes échantillons, je repense au reclus de la Grande Écurie, et à ces restes humains à demi rongés que j'ai découverts dans sa tanière. J'ai senti une froideur cadavérique émaner de son corps – pas si vive que celle des vampyres, mais assez sensible pour signaler la présence des Ténèbres. D'évidence, j'étais en présence d'une abomination. Aurais-je eu affaire à une goule ?… Pourtant, sa main semblait humaine, bien que couturée – rien à voir avec les appendices difformes marinant dans les bocaux.

« Vous semblez captivée par tout ce qui est morbide, grince Montfaucon, m'arrachant à la contemplation. Les têtes exhibées sur la grille en votre honneur ont dû vous réjouir. Mais le spectacle est fini. J'ai demandé aux gardes suisses de les retirer ce matin. Et vous aussi, maintenant, le moment est venu de vous retirer et de me laisser travailler en paix. »

Il replonge le nez dans ses dossiers, sans m'accorder un regard de plus.

Je traverse le couloir pour rejoindre le cours d'art courtois, hantée par un nouveau mystère dans ce lieu qui en regorge. Le Grand Écuyer a voulu me faire croire qu'il avait lui-même demandé le retrait des têtes, en plein jour, mais je sais que c'est faux.

Pourquoi Montfaucon m'a-t-il menti ?

Connaît-il l'existence du monstre qui hante les murs de son école ?

Qui est cette créature – *qui* ?

16

Progrès

MES INTERROGATIONS SUR LE RECLUS DE la Grande Écurie ne trouvent guère de réponses dans les jours et les semaines qui suivent. Depuis l'étrange épisode des têtes tranchées, il ne donne plus aucun signe de vie. Et le rythme trépidant des cours occupe trop mon cerveau pour le laisser courir après une chimère.

Aux yeux des pensionnaires et des professeurs, la « nouvelle » n'en est plus une : chacun a compris que j'étais là pour rester. Hélénaïs elle-même semble avoir décidé de m'ignorer comme si je faisais partie des meubles, pour se concentrer sur les cours et me battre à la loyale lors de la compétition pour la Gorgée du Roy.

C'est que je maîtrise de mieux en mieux mon personnage de baronnette provinciale, sa manière de penser, le passé que je lui ai inventé à partir de ce que je sais de la véritable Diane de Gastefriche. Chaque jour, jouer ce rôle me semble un peu plus facile que la veille… un peu plus vertigineux aussi. Jeanne et Diane – deux prénoms qui sonnent presque pareil, comme les deux faces d'une même pièce. Pendant la journée, il n'y a que le côté face qui existe : le masque derrière lequel je me cache. Mais la nuit, à l'abri des épais rideaux de mon lit à baldaquin, je redeviens le côté pile : celui dont on ne doit pas dire le nom. Là, dans l'obscurité complète où nul ne peut m'épier, je suis à nouveau Jeanne. J'ouvre ma montre à gousset silencieuse, arrêtée à jamais sur 7 h 38, tel le cœur de maman qui a cessé de battre pour toujours.

La liberté ou la mort, dit la devise gravée au creux du couvercle.

J'ai choisi la mort.

Parce que la liberté n'a pas de sens dans un monde dépeuplé de tous les miens.

Parce que la mort est le prix à payer pour tenter d'éradiquer le principal responsable de leur disparition : l'Immuable.

Possédée par cette folle obsession, je me jette à corps perdu dans ma formation. J'ai davantage de facilité chez Chantilly et chez Saint-Loup. La plupart des pensionnaires prennent les campagnards pour des paysans illettrés, mais l'éducation que m'ont donnée mes parents me permet souvent de les éclipser en art de la conversation. Quant à l'art martial, je dois apprendre à manier le sabre et l'épée – mais mes longues chasses en forêt ont affûté mes réflexes guerriers, et mes années de pratique du lance-pierre m'aident à viser juste au pistolet.

L'art équestre est moins aisé, je l'avoue. Certes, Typhon me ménage et suit les reprises avec une docilité qui étonne tout le monde. Mais lorsqu'il s'agit de faire une démonstration de dressage en solo, il n'y a plus que lui et moi dans le manège. Le Grand Écuyer en profite pour me couvrir d'invectives, critiquant ma manière de m'accrocher à la crinière, le mauvais placement de mes aides et mon assiette déplorable. J'encaisse le tout sans broncher, tâchant de grappiller des bribes de leçon sous les remontrances. C'est qu'à la fin du mois d'octobre, les concurrents en lice pour la Gorgée du Roy devront effectuer un carrousel : un ballet équestre parfaitement coordonné…

Finalement, c'est l'art courtois qui me cause le plus de difficultés. J'ai un mal fou à retenir les us et coutumes d'une Cour qui me fait horreur. J'ai tendance à m'empêtrer dans le choix de mes couverts à table, à faire mes révérences trop basses ou au contraire trop hautes, à me tromper dans l'ordre des préséances – bref, à malmener l'étiquette par mille petits travers qui font grimacer Barvók. Heureusement, je peux compter sur l'aide de Naoko, qui excelle en la matière. Elle me dispense ses conseils, reprenant par le menu les erreurs que j'ai commises pour m'aider à les corriger. Elle s'adresse toujours à moi sous le nom de Diane. Il n'y a qu'à la toilette du soir qu'elle emploie le nom de Jeanne, lorsque nous nous enfermons toutes les deux dans la salle d'eau avant d'aller souper. À l'abri des oreilles indiscrètes, robinets ouverts pour couvrir nos chuchotements, nous nous racontons nos vies. Tout en garnissant son chignon d'ornements, Naoko me décrit son pays natal et ses coutumes étranges. À l'écouter, la Cour impériale du Japon semble aussi cruelle et codifiée que celle de Versailles. À mon tour, tandis qu'elle me coiffe, je lui parle de l'Auvergne : l'ennui de mes journées monotones ; la joie de mes courses en forêt ; les prises de bec avec ma mère, qui me semblent à présent bien dérisoires au regard du combat qui était le sien.

« Je n'arrive pas à croire que mes parents pratiquaient l'alchimie en cachette, je lui confie un soir.

— L'alchimie est beaucoup plus répandue qu'on ne le pense, malgré son interdiction officielle, me répond-elle. Les médecins de l'Empereur du Japon lui vouent une véritable passion, de même que les docteurs de la Faculté en Occident. »

Je la dévisage sous sa frange noire.

« Qu'est-ce que l'alchimie, au juste ? je lui demande.

— Une manipulation des humeurs, me répond-elle, baissant la voix même si nous parlons déjà dans un chuchotement.

— Les humeurs ? Tu veux dire, celles qui circulent dans le corps des êtres vivants : le flegme, le sang, la bile jaune et la bile noire ?

— … plus une cinquième, qui est propre aux immortels : la ténébrine. »

J'en reste sans voix pendant quelques secondes, laissant le glougloutement de l'eau et le grondement de la plomberie remplir le silence.

« Les Ténèbres seraient une humeur ? » je parviens finalement à articuler.

Depuis toute petite, je vis dans la crainte des Ténèbres, mais je n'ai jamais été capable de les définir clairement.

Naoko hoche gravement la tête :

« Les Ténèbres sont plutôt une énergie, qui se manifeste de multiples façons : en glaçant le climat ; en donnant naissance à des abominations ; en ramenant des cadavres à la vie. Dans les veines des vampyres, cette énergie mystique se condense en ténébrine – ou du moins, c'est ce que prétend la Faculté. »

Je me souviens du sentiment d'horreur cosmique qui m'avait saisie aux jardins, lorsque j'avais plongé mes yeux dans ceux du Roy, à travers les fentes de son masque. J'avais cru m'abîmer dans le vide intersidéral, mais c'était la ténébrine qui saturait le regard royal : une substance aussi sombre que l'espace…

« Voilà pourquoi les immortels ont fait de la médecine la nouvelle religion du monde, s'entourant de prêtres-médecins, dit Naoko. Pas seulement pour prélever le sang du peuple. Mais aussi pour essayer de comprendre cette humeur surnaturelle qui n'appartient qu'à eux. » Elle rajuste nerveusement son chignon. « Assez parlé de ces horreurs qui nous dépassent. Finissons de nous préparer pour le souper avant de nous transformer en glaçons. »

Elle a raison. Si nous restons trop longtemps dans cette salle aux carreaux gelés, nous allons finir par tomber malades. La nuit est presque là. Barvók nous attend en bas, dans la salle de gala. Il est temps pour moi de réendosser le rôle de la baronnette.

*

« Nous sommes le 3 octobre, il ne reste plus qu'un petit mois avant la Gorgée du Roy », nous annonce madame Thérèse le lendemain au petit déjeuner.

À ce stade, celles qui veulent concourir se sont toutes déclarées – il s'agit de la majorité, douze demoiselles en lice pour le poste de nouvelle écuyère du Roy. Naoko, qui fait partie des trois ayant décidé de ne pas se présenter, m'accorde un regard de soutien par-dessus sa tasse de thé. L'encouragement de Poppy est moins subtil : elle me donne une tape dans le dos, manquant de me faire renverser mon café au lait.

« Qui l'eût cru, Belle-des-Champs ? s'exclame-t-elle malicieusement. Il y a un mois encore, tu t'occupais des concours de bestiaux dans ta campagne, et regarde-toi aujourd'hui, en lice pour l'honneur suprême. Si tu la décroches, cette cocarde-là, la brebis Pâquerette elle-même pourra aller se rhabiller ! »

La manière dont Poppy reprend ma saillie contre Hélénaïs a quelque chose d'amusant. Mais au-dessus de son sourire jovial, ses yeux soulignés de khôl brillent d'un éclat farouche. Elle sait qu'il n'y a qu'une cocarde à décrocher – une seule.

« Les quatre derniers jours du mois d'octobre seront consacrés à quatre épreuves éliminatoires successives, rappelle madame Thérèse, énonçant un règlement que nous connaissons désormais toutes par cœur.

« Le 28, épreuve d'art courtois, qui sélectionnera les six concurrentes les plus policées.

« Le 29, épreuve d'art équestre, pour déterminer les trois meilleures cavalières.

« Le 30, épreuve d'art de la conversation, à l'issue de laquelle resteront seulement les deux pensionnaires les plus en verve.

« Le 31, enfin, épreuve d'art martial : un duel destiné à départager les finalistes. Le même soir à minuit, le Roy procédera au rituel de la Gorgée avec la gagnante du côté des filles et le vainqueur du côté des garçons, adoubant ainsi une nouvelle écuyère et un nouvel écuyer. »

Je souris à Naoko – la première épreuve éliminatoire concerne la discipline où je me débrouille le moins bien, et j'aurai besoin de toute son aide pour combler mes lacunes lors des quatre semaines à venir.

Mais madame Thérèse n'en a pas fini :

« Vous n'êtes pas sans savoir, mesdemoiselles, qu'il existe un cinquième noble art : l'art vampyrique, que nous n'enseignons qu'aux aînés. Cet art raffiné entre tous ne fait l'objet d'aucune épreuve, mais il est nécessaire d'en maîtriser certains rudiments avant d'entrer à la Cour. »

J'ignore ce qu'est exactement l'art vampyrique, mais je présume le pire. Il y a quelque chose d'odieux dans la manière dont la gouvernante en évoque le raffinement. Toute roturière qu'elle est, je devine que sa peau n'a pas connu la saignée depuis des lustres – sa place à la Grande Écurie offre bien des privilèges. Moi qui caressais l'espoir d'en faire une alliée, lors de mon arrivée à l'école, j'ai depuis longtemps compris qu'elle était tout entière dévouée à la Vampyria…

« Dès ce soir, vous recevrez votre première leçon, continue-t-elle. Pour l'occasion, conformément à la tradition de notre école, nous aurons l'honneur d'accueillir à la Grande Écurie deux anciens pensionnaires parmi les plus prestigieux. Je veux bien sûr parler de ceux qui ont remporté la Gorgée du Roy l'année dernière : Suraj de Jaipur et Lucrèce du Crèvecœur. »

Le souvenir de l'écuyer qui m'a raccompagnée à l'école au soir de ma fuite, presque un mois plus tôt, me revient en mémoire. C'est une image des plus floues, car j'étais épuisée et choquée, tenant à peine debout. Je me rappelle juste son turban ocre tranchant avec la mode de

Versailles, son teint cuivré, et l'impression de gravité émanant de sa personne. Quant à ce nom, Jaipur… il m'évoque l'Orient lointain.

J'attends la toilette du soir, quand Naoko et moi sommes seules dans notre salle d'eau, pour l'interroger à ce sujet :

« Toi qui étais déjà à la Grande Écurie l'année dernière, est-ce que tu connais les deux écuyers qui vont venir nous faire cours ? »

Elle hoche la tête :

« Oui, je les connais. C'étaient les plus talentueux de la promotion des aînés – les plus durs aussi, car on ne devient pas écuyer du Roy sans se battre… »

Dans son regard sombre, je comprends qu'elle fait référence à la dureté dont je devrai moi-même faire preuve au cours de la compétition, si je veux avoir une chance de l'emporter.

« La cruauté d'Hélénaïs n'est rien face à celle de Lucrèce, ajoute-t-elle. Après qu'elle a bu la Gorgée du Roy, les Ténèbres ont révélé sa vraie nature : celle d'une furie féroce. Une rapace aussi belle qu'impitoyable. Quant à Suraj, c'est un chevalier rajput, descendant d'une ancestrale caste de guerriers hindous. Il vient de Jaipur, l'un des royaumes les plus puissants parmi la multitude qui compose les Indes. À ce que l'on raconte, le maharaja de Jaipur aurait envoyé sa meilleure lame à Versailles, pour demander l'appui de l'Immuable en vue d'une alliance militaire. »

Les paroles de Naoko font écho à celles de la princesse des Ursins, que j'avais surprises dans les jardins royaux. La ministre avait affirmé que le sous-continent indien était menacé par les stryges : je pressens que c'est la raison pour laquelle le maharaja de Jaipur a dépêché un émissaire à la Cour des Ténèbres…

« Suraj s'est battu comme un tigre pour intégrer la garde du Roy, afin d'avoir son oreille, conclut Naoko. J'ignore s'il a obtenu gain de cause auprès du souverain. Lorsque je suis arrivée à la Grande Écurie, il y a deux ans, nos origines orientales nous ont rapprochés un instant. Mais je ne lui ai pas parlé depuis… »

Au tremblement de sa lèvre carmin, je crois deviner qu'il s'agissait de davantage qu'un simple rapprochement.

« Suraj et toi, vous étiez… ensemble ? » je murmure.

Un pâle sourire passe sur le visage de Naoko.

« Non, je n'ai jamais été avec personne », dit-elle.

La solitude infinie de cette étrange jeune fille me fend le cœur, comme lorsqu'elle m'avait avoué avoir appris la coiffure et la peinture toute seule, le jour de notre rencontre.

« Du reste, le cœur de Suraj était déjà pris, du temps où il vivait à la Grande Écurie, ajoute-t-elle. Personne ne le sait ici. Mais moi, je l'ai appris lors d'une promenade nocturne, l'année dernière, alors que le sommeil me fuyait une fois de plus. Depuis l'une des fenêtres du couloir, j'ai vu Suraj traverser la cour pour se réfugier dans l'écurie avec une deuxième personne.

— Tu veux dire que Suraj avait une liaison avec une pensionnaire ? »

Naoko secoue la tête :

« Pas une. *Un.* C'est un cadet, le caballero Rafael de Montesueño, que j'ai vu se glisser dans l'écurie avec Suraj, cette nuit-là. Et ce ne fut qu'un seul de leurs nombreux rendez-vous nocturnes. »

J'en ai le souffle coupé.

Des passions bien humaines battent dans le cœur de cette école conservatrice. Si les relations entre filles et garçons sont interdites à la Grande Écurie, dans l'ombre d'une Cour patriarcale obnubilée par l'étiquette, je n'ose imaginer l'opprobre que susciterait l'idylle entre deux amants du même sexe.

« Je n'ai bien sûr rien dit à personne, conclut Naoko. Je ne suis pas du genre à livrer le secret d'autrui. Et de toute façon, Suraj a lui-même mis un point final à cet amour interdit lorsqu'il a intégré le service du Roy, conformément aux vœux du maharaja. Son destin ne lui appartient plus, désormais : l'Immuable décide personnellement du mariage de chacun de ses écuyers et écuyères. Nul doute qu'il renverra Suraj aux Indes, pour y représenter la France. À moins que ce dernier ne périsse avant, en service… La rumeur raconte que depuis un an qu'il est à la Cour, il réclame les missions les plus périlleuses, comme s'il cherchait la mort. »

Je médite ces paroles quelques instants. Elles éclairent d'un jour nouveau la tristesse que j'ai lue dans les yeux de Rafael, lorsqu'il évoquait les corbeaux venant à Versailles d'aussi loin que les Indes. Quant à ses sempiternels habits noirs, ce n'est pas seulement la mode d'Espagne, je le pressens : c'est aussi la couleur d'un amour dont il porte le deuil.

*

Au souper, en écho à ma conversation avec Naoko, le hasard place Tristan et Rafael à ma table, comme le jour de mon arrivée à la Grande Écurie.

Le jeune Espagnol m'avait d'emblée semblé amical, quoiqu'un peu farouche, lors de notre premier échange ;

le fait de connaître son secret me le rend d'autant plus sympathique : comme moi, il est obligé de jouer un rôle. Je voudrais lui parler, lui dire que j'ai eu un frère qui aimait lui aussi d'un amour interdit… mais bien sûr, je n'en fais rien. Quant à lui, il reste coi pendant tout le souper, triturant sa nourriture du bout de ses couverts, perdu dans ses pensées, les sourcils froncés. La perspective de revoir Suraj au cours d'art vampyrique, pour la première fois sans doute depuis presque un an, doit le bouleverser.

Tristan compense le mutisme de son voisin de table par sa conversation de bon aloi ; en un mois, j'ai multiplié les signes de sympathie à son égard, afin d'encourager les sentiments qu'il semble nourrir pour moi. Il est devenu ma source d'information sur tout ce qu'il se passe dans l'aile des garçons, et je subodore qu'il pourra m'être plus utile encore par la suite.

« Il paraît que tu as encore fait des étincelles en cours d'art de la conversation, me dit-il en repoussant son assiette à dessert (je l'ai bien sûr autorisé à me tutoyer). Je suis bien content de ne pas avoir à me mesurer à toi pour la Gorgée du Roy. Je ne connais personne qui ait un esprit aussi mordant que le tien.

— C'est sans doute parce que je suis prédestinée à me transmuter en vampyre que j'ai l'esprit mordant, je rétorque du tac-au-tac. Quant à toi, Saint-Loup nous a glissé que tu avais réussi à désarmer trois attaquants d'un coup, en cours de sabre. Impressionnant ! »

Ses yeux bleus me semblent briller un peu plus fort à ce compliment calculé, mais aussi mérité. De la même manière que je figure dans le peloton de tête des filles, Tristan caracole en tête des classements des garçons. C'est d'autant plus ironique que la Cour nous révulse l'un et l'autre, et qu'il ne concourt à la Gorgée du Roy que pour complaire à sa mère – une femme de tête, semble-t-il, aussi autoritaire que l'était ma propre mère.

« J'ai peut-être mes chances, concède-t-il modestement. Sauf en art équestre, où le petit caballero nous bat tous à plate couture. Les Espagnols sont les maîtres du dressage, c'est bien connu, et Rafael est leur maître à tous ! »

Il donne un coup de coude à son voisin, mais celui-ci ne se déride guère. Pour Rafael, la Gorgée du Roy n'a rien d'une course aux honneurs : c'est l'ultime tentative de se raccrocher à un amour perdu...

« Tu imagines, si le 31 octobre nous sommes nommés écuyère et écuyer, toi et moi ? me dit Tristan. Nous formerions une fine équipe. Ce serait merveilleux.

— Merveilleux, c'est le mot », dis-je en papillonnant des yeux pour le faire fondre.

... et plus merveilleux encore, mon garçon : la tête du Roy des Ténèbres roulant au sol, après que j'aurai crevé son cœur et tranché son cou !

Comme pour faire taire mes pensées sacrilèges, le tocsin strident sonne aux clochers de Versailles, annonçant la tombée de la nuit et le début du règne sans partage des vampyres.

« Mesdemoiselles, messieurs, c'est l'heure ! annonce madame Thérèse. Habillez-vous chaudement et suivez-nous dans la cour, le général et moi. En ordre et sans faire de bruit. »

J'enfile mon manteau de fourrure tiré de la garde-robe offerte par le Roy. Il est vraiment chaud, aussi ce n'est pas l'air de la nuit qui me fait frissonner lorsque je pénètre dans la cour : c'est la culpabilité de porter sur le dos l'équivalent d'un an de revenus d'une famille de fermiers de mon village.

Au milieu des pavés éclairés par des flambeaux, deux silhouettes sombres nous attendent. La première appartient à Suraj de Jaipur. Grand et sculptural dans un plastron de cuir ocre foncé à double épaisseur, il domine les autres garçons de sa tête majestueuse drapée dans un turban. À côté de lui se tient une jeune fille brune aux cheveux soigneusement attachés en catogan : Lucrèce du Crèvecœur. Une robe prune doublée de vison laisse deviner les courbes de son corps athlétique. Tels sont les écuyers de l'Immuable, habillés l'un et l'autre de couleurs sombres pour mieux se fondre dans la nuit. Ils ont beau n'avoir qu'un an de plus que nous, il émane d'eux une aura d'autorité sans rapport avec leur âge. Je n'ose imaginer les horreurs qu'ils ont dû connaître, au cours de leurs onze mois au service du Roy…

« Bienvenue, chers anciens élèves ! » les salue Barvók.

Il tente d'incliner la tête, mais sa minerve l'en empêche ; il ne parvient pas davantage à ployer le buste, du haut de ses jambes de fer raides comme des piquets. À chacun de ses mouvements hachés, je ne peux m'empêcher de songer aux stryges qui l'ont mis dans cet état, avant que la Faculté le rafistole à sa manière.

« Hum… merci d'honorer l'école de votre présence », reprend-il en se redressant, la face rougie par ces efforts pathétiques. Il examine les nouveaux venus avec fierté, comme s'il passait en revue les meilleurs éléments de ses troupes. « Vous, mademoiselle du Crèvecœur, j'ai entendu dire que le Roy vous avait envoyée le représenter en Normandie cet été, avec un bataillon chargé de mater une jacquerie de paysans.

— De pêcheurs, mon général, le reprend la brune écuyère d'une voix claire comme un éclat de glace, couleur de ses yeux. Ces cuistres osaient protester contre la gabelle, l'impôt sur le sel. Ils prétendaient avoir besoin de sel pour conserver le poisson pendant les longs mois d'hiver, quand le climat leur interdit de pêcher.

— Protester, en voilà de mauvaises manières ! s'indigne le militaire.

— Nous les avons corrigés à coups de fouet… et de griffes », déclare Lucrèce.

Elle lève le bras droit, projetant un dangereux éclat. Je crois un instant que sa main a été remplacée par une prothèse métallique, semblable à celles de Barvók. Mais non : elle porte un gantelet de fer ouvragé, prolongeant chacun de ses doigts d'une longue griffe crochue. On dirait des serres. Je comprends soudain pourquoi Naoko me l'a décrite comme une « furie féroce », du nom de ces divinités antiques de la vengeance, mi-femmes, mi-rapaces.

« J'ai moi-même versé leur précieux sel sur leurs plaies ouvertes ! » ose-t-elle se vanter.

Révoltée par sa cruauté, j'enfonce mes poings dans les poches de mon manteau. Mais déjà, Barvók se tourne vers le second écuyer.

« Quant à vous, monsieur de Jaipur, il paraît que vous vous êtes porté volontaire pour aller combattre les goules qui infestent le cimetière des Innocents, à Paris. On dit qu'elles pullulent, ces derniers temps, n'hésitant plus à quitter leurs catacombes pour aller attaquer les roturiers vivants et voler les nourrissons dans leurs couffins ! »

Les narines du général se plissent de dégoût, davantage me semble-t-il à l'évocation des créatures malodorantes, qu'à l'idée des sévices qu'elles font subir au peuple. Quant à moi, je frissonne en repensant à la conversation surprise dans le labyrinthe de verdure, un mois plus tôt : la princesse des Ursins affirmait que les abominations nocturnes s'agitaient comme jamais…

« Ma dague haladie est au service de la Magna Vampyria », dit sobrement Suraj, de sa voix profonde où roule un accent exotique, tout en posant la main sur la longue dague à double lame logée dans sa ceinture.

Contrairement à sa coéquipière, il ne semble pas se réjouir de ses faits d'armes. Les paroles de Naoko me reviennent en mémoire : elle m'a confié que l'Indien a la réputation de chercher la mort, depuis qu'il est à la Cour… depuis qu'il a rompu avec Rafael.

« Nous vous laissons entre de bonnes mains, conclut Barvók, se tournant vers l'assemblée. Tâchez de marcher dans les pas glorieux de vos aînés. »

Sur ce, il s'éloigne en claudiquant, la gouvernante sur ses talons.

« Bonsoir, camarades », déclare Suraj sans enthousiasme.

Ses yeux noirs et perçants, surmontés de sourcils froncés, balaient l'ensemble de l'auditoire – tout en évitant soigneusement Rafael.

Si le caballero espagnol ne s'est pas encore remis de la rupture, onze mois après, il semblerait que Suraj en ait lui aussi gardé des séquelles… de là à penser que c'est la raison pour laquelle il tient si peu à la vie, il n'y a qu'un pas.

« Nous allons aujourd'hui parler botanique », dit-il.

Il pointe le doigt vers une caisse montée sur roulettes, que des valets ont dû traîner jusqu'ici. Elle accueille un grand rosier couvert de fleurs blanches.

Des roses encore épanouies en octobre, par ce froid glacial, ne sont pas naturelles ; cette étrange vitalité n'augure rien de bon.

« Qui peut me dire ce qu'est une rose vampyrique ? » demande Lucrèce, confirmant ma sinistre intuition.

Fidèle à son habitude, Françoise des Escailles est la première à lever la main :

« C'est une fleur se nourrissant du sang des mortels ! » s'exclame-t-elle avec une telle énergie que la queue de sa toque en castor lui retombe sur le visage, renversant ses besicles.

Quelques exclamations étouffées résonnent – « Fayotte ! » ; « Lèche-bottes ! » ; « Binoclarde ! » –, ponctuées de rires feutrés. Mais pas du mien.

Une fleur buveuse de sang ? Quelle idée abominable !

« En effet, mais pas seulement, précise Lucrèce. Les roses vampyriques, ces merveilles créées par les botanistes de la Faculté, ne se contentent pas d'absorber le sang humain : elles en exhalent aussi les fragrances. Rien n'est plus doux au nez de nos maîtres, les immortels. Les roses vampyriques n'ont pas leur pareil pour les mettre en appétit. »

Le mélange de servilité et de férocité émanant des paroles de l'écuyère m'écœure. Je repense avec dégoût aux narines d'Alexandre, frémissant d'excitation à bord du carrosse approchant Versailles, à l'odeur des roses du château.

« Passons directement à une petite démonstration », annonce l'écuyère en sortant de son décolleté une fiole remplie de sang.

Elle la débouche, ses serres métalliques cliquetant contre le verre. Puis elle s'approche de l'une des roses blanches et fait perler le liquide dans la corolle.

À la première goutte, rien ne se passe.

À la seconde, un mouvement subtil semble agiter la fleur, telle une brise nocturne.

Mais à la troisième goutte, plus de doute possible : c'est bien la rose elle-même qui s'anime ! Sa tige se tend vers le flacon dans la main de Lucrèce ! Sa corolle se dilate de manière obscène pour absorber davantage de sang !

« Par quel sortilège… », je murmure, horrifiée, tandis que des chuchotements de peur ou d'excitation jaillissent autour de moi.

Je recule instinctivement d'un pas, et heurte la poitrine de Tristan qui se tenait derrière moi.

« Je n'ai jamais vu de tels maléfices dans mes Ardennes, murmure-t-il. Et je gage que toi non plus en Auvergne. Ils appellent cela "merveilles de la botanique", mais en réalité ce sont des abominations. La Cour est encore plus perverse que je ne le pensais ! »

Lucrèce finit de verser le contenu du flacon, laissant ruisseler un long filet de sang. Les pétales blancs, que les gouttes précédentes avaient tachés, se colorent entièrement de pourpre. Il me semble voir leurs nervures palpiter comme des veines !

À cet instant, l'écuyère tend son index droit, dont l'ongle aiguisé étincelle comme un poignard. D'un geste d'une rapidité surnaturelle, que je devine accéléré par les Ténèbres, elle sectionne la tige. La rose se débat un instant dans sa main, envoyant des gouttes de sang dans les airs. On dirait la queue d'un lézard après qu'on l'a coupée, odieuse hybridation entre le règne végétal et le règne animal.

« Sentez ! » ordonne Lucrèce en brandissant la rose devant l'assemblée.

Un puissant effluve métallique me monte au nez, ravivant le plus douloureux souvenir de mon existence. Dans un affreux précipité, j'ai l'impression de me retrouver chez moi, dans la salle à manger aux tomettes gorgées du sang de ma famille.

Incapable de supporter cette odeur odieuse un instant de plus, sentant la migraine me gagner, je plaque la manche de ma robe contre mon nez.

« Vous ! s'exclame Lucrèce, d'une voix habituée à commander. Venez là ! Et ôtez cette manche de votre visage. »

Tous les regards sur moi, je suis bien obligée de m'exécuter. Mais je me mets à respirer par la bouche, pour ne pas sentir l'odeur du sang.

« Comment vous appelez-vous ? me demande sèchement l'écuyère.

— Diane de Gasdrefriche, pour bous serbir, je lui réponds, d'une voix enrhumée à cause de mon nez bloqué.

— Mais oui, je vous reconnais…, murmure-t-elle en relevant son menton pointu. Vous êtes celle qui s'est introduite dans les jardins royaux, le mois dernier. Le Roy vous a pardonné votre outrecuidance, mais ce n'est pas une raison pour faire de l'impolitesse votre règle de vie. Barvók ne vous a-t-il donc pas appris qu'il ne fallait jamais manifester le moindre dégoût devant les mœurs de l'aristocratie vampyrique ? Donnez-moi votre main.

— Ba bain ?

— Je viens de faire la démonstration de l'arrosage au flacon. Il faut maintenant montrer à vos camarades comment on arrose in vivo : avec un mortel prêt à saigner. »

Un sourire sadique se dessine sur les lèvres fines de l'écuyère.

« Lorsque l'on apporte une proie à un immortel, c'est le meilleur moyen d'en révéler le bouquet pour lui mettre l'eau à la bouche. Mais attention : les roses vampyriques réagissent plus vivement au sang frais qu'au sang en bouteille, aussi faut-il agir avec doigté. »

Rapide comme l'éclair, elle m'attrape le poignet à travers la manche de mon manteau de fourrure et me tire brusquement à elle.

Avant que j'aie le temps de dire ouf, elle fend ma paume de la pointe de son ongle de métal.

« Aïe ! je hurle, oubliant de respirer par la bouche.

— Ce n'est rien qu'une égratignure, gronde-t-elle. Tenez-vous tranquille, si vous ne voulez pas que le rosier vous arrache un doigt. »

Avec horreur, je vois le buisson entier se mettre à trembler, les fleurs du mal se tendant vers moi en frémissant d'excitation. Des sarments couverts d'épines se déploient tels des tentacules.

De sa poigne de fer, Lucrèce me maintient juste au-dessus du rosier assoiffé, de manière à ce que mon sang coule uniquement dans la rose la plus proche.

Les pétales claquent à quelques centimètres de ma paume écorchée, tels les becs d'une immonde nichée d'oisillons affamés.

« Assez ! » décrète l'écuyère, dès que la rose blanche s'est entièrement empourprée.

Elle me rejette brutalement vers le groupe, Tristan me réceptionnant de justesse dans ses bras.

Puis elle sectionne la tige vibrante et exhibe la monstrueuse rose coupée, exhalant un parfum capiteux : celui de mon propre sang, amplifié à s'en pâmer.

« À vous autres de jouer, maintenant, annonce Suraj, sortant du silence qu'il a observé pendant toute la démonstration. Mettez-vous deux par deux, et que chaque paire arrose une fleur différente. »

Je serre mon poing pour arrêter le saignement, tremblante de peur et de colère.

« Je crois que tu as assez donné pour ce soir, murmure Tristan dans mon cou. Si tu veux, je serai ton partenaire. Et après avoir versé mon sang sur l'une de ces roses du diable, je te laisserai la joie de la trancher net et de l'écraser sous ton pied ! »

17

CHASSE

« LA RONCIÈRE SEMBLE EN PINCER POUR toi », me lance Poppy, goguenarde.

Nous sommes déjà le 23 octobre, à cinq jours du début des épreuves pour la Gorgée du Roy. Ces derniers temps, la belle Anglaise a pris l'habitude de petit-déjeuner avec Naoko et moi, avant de rejoindre ses nombreuses amies pour le reste de la journée. Elle ne manque jamais une occasion de me chambrer… de me tester.

« Tristan, vraiment ? je rétorque, jouant les innocentes alors que j'ai tout fait ces dernières semaines pour nourrir sa flamme.

— Il faut dire qu'il est mignon, le blondinet, avec sa cicatrice de *bad boy*. Peut-être même qu'il ne te laisse pas indifférente, puisque tu sembles avoir oublié ton vampyre d'opérette…

— Figure-toi que je n'ai pas le temps de penser aux garçons, moins d'une semaine avant la première épreuve ! » je m'exclame.

Quelle idée ridicule elle s'est mise dans la tête ! Comment pourrais-je éprouver quoi que ce soit pour Tristan, alors qu'il n'est qu'une carte dans mon jeu ?

Poppy part d'un de ces grands éclats de rire rauques dont elle a le secret, qui se terminent immanquablement en quintes de toux.

« Moi, j'ai *toujours* le temps de penser aux garçons, déclare-t-elle après avoir repris son souffle. Et eux, je peux t'assurer qu'ils pensent toujours à moi, pendant la journée au lieu d'écouter en cours – et aussi la nuit, dans leurs rêves les plus torrides. Ce Thomas de Longuedune ne me lâche plus, depuis que je lui ai accordé un baiser sous les arcades. Il me fait même passer des poèmes en cachette... »

Elle me décoche un clin d'œil provocateur de sa paupière noircie.

« Toi et Thomas..., je commence.

— Il n'y a pas de “moi et Thomas”, me coupe-t-elle. D'abord, il embrasse mal, et puis ses vers sont d'une platitude sans nom. Longuedune, je ne sais pas, mais courte plume, ça, c'est sûr ! J'en ai honte pour lui. » Elle soupire. « À vrai dire, il n'y a qu'un pensionnaire qui fait vraiment battre mon cœur un peu plus fort. Zacharie de Grand-Domaine.

— Le Louisianais ? »

Elle hoche la tête :

« Déjà, il est américain, ce qui pour moi est un gros plus. Et puis il est carrément sublime, ne nous le cachons pas. Je parie que je ne le laisse pas indifférent... Mais je sens aussi que son cœur est blindé comme une forteresse. Quelque chose le travaille. Ce beau gosse porte un lourd secret, j'en ai l'intuition – et moi, ça m'attire follement ! Le mystère me donne envie de croquer la vie à pleines dents ! »

Elle prend une inspiration sifflante et se met à déclamer :

« *Vivez si m'en croyez, n'attendez à demain. Cueillez dès aujourd'hui les roses de la vie !*

— Si ce sont des roses vampyriques, tu peux te les garder, lâche Naoko, lasse des fanfaronneries de notre voisine de table.

— Oh, toi, la nonne insomniaque, tu ferais bien de te dévergonder un peu ! rétorque Poppy. Tu pourrais profiter de tes nuits sans sommeil pour vivre des aventures sulfureuses. Deux ans à la Grande Écurie et pas un seul rendez-vous galant à ton actif : c'est triste à pleurer, mignonne comme tu es. Écoute plutôt les conseils de ce poète autrement plus doué que Longuedune, dont j'ai appris les vers dans mes cours de français en Angleterre : *Cueillez, cueillez votre jeunesse : comme à cette fleur la vieillesse fera ternir votre beauté.* Avec toi, Ronsard doit se retourner dans sa tombe. »

Je me lève de table, soucieuse d'épargner davantage de railleries à la pauvre Naoko :

« Bon, les filles, ce n'est pas tout ça, mais l'art de la conversation nous appelle. Poppy, si tu te sens d'humeur poétique, tu pourras continuer de déclamer des vers chez Chantilly, la crème des professeurs.

— Oh ! Joli jeu de mots ! Ta langue est de mieux en mieux pendue, *darling.* »

Nous nous mettons en route vers la salle d'art de la conversation.

Mais, au sortir du réfectoire, nous sommes cueillies par la chevalière de Saint-Loup.

Que se passe-t-il ? Le cours d'art martial n'a-t-il pas lieu l'après-midi, comme d'habitude ?

« Pas aujourd'hui ! décrète la chevalière. La matinée s'annonce ensoleillée, bien qu'un peu frisquette, et le Grand Écuyer a décidé qu'elle serait consacrée aux activités d'extérieur. Il est en train d'avertir les garçons en ce moment même. Ôtez vos robes, mesdemoiselles, et enfilez vos culottes les plus chaudes, car nous partons taquiner le cerf au parc de chasse royal ! »

*

La garde-robe que m'a offerte le Roy comporte comme il se doit une tenue de chasse, mais c'est la première fois que j'ai l'occasion de la revêtir depuis mon arrivée à l'école. Je m'y sens tout de suite à l'aise. Même si les épaisses culottes de cuir neuves ne sont pas aussi souples que celles que je portais en Auvergne, elles m'offrent une liberté de mouvement appréciable. Les cuissardes qui les complètent sont à la fois douillettes et légères. Le tricorne orné d'une plume de faisan est assez profond pour que je puisse y ranger mes cheveux. Quant à la courte veste de velours bordeaux doublé de vair, elle est bien moins encombrante que mon long manteau de fourrure.

« Waouh ! *Sexy !* Tu vas tous les faire craquer, Belle-des-Champs ! » me lance Poppy lorsque j'arrive à l'écurie – la stalle de son Myrmidon jouxte celle de Typhon.

Elle a enveloppé son imposante chevelure dans un filet dégageant la courbure gracieuse de sa nuque, et elle porte des culottes dans ce tissu qu'elle affectionne entre tous : le denim.

« Ne raconte pas n'importe quoi : c'est toi qui vas magnétiser tous les regards », je rétorque en souriant.

Elle pivote sur elle-même pour me faire admirer ses jambes fuselées.

« Tu aimes ? C'est la dernière coupe que portent les colons des Amériques, teintée au *bleu de Gênes.* Là-bas, le terme a donné *blue jeans.*

— Tu sembles fascinée par les Amériques, je lui fais remarquer. Ta gomme à mâcher. Tes culottes de denim. Ta fixette sur le beau Zacharie. »

Sous sa chevelure extravagante, à l'image de sa personnalité, le visage de Poppy s'éclaire.

« On dit que c'est le pays de tous les possibles, pas vrai ? murmure-t-elle. Depuis toujours, je rêve de m'y évader. D'y tracer ma route, loin de la France comme de l'Angleterre. Une nouvelle vie dans le Nouveau Monde – et pourquoi pas, au bras de mon Zach ! »

Ces rêves d'évasion me troublent. J'en faisais de tels, dans ma chambrette de la Butte-aux-Rats – mais je m'imaginais toujours en aventurière solitaire.

« Si je remporte la Gorgée du Roy, après quelques années de service, je demanderai à être envoyée là-bas en ambassade, me confie Poppy tout en sanglant son cheval. Mais toi, Diane, je ne sais rien de tes ambitions. À quoi rêve une Belle-des-Champs ?

— À servir le Roy, il n'y a que ça qui compte pour moi, je prétends.

— Pfff !… Fayotte ! » s'exclame-t-elle en riant de son rire un peu cassé.

*

Les chevaux des filles et des garçons se mettent en route dans la grande avenue qui part de l'école pour mener au parc de chasse royal : trente montures avançant en rang d'oignons, menées par Montfaucon et Saint-Loup. La maîtresse d'armes monte un élégant cheval à la robe aubère parsemée de poils roux et blancs. Le Grand Écuyer, lui, est juché sur un immense destrier bai fumé, plus grand encore que Typhon. Il porte dans son dos une grande trompe de chasse, dont la surface de cuivre accroche les éclats froids du soleil d'automne.

À mesure que nous progressons, les arbres défilent de chaque côté de l'avenue – ils sont déjà presque entièrement nus, laissant voir les façades blanches des immeubles.

Un tapis de feuilles mortes amortit le fracas des sabots sur les pavés.

Les nasaux frémissants projettent de longs jets blancs dans le matin glacé.

Les gueules des chiens de la meute, ouvrant la marche avec le Grand Écuyer, émettent plus de vapeur encore. Il y a là une trentaine de molosses : de grands griffons au pelage gris-bleu, excités de quitter les étroites niches de la cour pour se dégourdir les pattes.

Nous finissons par arriver devant une large porte cochère, ménagée dans un mur qui s'étend à perte de vue : l'une des entrées du parc de chasse royal.

Passé le portique, la ville de Versailles disparaît comme par enchantement et nous nous retrouvons à l'orée d'une vaste forêt. Un garde-chasse vêtu d'une livrée sombre et d'un épais bonnet de laine nous accueille.

« Bienvenue, monsieur de Montfaucon : voici Ajax, notre meilleur limier, annonce-t-il en désignant un chien sombre à l'œil brillant, tirant sur sa laisse. Il vous accompagnera pour lever la bête. La saison de la reproduction est en avance cette année, l'hiver sera particulièrement froid. » Il souffle dans ses mains pour les réchauffer. « Les cerfs et les biches sont de sortie partout à travers le domaine, mais en particulier dans la vallée de la Bièvre, où la rivière n'est pas encore gelée : c'est là-bas que je vous recommande d'aller.

— Nous suivrons votre conseil, dit le Grand Écuyer. Avez-vous les dagues et les lances ?

— Oui-da. »

Le garde-chasse claque des doigts. Une demi-douzaine de valets emmitouflés dans d'épaisses redingotes émergent du relais de chasse, aménagé contre le mur à côté de la porte cochère. Ils apportent de hautes lances garnies de fanions, et des dagues rutilantes aussi ciselées que des épées de cour.

« Aujourd'hui, nous chassons à l'arme blanche, nous annonce Montfaucon du haut de son destrier. La grande vénerie est le loisir des rois, une compétence indispensable pour qui veut briller à la Cour. Mettez-vous par deux : que l'un prenne une lance et l'autre une dague. Le duo qui rapportera le cœur du cerf sera déclaré vainqueur de la journée ! »

Je me tourne instinctivement vers Naoko, mais elle secoue la tête depuis sa jument pommelée, sans qu'un seul cheveu ne bouge de son chignon dardé d'épingles.

« Ne compte pas sur moi cette fois, dit-elle. Rappelle-toi que je suis végétarienne. Je me contenterai de suivre la chasse à distance. »

Une voix familière résonne alors dans mon dos :

« Et si nous faisions équipe, nous deux, les campagnards ? »

Je pivote sur ma selle : c'est Tristan, juché sur un cheval à la robe isabelle, dont la couleur jaune sable rappelle le blond cendré de ses cheveux.

« D'accord, mais je prends la dague, dis-je. Je me vois mal manier une lance aussi haute que moi. Les chevaux, les armes, les fanions, la trompe : tout ce barda est bien encombrant.

— Tu ne chassais pas, en Auvergne ?

— Si, mais toute seule. Un vrai chasseur ne doit compter que sur lui-même.

— Honoré que tu fasses une exception pour moi ! » me répond-il avec un grand sourire.

Nous saisissons chacun notre arme des mains d'un valet.

« Tiens donc : Gastefriche et La Roncière ! s'exclame le Grand Écuyer en grimaçant. La chienlit s'assemble ! »

Il nous tourne ostensiblement le dos et met sa monture en marche.

« On dirait que Montfaucon t'a aussi pris en grippe, je glisse à Tristan.

— Tu m'étonnes ! Je crois qu'il ne supporte pas les provinciaux. Mais on va lui montrer de quel bois on est faits, toi et moi, pas vrai ? »

J'acquiesce vigoureusement, puis je presse mes mollets contre les flancs de Typhon pour qu'il rejoigne le reste de l'équipage.

À mesure que nous nous enfonçons dans la forêt au petit trot, les arbres se font plus serrés, déchirant le ciel de leurs branches dénudées. Le halètement des chiens guidés par Ajax augmente de minute en minute, au gré de leur excitation.

Soudain, le limier de tête se fige, pointant le nez vers une futaie.

« Là, des fumées ! s'exclame le Grand Écuyer en pointant son doigt cerclé d'anneaux vers un petit tas de crottes rondes encore fumantes. Ce sont celles d'un mâle. Nous sommes sur la bonne piste. »

Il souffle dans la trompe de chasse, émettant un appel profond et lugubre qui fait vibrer les troncs moussus.

La meute s'élance en hurlant.

Les chevaux la suivent au galop.

Prise de court par la brusque accélération, je manque de tomber et me raccroche de justesse aux crins de Typhon.

Je m'écrase contre son encolure pour ne pas être lacérée par les branches défilant à toute allure.

Le vacarme de la cavalcade, le hurlement du vent, les aboiements des chiens et la chamade de mon propre cœur battant à tout rompre : tout ça me fait tourner la tête !

Des vignettes furtives m'apparaissent entre les troncs, tels des éclairs :

Le visage extatique d'Hélénaïs de Plumigny, ses serpenteaux châtains s'envolant dans les bourrasques tels les serpents coiffant une méduse magnifique ;

Le regard concentré de Rafael de Montesueño, sa sombre tenue faisant corps avec la robe de son petit pur-sang noir de jais pour donner l'illusion d'un centaure ;

La mine terrifiée de Françoise des Escailles, accrochée à ses rênes encore plus fermement que moi à ma crinière ;

La joie rayonnante de Tristan, rendu à ses chères forêts, encourageant son cheval de brefs claquements de langue.

Soudain, la meute se fige, l'équipage s'arrête, Typhon pile net derrière Myrmidon ; je me cramponne pour ne pas basculer la tête la première par-dessus l'encolure. Là-bas devant, les chiens semblent hésiter entre deux pistes, levant leurs truffes humides au vent pour retrouver le sillage de leur proie. Tout près de moi, Poppy se met à tousser, essoufflée par l'effort. J'ai souvent été témoin de ses expectorations, mais là c'est pire que jamais, j'ai l'impression qu'elle crache ses poumons dans son mouchoir.

« Tout va bien ?… », je lui demande, moi-même à bout de souffle.

Elle me jette un regard noir par-dessus la broderie de son mouchoir. La trace laissée sur le tissu n'est pas celle de son rouge à lèvres sombre : c'est une tache écarlate, couleur de sang frais.

« Bien sûr que tout va bien ! me répond-elle sèchement en escamotant son mouchoir souillé. Mêle-toi de tes oignons. »

À cet instant, une voix retentit :

« Là ! Le cerf ! »

Les chiens repartent aussitôt, nous emportant à nouveau dans leur train d'enfer.

Je plisse les yeux, que le froid et la vitesse ont embués de larmes : là-bas dans les buissons brumeux, j'aperçois l'arrière-train d'une grande bête qui détale.

Un seul cerf, contre trente chiens et autant de chevaux et de cavaliers lancés à sa poursuite…

L'inégalité révoltante de cette lutte me bouleverse.

Cette curée n'a décidément rien à voir avec mes sorties en forêt : jadis, j'étais seule contre la nature entière et je n'avais droit qu'à un seul tir de lance-pierre pour abattre un lièvre ou le perdre à jamais – sans compter le risque de me faire dévorer par les bêtes sauvages. Alors qu'aujourd'hui, je ne fais que participer à un loisir pour riches citadins, sans danger et sans gloire.

Les cris des molosses et ceux des humains, se mêlant en une même clameur sauvage, me rappellent le rire d'Edmée et de Marcantonio. La chasse des jardins royaux n'avait de galante que le nom. De même, la grande vénerie, soi-disant le loisir des rois, n'est qu'une mise à mort barbare.

Cette parodie de combat entre l'homme et la bête se poursuit pendant des heures, avec un but ignoble : épuiser le cerf jusqu'à ce qu'il n'ait plus la force d'avancer. Mais l'équipage finit par se heurter à une rivière barrant le chemin. Les chiens, complètement désorientés, se mettent à divaguer sur la berge.

« Que les Ténèbres emportent ce cerf ! s'exclame le Grand Écuyer sur son destrier à la robe fumante. Il a passé l'eau pour dissiper son sillage. Il nous a échappé. » Il lève les yeux au ciel, où des nuages gris ont chassé le soleil. « La chasse est finie : rentrons. »

Mais Tristan ne l'entend pas de cette oreille :

« Encore un instant, monsieur ! crie-t-il. Vous allez voir ce dont est capable la chienlit. » Il tourne vers moi son visage baigné de sueur : « Suis-moi ! »

Déchirée entre le désir de faire demi-tour et celui de briller aux yeux de mes concurrents, je me résous à laisser Typhon s'élancer sur les sabots de mon coéquipier. Les deux chevaux s'enfoncent au galop dans la rivière, jusqu'au ventre, au milieu de grandes gerbes d'eau glacée. Ils en ressortent ruisselants, laissant le reste de l'équipage sur l'autre rive.

« Par ici ! » me crie Tristan.

Éperonnant sa monture, il s'enfonce dans des taillis de plus en plus serrés, au milieu desquels fuse une traverse de fougères écrasées par le cerf. Les branchages m'arrachent mon tricorne. Je sens mes cheveux se déployer brutalement dans ma nuque.

Tout d'un coup, nous débouchons sur une clairière.

L'animal est là, agenouillé dans les herbes hautes, hors d'haleine.

Tristan se laisse glisser au bas de son cheval et s'approche du cerf, levant sa lance.

« Non ! » je hurle, sautant à mon tour à terre.

Il se retourne vers moi, les joues en feu, comme lorsque je l'avais vu surgir à moitié nu des vapeurs de la salle d'eau.

« Tu veux l'honneur de la mise à mort ? dit-il. Je te l'offre volontiers.

— Il n'y a aucun honneur à achever un ennemi à terre », je rétorque, haletante.

Il me dévisage de ses yeux bleus, rappelant le ciel d'été déjà si lointain.

Je le trouve soudain irrésistiblement attirant, alors qu'il se tient là en pleine lumière, dans son élément : au milieu d'une forêt bruissante. On dirait un jeune faune surgi des pages d'Ovide, auréolé de blondeur.

Sa beauté sauvage m'émeut.

Et l'évidence me foudroie : pendant toutes ces semaines où je lui ai donné des gages d'affection que je croyais artificiels, de vrais sentiments ont éclos dans la nuit secrète de mon âme.

« Mais le cœur du cerf…, murmure-t-il doucement. Le Grand Écuyer a dit que ceux qui le lui rapporteraient seraient les vainqueurs de la journée. Nous pourrions lui prouver ce que nous valons, toi et moi…

— Je n'ai rien à prouver à ce rustre, dis-je en m'approchant de Tristan. Je n'ai rien à prouver à cette Cour. Mais toi, tu peux me prouver que tu es vraiment un homme libre, et pas un courtisan servile. Tu peux épargner cette bête. »

Les yeux de Tristan se troublent.

Le vent soulève impétueusement ses cheveux blonds.

Les miens, argentés, me fouettent le visage.

« Épargner ce cerf pour la liberté…, murmure-t-il… ou l'amour ? »

Je marche vers lui, guidée par un instinct jailli du plus profond de mes entrailles. Et même davantage qu'un instinct : un désir. Devant cette force qui réchauffe mon ventre, plus rien n'a d'importance.

Je me hisse sur la pointe des pieds et pose ma main sur sa balafre de chasse, qui le rend plus réel à mes yeux que tous les courtisans à la peau lisse et poudrée.

Puis je dépose un baiser sur ses lèvres entrouvertes, reprenant ma respiration dans sa bouche, le laissant reprendre son souffle dans la mienne.

Il a un goût de fougères tendres et de fleurs en bouton, une saveur de sous-bois au printemps qui me rappelle mon Auvergne plus que jamais : oui, il a le goût de la vie même, au milieu de ce Versailles rempli de mort ! Je passe mes mains transies dans l'échancrure de sa chemise entrouverte, effleurant son torse bandé par l'effort, où tambourine un cœur palpitant. Il glisse délicatement ses doigts sous ma veste pour enserrer ma taille frémissante.

Enivrée par notre étreinte, j'ai à peine conscience du cerf qui se relève et s'éloigne lentement dans les taillis. Le son grave de la trompe de chasse retentit, faisant vibrer les herbes hautes de la clairière. C'est Montfaucon qui nous appelle, là-bas de l'autre côté de la rivière, mais je n'en ai cure.

Il n'y a plus que ce garçon que je connais à peine et dont j'ai pourtant tant besoin. Contre lui, je me sens totalement vivante, une dernière fois, avant de me lancer dans l'expédition suicidaire où je vais mourir.

« Diane…, dit-il d'une voix émue. Je voudrais que ça dure toujours… Mais tu vas attraper froid.

— Pas dans tes bras.

— Mes bras ne pourront pas te réchauffer contre l'hiver qui approche, et ta veste est déchirée. »

En effet, les épines des taillis ont lacéré ma manche droite sans que je m'en aperçoive.

« Prends la mienne », dit doucement Tristan en retirant sa veste de velours.

Il se fige au moment de la passer sur mes épaules.

« Ton chemisier, lui aussi, est déchiré…, dit-il.

— Ça n'a pas d'importance », je rétorque.

Mais le son de sa voix m'alerte – elle me semble soudain plus grave, plus… distante ?

Je baisse les yeux : la manche de mon chemisier est fendue sur toute sa longueur, révélant la chair en dessous.

Au milieu du coton déchiqueté, à la pliure du coude, une cicatrice de ponction violacée apparaît sur ma peau blême : la marque infâmante de la roture.

18

Démasquée

« GASTEFRICHE, LA RONCIÈRE, VOUS SEREZ punis pour votre impudence ! » rugit une voix derrière nous – celle du Grand Écuyer.

J'arrache la veste des mains de Tristan, pour l'enfiler entièrement et y cacher mon bras nu.

Mon regard, l'espace d'un instant, plonge dans le sien : le bleu ciel de ses yeux est devenu bleu-noir d'orage.

Déjà, Montfaucon émerge des taillis sur son destrier aux membres ruisselants de l'eau de la rivière.

« Vous n'avez pas entendu la trompe qui vous ordonnait de revenir ? gronde-t-il, le front cireux couvert de sueur comme s'il transpirait de la bile jaune. Ou étiez-vous trop occupés à courir après ce cerf, qui manifestement vous a échappé ? »

Il crache au sol, sa sale habitude pour manifester son mépris. Mais s'il pouvait voir la cicatrice à mon coude, c'est la fureur qui déformerait son visage.

« J'ai su dès le premier jour ce que vous étiez, tous les deux : des arrogants. Vous pensez que la Gorgée du Roy vous revient de droit. Mais je ferai tout ce qui est en mon pouvoir pour vous empêcher d'y accéder – vous m'entendez : tout !

— Monsieur... », commence Tristan, et mon sang se glace qu'il me dénonce comme roturière, ne serait-ce que pour se rattraper aux yeux du directeur.

Mais ce dernier ne lui en laisse pas le temps :

« Silence, La Roncière ! Un mot de plus et je vous renvoie de l'école ! Quant à vous, Gastefriche, ne croyez pas que le statut de pupille protège éternellement votre insolence. Vous rentrerez tous les deux sans prononcer un mot, en tête de convoi tels des condamnés qu'on mène au gibet ! »

Le trajet du retour se déroule dans une atmosphère lugubre, scandée par le martèlement las des sabots. Plus de hennissements ni d'aboiements : les chevaux comme les chiens sont épuisés. Les conversations des équipiers ont cessé. Au milieu de ce silence de mort, à quelques mètres du Grand Écuyer qui nous suit et nous surveille, il m'est impossible de communiquer avec Tristan. Ce dernier, dépouillé de sa veste, grelotte sur sa monture. Ses cheveux blonds, pendant sur les côtés de son visage, cachent sa balafre et ses yeux. Si Montfaucon ne l'avait pas menacé d'exclusion à la moindre parole, je suis sûre qu'il m'aurait déjà dénoncée.

Au retour dans la cour de l'école, le Grand Écuyer nous assigne à rester cloîtrés jusqu'au lendemain sans déjeuner ni souper, dans deux chambres aux extrémités opposées de la Grande Écurie. Madame Thérèse m'entraîne vers ma cellule ; le général Barvók, intendant de l'aile des garçons, fait de même avec Tristan.

C'est ainsi que je retrouve la chambre mansardée où j'étais enfermée deux mois plus tôt. Entre-temps, l'unique fenêtre a été condamnée par d'épais panneaux de bois afin d'empêcher toute tentative de fuite par les toits. La seule source de lumière provient de la petite cheminée où madame Thérèse a fait jeter des bûches, pour que je ne meure pas de froid pendant ma réclusion.

Dans une nauséeuse répétition du passé, je m'effondre sur le lit de fer que je pensais ne jamais revoir.

J'avais toutes les chances de mon côté, et j'ai tout gâché ! Au cours des dernières semaines, j'ai échappé au couvent, à un soudard répugnant, à des vampyres en chasse, à la suspicion du Roy lui-même ! Et tout ça pour quoi ? Pour baisser ma garde à cause des beaux yeux d'un pensionnaire que j'étais censée manipuler, à quelques jours des épreuves de la Gorgée du Roy… Je n'avais pas le droit de me laisser aller ! J'ai été faible. J'ai été lâche. Maman, papa, Valère et Bastien : puissiez-vous me pardonner de vous avoir laissés tomber !

Comme jadis, je bourre l'édredon de coups de poing, jusqu'à épuiser les dernières forces épargnées par la chasse à courre.

Alors seulement, pantelante dans la chambre que les flammes parviennent à peine à tiédir, le corps réduit à néant, je m'autorise à penser.

Et si Tristan ne parlait pas ?…

Après tout, quand Naoko a découvert les papiers de noblesse de la véritable Diane, elle ne m'a pas dénoncée, au contraire : elle m'a aidée à les falsifier. Serait-ce folie d'attendre la même indulgence de la part de Tristan ? Lorsqu'il m'a serrée dans ses bras, je crois que j'ai senti de l'affection – non, j'en suis sûre ! Cette pensée me rassure un peu, mais une autre vient aussitôt l'assombrir : c'était une noble demoiselle que Tristan pensait embrasser, et non une fille du peuple trompant le monde entier, à commencer par lui.

Ah ! Le doute me torture !

Je ne connais pas grand-chose au registre de l'amour. Entre l'exemple de dévotion conjugale un peu figée offert par mes parents, et la folie catastrophique de l'idylle entre Bastien et la baronnette, j'ai peu de points de repère. J'ai bien connu quelques aventures avec des garçons du village, mais ils étaient trop impressionnés par ma chevelure grise, à moins que ce soit l'érudition de la fille de l'apothicaire qui les ait intimidés – ça n'est jamais allé bien loin. Je ne réussis pas à me mettre dans la peau d'un amant déçu. Je ne parviens pas à entrer dans la tête de Tristan. Le dernier regard qu'il m'a jeté, avant qu'on nous sépare, repasse en boucle dans ma mémoire. Qu'est-ce que j'y ai lu ? De l'incrédulité ? Du doute ? De la haine ?

Je ne sais pas.

Je ne sais pas !

Le fait d'avoir cette épée de Damoclès au-dessus de la tête me rend folle !

Si seulement il y avait un moyen de m'assurer du silence de Tristan, ce serait mon vœu le plus cher.

« Mon vœu le plus cher… », je répète à voix haute, dans un murmure.

La dernière fois que j'ai formulé des vœux, un génie invisible les a exaucés : mon *démon gardien*, comme dirait Naoko.

Et si je faisais à nouveau appel à lui ?

En ai-je seulement la possibilité ?

Maintenant que l'automne est avancé et l'hiver déjà presque sur nous, j'ignore si le reclus de la Grande Écurie court encore sur les toits. Il n'y a peut-être plus accès, pour peu que le grand conduit de cheminée qu'il empruntait naguère ait été rallumé pour la morte-saison.

La petite cheminée de ma chambre, elle, crépite doucement.

Je balance l'eau du broc pour éteindre les flammes. Le peu de chaleur que dégageait le feu laisse aussitôt la place à un froid pénétrant. Je baisse la tête sous le linteau de la cheminée. Un conduit obscur, d'une vingtaine de centimètres de diamètre, monte jusqu'à un petit cercle de jour glacé. C'est bien trop étroit pour que je m'y glisse, mais assez large pour laisser filtrer ma voix.

« Ô toi, reclus de la Grande Écurie, si tu m'entends : empêche Tristan de La Roncière de parler jusqu'à la fin du mois ! » je crie dans le conduit.

Mes paroles s'envolent dans la cheminée, éveillant des échos caverneux.

Seul me répond le sifflement du vent, tout là-haut.

Je me souviens que jusqu'à présent, l'ermite hantant les toits de l'école ne s'est manifesté que la nuit. Il me faudra donc persévérer jusqu'au soir et après, répétant inlassablement ma demande en espérant qu'il l'entende… et qu'il y accède.

*

« Mademoiselle de Gastefriche ?… Oh ! »

Je prends vaguement conscience de cris affolés résonnant autour de moi.

Des ombres de servantes passent devant mes paupières mi-closes, comme gelées.

Mon corps est transi lui aussi, insensible aux mains qui le frictionnent.

Les ordres de madame Thérèse fusent dans la pénombre, secs et claquants comme à chaque fois qu'elle s'adresse à ses subalternes :

« Eh bien, ne restez pas plantées là ! Aidez-moi à la descendre au cinquième, dans le cabinet aux cavales, c'est la pièce la plus chaude ! Ravivez le feu ! Préparez une tisane de sauge ! »

On me transporte à travers les couloirs sombres des combles, jusqu'à une pièce aux murs couverts de tapisseries. Ces vieilles tentures aux couleurs passées représentent des chevaux à demi effacés, tordus dans des postures étranges. L'épaisseur de l'étoffe préserve la chaleur du grand feu brûlant dans la cheminée. Là, enfoncée dans un profond fauteuil collé à l'âtre, je sens mes terminaisons nerveuses se ranimer une à une. La gouvernante me scrute depuis le tabouret qu'elle a tiré près du feu, le visage partagé entre l'inquiétude et la colère.

« Diane, pourquoi n'avez-vous pas dit aux gardes que votre cheminée s'était éteinte ? me reproche-t-elle.

— Je… je ne m'en étais pas aperçue… », je parviens à balbutier.

C'est un mensonge, bien sûr : j'ai passé la nuit à murmurer dans le conduit éteint, au milieu de la chambre glacée, jusqu'à ce que l'engourdissement du froid et le poids de la fatigue me fassent perdre connaissance.

« D'abord cette rivière où vous vous êtes jetée pendant la chasse à courre, puis cette nuit sans chauffage : vous auriez pu y laisser votre peau et risquer la mienne par la même occasion ! me gronde madame Thérèse, sa charlotte à rubans frémissant d'indignation. Qu'aurais-je dit au Roy ? »

Nous y voilà : les bons soins de la gouvernante ne sont pas dus à la crainte de me perdre, mais à celle de subir le courroux royal.

« Je vais mieux, je lui assure. Il ne faisait pas si froid dans cette chambre. Le feu ne s'est sans doute éteint qu'au petit matin. »

L'intendante de l'aile des filles pousse un soupir de soulagement – la pupille du Roy est sauve, et sa réputation aussi.

Je m'efforce de lui sourire et j'ajoute ingénument :

« Je me fais davantage de souci pour Tristan de La Roncière. Hier, il m'a donné sa veste et il a fait tout le trajet de retour depuis le parc de chasse en simple chemise. J'espère qu'il n'est pas tombé malade par ma faute… ? »

Le visage de madame Thérèse, qui s'était un instant détendu, se durcit à nouveau :

« Ne m'en parlez pas, de celui-là. Il s'est enfui pendant la nuit, comme vous le mois dernier ! Nous aurions dû condamner sa fenêtre comme nous avons condamné la vôtre. Des sauvageons de la campagne, voilà ce que vous êtes ! » Elle se lève brusquement. « Trêve de bavardage. Vous avez repris des couleurs, et me semblez réchauffée. Buvez votre sauge maintenant. J'ai fait apporter des habits propres, là sur la commode. Je vous laisse vous changer, mais faites vite. Vous savez aussi bien que moi que le général Barvók ne supporte pas qu'on arrive en retard à sa leçon. »

*

Le cours d'art courtois se déroule comme dans un songe. J'ai beau voir le général s'agiter sur l'estrade, actionnant ses pinces métalliques pour nous montrer quel récipient choisir pour quelle boisson parmi un assortiment complet de verres en cristal, je n'entends pas ses paroles. C'est comme s'il y avait un espace infini entre lui et moi. Des douleurs m'élancent dans les jambes et les bras, que j'attribue aux courbatures de la chasse. Mon corps me semble tout engourdi – sans doute suis-je restée trop longtemps près de la flambée. Quant à la migraine qui me mine le crâne, j'ai l'habitude, je ne vais pas en faire une maladie.

La seule chose qui compte, c'est que Tristan ait été mis hors jeu, lui le seul témoin qui pouvait me compromettre !

Au déjeuner, le réfectoire bruit de la rumeur de sa disparition, chaque demoiselle échafaudant sa propre théorie : s'est-il enfui pour rentrer dans les Ardennes, lui qui ne cessait de soupirer après son pays natal ? À moins qu'il ait tenté de s'introduire au château, comme je l'avais moi-même fait un mois plus tôt ? Certaines semblent se demander pourquoi je suis encore là. Poppy, en particulier, me jette des regards noirs à travers le réfectoire. Elle m'évite depuis la chasse à courre, comme si elle m'en voulait de l'avoir surprise à cracher du sang dans son mouchoir.

L'après-midi, tout au long de la répétition du carrousel, le Grand Écuyer ne m'adresse pas davantage la parole. Il semble avoir décidé que je n'étais même plus digne de ses invectives. À moins qu'il se taise pour laisser la place à la musique : ces derniers jours, une demi-douzaine de gardes suisses ont été invités sur le balcon aux musiciens qui surplombe la piste. Avec flûtes et tambours, ils interprètent le rondeau militaire accompagnant la danse des chevaux. Je me contente de suivre le mouvement général, trimballée par Typhon comme un sac de patates au son du rondeau sautillant. J'essaye de me persuader que c'est le trot de l'étalon qui fait claquer mes dents plus fort que les tambours, avant de me rendre à l'évidence : je grelotte des pieds à la tête.

« Tu es toute pâle, me fait remarquer Naoko au moment de la toilette du soir.

— Vraiment ? Tu n'as qu'à me remettre un peu de rouge sur les joues avant que nous descendions souper.

— Tu es sûre que tu ne préfères pas te reposer au lit avec un bon bouillon ? insiste-t-elle. Tu sembles fiévreuse et, pour tout dire, malade.

— Pas question ! je coasse. D'autant que ce soir, c'est le dernier cours d'art vampyrique avant le début des épreuves, dans quatre jours ! »

Au fil des semaines, Suraj et Lucrèce nous ont enseigné à déchiffrer les millésimes sur les flacons hématiques les plus précieux ; à passer le sang en carafe pour le faire décanter avant de le servir aux vampyres ; à arranger le capiton de soie d'un cercueil pour qu'il soit le plus propice au repos des seigneurs de la nuit. Ce soir, il est prévu qu'ils nous inculquent le soin des chauves-souris, dehors, dans la cour glacée…

« À rien ne sert de te préparer pour les épreuves, si tu meurs d'une pneumonie avant, remarque Naoko.

— Tu ne veux pas m'aider ? Pas grave. »

Je prends le pot de rouge des mains de Naoko et m'en applique une bonne couche sur les pommettes. Mes doigts tremblent de manière incontrôlable en étalant la pâte. La mauvaise conscience ronge mon esprit enfiévré. Je sais que je suis brutale envers Naoko, elle qui ne veut que mon bien. Mais je ne peux laisser personne compromettre mes chances de gagner la compétition – personne !

Je ne parviens à avaler que quelques bouchées de pain au souper. Une affreuse nausée me noue l'estomac. Sous ma robe de brocart, j'ai l'impression que mon corps brûle et gèle à la fois. Je ne sais pas comment je vais tenir le coup pour la leçon d'art vampyrique dehors… Mais au moment où je m'apprête à me lever pour aller chercher mon manteau de fourrure, les deux écuyers entrent dans la salle de gala : ce soir, le cours aura lieu à l'intérieur.

Ils amènent avec eux une troisième personne – une jeune servante rousse à peine plus âgée que moi, que j'ai souvent croisée dans les couloirs de l'école. Ce n'est pas la fièvre qui la fait trembler, elle : c'est la terreur.

« Le soin des chauves-souris attendra, déclare Lucrèce du Crèvecœur, vêtue d'une robe de cuir taupe. Nous allons plutôt faire une démonstration de saignée devant tout le monde : c'est une compétence importante pour qui veut servir le Roy. » Elle désigne la servante de la pointe de son index droit – celui qui est enveloppé dans un gantelet de fer. « Cette voleuse a été prise sur le fait, cet après-midi en cuisine, à dérober une livre de farine – n'est-ce pas, madame Thérèse ? »

La gouvernante hoche vigoureusement la tête, agitant les rubans de sa charlotte.

« Toinette nous a beaucoup déçus », affirme-t-elle sévèrement.

La jeune servante laisse échapper un gémissement de détresse :

« Je vous en supplie, madame Thérèse ! Je vous jure que j'aurais remboursé cette farine dès que j'aurais pu !

— Est-ce qu'on ne te nourrit pas assez, petite ingrate ?

— Il ne s'agit pas de moi, mais de ma famille. Comme je vous l'ai dit, mes vieux parents sont malades, et mon frère le charpentier ne peut plus travailler : il s'est cassé la jambe le mois dernier, en tombant d'un…

— … échafaudage pendant les travaux d'agrandissement du château. Nous savons, oui, tu nous l'as déjà seriné. »

La gouvernante croise les bras sur sa poitrine, implacable. Plus que jamais, elle m'apparaît comme une traîtresse à sa classe, elle qui s'est hissée du quart état jusqu'à la Grande Écurie, pour traiter les autres roturiers avec plus de mépris que si elle était noble elle-même !

« Non seulement tu vis aux crochets du Roy, mais ton frère aussi, accuse-t-elle. Et voici comment tu le remercies : en volant ses vivres ! Un vrai coup de poignard dans le dos ! »

L'énormité de cette accusation me dégoûte. Qu'est-ce qu'une malheureuse livre de farine, pour une école qui croule sous le luxe, pour le Roy le plus riche du monde ?

« Qui vole un œuf, vole un bœuf, assène Lucrèce. Et qui commet un crime doit être puni. Si cela peut te consoler, Toinette, ta sentence servira à instruire les pensionnaires de la Grande Écurie. »

Insensible aux appels à la pitié de la pauvre servante, elle lui attrape le bras droit avec cette vitesse rapace que j'avais déjà remarquée pendant l'épisode des roses vampyriques.

Remontant brutalement la manche de la robe de coton, Lucrèce expose la marque de ponction de la servante – identique à celles que je porte secrètement à chaque bras, sous ma robe de brocart.

« Le Code mortel stipule que tout voleur doit payer trois fois le prix de son larcin, avec son sang, dit Lucrèce. Mais s'agissant du vol d'une propriété royale, il faut tripler la mise. Nous parlons donc de neuf livres de farine de première qualité, arrondissons à dix. Ce qui, en sang de roturière, équivaut à un litre plein. »

Un éclat sauvage brille dans les yeux bleu glacier de l'écuyère, tandis que des exclamations étouffées parcourent la salle. Chacun a dû faire le même calcul que moi : Toinette n'est pas bien grosse, elle n'a sans doute pas plus de quatre litres de sang dans l'organisme. On parle donc de lui prélever un quart du total – c'est énorme !

Suraj pose une mallette de cuir sur la table la plus proche et l'ouvre pour en sortir un matériel que je connais bien – aiguilles, flacons et tubes de caoutchouc. Mon père utilisait les mêmes instruments, chaque mois, pour saigner sa propre famille et les gens du village.

L'écuyer fait asseoir la servante frémissante sur une chaise :

« Calme-toi, Toinette, dit-il de sa voix grave. Ce n'est qu'un mauvais moment à passer. »

Contrairement à Lucrèce, il ne semble pas se réjouir du châtiment infligé à la servante. Son expression professionnelle me rappelle celle de papa, lorsqu'il s'acquittait à contrecœur de son devoir prescrit par le Code mortel.

« Il nous faut un volontaire pour pratiquer la saignée », annonce-t-il, balayant la salle de son regard sombre.

Plusieurs mains se lèvent.

Mais Lucrèce les ignore toutes et désigne Rafael, bien qu'il n'ait pas levé la main – au contraire, il se terre au fond de la salle, son habit noir se fondant dans l'ombre du mur.

« Vous, caballero de Montesueño ! dit-elle. Vous ne vous êtes jamais manifesté en cours d'art vampyrique. Ce soir, c'est l'occasion. »

Sous le turban ocre, le visage de Suraj blêmit.

« Pourquoi lui ? demande-t-il.

— Et pourquoi pas ? » rétorque cruellement Lucrèce.

Au regard venimeux qu'elle lance à l'Indien, je devine qu'elle est au courant de son idylle malheureuse avec Rafael ; pire, je pressens qu'elle s'en délecte ! Son choix n'est pas innocent : elle veut les confronter l'un à l'autre, parce qu'elle sait que rien ne peut les faire plus souffrir.

Mais les anciens amants, eux, doivent garder le secret. S'ils se dérobaient, cela éveillerait les soupçons. Rafael émerge lentement de l'ombre et marche jusqu'à la chaise où est assise Toinette, sans oser croiser le regard de Suraj, sans qu'il ose croiser le sien.

« Prenez cette aiguille, indique l'écuyer. Reliez-la à ce fin tube de caoutchouc. Connectez l'autre bout au plus grand des flacons. Celui d'un litre. »

Suraj utilise un vouvoiement brutal pour donner le change aux spectateurs, et traiter publiquement son ancien ami intime en parfait étranger. N'y a-t-il que mes oreilles pour déceler l'infime tremblement dans la voix grave de l'Indien ? N'y a-t-il que mes yeux pour voir ses épais sourcils noirs se froncer en observant la nuque de Rafael occupé à sa tâche ?

Ce dernier s'exécute sans un mot, le métal et le verre s'entrechoquant.

« Maintenant, pratiquez un garrot. Pour faire saillir la veine au-dessus du point de ponction. Enfoncez l'aiguille d'un geste sûr. Voilà. »

L'horrible ruissellement du sang dans le flacon emplit le silence, me rappelant toutes les fois où j'ai dû verser le mien. Je voudrais hurler, voler au secours de cette jeune fille dont le visage a pris une teinte blême et dont les pupilles frémissent de terreur. Toinette pourrait être moi, mes frères, tous ceux que j'ai aimés !

Incapable de me contenir plus longtemps, accablée par la fièvre et les souvenirs, je m'exclame :

« Il faut arrêter la saignée, elle ne la supportera pas ! »

Lucrèce me foudroie du regard.

« Comment ça, arrêter ? gronde-t-elle. Avez-vous besoin de besicles, Gastefriche ? Ne voyez-vous pas que le flacon n'est qu'à moitié plein ? »

Une sueur glacée coule le long de ma colonne vertébrale. Dans ma tentative désespérée de sauver Toinette, je sais que je risque de me perdre. Mais je ne peux tout de même pas la laisser mourir sans rien dire !

« Pas besoin de besicles pour voir que cette manante est à bout de forces, dis-je. Prélever davantage la tuerait… » Je m'efforce d'ajouter une remarque bien méprisante : « … ce serait dommage de perdre une soubrette dans la force de l'âge, qui peut encore servir de nombreuses années. »

À cet instant, un claquement élastique résonne : Rafael vient de faire sauter le garrot. Il retire l'aiguille du bras de Toinette et, de sa main aux ongles vernis de noir, applique une compresse sur le point de ponction.

« Gastefriche, Montesueño, assez de sensiblerie ! s'emporte Lucrèce, faisant cliqueter les lames articulées de son gantelet de fer pour manifester son impatience. La loi est la loi ! Le flacon doit être rempli jusqu'à ras bord avec le sang de la coupable ! » Un sourire mauvais étire soudain ses lèvres fines. « À moins que l'un de vous préfère offrir son propre sang pour terminer la saignée ? »

Ma respiration se bloque, mes jambes flageolent.

Si je montre l'un de mes bras nus, exposant la cicatrice de la ponction, c'en est fini de moi et de ma vengeance !

Un balbutiement monte à mes lèvres tremblantes :

« Je… je…

— Je me propose pour finir le remplissage », m'interrompt Rafael.

Un murmure stupéfait parcourt la salle.

« On ne va tout de même pas prélever un noble ! s'indigne Suraj, livide. Ce n'est pas possible !

— Peut-être pas aux Indes, mais dans la Vampyria, si ! s'écrie Lucrèce. Le Code mortel nous y autorise, article 23 ! » Elle se met à réciter un extrait de l'horrible dictat, qu'elle semble connaître par cœur : « En cas d'incapacité d'un débiteur à payer sa dette de sang, celle-ci pourra être réglée par un mortel de rang égal ou supérieur. »

Pour la première fois, les regards de Suraj et de Rafael se croisent. Il me semble voir la foudre se matérialiser entre le guerrier indien aux yeux noirs et le cavalier espagnol aux yeux verts – dédain et défi, déception et désir, amertume et… amour ?

Lucrèce se désintéresse de moi ; tourmenter son coéquipier semble l'amuser bien davantage. Elle s'empare d'une nouvelle aiguille et d'un nouveau tube dans la mallette, qu'elle remet à l'écuyer tétanisé.

« Allons, Suraj ! jubile-t-elle. Tu as abattu des goules par dizaines aux Innocents, avec ta fameuse dague à double lame ; tu peux bien pratiquer une petite piqûre ! »

Toinette s'éclipse d'un pas chancelant, tout en balbutiant de faibles remerciements, et l'Espagnol prend sa place sur la chaise.

L'aiguille tremblante s'approche du bras aux veines rendues saillantes par le garrot.

Je ne sais plus si ce sont les doigts de Suraj qui frémissent, ou bien mon corps fiévreux qui grelotte.

Au moment où l'aiguille s'enfonce dans la chair de Rafael, j'ai l'impression délirante que c'est la mienne qu'elle transperce.

Je me souviens de la douleur de toutes les saignées pratiquées depuis mon enfance, de la honte de toutes les dîmes versées dans des centaines de flacons estampillés à mon nom.

Comme si j'étais d'un seul coup vidée de tout mon sang, la tête me tourne…

… la salle tourbillonne…

… et les Ténèbres m'emportent.

19

NAOKO

« JEANNE...

— Maman ? »

La silhouette de ma mère se dresse parmi les ombres.

Ses longs cheveux bruns flottent autour de son visage blême.

Et moi-même, j'ai l'impression de flotter, comme si je ne pesais plus rien.

« Oh, maman, je pensais ne jamais te revoir ! » je m'écrie, la voix entrecoupée de sanglots.

Je glisse vers elle pour la serrer dans mes bras.

Mais plus j'avance, plus elle semble se dérober.

Pareille à ces nuages passagers, où Bastien et moi distinguions des formes éphémères qui se délitaient en quelques instants.

« Jeanne..., articulent faiblement ses lèvres pâles, presque transparentes.

— Oui, c'est bien moi ! Ne t'en va pas ! Reste avec moi ! Reste… » J'ouvre brusquement les yeux, le cri mourant dans ma gorge : « … avec moi ! »

Je reprends brusquement conscience de la pesanteur de mon corps, enseveli dans un lit profond, sous plusieurs couches de couvertures. Ma chevelure elle-même est enfermée sous un épais bonnet de nuit.

« Jeanne ? » répète une voix qui n'est pas celle de maman.

Je tourne la tête sur mon oreiller trempé de sueur : c'est Naoko, assise sur un tabouret à mon chevet.

Derrière elle se dresse une cheminée où flamboie un grand feu, à côté d'une fenêtre aux rideaux tirés.

« Où… où suis-je ? je balbutie.

— Dans le cabinet aux cavales. Madame Thérèse y a fait monter un lit, où tu dors depuis hier soir. Elle n'allait pas te remettre sous les combles, après que tu y as attrapé la mort. »

En effet, je reconnais à présent les vieilles tentures garnissant les murs. La cheminée, unique source de lumière, projette des lueurs et des ombres dansantes sur les motifs élimés. Les manades de chevaux semblent s'animer… mais ceux-ci ne sont pas seuls. Pour la première fois, je remarque la présence d'êtres humains à demi-effacés parmi les quadrupèdes. Des hommes et des femmes fuyant à toutes jambes, aussi terrorisés que les statues de proies ornant le mur de la Traque. Les cavales qui les poursuivent ont les yeux noirs comme la nuit, la bouche écumante d'une salive couleur de sang.

« Les cavales de Diomède…, je murmure, me remémorant soudain un chapitre des *Métamorphoses* d'Ovide

– celui qui raconte comment Diomède, le cruel roy de Thrace, jetait jadis les étrangers en pâture à ses juments carnivores.

— En effet, c'est un mythe que nous avons étudié avec Chantilly l'année dernière », dit Naoko.

À la mention de l'école et des leçons, les souvenirs me reviennent d'un seul coup : ma conversation avec la gouvernante dans cette même pièce, la disparition de Tristan, ma journée passée à ignorer les symptômes de la maladie… mon malaise en plein cours d'art vampyrique.

« Hier, je… je me suis évanouie devant tout le monde ? » je balbutie.

Naoko acquiesce.

Saisie d'une peur panique, je palpe mon corps sous mes couvertures : ma robe m'a été retirée et l'on m'a passé un négligé de coton.

« Mes bras ! dis-je, la gorge serrée.

— Ne t'inquiète pas. En tant que tutrice, je me suis proposée pour te changer et te mettre au lit. Personne d'autre que moi n'a vu tes marques de ponction. J'ai glissé ton médaillon et ton briquet dans la poche du négligé. Et je me suis précipitée à ton chevet ce matin. »

Je pousse un soupir de soulagement : une fois de plus, Naoko m'a sauvé la mise.

« Merci du fond du cœur, dis-je.

— De rien.

— Non ! Cette fois, je ne te laisserai pas t'en tirer comme ça ! Tu dois me dire comment je peux te remercier ! »

Emportée par mon émotion, je suis prise d'une quinte de toux qui me déchire les bronches.

Dans la foulée, une migraine pulsante me transperce le crâne, sous le bonnet de nuit dont on m'a affublée.

Naoko applique une compresse fraîche sur mon front :

« Commence par récupérer, ce sera un bon début, dit-elle. Ne gaspille pas ton énergie en paroles.

— Je ne me tairai pas avant de savoir ce que je peux faire pour toi ! je menace. Pourquoi faire tant de mystère ? Je t'ai tout dit de moi – mais toi, j'ai l'impression que tu me caches encore quelque chose. »

Une ombre passe sur le visage de Naoko.

Elle m'a souvent reproché de dissimuler une partie de la vérité, à raison ; mais aujourd'hui, je lui retourne l'accusation et je sens que ça la blesse.

« Tu devines juste, Jeanne, je te cache quelque chose, murmure-t-elle. J'attendais le moment propice pour te le dire. Je suppose que ce moment est venu. » Elle prend une profonde inspiration, marque une pause, finit par ajouter d'une voix hésitante : « Je… je ne suis pas exactement celle que tu crois. »

Le visage de Naoko m'a toujours paru énigmatique ; dans ce cabinet calfeutré, à la lumière incertaine des flammes, il est plus impénétrable que jamais. La jeune Japonaise semble appartenir au même monde légendaire que les antiques tapisseries se dressant derrière elle, peuplées de cavales issues des profondeurs d'un passé mythique.

« Tu es ma meilleure amie, voilà ce que je crois ! j'affirme avec toute l'énergie dont je suis capable. Pas seulement à la Grande Écurie. Mais depuis toujours. *Tu es la meilleure amie que j'aie jamais eue* : c'est la pure vérité, et rien ne pourra me faire changer d'avis. »

Mes paroles viennent du cœur, elles sont sincères.

« Rien ne pourra te faire changer d'avis, vraiment ? répète Naoko.

— Rien.

— Pas même… ça ? »

À ces mots, elle lève la main au chignon dans sa nuque et retire la longue pique laquée qui le maintient solidement.

Sa chevelure noire retombe lourdement, submergeant ses épaules et tout son corps jusqu'au milieu de son dos : une formidable masse capillaire à faire pâlir d'envie Poppy en personne. Je me rends compte que c'est la première fois que je vois Naoko les cheveux lâchés ; que ce soit en cours, aux repas ou même à la toilette du soir, elle porte toujours le chignon, ne m'autorisant pas à la coiffer.

« Tu as des cheveux de déesse, c'est ça qui est censé remettre en cause notre amitié ? dis-je, pas sûre de comprendre où elle veut en venir. Tu crois que je suis jalouse ? »

En guise de réponse, Naoko pivote sur son tabouret.

De dos, elle n'est plus qu'une silhouette entièrement recouverte sous le suaire noir de sa crinière, telle une pleureuse de cimetière.

Ses mains remontent de chaque côté de son cou et saisissent chacune une pleine poignée de cheveux, pour les écarter latéralement à la manière de deux pans de rideau.

Je ne peux retenir un cri :

« Oh ! »

Là, à quelques centimètres au-dessus de la nuque, entre les mèches épaisses, il y a… une bouche !

Deux lèvres pâles impossiblement longues, scellées l'une à l'autre, barrant le cuir chevelu de la jeune fille comme une cicatrice boursouflée.

« Cela t'effraie, n'est-ce pas ? murmure Naoko, le dos toujours tourné.

— Je… euh… non, je bafouille. C'est juste la surprise qui m'a arraché ce cri.

— Ce n'était pas un cri de surprise, mais un cri d'effroi. Et aussi, de dégoût. »

Je voudrais demander à Naoko de laisser retomber ses cheveux pour cacher cette bouche inhumaine, étirée sur quinze centimètres d'une tempe à l'autre. Je voudrais l'implorer de se retourner vers moi pour me présenter son visage où s'ouvre sa véritable bouche – petite, délicate, laquée de carmin.

Mais je m'efforce de surmonter ma répulsion : j'ai trop souffert du regard des autres sur mes cheveux, au village, pour me permettre de juger l'apparence de quiconque. Du reste, cette bouche n'en est certainement pas une – c'est juste une excroissance charnue qui en prend la forme, une anomalie congénitale certes impressionnante, mais au fond aussi anodine que ma couleur capillaire.

« Tu as un petit défaut de naissance, ce n'est rien du tout, dis-je, tâchant de dédramatiser la situation. Il n'y a vraiment pas de quoi fouetter un chat.

— Ma malebouche ne s'est pas contentée de fouetter le chat des voisins, au Japon : elle l'a croqué tout cru. »

Les paroles de Naoko me laissent sans voix.

Est-ce une plaisanterie ?

Une métaphore ?

Une erreur de traduction ?

Tandis que je contemple le crâne de Naoko, en proie à la confusion la plus totale, un infime mouvement contracte les lèvres monstrueuses. Leurs coins frémissent et s'étirent un peu plus. Une onde glacée hérisse tous les poils de ma peau. Ce morceau de chair, que j'avais cru mort, est bien vivant et… il me sourit horriblement !

Avant que les lèvres se retroussent pour révéler la dentition qui se cache derrière, Naoko laisse brusquement retomber le lourd rideau de ses cheveux.

Elle se retourne vers moi, blême :

« La malebouche ne tarde jamais à se réveiller, lorsque je l'expose à l'air libre la nuit, me dit-elle d'une voix étranglée. Et je t'assure que tu ne veux pas voir ça. »

La détresse plisse le front de la jeune Japonaise.

J'extrais ma main tremblante de sous les couvertures et je la pose sur son bras, parce que je sens que c'est de ça qu'elle a besoin en cet instant, plus que de tout : être touchée.

« Lorsque j'étais toute petite, c'était juste une bosse derrière ma tête, dont ma nourrice n'a pas songé à s'inquiéter, dit-elle, répondant aux questions que je n'ose lui poser. Mais dès l'âge de dix ans, pendant la nuit, j'ai senti que cette bosse se mettait à frémir, à bouger… *à vivre*. Dès lors, je ne pouvais plus nier l'évidence : une abomination était greffée à ma peau ! J'ai refusé que ma nourrice continue à s'occuper de moi, décrétant que je pouvais me coiffer moi-même. J'ai éloigné tous les domestiques de mon père. Et j'ai grandi seule avec mon secret : la malebouche, comme je l'ai baptisée. Parce que pour moi, elle représente le mal absolu. »

Je déglutis douloureusement :

« Tu veux dire que personne ne sait ? Même pas ta famille ?

— Je suis fille unique. Mon père a toujours été bien trop occupé par sa carrière diplomatique pour s'occuper de mon éducation. Quant à ma mère, elle est morte en couches, aux mains des médecins impériaux – elle a payé le prix des Ténèbres, et moi aussi. »

Je me souviens de la manière dont Naoko m'a parlé de ces médecins officiels de la cour du Japon, les comparant aux docteurs de la Faculté hématique : les uns et les autres utilisent l'alchimie pour manipuler les Ténèbres sans vergogne… Quant à ce frisson glacé que j'ai senti quand la bouche monstrueuse a commencé à s'animer, c'est bien sûr la froide signature des Ténèbres !

« Mes parents étaient sans descendance depuis des années, continue Naoko, les flammes de la cheminée projetant des lueurs dansantes sur ses joues. En dernier recours, mon père a demandé aux médecins impériaux de traiter ma mère pour qu'elle enfante à tout prix. J'ignore quel traitement ils lui ont fait subir. Tout ce que je sais, c'est qu'elle y a laissé la vie… et que je suis née avec ce *petit défaut*, comme tu dis.

— Naoko, je ne savais pas, je balbutie.

— Les expériences que mènent les médecins impériaux dans leur quête de savoir conduisent souvent à des horreurs vivantes. Au Japon, on les appelle les *yōkai* : les monstres. Ils sont généralement identifiés à la naissance et brûlés sans autre forme de procès. En Occident, les inquisiteurs de la Faculté appliquent la même loi avec le fruit de leurs expérimentations ratées. » Elle grimace. « Les savants ne s'embarrassent pas de scrupules : pour eux, la fin justifie toujours les moyens. J'ai eu de la chance de passer entre les mailles du filet jusqu'à aujourd'hui. »

D'un seul coup tout s'explique : la solitude de Naoko, son refus que quiconque s'occupe de ses cheveux, sa méfiance envers les autres… sa quête désespérée d'une âme à qui elle puisse enfin se confier. Cela fait quelques semaines que je suis sur le qui-vive à la Grande Écurie – mais Naoko, elle, garde un secret mortel depuis toujours !

« Tu n'es pas un *yōkai,* lui dis-je en resserrant ma main sur son bras. Les monstres, ce sont ceux qui veulent brûler une enfant innocente. »

Elle secoue la tête d'un air désabusé :

« Tu dis ça parce que tu n'as pas vu la malebouche s'ouvrir. Et moi aussi, dans les premières années, je lui ai accordé le bénéfice du doute. Quand je la sentais s'agiter le soir derrière ma nuque, je savais qu'elle avait faim. Je ramassais discrètement les reliefs du souper, pour les lui offrir dans le secret de ma chambre. Au début, quelques boulettes de riz et une lampée de lait suffisaient à la tenir tranquille ; puis, en grandissant, il m'a fallu dérober des bouts de poisson crus et des restes de brochettes yakitori pour la rassasier. Quant à moi, je m'efforçais de ne pas prêter attention aux affreux bruits de mastication et de déglutition résonnant dans ma nuque. Jusqu'à cette nuit de mai où le chat des voisins s'est introduit dans ma chambre par la fenêtre entrouverte, attiré sans doute par l'odeur d'un fond de lait dans un bol que j'avais laissé traîner… »

Les traits de Naoko se révulsent d'horreur, tandis qu'elle plonge dans la région la plus douloureuse de sa mémoire.

« Ce sont ses miaulements sauvages qui m'ont réveillée, se souvient-elle. La pauvre bête hurlait, essayant de s'enfuir. Mais elle ne pouvait pas car je la maintenais de toutes mes forces au-dessus de ma tête ! » Naoko m'empoigne à son tour le poignet et le serre fort, emportée par l'émotion. « Tu comprends ? Je l'avais capturé dans mon sommeil sans m'en rendre compte ! – ou plutôt, c'était la malebouche qui avait pris possession de moi tandis que je dormais, me plongeant dans un état somnambulique pour assouvir sa voracité ! »

Naoko relâche brusquement mon poignet, où ses doigts crispés ont imprimé leur marque.

« Horrifiée, les bras couverts de griffures, j'ai laissé tomber le chat, dit-elle dans un souffle. La pauvre bête s'est éloignée en boitant sur trois pattes, car la quatrième n'était plus qu'un moignon sanguinolent. Derrière moi j'entendais craquer les os et les cartilages du membre sectionné. Oh, le bruit de cette mastication démoniaque, je ne l'oublierai jamais ! »

Naoko plaque ses paumes sur ses oreilles, comme pour étouffer le son d'un souvenir qui la hantera à jamais.

« Cette nuit-là j'ai compris que la malebouche avait faim de chair fraîche, reprend-elle. De la même manière que les vampyres ont soif de sang. J'ai décidé que jamais plus je ne céderais à ses appétits. J'ai cessé de l'alimenter le soir. Mais ce n'était pas encore assez : greffée à mon organisme, elle bénéficiait sans doute de ce que j'ingérais par ma bouche normale – aussi suis-je devenue végétarienne, pour la priver complètement de viande. Les premiers mois furent atroces, je ne dormais pas du tout de la nuit. Il me fallait écraser un oreiller sur ma nuque des heures durant pour étouffer les claquements de dents furieux de la malebouche. Elle ne se calmait qu'à l'aube venue. Comme toutes les abominations, celle que je porte en moi s'endort au petit matin…

— Oh, ma pauvre Naoko, dis-je, observant ses cernes sous un nouveau jour dramatique. Je suis tellement désolée. Je n'ose imaginer le calvaire qui est le tien, la guerre que tu mènes chaque nuit. »

Elle me sourit faiblement :

« C'est étrange que tu emploies ce mot, parce que c'est exactement comme ça que j'imagine ma relation avec la malebouche : c'est une guerre. Et, comme dans toutes les guerres, on finit par s'endurcir. Les premières batailles étaient terrifiantes et chaotiques, j'atteignais le matin en pleurs, persuadée que je ne pourrais pas continuer une nuit de plus. Mais avec le temps, j'ai repris un peu de confiance en moi. J'ai constaté que mon régime végétarien affaiblissait la malebouche. Peu à peu, ses claquements de dents se sont faits moins véhéments, comme si la privation la plongeait dans une sorte de léthargie. J'ai réussi à voler chaque nuit quelques minutes de sommeil. » Naoko prend une profonde inspiration, les traits de son visage se détendent enfin, elle est à nouveau maîtresse d'elle-même. « Si ma lutte contre la malebouche est bien une guerre, alors le front s'est figé. La nuit, quand elle commence à frémir, je me livre à mes exercices de méditation derrière les rideaux de mon lit à baldaquin, jusqu'à ce qu'elle s'engourdisse tout à fait. Alors seulement, je me rendors moi aussi. »

Comme pour conclure cet incroyable témoignage, le bruit d'une cloche lointaine résonne derrière la porte, dans le tréfonds de la Grande Écurie. C'est la sonnerie appelant les pensionnaires au cours du matin.

D'une main experte, Naoko rassemble sa longue chevelure en un chignon compact, ensevelissant la malebouche assoupie. La pique laquée vient sceller ce bâillon capillaire.

« Voilà, tu connais mon secret, dit-elle.

— Je le garderai aussi précieusement que le mien ! » je lui assure.

Son sourire s'élargit un peu.

« Je ne te l'aurais pas confié si je n'en avais pas été certaine », dit-elle en se levant.

Je la retiens par le bras :

« Minute. Ne pars pas tout de suite. Le moment est venu de me dire comment je peux t'aider. Parce qu'il y a bien quelque chose que je peux faire, n'est-ce pas ? »

Pendant un instant, on n'entend que le crépitement des bûches dans la grande cheminée.

« Mon père a longtemps insisté pour que je me présente à la Gorgée du Roy, honneur suprême, murmure-t-elle. Nous sommes en froid depuis que je lui ai dit que je ne voulais pas, prétextant ma timidité. En vérité, la seule idée de boire le sang du Roy me révulse. Je hais les Ténèbres de tout mon cœur ! Elles corrompent tout ce qu'elles touchent ! Elles font se relever les morts ; elles couvrent la chair des vivants de tumeurs monstrueuses ; elles transforment jusqu'aux plus beaux ornements de la nature, les roses innocentes, en abominations ! » Naoko est prise d'un tremblement. « Je n'ose imaginer l'effet qu'une gorgée de sang royal saturé de ténébrine aurait sur la malebouche. Ça la réveillerait certainement. Or, si on la découvre, c'en est fait de moi : les inquisiteurs m'enverront droit au bûcher…

— Personne ne la découvrira, je lui assure.

— Peut-être. Mais il me faudra redoubler de vigilance, dans un an, quand j'arriverai à la Cour – vu les fonctions de mon père, il est impensable que je n'y entre pas. Comment la malebouche réagira-t-elle, entourée de tous ces immortels, de tout ce sang… de toutes ces Ténèbres ? Au palais, plus que jamais, j'aurai besoin d'une amie. » Ses yeux brillent à la lueur des flammes. « Ne m'abandonne pas, Jeanne. Ne t'enfuis pas comme Tristan s'est enfui. Vous aviez l'air si proches, tous les deux, et du jour au lendemain il t'a quittée. Ne me fais pas ça, je t'en conjure. Reste à mes côtés. Tue ton vicomte de Mortange, si tel est ton destin ; mais toi, reste en vie – reste en vie pour moi ! »

Ma gorge se serre.

C'est la première fois que Naoko me demande quelque chose, elle qui m'a tout donné sans hésiter. Et pourtant, cette unique requête, je ne peux la lui accorder. Je n'imagine pas un instant survivre à l'attentat contre le Roy, dans quelques jours. Naoko ignore ce projet fou : elle ne se doute pas qu'elle parle à une condamnée.

« Quoi qu'il advienne, je resterai toujours ton amie », lui dis-je, bottant en touche avec une affreuse sensation de culpabilité.

Elle murmure un remerciement et échappe à ma main soudain aussi molle qu'une chique, pour s'enfoncer dans le couloir au bout duquel l'attend le cours de Chantilly.

20

Remords

LA JOURNÉE S'ÉCOULE EN SILENCE, DANS le cocon tiède des vieilles tapisseries.

Toutes les deux heures, le garde suisse préposé au cabinet aux cavales frappe à la porte, puis il entre alimenter la cheminée de quelques bûches. Sur le coup de midi, une servante m'apporte une soupière de bouillon fumant et des tranches de pain frais. De quoi me réchauffer à l'intérieur. Je suis capable de porter la cuiller à mes lèvres sans trembler, et bientôt je ne sens même plus mes courbatures.

Mais à mesure que ma fièvre diminue, mon anxiété augmente.

Je m'en veux de ne pas avoir été capable de tout confesser à Naoko. Pour la première fois depuis des semaines, ma résolution de détruire le Roy vacille. Jusqu'à présent, je m'étais persuadée de n'avoir rien à perdre : il n'y avait plus personne qui comptait pour moi ici-bas, et je ne comptais plus pour personne. Ce n'est plus le cas. Jamais je n'oublierai les yeux tremblants d'amitié de Naoko. Mais je ne peux pas oublier davantage l'explosion qui a déchiqueté papa, l'épée qui a égorgé maman, celle qui a décapité Valère et la rapière qui a éventré Bastien ! Il faut que je les venge ! Que je détruise celui qui est à l'origine de leur calvaire !

Une autre source de culpabilité vient me tourmenter : Tristan.

Toute la Grande Écurie semble maintenant convaincue qu'il s'est lâchement enfui. Moi seule connaît la vérité – je l'ai fait enlever, et peut-être même assassiner, par un monstre nécrophage !

Je voudrais chasser cette pensée de mon esprit pour me concentrer uniquement sur ma vengeance, mais je n'y parviens pas. Je n'arrive pas à me convaincre que Tristan n'était qu'une vulgaire carte à jouer dont je me suis défaussée, un rejeton de la noblesse appartenant au camp ennemi du mien. Les termes de la prière que j'ai adressée au reclus tournent en boucle dans ma mémoire : *Ô toi, reclus de la Grande Écurie, si tu m'entends : empêche Tristan de La Roncière de parler jusqu'à la fin du mois !*

Et s'il l'avait empêché de parler… pour toujours ?

Je ne sais rien de ce monstre, si ce n'est qu'il ne sort que la nuit et qu'il se nourrit de restes humains. Peut-être ne dédaigne-t-il pas les proies vivantes… ?

Il faut que je retrouve Tristan ! Pas pour le libérer, non, je ne peux pas me permettre ce luxe avant d'avoir vengé les miens. Mais je dois savoir s'il est vivant ou mort, sans quoi le doute risque de me rendre folle et de me détourner de ma mission.

*

« Vous êtes moins pâlichonne ! » déclare madame Thérèse en débarquant dans le cabinet, juste après que quatre heures de l'après-midi ont sonné derrière les tapisseries épaisses.

Elle pose une robe propre sur la petite console au coin de la cheminée. Puis elle marche jusqu'à la fenêtre et ouvre brusquement les rideaux, laissant les rayons pénétrer dans la pièce. Après une journée passée dans la pénombre, la lumière vive m'éblouit.

« Ce soir, vous allez pouvoir souper avec vos camarades et regagner le dortoir, décrète la gouvernante. Dès demain, vous serez sur pied pour reprendre les cours, et dans trois jours vous pourrez concourir à la Gorgée du Roy. Allons, vous avez trois heures devant vous pour vous préparer et vous habiller avant la tombée de la nuit. »

… et avant le réveil du reclus de la Grande Écurie, je songe. Il faut absolument que j'accède à son antre avant le crépuscule. Si Tristan est encore en vie, je suis sûre que c'est là que je le trouverai.

« Ça va légèrement mieux, en effet, merci madame Thérèse…, dis-je en faisant chevroter ma voix. Mais je me sens encore faible. Je pense qu'une nuit de plus près du feu ne serait pas de trop. Et je préfère me passer de souper, car je me sens encore un peu barbouillée. »

La gouvernante fronce les sourcils. Son inflexible sens de l'ordre voudrait que je reprenne le rythme de l'école dès que possible ; mais la crainte qu'on l'accuse d'avoir négligé la santé d'une pupille du Roy la fait balancer.

Je simule une quinte de toux, papillonnant des paupières :

« Kof… kof… je ne voudrais pas risquer une rechute… »

Mon petit numéro balaye ses hésitations.

« Soit, mais juste une nuit ! concède-t-elle. Cessez donc de bavarder et rendormez-vous. Je reviendrai vous porter une tisane après le souper. »

Elle referme les rideaux d'un geste sec, coupant court à la conversation, puis elle tourne les talons et claque la porte derrière elle.

Le compte à rebours se met à s'égrener dans ma tête. Les pensionnaires souperont à sept heures, comme tous les soirs, et la gouvernante devrait être de retour sur le coup de huit heures… Je dois agir avant ! Au moment où le garde suisse apportera de nouvelles bûches, ce sera le signal du départ.

Une longue attente commence, que je tue à regarder le feu diminuer dans l'âtre.

Lorsque la dernière bûche achève de se consumer, je sors des draps sans faire de bruit, ôte mon négligé et le passe sur l'un des grands traversins garnissant le lit. Comme deux mois plus tôt, lorsque j'habillais le cadavre de la baronnette de mes habits… Cette nuit, c'est une poupée de chiffon qui va devoir prendre ma place. Je la coiffe de mon bonnet de nuit pour compléter l'illusion, puis je l'enfouis sous les couvertures. Alors seulement, je revêts la robe apportée par la gouvernante, rangeant soigneusement ma montre à gousset et mon briquet dans la poche. Enfin, je me colle contre le mur à côté de la porte.

Six heures ne tardent pas à sonner aux clochers de la ville, bientôt suivies de deux coups discrets contre la porte. Je me garde de répondre. La poignée tourne, le panneau s'ouvre en grinçant légèrement et le garde suisse pénètre dans la pièce avec un panier chargé de bûches. Il jette un rapide coup d'œil au lit bombé par le traversin, à demi plongé dans la pénombre. S'avisant que la malade dort, il avance à pas légers vers la cheminée pour l'alimenter. Je profite qu'il a le dos tourné pour m'esquiver dans le couloir.

Contrairement aux étages inférieurs, le cinquième n'accueille ni dortoir ni chambre ni salle de cours : il est désert et dépeuplé. Je le traverse en silence, mes bas de laine glissant sur le parquet froid, jusqu'à l'escalier menant aux combles. Là-haut, je trouve une chambrette dont la lucarne n'est pas condamnée.

Le souffle polaire de l'automne me gifle le visage lorsque j'ouvre le carreau.

Le contact du bâti me gèle les doigts lorsque je m'extirpe de l'ouverture.

Mais c'est surtout la vision du mur de la Traque qui me glace : dans la lumière déclinante de la fin d'après-midi, les ombres des hauts-reliefs vampyriques sont infiniment étirées, faisant ressortir de terrifiants détails. Lors de ma première escapade sur les toits, je ne connaissais pas encore les horreurs qui se tramaient derrière ce rempart, mais elles sont désormais imprimées au fer rouge dans ma mémoire.

Je gravis les tuiles glissantes à quatre pattes, le ventre collé au toit, m'aplatissant au maximum. Les dizaines de souches de cheminée dégagent une fumée épaisse, tirant pour réchauffer la Grande Écurie… sauf une, la plus massive de toutes. J'avais vu juste : le conduit menant aux entrailles de l'école n'a pas été rallumé, ménageant un passage à la chose qui s'y terre.

L'échelle que j'ai dévalée dans les bras de la créature deux mois plus tôt est toujours là. J'empoigne ses barreaux étroits et je plonge dans le ventre noir du bâtiment. Bientôt, il n'y a plus que la texture granuleuse du métal rouillé sous mes doigts, et l'écho de ma respiration répercuté par le conduit de cheminée. Parfois, mon bas de laine dérape sur un barreau et je me rattrape de justesse au suivant. Pas le temps de ralentir : bientôt il fera nuit.

Au terme d'une longue descente, je touche enfin terre. Ici, dans les sous-sols, il fait un peu moins froid ; une température constante règne toute l'année.

« Qui vient là ? » résonne une voix dans l'obscurité totale – la voix de Tristan !

Je me baisse sous le linteau de la cheminée, le cœur battant, déchirée entre l'angoisse et le soulagement.

« C'est moi, je chuchote. C'est Diane. »

Je sors mon briquet et me mets à battre frénétiquement la pierre à silex ; l'amadou rougeoie, lueur infime dans l'obscurité.

« Diane ? répète Tristan.

— Ne bouge pas. Laisse-moi allumer la lanterne. »

J'avance dans le noir, jusqu'à ce que mes doigts rencontrent le bord de la table ; j'en explore la surface à tâtons, trouve la lanterne, approche l'amadou incandescent de la mèche.

Une flamme s'élève, illuminant la pièce souterraine.

Les objets m'apparaissent sur la table comme lors de ma dernière visite : le pichet en terre cuite, le gobelet de métal… un nouveau tas d'os humains craqués pour en extraire la moelle !

Quant à Tristan, je m'aperçois qu'il était inutile de lui dire de ne pas bouger : il est attaché à l'unique chaise. Ses chevilles et ses poignets, liés par des cordes, émergent sous les épaisses couvertures mitées qu'on a jetées sur ses épaules.

Nos regards se croisent pour la première fois depuis la chasse à courre. Entre ses longues mèches blondes, les yeux du captif luisent à la lueur de la lanterne. Que sait-il sur moi, au juste ?

« L'autre jour, dans la forêt…, je commence, cherchant mes mots. Je ne sais pas ce que tu as cru voir…

— Arrête, m'interrompt-il. On n'a pas le temps de jouer. Nous savons très bien toi et moi ce que j'ai vu : la cicatrice de la saignée sur ton bras. Le signe que tu es une roturière. La marque de ton imposture à la Grande Écurie. La preuve que tu m'as menti sur ton identité. »

Cette avalanche d'accusations m'accable, mais Tristan ne me laisse pas le temps de souffler :

« Le monstre qui m'a enlevé va bientôt revenir. Il dort le jour et s'éveille la nuit, à en croire les cloches dont j'entends les tintements étouffés à travers le conduit de cheminée. Je n'ai pas aperçu son visage sous sa capuche, je n'ai pas entendu le son de sa voix. J'ai juste vu ces os rongés sur la table. Je me demandais si c'étaient les enfers qui l'avaient envoyé. Mais ta présence ici signifie que tu y es pour quelque chose, pas vrai ? » Les yeux azur de Tristan me foudroient. « Alors dis-moi : après m'avoir déchiré le cœur, vas-tu me libérer ou me laisser dévorer ? »

La lanterne se met à trembler au bout de mon bras.

« Je… je ne crois pas qu'il te dévorerait, je bredouille. Il ne semble manger que des cadavres. Comme… comme une goule.

— Voilà qui est rassurant : il attendra que je crève avant de me déguster.

— Je ne peux pas te libérer, Tristan ! Je ne peux pas courir le risque que tu parles ! Pas avant la Gorgée du Roy. »

Il relève le menton dans un air de défi, rejetant ses cheveux en arrière d'un coup de tête, exposant sa balafre :

« Parce que, après, tu diras à ton démon de me relâcher ? Tu penses qu'une fois au palais, mon indiscrétion ne pourra plus t'atteindre ? Tu es bien naïve, si tu t'imagines que l'Immuable se montrera indulgent envers une roturière ayant usurpé une place d'écuyère… » Il plisse les paupières. « … à moins que tu n'aies pas prévu de faire carrière à la Cour ? »

Sa perspicacité me foudroie.

« Je ne sais pas ce que tu t'imagines, mais tu ne me laisses pas le choix ! dis-je en tournant les talons, une boule au ventre.

— Attends ! »

Je me fige.

« Donne-moi au moins à boire avant de partir. Je meurs de soif depuis des heures. »

Je pose la lanterne sur la table, attrape le pichet d'une main tremblante et remplis le gobelet à ras bord. Puis je marche jusqu'à la chaise et j'approche le récipient des lèvres sèches de Tristan – cette bouche qui, avant-hier encore, m'embrassait avec passion.

Soudain, les bras que je croyais attachés se libèrent, envoyant voler les bouts de corde cisaillés et le gobelet de fer. De la main gauche, Tristan m'attrape la taille et me tire brusquement à lui ; de la droite, il plaque une lame aiguisée contre mon cou.

J'atterris sur ses cuisses, serrée contre son torse, à sa merci :

« Ne crie surtout pas pour avertir ta créature, je pourrais t'égorger par mégarde, souffle-t-il dans ma nuque. Tu m'entends, *Diane* ? – si tant est que ce soit vraiment ton nom. »

J'essaye de me contorsionner, mais la prise de Tristan est trop ferme, et au moindre mouvement brusque je risque de m'empaler sur la lame.

« Le monstre à la capuche a commis l'erreur de laisser traîner une cuiller sur la table, reprend Tristan. Il m'a fallu des heures pour déplacer la chaise jusqu'à elle, faisant osciller mon poids d'un pied sur l'autre, centimètre par centimètre ; et des heures encore pour aiguiser le métal de la cuiller contre le mur, du bout de ma main entravée. Un long travail, mais qui en valait la peine : *un vrai chasseur ne doit compter que sur lui-même* – pas vrai ? »

Cruelle ironie : Tristan reprend mot pour mot les paroles que je lui ai moi-même lancées pendant la chasse à courre. Et moi, la fausse Diane, je me retrouve dans la même posture que la vraie baronnette face à mon canif !

« Quand tu es arrivée ici, je venais juste de sectionner les cordes des accoudoirs, murmure Tristan d'une voix rauque. Il ne me restait plus que les pieds. Ce ne sera l'affaire que de quelques minutes, une fois que j'en aurai fini avec toi.

— Ma disparition éveillera des soupçons, je halète. Montfaucon lancera des recherches.

— Si ces recherches sont aussi efficaces que celles qui ont échoué à me retrouver, ton cadavre se transformera en poussière avant de revoir la lumière du jour. À moins que ta goule domestique ne le dévore avant.

— Mes restes termineront peut-être en poussière ou dans le ventre d'une goule, je m'écrie, mais mon esprit, lui, te hantera jusqu'à la fin de tes jours, salaud ! La liberté ou la mort ! »

Le fait de clamer à pleine voix la devise de maman, pour la première et la dernière fois, m'emplit d'une joie sauvage. J'avale une bouffée d'air pour proférer une ultime malédiction, avant que le couteau de fortune me fasse taire à jamais… mais à ce moment, l'étreinte de Tristan se relâche brusquement.

« Va », dit-il.

Je bondis en avant sans qu'il ne fasse rien pour me retenir.

Un bruit métallique retentit sur le sol de pierre : c'est sa cuiller aiguisée, qu'il vient de jeter à mes pieds.

Je m'en empare aussitôt et me retourne vers lui, l'esprit en proie à la plus grande confusion :

« Pourquoi… ? je halète.

— Parce que je ne suis peut-être pas aussi salaud que tu le penses. Parce que tu n'aurais pas cru ce que j'ai à te dire, une lame sous la gorge. Parce que tu m'écouteras sans doute plus attentivement avec cette arme dans ton poing. »

À la lueur de la lanterne, le visage de Tristan me semble soudain transfiguré par un espoir rayonnant, inexplicable.

« Je t'ai souvent dit que je n'aimais pas la Cour, et tu m'as confié que tu ne l'appréciais pas non plus, reprend-il, les yeux étincelants de ferveur. Mais la vérité, c'est que tu la hais du plus profond de tes entrailles, n'est-ce pas ? Que tu ferais tout pour la détruire ? Eh bien, moi aussi. » Il prend une inspiration profonde pour calmer sa voix haletante. « Tu te rappelles la dernière chose que je t'ai dite avant que tu m'embrasses, lors de la chasse à courre ?

— Je ne vois pas où tu veux en venir… », je balbutie, ébranlée par ses paroles.

Le souvenir de notre brève échappée, le moment le plus heureux que j'ai vécu à Versailles, me revient dans toute la précision de mes sens. Le froid vif de l'air ; l'odeur musquée des chevaux ; le regard enflammé de Tristan ; et cette phrase que j'ai étouffée d'un baiser, sans y prêter attention alors.

« *Épargner ce cerf… pour la liberté ou l'amour* », dis-je à mi-voix.

L'évidence me foudroie, tandis que les mots roulent sur mes lèvres :

« La liberté ou l'amour… La liberté ou la mort… c'est la même chose, à une syllabe près ! »

J'ai l'impression de me retrouver au souper, le soir de ma rencontre avec Tristan, en pleine joute oratoire. Notre étrange relation est née sous le signe des jeux de mots… comment ai-je pu passer à côté de celui qu'il m'a adressé au bord de la rivière !

« Lorsque tu as débarqué à la Grande Écurie, j'ai tout de suite vu que tu étais différente des autres pensionnaires, dit-il. La manière dont tu as tenu tête à Hélénaïs pendant le souper, puis ta fuite sur les toits… Mon intuition me disait que tu étais de la même trempe que moi, une rebelle à toute autorité, venue à Versailles avec une mission secrète. Mais je ne pouvais pas te poser la question directement, au cas où je me serais trompé. Alors, j'ai essayé de me rapprocher de toi, multipliant les occasions d'être à tes côtés pour en apprendre plus sur ton mystérieux passé… en vain. »

Un sentiment doux-amer me serre le cœur. Moi qui pensais manipuler Tristan en profitant de ses sentiments, il a joué le même jeu avec moi ! Telle est prise qui croyait prendre !

« L'autre jour dans la forêt, n'y tenant plus, j'ai pris un risque, poursuit-il, la voix vibrante. Je t'ai tendu une perche en travestissant ma devise – la mienne et celle de tous les frondeurs. »

Le morceau de métal aiguisé se met à trembler au bout de ma main.

La Fronde ?…

Cette organisation nébuleuse que je croyais ne jamais connaître de mon vivant ?

Et voilà qu'elle m'apparaît sous les traits de Tristan de La Roncière ?

Mon esprit bute, se cabre. J'ai du mal à faire coïncider le visage lumineux du jeune chevalier avec la cabale obscure qui a juré la fin de la Vampyria. Mais, il y a quelques semaines encore, je n'aurais pas imaginé y associer davantage le visage de maman !

« Tu fais partie de la Fronde ? » je parviens à balbutier.

Il hoche la tête, ses mèches blondes s'agitant doucement dans la pénombre :

« Depuis toujours. Comme toute ma famille, secrètement, dans les Ardennes. Nous n'en pouvons plus du joug de l'Immuable ! La pression insupportable que la dîme royale fait peser sur le peuple… La vile soumission que l'aristocratie vampyrique impose à la petite noblesse mortelle… Les crimes et les délations commis par la Faculté… La France se meurt de la vie éternelle des immortels de Versailles ! » Le visage contracté de Tristan m'apparaît comme le miroir de mon âme, je vois s'y refléter la haine que j'éprouve moi-même pour les suceurs de sang. « Je t'ai menti, l'autre soir, quand je t'ai dit que ma mère m'avait envoyé à la Cour pour y représenter les La Roncière. La raison pour laquelle je dois à tout prix intégrer la garde personnelle du tyran est bien différente : pas pour le servir, non, mais pour…

— … lui planter un pieu dans le cœur », je murmure, terminant sa phrase.

Un sourire solaire étire ses lèvres bleues de froid.

« Je le savais ! s'exclame-t-il, des éclats de rire joyeux dans la voix. C'est pour cela que tu es là, toi aussi ! Près de la rivière, quand tu t'es approchée de moi, j'ai eu l'intuition que tu appartenais toi aussi à la Fronde. La vue de ta ponction m'a troublé sur le coup, je l'avoue, parce que j'ai brutalement pris conscience que j'étais sur le point de livrer un secret crucial à une fille dont j'ignorais tout.

— Découvrir que j'étais roturière ne t'a pas rassuré ? dis-je, bouleversée.

— Tous les roturiers ne sont pas rebelles au Roy, loin de là. Certains, comme madame Thérèse, sont même ses plus serviles complices. »

Je ne sais que répondre à cette évidence – le souvenir me revient de la manière dont la gouvernante, il y a quelques heures à peine, a traité la pauvre Toinette.

« Mais maintenant, je ne doute plus de toi ! reprend Tristan, de tout son cœur. C'est une section auvergnate de la Fronde qui t'a envoyée à la Grande Écurie, n'est-ce pas ? »

Abasourdie, je baisse mon arme.

« J'ignore tout de la Fronde et de son organisation, je lui avoue. Mais le reste de ma famille en faisait partie. Ils ont tous été massacrés : ces têtes que tu as dû voir sur la grille de la cour, c'étaient les leurs… Mon père, ma mère et mes deux frères aînés ! Personne ne m'a envoyée à la Grande Écurie. La vengeance est mon seul moteur.

— Non, c'est la destinée ! s'enflamme Tristan. J'en suis sûr ! Le destin nous a choisis, tous les deux. Toi dans l'aile des filles et moi dans l'aile des garçons, nous avons deux fois plus de chances de remporter la Gorgée. Deux fois plus de chances d'atteindre l'Immuable. Ensemble, nous mettrons fin à la tyrannie du Roy des Ténèbres ! »

En écho aux paroles de Tristan, un tintement lointain et répété résonne depuis la cheminée, tel un cri d'alarme : c'est le tocsin !

Reprenant soudain conscience du temps, je me précipite pour aider le prisonnier à défaire les nœuds qui entravent ses chevilles.

« Vite ! je m'écrie. La nuit va bientôt arriver, et avec elle celui qui vit en ces murs.

— Qui est-il exactement ? me demande Tristan en dénouant les dernières cordes.

— Je ne le sais pas plus que toi. Il a semblé vouloir m'aider à plusieurs reprises mais... certaines de ses actions restent mystérieuses. » Je repense aux têtes de ma famille bizarrement ornées, n'osant imaginer ce qu'il en a fait ensuite. « Une chose est sûre : il faut partir sans plus tarder. »

Je le dépêtre de ses couvertures, puis je l'entraîne vers la cheminée. Mais il s'effondre sur mon épaule : il a les jambes ankylosées après deux jours d'immobilité.

« Plus vite, Tristan ! » je l'encourage.

Je le laisse s'engager en premier dans l'échelle, pour m'assurer qu'il avance assez rapidement :

« Allez ! »

À mesure que nous gravissons les barreaux, l'air se fait plus froid et le sifflement de la bise plus fort. Il me semble entendre aussi un autre sifflement, au-dessous de nous, tout en bas, dans l'antre que nous avons quitté – un sifflement d'indignation et de fureur !

Hors d'haleine, nous débouchons sur le toit enténébré.

« Par ici ! je crie à Tristan, l'entraînant sur la pente en direction de la lucarne. Raccroche-toi à moi et fais attention de ne pas déraper ! »

Les nuages cachent la lune et mes bas glissent sur les tuiles où s'est déjà formée une fine pellicule de givre, mais je n'en ai cure. Le vacarme remontant de la souche de cheminée derrière nous m'effraie bien davantage : un corps massif remonte là-dedans à toute allure, faisant tinter furieusement les barreaux !

Nous parvenons enfin à la petite fenêtre que j'avais laissée ouverte.

« Vas-y en premier ! je crie, le cœur battant à tout rompre.

— Mais toi…

— Maintenant ! »

Il s'engouffre tant bien que mal dans l'étroite ouverture, sa chemise blanche gonflée par le vent glacial.

Je me jette derrière lui dans la chambrette et referme la fenêtre si fort que le carreau tremble dans son cadre.

« C'était… lui ? me demande Tristan, hors d'haleine.

— Je crois bien. »

Après le hurlement du vent et le claquement des tuiles, le silence qui règne dans la pièce minuscule me paraît assourdissant.

« Ne restons pas sous les toits, murmure Tristan. Ce monstre a une force démoniaque. Je n'ai rien pu faire quand il m'a enlevé en plein sommeil, l'autre soir. »

Nous nous précipitons dans le couloir, jusqu'à l'escalier qui descend vers les étages inférieurs.

Je me fige au seuil des marches, soudain consciente que nos chemins sont sur le point de se séparer.

« Le souper doit être presque fini, dis-je. Il faut que je trompe l'attention du garde posté devant le cabinet aux cavales : on m'y a dressé un lit, pour que je me remette des fièvres de la chasse à courre. Je dois absolument être de retour sous ma couverture avant la visite de madame Thérèse.

— Tu te glisses décidément partout, telle une hermine agile », murmure Tristan.

Mon cœur se serre :

« Mon frère Bastien me comparait à une belette… c'est presque la même chose qu'une hermine, en moins royal.

— Moi, ma mère dit que je suis sauvage comme un lynx, parce que je préfère arpenter les forêts seul plutôt qu'en meute comme mes frères. La Faculté mettrait sans doute mes longues cavalcades sur le compte d'un excès de bile noire – mais la solitude peut être douce, parfois, comme un ruisseau clair auquel se ressourcer…

— Je sais parfaitement ce que tu veux dire, je lui confie dans un souffle.

— Nous faisons la paire, toi et moi. Deux animaux farouches, arrachés à leurs forêts et jetés à Versailles. Deux créatures meurtries, moi avec ma balafre à la joue, et toi avec tes ponctions aux coudes. Mais justement, les bêtes blessées sont les plus rusées. Ce soir, je vais faire diversion. Je vais descendre en premier et jouer les mourants : le garde me portera jusqu'à l'aile des garçons, te laissant la voie libre. »

Dans la pénombre presque complète du couloir, je distingue à peine la silhouette de celui qui se tient à quelques centimètres de moi. Mais je sens son souffle tiède sur mon front.

« Comment expliqueras-tu ce qu'il t'est arrivé ? je lui demande, mortifiée de l'épreuve que je lui ai fait vivre.

— Je prétendrai que je suis moi aussi tombé malade après la chasse, répond-il. Qui sait quels miasmes coulent dans la rivière que nous avons traversée ? J'expliquerai que je me suis réveillé dans le grenier de l'aile des filles, après plusieurs nuits de délire. Je mettrai le tout sur le compte des fièvres et du somnambulisme.

— Quand nous reparlerons-nous ?

— Le soir au souper – c'est le seul moment où les pensionnaires des deux ailes se côtoient. Il faudra redoubler de discrétion, car tu nous rejoins dans la dernière ligne droite.

— Nous ? je répète. Tu veux dire que vous êtes plusieurs ? »

Tristan hoche la tête :

« La Fronde prépare cet attentat depuis des mois. La Cour est infiltrée de courtisans acquis à la cause. Nos complices au château ont dissimulé des armes dans la chambre mortuaire du Roy : la pièce où il a été transmuté il y a trois siècles, où il passe ses journées dans son sarcophage, et où il pratique chaque année le rituel de la Gorgée. Les deux candidats retenus s'y retrouveront seuls avec l'Immuable pendant quelques minutes – une occasion unique où le despote sera sans gardes ni suivants. Il y a un panneau coulissant, en bas à droite de la cheminée, celui qui porte une moulure de tête de lion. Dans cette alcôve escamotée se trouve un pieu en chêne – l'essence la plus efficace contre les vampyres –, ainsi qu'une épée d'argent – le métal qu'ils redoutent entre tous. Ces armes seront à ma disposition, si je suis sélectionné pour la Gorgée – et toi aussi, maintenant que tu es dans la confidence, tu pourras les utiliser. » Les yeux de Tristan étincellent d'un éclat sauvage. « Imagine, dans une semaine, que je plonge mon pieu dans le cœur du despote tandis que tu lui tranches la gorge : toi et moi, frappant le despote de concert ! La tyrannie terrassée par notre… amour. »

Cette image héroïque m'exalte.

Le fait que Tristan répète le mot *amour*, qu'il m'avait déjà murmuré dans la forêt, m'émeut encore davantage.

« En me rapprochant de toi ces dernières semaines, je pensais seulement enquêter sur une alliée potentielle, m'avoue-t-il. Mais j'ai découvert bien plus que cela… »

J'opine du chef : moi aussi, j'ai voulu me servir de lui pour arriver à mes fins. Mais le cœur a fini par l'emporter sur la raison calculatrice.

Je prends sa main dans la mienne – elle est glacée.

« Pardon, lui dis-je. Pardon d'avoir demandé à ce… à cette créature de te faire taire.

— Tu n'as pas à t'excuser. J'aurais agi de même, si j'avais cru qu'une pensionnaire mettait en péril mon projet d'assassiner le Roy. Tu as fait passer ton devoir avant tout. Tu as agi noblement.

— Je suis une roturière, Tristan », je lui rappelle.

Il s'approche de moi, son visage dévoré d'ombre envahissant tout mon champ de vision.

« Je parle de la noblesse du cœur, murmure-t-il. Celle qui échappe aux titres, aux conventions, à tout ce protocole dans lequel l'étiquette voudrait enfermer les mortels. Et moi, si tu m'y autorises… je t'aime encore plus pour ça, Diane.

— Jeanne, je le reprends, parce que je ne peux plus supporter d'entendre un autre nom que le mien dans sa bouche. Jeanne Froidelac. »

Il lève doucement ses doigts à mon visage et caresse l'une des mèches grises que le vent a ébouriffées.

« Jeanne…, répète-t-il avec ravissement. Mon hermine d'argent, qui court sur les toits du ciel et qui commande aux monstres des enfers… Ma mère prétend m'avoir choisi parce que j'étais le plus brave de mes frères, moi qui ai combattu un ours à mains nues. Je crois qu'elle m'a surtout désigné parce que j'étais le plus indépendant, le plus capable à ses yeux de remplir cette mission d'infiltration cruciale sans craquer. Mais j'ai peur, tu sais… Jadis, l'ours s'en est tiré sans une égratignure, alors qu'il m'a marqué dans ma chair à jamais. Or l'Immuable est mille fois plus redoutable que les fauves les plus féroces. Puissé-je être aussi courageux que toi, quand viendra le moment de l'affronter. »

Transis en haut du petit escalier sous les combles, nous sommes perchés au bord du vide. Tels ces deux animaux en chasse que Tristan évoquait à l'instant, sur le point de sauter dans une vallée immense et inconnue. Dans ce vertige, je ressens tout plus intensément. La peur fait frissonner ma peau. L'excitation accélère les battements de mon cœur. Et cette chaleur qui me réchauffe le ventre, Tristan l'a déjà nommée : c'est la flammèche d'un amour naissant, qui s'est joué de nous deux en s'allumant à notre insu.

Les lèvres de Tristan s'entrouvrent en s'approchant des miennes, frémissantes.

Lorsque nos bouches se rencontrent, elles cessent enfin de trembler.

21

Gigue

J'APPARTIENS À LA FRONDE ! CHANTE UNE voix joyeuse dans ma tête lorsque j'ouvre les yeux.

La veille au soir, madame Thérèse n'y a vu que du feu, et ce matin je ne ressens plus aucune courbature.

Je repousse les épaisses couvertures, tel un papillon sortant de son cocon, prêt à s'envoler. Les papillons, je les perçois aussi dans mon ventre, en repensant à Tristan et au baiser que nous avons échangé la veille avant de nous quitter. Je me sens forte de sa force, et de celle des partisans innombrables que j'imagine grouiller dans les ombres de la Cour.

Maman, papa, Valère et Bastien, regardez-moi, je marche dans vos pas : j'appartiens à la Fronde !!!

Jusqu'à présent, je n'avais jamais imaginé survivre à mon attentat contre le Roy. Je pensais que le mot *liberté* gravé au revers de la montre à gousset de ma mère n'était qu'un mirage. Mais maintenant, je me prends à rêver du monde d'après : un monde libéré de la dîme, du parcage et du couvre-feu. Je m'imagine chevauchant avec Tristan dans les vastes forêts des Ardennes dont il m'a tant parlé, et plus loin encore, vers ces contrées lointaines que j'ai toujours voulu explorer. Sa solitude, en rencontrant la mienne, a tout chamboulé.

Au petit déjeuner, le nom de La Roncière est sur toutes les lèvres. Le réfectoire bruisse de la rumeur du retour du disparu dans l'aile des garçons. Son histoire de somnambulisme semble avoir convaincu, en l'absence de toute autre explication sur sa disparition pendant quarante-huit heures.

Une part de moi brûle de dévoiler la vérité à Naoko, mais je me tais : j'ai juré à mon complice de ne rien dire. C'est plus sûr pour lui, pour moi et même pour Naoko. Du reste, avec la malebouche, elle a déjà un secret bien assez lourd à porter.

À la fin de la journée, après la toilette du soir, je m'empresse de dévaler le grand escalier avant tout le monde, impatiente de retrouver Tristan dans la salle de gala.

Mais une voix résonne dans mon dos, me figeant net en bas des marches :

« Diane ? »

Je me retourne vivement.

C'est Poppy, elle aussi en avance pour le souper… à moins qu'elle ne m'ait suivie ?

« J'espère que tu te sens mieux », murmure-t-elle.

C'est la première fois qu'elle m'adresse la parole depuis la chasse à courre, après m'avoir ostensiblement boudée. Je ne tiens pas à savoir pourquoi. Pour les quelques jours qui restent jusqu'à la Gorgée du Roy, toute mon attention doit être focalisée sur mon unique objectif.

« Ça va, je lâche, sur la réserve. Encore un peu enrhumée, mais ça va passer.

— Cette rivière devait être pleine de miasmes particulièrement virulents, pour vous mettre dans un tel état, La Roncière et toi. Quand on y pense, cette crise de somnambulisme… c'est fou ce qu'il lui est arrivé !

— C'est fou, oui. Mais maintenant, il paraît qu'il va mieux, et moi aussi. »

Je préférerais en rester là et éviter de parler de Tristan. Je n'ai rien à gagner à prolonger une conversation où je risquerais de trop en dire.

Mais Poppy n'en a pas fini :

« Je suis désolée de m'être comportée comme je l'ai fait, depuis la chasse, dit-elle. Quand tu m'as vue cracher du sang dans mon mouchoir, j'ai pris peur…

— Peur de quoi ? je rétorque en haussant les épaules. Je ne suis pas une vampyre, je n'allais pas me ruer sur ton mouchoir pour l'avaler goulûment. »

Je tourne les talons pour rejoindre la salle de gala, mais elle m'attrape par la manche de ma robe de damas.

« Eh, attention ! je m'écrie. C'est un présent du Roy ! »

À la vérité, je me fiche de cette robe comme de l'an mil. Mais je ne peux pas laisser Poppy déchirer ma manche et exposer la marque de la saignée ! Je la laisse m'entraîner sous le grand escalier, dans un recoin sombre où sont rangés seaux et balais. Ici, nul ne peut nous voir ni nous entendre.

« J'ai eu peur que tu me dénonces : voilà ce qui m'a glacée, précise-t-elle dans un murmure. Dis-moi, as-tu parlé à quiconque de ce que tu as vu ? »

Dans la pénombre de l'alcôve, le visage de Poppy affiche une expression anxieuse. Son teint me semble plus blafard que jamais – ni le rouge sur ses joues, ni le noir sur ses yeux ne parviennent plus à colorer sa peau exsangue. Je sens qu'une angoisse profonde la travaille.

« Je n'ai rien dit à personne », je lui assure.

Ses traits se détendent légèrement, et elle relâche enfin la manche de ma robe.

Là-bas, derrière les murs de la Grande Écurie, les coups répétés du tocsin annoncent la tombée de la nuit.

« Merci, *darling*, soupire-t-elle, après que le dernier coup a retenti. Je préfère que les professeurs ne sachent pas que je suis tuberculeuse. »

Elle prononce ce mot du bout des lèvres, tel un secret honteux. Tuberculeuse ? Je connais cette terrible affection qui ronge les poumons à petit feu. Les villageois atteints de ce mal, à la Butte-aux-Rats, étaient ostracisés. Seul mon père osait les toucher avec compassion, s'efforçant d'alléger leurs symptômes avec de la poudre de pulmonaire officinale, à défaut de soigner leur mal incurable. Je pensais que la tuberculose était une maladie de pauvres roturiers – jamais je n'aurais imaginé qu'une noble demoiselle puisse en être atteinte.

« Tu es sûre ? » je murmure, repensant à la toux chronique de Poppy, à son teint blême, et à ces crachats sanglants qu'elle voulait tant me cacher.

Elle hoche gravement la tête, agitant son haut chignon :

« Toute ma famille est touchée. Le nom des Castlecliff a beau être glorieux, notre domaine croulant l'est beaucoup moins. C'est un château perclus d'humidité, au fin fond du comté de Cumbrie, coincé dans un couloir de falaises entre l'Écosse et la mer d'Irlande. Il se dresse sur une terre marécageuse d'où remonte la pestilence qui infecte les miens depuis des générations. » Son regard se voile. « Cette maudite maladie m'a déjà pris mes deux frères aînés… »

J'en reste sans voix – le parallèle avec ma propre situation me foudroie.

À cet instant, un tonnerre de talons éclate au-dessus de nos têtes : ceux des demoiselles descendant le grand escalier pour aller souper. Le vacarme fait résonner l'alcôve de marbre froid où nous sommes retranchées. Bâillements de fatigue après la longue journée de cours, excitation de retrouver les garçons, angoisse des épreuves de sélection qui approchent… tout cela passe au-dessus de nous tel un orage, au milieu duquel tonnent les admonestations aiguës de madame Thérèse.

« Mes parents devaient penser que je ne vivrais pas longtemps quand ils m'ont baptisée Proserpina, reprend l'Anglaise une fois que le groupe s'est engouffré dans la salle de gala, rendant le grand escalier au silence. Ils m'ont donné le nom d'une jeune fille enlevée par Pluton, le dieu des morts, certains que la maladie me faucherait avant mon dix-huitième anniversaire. Si tu savais comme je déteste ce prénom ! » Son visage se crispe sous son maquillage charbonneux. « Je préfère infiniment le surnom Poppy – tu sais ce que ça signifie ?

— Euh… c'est une espèce de fleur ? je murmure, mes souvenirs des cours d'anglais de maman se heurtant à l'émotion de cette confession chuchotée. Une… marguerite ?

— Un coquelicot. Une mauvaise herbe qui persiste à pousser en marge des prés et dans les terrains vagues, là où on ne l'attend pas. Une fleur aux pétales rouge sang, comme les taches qui maculent mes mouchoirs. Une plante éphémère aux couleurs de la vie. » Elle me prend la main et la serre fort. « Jusqu'à présent, j'ai résisté de toute ma volonté au dieu des morts. Mes frères lui ont rendu visite avant moi. Même si je les chérissais, je ne compte pas les rejoindre de sitôt – parce que j'aime la vie, moi, je l'aime passionnément ! »

L'appétit de vivre de Poppy m'éclate au visage, tragique. Ses coups de gueule, son verbe haut et vibrant, ses tenues provocantes, ses multiples aventures avec les garçons : elle joue une course contre la montre… contre la mort.

« Voilà pourquoi j'ai appris le français avec assiduité, me confie-t-elle. Parce que c'est la lingua franca de la Magna Vampyria et le passeport pour le monde. Voilà pourquoi je me suis portée volontaire pour venir représenter l'Angleterre à Versailles : pour m'échapper de Castlecliff. Et voilà pourquoi je veux tant remporter la Gorgée du Roy : pour être guérie avant de succomber à mon tour.

— La rumeur veut que le sang de l'Immuable prolonge la jeunesse des mortels qui le boivent…, je pense à voix haute, me remémorant ce que m'a expliqué Naoko.

— … et on dit aussi qu'il soigne toutes les maladies, telle une panacée, complète Poppy dans un fervent murmure. Après quelques années de service auprès du Roy, je partirai loin de Versailles et de ses pompes, loin de Castlecliff et de ses miasmes : à la proue d'un navire m'emmenant vers les Amériques, respirant les embruns à pleins poumons ! » Ses yeux brillent un peu plus fort à l'évocation de cet avenir fantasmé. « Et bien sûr, au bras de Zacharie, mon bel Américain… ce serait quand même bête que je claque avant d'avoir pu vivre mon histoire avec lui, pas vrai ? »

Elle pousse un long soupir sifflant, qui remonte de sa poitrine secrètement rongée par la tuberculose.

« Pendant des années, j'ai réussi à masquer à peu près les symptômes en mâchant de la gomme infusée à la morphine, dit-elle. Ça calme la toux et ça apaise la douleur. Mais chaque mois, je m'essouffle un peu plus vite, et ces dernières semaines je me suis mise à cracher du sang. Si le Grand Écuyer venait à apprendre ma condition, j'ai peur qu'il m'interdise de concourir à la Gorgée, ou qu'il demande à la Faculté de me soigner – et ça, je ne le veux pour rien au monde ! Tu sais ce qu'on dit de ces serpents à collerette : leurs fichus remèdes sont pires que le mal ! »

Elle émet ce petit rire sardonique qui n'appartient qu'à elle, se reprenant de justesse avant qu'il dégénère en quinte de toux.

Derrière les croisées, la nuit est complètement tombée. Les lustres du couloir se reflètent dans le verre dépoli et font flamboyer le regard fiévreux de Poppy.

« Je suis touchée que tu me confies tout ça, lui dis-je. Et une fois encore, je te promets que je garderai tout pour moi. Quant à la Gorgée du Roy…

— Je ne te demande pas de te désister, me coupe-t-elle. Je sais que nous sommes concurrentes, et que nous le resterons jusqu'au 31 octobre. Ce n'est pas pour susciter ta pitié que je t'ai raconté mon histoire. C'est pour te demander de la jouer à la loyale. De m'affronter dans les épreuves comme n'importe quelle autre rivale, sans utiliser mon secret pour me poignarder dans le dos. » Elle plonge ses yeux noirs dans les miens. « Contrairement à cette parvenue d'Hélénaïs, je sens que tu as un vrai code d'honneur – la manière dont tu as réagi, l'autre soir, pour défendre cette servante qu'on saignait plus que de raison l'a prouvé à mes yeux. Les valeurs chevaleresques sont inscrites depuis des siècles dans le noble sang des Gastefriche, tout autant que dans celui des Castlecliff. »

Poppy ne pourrait se tromper davantage lorsqu'elle évoque la « noblesse » de mon sang. Quant à ces valeurs chevaleresques dont elle se targue, elles n'empêchent guère la noblesse d'écraser le quart état.

« Je t'ai promis que ton secret était en sécurité avec moi, dis-je en baissant les yeux. Allons, maintenant, rejoignons le réfectoire avant que madame Thérèse ne se rende compte de notre absence et pique une crise de nerfs. »

Elle hoche la tête et glisse dans ma paume un petit sachet de soie à la surface bosselée :

« Ce sont des boules de gomme à la morphine. Elles sont souveraines contre la toux. Si tes bronches sont encore un peu prises, cela t'aidera à surmonter les derniers symptômes. Mais attention : la morphine est un puissant calmant. Ne mâche pas plus d'une boule toutes les quatre heures, sans quoi tu tomberas dans les vapes. »

Je prends le sachet sans mot dire. Fille d'apothicaire, je connais la morphine. Mon père m'a appris que c'était un antidouleur rare, mille fois plus efficace que l'écorce de saule blanc… mille fois plus dangereux aussi. Lui-même n'en conservait que quelques grammes précieux dans son apothicairerie, qu'il n'utilisait que pour les patients les plus sévèrement atteints, et toujours avec la plus grande parcimonie. Ceux qui ont recours à la morphine tous les jours ne peuvent bientôt plus s'en passer. Qui l'eût cru ? Poppy, la fière amazone dont toutes envient la liberté, est en réalité une esclave de la drogue !

*

Mon cœur explose dans ma poitrine au moment où j'avise Tristan au milieu de la salle envahie de pensionnaires. Les chaises autour de sa table sont déjà toutes occupées : ce soir, le hasard ne nous rassemblera malheureusement pas. Il n'empêche, le seul fait de l'apercevoir me comble de joie.

Il me sourit lui aussi. Je ne m'en étais pas rendu compte hier dans la pénombre de la nuit, mais ce soir à la lumière éclatante des lustres, je mesure à quel point sa réclusion l'a éprouvé. Entre ses mèches blondes, son visage est encore pâle et creusé, faisant ressortir davantage sa balafre.

Le ballet des servantes et des plats m'emporte, rythmé par la conversation de mes voisins de table. Chacun rivalise de belles manières et de bel esprit, pour montrer qu'il maîtrise l'art courtois et l'art de la conversation. Il me faut supporter ce babillage insignifiant une heure durant, alors que mon cœur ne se languit que d'une seule personne au monde. Barvók donne enfin la permission de se lever d'un geste solennel de sa pince droite. Tristan et moi, nous nous frôlons avant de retrouver nos dortoirs respectifs. Ce ne sont que quelques instants volés au rythme trépidant de la Grande Écurie, une poignée de secondes arrachées sous le nez des professeurs et des élèves ignorant tout du pacte qui nous lie ; mais le moment fugace où nos mains se touchent vaut bien l'attente de toute une journée.

Tristan ne peut me glisser que quelques mots à l'oreille :

« J'ai des nouvelles pour toi, belle hermine. Demain soir, au cours d'art vampyrique, faisons équipe. Nous aurons plus de temps pour parler. »

À ces mots, il est happé par le flot des garçons regagnant l'autre aile du bâtiment.

*

La journée du lendemain s'écoule dans une tension sourde – c'est la toute dernière avant le début des épreuves.

Malgré mon impatience de retrouver Tristan, je me concentre sur les leçons. Dans la salle de classe, il règne un silence studieux, sans bavardages ni distraction : toute l'attention des demoiselles est dirigée vers la compétition qui va bientôt commencer. Ma détermination à être sélectionnée pour le rituel est plus forte que jamais, et je suis résolue à ingérer toutes les informations disponibles afin d'augmenter mes chances. Je m'efforce de saisir les subtilités du cours d'art courtois, ma matière la plus faible. Quatre heures durant, Barvók nous fait réviser les manières de la table – c'est que l'épreuve d'art courtois se déroulera demain sous la forme d'un souper officiel, auquel participeront des courtisans venus spécialement du palais.

« Nous aurons l'honneur de recevoir la comtesse de Villeforge, également connue à la Cour sous le plaisant sobriquet de “madame Étiquette”, se rengorge Barvók. Arbitre absolue des usages, c'est elle qui a personnellement établi le plan de table, et c'est elle qui sélectionnera les six filles et les six garçons les plus policés. Le souper lui-même n'aura pas lieu à sept heures, comme vous en avez l'habitude, mais à neuf heures, un horaire qui sied davantage aux seigneurs de la nuit. Je ne saurais trop vous recommander de prendre la collation que les domestiques vous apporteront dans vos dortoirs en début de soirée, pour tenir le coup jusque-là. Le café vous stimulera : ce breuvage est le meilleur allié des courtisans mortels pour rester éveillé toute la nuit en compagnie des immortels, et la Cour en fait une consommation considérable. Quant aux amuse-bouches, ils vous caleront l'estomac. Il vaut mieux arriver à table sans avoir trop faim. » Il renifle d'un air supérieur. « Rien n'est plus grossier que de se jeter sur la nourriture à peine servie, comme de vulgaires paysans faméliques ! »

L'après-midi, au cours d'art équestre, je me concentre comme jamais pour faire effectuer à Typhon les figures de dressage les plus sophistiquées. Malgré toute mon application, je sens bien que mes aides ne sont pas aussi bien placées que celles des autres cavalières plus expérimentées que moi – mais l'étalon enchaîne les voltes et les changements de main comme s'il lisait dans mon esprit davantage que dans mes mollets et dans mes rênes. Espérons qu'il en soit de même après-demain, quand je devrai effectuer un carrousel impeccable devant la Cour !

Le soir venu, après le souper, madame Thérèse frappe dans ses mains pour ordonner aux servantes et aux valets d'évacuer les tables de la salle de gala.

« Mesdemoiselles et messieurs, formez vos couples pour le cours d'art vampyrique de ce soir, le dernier avant les épreuves : la gigue sans repos ! » annonce-t-elle énergiquement.

Les petits yeux de la gouvernante brillent d'excitation en annonçant cette discipline.

Je fends la foule des pensionnaires qui se cherchent fébrilement, jusqu'à Tristan, comme une évidence.

Il a repris des couleurs depuis la veille.

Sa veste de soie grège accroche la lumière des lustres. Mais il n'a pas besoin de ces luxueux vêtements pour rayonner, lui dont le cœur est simple et sauvage comme le mien : un garçon des forêts, que la Cour n'enfermera jamais dans sa prison dorée.

« Chers pensionnaires, j'espère que vous êtes en forme ! tonne la voix tranchante de Lucrèce. Comme toutes les meilleures choses, la gigue sans repos est à la fois délicieusement addictive et mortellement dangereuse. De nombreux courtisans y ont perdu la vie – mais au moins ont-ils péri le sourire aux lèvres ! »

Je porte mon regard à l'avant de la salle de gala, désormais débarrassée de tous ses meubles pour dégager une vaste piste de danse.

Lucrèce et Suraj se dressent au bout du parquet ciré de frais, aussi lustré qu'un miroir, dans lequel se reflètent les pendeloques de cristal illuminant le plafond. Pour la première fois, les deux écuyers ont délaissé leurs sombres habits de combat faits pour se fondre dans la nuit. Lucrèce resplendit dans une longue robe en mousseline de soie vermillon, au col festonné d'une magnifique collerette en plumes d'ibis rouge : plus que jamais, elle ressemble à un oiseau de proie majestueux et mortel. Suraj, lui, porte un justaucorps de velours ivoire à col droit, à la mode des Indes, qui fait ressortir le cuivre de sa peau. Son turban clair est orné d'une aigrette en opale brillant de mille feux : une coiffe digne d'un maharaja.

Les deux écuyers sont accompagnés d'un groupe de musiciens à la mise de croque-morts. Au-dessus de leurs livrées noires s'ouvrent des visages blêmes, aux joues creuses.

« La gigue sans repos est l'une des danses les plus en vogue à Versailles, reprend Lucrèce. Moins technique que le menuet, plus intime que la courante. Les deux futurs vainqueurs de la Gorgée du Roy seront amenés à la danser à l'issue des épreuves, dans la galerie des Glaces. Considérez cette session comme un entraînement. » Elle se tourne vers le funèbre orchestre. « Les Violons du Roy nous font l'honneur de leur présence ce soir. On dit que les vrais artistes doivent être prêts à tout sacrifier à leur art. Si les castrats italiens renoncent à leur virilité pour préserver la pureté de leur voix, c'est leur jeunesse que les Violons du Roy sacrifient à leur musique envoûtante ! »

Comme chaque fois qu'elle expose les horreurs raffinées de la Cour, l'écuyère semble se délecter de ses propres paroles, les savourant du bout de ses lèvres laquées de grenat. Suraj, lui, garde ses yeux sombres obstinément rivés au sol.

« Vous connaissiez le charme capiteux des roses vampyriques, poursuit Lucrèce. Sachez que les violons vampyriques sont plus ensorcelants encore ! Une merveille façonnée par les Ténèbres ! Chaque violon est taillé dans un érable qui a été quotidiennement arrosé du sang d'un musicien, depuis son enfance jusqu'à l'âge adulte. Ainsi, l'arbre et l'homme ont grandi ensemble – que dis-je, les forces vitales de l'homme se sont transférées dans l'arbre ! Après vingt ans de ce régime, un luthier certifié par la Faculté a sculpté dans la précieuse essence un instrument unique. Il ne peut être joué que par le musicien qui l'a abreuvé de son sang. Bien sûr, le violoniste meurt prématurément, au bout de quelques années. Mais je vous assure que le son qu'il tire de son instrument en vaut la chandelle ! » Lucrèce sourit en regardant les malheureux qui sont promis à payer le prix ultime pour un talent si éphémère. « La gigue sans repos est envoûtante, au point que nul ne peut résister à son appel. Dans son flot, les plus piètres danseurs se changent en virtuoses. Ils en oublient le temps et jusqu'aux limites de leurs corps, qui parfois se brisent. Mais rassurez-vous, ce soir les violons ne joueront pas toute la nuit : une petite heure suffira à vous donner un avant-goût des plaisirs de la Cour. »

À ces mots, elle va rejoindre Suraj, son cavalier pour la soirée. Je prends conscience qu'ils ont dû danser ensemble devant toute la Cour, il y a un an, lorsqu'ils ont remporté la Gorgée du Roy. À la façon dont Lucrèce pose sa main sur l'épaule de son partenaire, de manière aussi possessive que si elle portait encore son gantelet de serres métalliques, l'évidence me foudroie : la dangereuse guerrière a des vues sur l'ombrageux Indien ! Voilà pourquoi elle s'acharnait sur Rafael, l'autre soir : pas seulement par cruauté, mais aussi par jalousie !

« Musique ! » ordonne-t-elle aux violonistes.

Ces derniers lèvent lentement leurs mains à leurs violons, avec des gestes tremblotants de vieillards, alors qu'ils n'ont pas trente ans. Mais à peine les archets ont-ils touché les cordes que les musiciens se métamorphosent. Tandis que résonnent les premiers accords, leurs épaules voûtées se redressent et leurs faces de carême semblent reprendre un peu de couleur. C'est comme s'ils ne formaient plus qu'un avec les monstrueux instruments gorgés de leur jeunesse perdue. Ceux qu'on appelle « les Violons du Roy » sont réduits à n'être plus que cela : des hommes-violons. Des hybrides de chair, de bois et de cordes.

Suraj et Lucrèce ouvrent le bal, emportés par la musique qui monte : glissant sur les lattes luisantes, ils se font face comme si plus rien d'autre n'existait autour d'eux, tournoyant tels un sujet et son reflet des deux côtés d'un miroir.

Je sens mes propres jambes se mettre en branle sans que je les contrôle, comme si elles étaient fauchées par une irrésistible lame de fond. Devant moi, Tristan s'anime lui aussi, ses mouvements épousant les miens avec un mimétisme surnaturel.

« Je… je ne sais pas danser la gigue, je bafouille.

— Je suis loin d'être un spécialiste, murmure-t-il, les sourcils froncés, aussi dépassé que moi par la situation. Mais il semble que la musique le sache pour nous. »

En effet, je m'aperçois que mes pieds, loin d'écraser ceux de mon partenaire, les frôlent élégamment à chaque pirouette. Mes talons tracent des pas de gigue avec une aisance magique sur le parquet ciré. Mes poignets s'élèvent dans les airs avec grâce, tels les bras d'un pantin tirés par des fils invisibles. Soudain, mes cuisses se fléchissent sous mes jupons et je m'envole dans un entrechat aérien – les trente aînés s'envolent avec moi, parfaitement synchronisés. L'espace d'un instant, la salle entière entre en apesanteur. Les longues chevelures bouclées, les amples robes empesées, les basques des justaucorps brodés : tout cela reste suspendu dans l'air saturé de notes. Puis soixante talons retombent d'un coup sur le plancher, exactement au même moment, pour repartir aussitôt dans la danse infernale.

« C'est prodigieux ! je chuchote à Tristan, au moment où ce pas que je ne contrôle pas me colle à lui.

— C'est abominable ! » rectifie-t-il dans un souffle, avant que la gigue l'arrache violemment à moi.

La salle tangue devant mes yeux – les lustres de cristal, les rideaux de velours, les croisées dorées : emportés dans un tourbillon de folie. La danse échevelée fait voltiger ma robe de damas. L'odeur d'encaustique remontant du parquet me fait tourner la tête. Jusqu'à ce que la houle me heurte à nouveau à Tristan.

Ses lèvres frôlent mon oreille, y glissant quelques mots essoufflés que moi seule peut entendre sous le couvert de la musique :

« Il suffira que l'un de nous soit sélectionné pour déclencher… pfff… le massacre.

— Le massacre ? » je répète.

Avant que Tristan puisse me répondre, la gigue me l'enlève, et il me faut attendre la pirouette suivante pour le retrouver.

Le mouvement de la danse nous colle l'un à l'autre pendant de précieuses secondes ; il en profite pour me mitrailler de confidences chuchotées :

« Dès que les lauréats garçon et fille s'introduiront dans la chambre mortuaire du Roy, les frondeurs infiltrés tueront les écuyers montant la garde… pfff… Les conjurés exécuteront aussi les courtisans mortels et immortels refusant de s'allier à la cause… pfff… Tout a été prévu : armes dissimulées sous les vestes et jupons, essence de fleur d'ail pure pour désorienter les vampyres… pfff… »

La danse nous sépare brusquement, faisant claquer les longs pans de ma robe, tandis que mon esprit se remplit d'images sanglantes. Massacrer les écuyers du Roy ? Oui, bien sûr, j'aurais dû m'en douter : on ne fait pas d'omelette sans casser d'œufs… Mon regard accroche le couple qui danse au centre de la salle. Je n'aurai aucun regret à voir mourir Lucrèce ; Suraj, en revanche, mérite-t-il un tel sort ? Je ne l'ai jamais vu manifester la cruauté de sa compagne. Mais si sa mort est la condition nécessaire pour que périsse le tyran, alors je suppose qu'il n'y a pas à hésiter.

« Le Roy donnera d'abord son sang à boire à la lauréate, reprend Tristan, les joues empourprées et le souffle court, au moment où la gigue nous assemble à nouveau. Si c'est toi, j'en profiterai pour aller chercher les armes derrière le panneau au lion… pfff… Si c'est une autre, je lui trancherai la gorge après avoir poignardé le Roy… pfff… »

Nos jambes nous font tournoyer l'un autour de l'autre dans une volte aussi vertigineuse que mes pensées qui s'affolent.

« Au cas où je ne serais pas sélectionné et où tu entrerais seule dans la chambre mortuaire, tu devras agir de même… pfff… Une fois que tu auras absorbé la Gorgée du Roy… pfff… tu prendras les armes et tu tueras le tyran… pfff… en même temps que celui qu'il abreuve de son sang. »

La danse atteint son apogée. Mes mollets virevoltent follement sous mes jupons, mes cuisses tendues par l'effort me chauffent autant que lors de mes courses en forêt. Tout autour de moi, les chignons des demoiselles se défont, les catogans des garçons s'échappent de leurs rubans.

Je me retrouve dans la ligne de mire de Rafael de Montesueño, occupé à giguer avec Séraphine de La Pattebise, dont le long corps souple est taillé pour la danse. Aurai-je le cran de l'égorger, lui qui ne m'a rien témoigné d'autre que de la gentillesse… ? Il le faudra bien, s'il s'oppose à moi ! Que ce soit lui ou un autre !

Plutôt que d'envisager le meurtre que je devrai peut-être commettre pour assouvir ma vengeance, je me laisse entièrement aller à la gigue sans repos. La danse ténébreuse éreinte mon corps et lessive mon âme, jusqu'à y effacer tout remords, tout regret, toute pensée.

22

ART COURTOIS

UN SONGE COTONNEUX.

Voilà ce que m'inspire cette journée du 28 octobre, à la fois tant attendue et tant redoutée, celle de l'épreuve d'art courtois. Depuis mon arrivée à la Grande Écurie, c'est la première fois qu'aucune leçon n'est dispensée. Aujourd'hui et jusqu'à la fin du mois, elles sont suspendues, pour laisser aux pensionnaires le temps de se préparer à la compétition de chaque soir.

Certaines en profitent pour faire la grasse matinée afin d'apparaître les plus fraîches possible au souper, d'autres au contraire se sont levées à l'aube pour réviser une dernière fois leurs cours de bonnes manières. Des salles de classe désertées aux salles d'eau fumantes, il règne un calme oppressant. Derrière les fenêtres, le ciel chargé de nuages gris pèse comme une chape de plomb, un couvercle hermétique étouffant tous les sons. Dans ce silence, mes oreilles bourdonnent encore de la gigue de la veille. Mes membres courbatus me font mal d'avoir trop dansé. L'une des boules à la morphine offertes par Poppy me soulagerait peut-être, mais il n'est pas question que je cède à la tentation. J'ai prévu un autre usage pour ce remède : il ne va pas m'aider à apaiser mes crampes, mais à évincer mes rivales.

Prétextant une sieste derrière les rideaux de mon lit à baldaquin, je passe l'après-midi à râper les boules de gomme à l'aide d'un couteau dérobé au déjeuner. Trente doses de morphine au total, réduites en une fine poudre blanche que je glisse dans le sachet de soie.

« Évite de boire le café que les servantes apporteront tout à l'heure pour la collation », dis-je à Naoko en fin d'après-midi, tandis qu'elle me coiffe dans la salle d'eau en prévision du souper.

Elle me jette un coup d'œil dans le miroir, au-dessus de la magnifique coiffure qu'elle a réalisée : un chignon argenté orné d'une parure de soie blanche en forme de lotus, spécialement confectionnée pour moi. *Une grande fleur artificielle pour faire ressortir par contraste la finesse naturelle de ton visage – c'est un truc de geisha,* m'a-t-elle expliqué avec le goût exquis qui la caractérise.

« Ne te fais pas de souci pour moi, me dit-elle tout en ajustant la parure. De toute façon je dors peu, la stimulation du café n'y changera rien. Et quand bien même je ne fermerais pas l'œil de la nuit, ce n'est pas bien grave. Je n'ai pas la même pression que les autres pour être en forme, vu que je ne concours pas à la Gorgée du Roy. »

Je me retourne sur le tabouret et saisis son poignet pour l'obliger à m'écouter attentivement.

« Ce café n'aura rien d'un stimulant, je te le garantis, lui dis-je. Tu risquerais au contraire de piquer du nez dans ton assiette en plein souper – concurrente ou pas, ce serait très mal vu. »

Les yeux noirs de Naoko s'écarquillent sous sa frange :

« Tu vas… l'empoisonner ?

— Non. Enfin, pas vraiment. Je tiens juste à m'assurer que je ferai partie des candidates retenues par madame Étiquette, à la fin de la soirée. La plupart des filles sont plus habiles à table que moi, c'est un fait… à moins qu'elles ne soient pas en pleine possession de leurs moyens, si tu vois ce que je veux dire. »

Au fond de moi, j'aimerais arracher à Naoko une absolution. Mais elle recommence à me brosser les cheveux sans un mot, ses lèvres carmin scellées pour garder mon secret sans pour autant approuver ma démarche.

*

« Toinette, c'est toi ? » dis-je au moment où la jeune servante arrive au bout du couloir, poussant un chariot à trois étages chargés de victuailles.

Son visage s'illumine, faisant pétiller ses taches de rousseur.

Elle ne se doute pas que je guette son arrivée depuis une demi-heure dans ma robe de soie gris perle, feignant de tomber sur elle par hasard.

« Oui, c'est moi, mademoiselle Diane, dit-elle joyeusement. Je viens apporter la collation au dortoir.

— Miam, tout ça m'a l'air succulent ! je m'exclame en lorgnant le chariot où sont disposés de délicates verrines, des sablés poudrés, des tartes aux fruits confits… et deux grandes cafetières fumantes. J'ai eu de la chance de tomber sur toi en me dégourdissant les jambes dans les couloirs. Je vais pouvoir choisir l'en-cas que je préfère, avant que les lionnes du dortoir se ruent dessus.

— Mais bien sûr, mademoiselle ! s'exclame Toinette, encore débordante de reconnaissance pour mon intervention en sa faveur, l'autre soir en cours d'art vampyrique. Qu'est-ce qui vous ferait plaisir ? »

Je fais mine d'hésiter, alors qu'en réalité je cherche le mets le plus inaccessible.

« Ce gâteau de Savoie, là au fond, sur le plateau du bas : j'en voudrais bien une part ! »

Toinette se plie en deux pour trancher la pâtisserie.

Je profite de ce qu'elle est baissée pour soulever le couvercle de l'une des cafetières et y verser tout mon sachet de poudre de morphine – seule la moitié des pensionnaires seront intoxiquées, mais au moins il y aura la dose !

« Voilà pour vous », dit Toinette en se redressant.

Elle me tend une assiette en porcelaine, sur laquelle elle a élégamment couché une généreuse tranche de gâteau au cœur doré et moelleux.

« J'espère sincèrement que vous serez prise pour la Gorgée du Roy, me glisse-t-elle. Vous êtes une belle âme. Tout le contraire de… Lucrèce. »

Ses joues pâles s'empourprent de cette impudence venue du cœur ; elle bafouille une excuse et s'esquive avec son chariot.

Je sens mes propres joues s'enflammer de honte, dès qu'elle a le dos tourné. Moi, une belle âme, alors que j'utilise cette innocente pour parvenir à mes fins ? Et si elle se faisait prendre et accuser d'intoxication collective ? Je mobilise toute ma volonté pour me convaincre que ça n'arrivera pas… que moi-même, je suis prête à mourir pour tuer le tyran… que le triomphe de la liberté mérite qu'on coure de tels risques.

N'est-ce pas… ?

*

À peine neuf coups ont-ils sonné aux clochers de Versailles que madame Thérèse déboule dans le dortoir – à pas chassés, sa robe à falbalas étant équipée d'un panier si large que ses hanches postiches ne passent pas les portes de face.

« Dépêchez-vous ! s'exclame-t-elle. Les invités sont déjà arrivés ! »

Les demoiselles – maquillées, poudrées et frisées au fer – s'engouffrent dans les couloirs jusqu'au grand escalier.

Du coin de l'œil, je guette les bâillements de certaines, la manière dont d'autres semblent traîner des pieds… la morphine est en train de faire son effet.

Un souffle d'air froid me frappe le visage lorsque je pénètre dans la salle de gala, en dépit du feu flambant dans l'âtre. De longues tables ont été arrangées pour former un gigantesque coude nappé de lin blanc, où rutilent des couverts en or spécialement sortis pour l'occasion. Le tout est surmonté de grands vases peints de papillons de nuit, garnis de pâles chrysanthèmes.

Une trentaine de courtisans sont déjà assis, occupant une chaise sur deux afin de laisser les pensionnaires se mêler à eux. Ces hommes et ces femmes arborent des tenues somptueuses, mais ce sont leurs souliers qui attirent aussitôt mon regard : la moitié des invités ont des talons rouges… Je n'ai jamais été en présence de tant de vampyres à la fois, ce qui explique le frisson qui m'a saisie à mon entrée dans la salle.

« Chers convives, bienvenue à la Grande Écurie ! » s'exclame Barvók, arrivant de sa démarche raide par la porte opposée, suivi des garçons emperruqués.

Ce soir, le général hongrois a sorti le grand jeu : son justaucorps brodé est surchargé de médailles militaires cliquetantes, lestant un peu plus cet homme qui semble constitué de métal davantage que de chair.

Il force sur ses articulations mécaniques, les obligeant à ployer dans un grincement strident, pour s'incliner devant une dame de haute stature. Cette dernière trône au centre du coude, là où les deux longues tablées se rejoignent.

« Mes hommages, madame de Villeforge », dit-il obséquieusement.

Telle est donc la redoutable madame Étiquette, la maîtresse des usages de la Cour… Blême dans sa robe blanche doublée de fourrure pâle, elle m'évoque une lune au visage impénétrable, vers lequel sont tournés ceux des courtisans. En l'absence du Roy des Ténèbres, c'est autour d'elle que gravite la Cour ce soir.

« Mesdemoiselles et messieurs, à vos positions ! » tonne le général.

Madame Thérèse et lui restent debout au fond de la salle, pour surveiller les opérations de ce souper qui a été préparé des semaines durant comme un plan de bataille.

Les pensionnaires se mettent en quête de leur place, des sourires courtois vissés sur le visage, mais le trac fait trembler leurs prunelles.

Hélénaïs passe devant moi sans m'accorder un regard, son beau visage tellement enduit de céruse qu'elle semble plus morte que vive – sans doute est-ce là son intention : ressembler le plus possible à une vampyre pour se fondre parmi eux.

Poppy, au contraire, a compensé la pâleur maladive de sa peau par un surplus de fard à joues. Pour la première fois, elle a entièrement domestiqué son extravagante crinière brune, emprisonnant chaque mèche rebelle dans un incroyable écheveau de tresses qui a dû lui prendre la journée à confectionner.

Mes yeux croisent furtivement ceux de Tristan, à l'autre bout de la salle. C'est la première fois que je le vois en perruque. Il arbore un modèle de la même couleur que ses cheveux – juste un peu plus long, un peu plus doré, un peu plus bouclé, symbole de cette Cour où l'artificiel doit toujours supplanter le naturel. Nous ne pouvons échanger aucune parole, bien sûr, mais son sourire m'apaise. Comme s'il me murmurait silencieusement : *tout va bien se passer.*

« Diane ? fait une voix atrocement familière, tout près de moi. Je crois bien que nous allons souper ensemble… »

Je baisse les yeux sur une somptueuse chevelure rousse que je reconnaîtrais entre toutes : celle d'Alexandre de Mortange. Il est assis là, dans un justaucorps de velours bleu assorti à ses iris, à côté d'une assiette surmontée d'un carton à mon nom.

« Le Roy a dû demander à madame Étiquette de nous placer côte à côte, dit-il gravement. C'est mon premier souper courtois depuis que j'ai été privé des honneurs de la Cour, à la suite de notre rencontre aux jardins. Sa Majesté veut nous mettre à l'épreuve de résister aux pulsions qui nous attirent l'un vers l'autre. »

Une boule de colère se forme dans ma gorge. La seule pulsion que je ressens pour Alexandre, c'est une envie de meurtre – mais comment pourrait-il s'en douter, après ma déclaration d'amour transi dans les jardins royaux ?

« Je m'efforcerai de faire bonne figure », je parviens à articuler en m'asseyant. J'oblige mes lèvres à s'étirer en un sourire hypocrite, mes paupières à papillonner ingénument. « Je me retiendrai de te sauter au cou pour t'embrasser entre la poire et le fromage.

— En retour, je retiendrai ta voisine de te sauter à la gorge pour te saigner », répond-il le plus sérieusement du monde.

Je prends soudain conscience de la courtisane placée à ma gauche. J'ai un mouvement de recul instinctif en reconnaissant ce macaron de tresses brunes piqué de perles laiteuses : la dernière fois que je les ai vues luire, c'était dans le labyrinthe de verdure, en pleine chasse galante.

« N'écoutez pas les élucubrations du vicomte de Mortange, susurre Edmée – car c'est bien elle. Nous sommes tous réconciliés désormais, puisque telle est la volonté du Roy. N'est-ce pas ? »

Au grincement de sa voix, à son sourire crispé, je devine sa frustration, et même sa rage. Tout comme Alexandre, le Roy l'a faite asseoir à mes côtés, tel un pion sur un damier. Je commence à comprendre le jeu machiavélique qu'il joue, déplaçant ennemis et amants au mépris de leurs sentiments – pour montrer que la seule chose qui compte, comme l'a dit Edmée, c'est sa volonté toute-puissante.

Là-bas, depuis son siège central, je vois que madame Étiquette nous surveille du coin de l'œil.

« Le menu semble des plus appétissants, ne trouvez-vous pas, très chère ? » me dit Edmée en me tendant une belle page imprimée sur papier de Venise, enluminée de dorures.

Le menu est divisé en deux colonnes : à gauche, les « mets mortels », destinés aux pensionnaires et aux courtisans non transmutés ; à droite, les « mets vampyriques », réservés aux seigneurs de la nuit.

Je sens mon estomac se tordre à la lecture de cette deuxième colonne, qui à elle seule résume toute l'horreur de la Vampyria.

Souper de la 28ème nuit d'octobre de l'an des Ténèbres 299

Épreuve d'art courtois pour la Gorgée du Roy

Mets mortels

Hors-d'œuvre

Assiette de crustacés

Aux homards bleus de la Cour de Danemark,
importés à Versailles depuis la mer du Nord

Vin d'accompagnement : Crozes-Hermitage blanc

Soupe

Velouté forestier

Aux noisettes de la Cour de Gênes,
relevées à la truffe noire

Vin d'accompagnement : Pomerol rouge

Rôt

Dinde des Amériques

Accommodée à la sauce mexicaine,
telle qu'on la mange à la Cour d'Espagne

Vin d'accompagnement : Châteauneuf-du-Pape rouge,
Grand Millésime de l'an 277

Entremets

Gelée à la menthe

Préparée à la mode de la Cour d'Angleterre

Vin d'accompagnement : vin de Champagne de l'abbé Dom Pérignon

Fromages

Assortiment de nos régions

Tour du royaume de France
en dix fromages

Vin d'accompagnement : Porto âgé

Dessert

Tarte Sacher

Délice au chocolat à la mode
de la Cour d'Autriche

Vin d'accompagnement : vin de Muscat

Mets vampyriques

Premier sang

Sang rosé de Versailles

Cuvée de primeur, fraîchement prélevée
sur des jeunes femmes de la région

Description : robe diaphane, arômes floraux, bouche fraîche et désaltérante

Deuxième sang

Cuvée sylvestre

Cuvée prélevée sur des bûcherons
de la Forêt-Noire élevés au grand air

Description : robe rubis, arômes résineux, bouche charpentée

Troisième sang

Grand cru hémophile

Grand cru classé, cet assemblage subtil combine
le sang d'hémophiles de toute la Vampyria

Description : robe grenat, bouche onctueuse
et souple due à l'absence de coagulation

Entresang

Jus d'oranges sanguines

Cultivées dans l'orangerie de Versailles
et arrosées du sang des proies des chasses galantes

Quatrième sang

Sang madérisé du Portugal

Sang de veuves de pêcheurs, mêlé de leurs larmes
et vieilli en fûts de bateaux naufragés

Description : robe de deuil sombre, arômes caressants, légère amertume

Dernier sang

Liqueur douceâtre des nonnes de Brive

Spécialité des nonnes de l'hospice de Brive-la-Gaillarde,
à partir de patients diabétiques gavés aux sucreries

Description : sang sirupeux, aux notes gourmandes
de miel et de nougatine

« Le Roy nous gâte, dit Edmée, m'arrachant à la contemplation morbide du menu. Il nous offre un tour géographique des spécialités de la Vampyria. J'adore voyager à table, pas vous ? »

Je vois qu'elle se délecte de mon trouble, mais je m'efforce de ravaler ma répugnance. Ce soir, le moindre faux pas, la moindre grimace de dégoût peut me coûter ma place à la Gorgée du Roy.

« C'est mon plus grand plaisir, à moi aussi, je réponds à la vampyre. Je regrette seulement de ne pouvoir goûter que les mets de la colonne de gauche ; j'espère qu'une nuit, j'aurai l'honneur d'être transmutée afin de pouvoir moi aussi déguster ceux de la colonne de droite. »

Ce mensonge me brûle les lèvres, mais c'est exactement ce qu'Edmée a envie d'entendre : que j'aspire à être comme elle.

Elle renverse la tête et émet ce rire cristallin qui hante mes cauchemars depuis l'épisode de la chasse galante :

« Un peu de patience, très chère ! Le numerus clausus est des plus stricts. Avant de songer à être transmutée, il faut déjà que vous remportiez la Gorgée du Roy… et vous êtes loin d'être la seule en lice.

— Je suis certain que Diane a toutes ses chances ! » intervient Alexandre. Il me couve d'un sourire protecteur, tel un chevalier servant volant au secours d'une demoiselle en détresse – à vomir ! « Elle est épatante : c'est de loin la plus belle, la plus intelligente, la plus gracieuse de la promotion…

— … et la plus appétissante aussi, n'est-ce pas ? » complète Edmée d'une voix acide.

Le sourire d'Alexandre s'évanouit d'un seul coup.

« Je ne vous permets pas, balbutie-t-il.

— Lui avez-vous raconté ce qui est arrivé à cette écuyère, il y a vingt ans ? Celle que vous avez séduite et saignée ? Comment s'appelait-elle, déjà ? Agata ? Aniela ? »

Les pupilles d'Alexandre se rétractent d'un seul coup, ses canines s'allongent, sa bouche élégante se transforme en affreuse grimace. Un feulement monte de sa gorge. Il a juste le temps de plaquer une serviette brodée sur ses lèvres pour étouffer cette manifestation de rage incontrôlée qui, je le devine, relève des pires manières possibles pour un vampyre de la Cour.

Les paroles du Roy, il y a deux mois dans le labyrinthe, me reviennent en tête : il avait accusé Alexandre de *n'avoir rien retenu des leçons du passé*, et d'*avoir encore joué les don Juan sans penser aux conséquences*.

Ainsi, voilà la raison pour laquelle le vicomte au visage d'ange a été exilé il y a vingt ans. Je pensais que c'était cette histoire d'incendie de l'Opéra, mais il y a pire : il a assassiné une jeune fille comme moi, à peine sortie de la Grande Écurie !

« Mon amour pour Aneta était pur, balbutie Alexandre, les lèvres encore tremblantes de colère. C'est… c'est la passion qui nous a consumés.

— La passion a bon dos ! rétorque Edmée. Elle calcine toutes les mortelles qui ont le malheur de vous charmer – et la liste est longue. Mais ses feux vous épargnent toujours miraculeusement : chaque fois, vous vous en sortez indemne, prêt à recommencer ! »

Alexandre me jette un regard éperdu.

Ce soi-disant éternel adolescent, qui prend des poses de grand romantique, est incapable d'aimer vraiment :

il ne sait que posséder et détruire. Ses idylles sont des toquades condamnées à se terminer dans le sang. Et moi qui lui ai manifesté de faux signes d'affection pour sauver ma peau dans les jardins royaux, j'ai donné naissance à une nouvelle obsession !

« Ce n'est pas ce que tu crois, Diane…, murmure-t-il, mortifié. Je te raconterai tout après le souper, je te le jure, mais pas à table… »

Je m'efforce de cacher derrière un rictus forcé la répulsion que m'inspire cet ignoble suceur de sang, lèvres et dents serrées pour ne pas lui cracher au visage.

À cet instant, les servantes entrent dans la salle. Elles placent devant chaque mortel une assiette garnie de coquillages au milieu desquels trône un demi-homard couché sur un lit d'algues, et devant chaque vampyre un flacon rempli de cet affreux sang rosé décrit dans le menu. Je suis prise d'un haut-le-cœur au moment où les immortels débouchent leurs flacons respectifs. Ils en versent le contenu dans une petite coupe en cristal, parmi la forêt de verres posés devant eux – chacun ayant une forme différente pour mieux déguster un type de sang spécifique.

Un cliquettement synchronisé résonne à travers la vaste salle : ce sont les convives mortels qui saisissent leurs couverts d'or, parmi la batterie complète disposée de chaque côté de leur assiette. J'ai suffisamment révisé pour reconnaître la petite fourchette à hors-d'œuvre, les ciseaux à homard et la longue pique à crustacés. Je décortique mon homard le plus élégamment possible. La pensionnaire assise de l'autre côté d'Alexandre ne s'en sort pas aussi bien que moi. La pince de son homard ne cesse de glisser entre ses ciseaux, sans qu'elle parvienne à affermir sa prise. Je sens qu'elle n'en a tout simplement pas la force… elle peine déjà à garder les yeux ouverts, alors comment pourrait-elle briser la cuirasse épaisse du crustacé ?

Une vague honte m'étreint le cœur, tandis que j'observe à travers la salle toutes celles qui luttent mollement avec leur hors-d'œuvre – au moins une demi-douzaine de demoiselles, celles qui ont bu tout à l'heure à la cafetière empoisonnée. Madame Étiquette les lorgne d'un regard désapprobateur, qui ne fait qu'ajouter à leur stress et à leur confusion. Pour la plupart, je les connais à peine. Quant à Poppy, qui m'a fourni l'arme du crime à son insu, je ne me fais pas de souci pour elle : elle n'aime pas le café, et de toute façon son addiction à la morphine a sans doute haussé son seuil de tolérance.

« Diantre, faites donc attention ! » s'écrie soudain une noble mortelle, assise à la table en face de la mienne.

Sa voisine, Marie-Amélie de La Durance, vient de lui projeter des miettes de carapace de homard dans l'œil. La demoiselle, pourtant l'une des mieux élevées de la promotion, se confond en excuses pâteuses, sa diction ralentie par la drogue. Et toc, une de moins pour la Gorgée du Roy !

« Ce sang de jouvencelle est… comment dirais-je… un peu râpeux sur la langue », se plaint soudain Edmée.

À peine a-t-elle reposé sa coupe presque intacte sur la table qu'une voix retentit dans mon dos : celle de madame Thérèse, qui s'est approchée de nous à pas de loup.

« Ce doit être une erreur, madame la marquise, dit-elle. Laissez-moi examiner le flacon, je vous prie. »

La gouvernante saisit le petit récipient de verre, dont Edmée a vidé le contenu dans sa coupe. Elle en déchiffre à voix haute l'étiquette manuscrite :

« *Sang tiré le 24 octobre 299. Lieu : Versailles. Source : Toinette Perrin, 18 ans.* »

Je me fige sur ma chaise, comprenant soudain que rien n'est dû au hasard dans ce souper du diable. Ni mes voisins de table vampyriques, ni ce flacon maudit.

Le regard impitoyable que me lance madame Thérèse ne fait que confirmer ma terrible intuition.

« Oh, je crois que je comprends ce qui s'est passé ! s'écrie-t-elle, feignant la surprise alors que d'évidence tout a été orchestré. Le sang de cette roturière a été tiré ici même, en cours d'art vampyrique. Il s'agit d'une jeune fille locale, je vous assure, le cépage n'est donc pas en cause… mais je crains que le tirage n'ait été un peu perturbé, d'après ce qu'on m'a rapporté.

— Comment ça, perturbé ? fait Edmée en regardant sa coupe d'un air dégoûté. Ne me dites pas que cette roturière était malade !

— Point du tout. Mais la saignée a été interrompue par mademoiselle de Gastefriche, ici présente. Cette âme généreuse se faisait du souci pour la santé de la donneuse. Le flacon a été complété avec le sang d'un autre sujet qui s'est porté volontaire, le caballero de Montesueño. »

À la table d'en face, Rafael blêmit au-dessus de sa collerette rigide. Mais ce soir, ce n'est pas après lui que la gouvernante en a : c'est après moi, que Lucrèce a dû dénoncer pour insubordination.

Edmée grimace :

« Je me disais bien que ce premier sang avait quelque chose de bizarre. Je déteste commencer à souper par un assemblage, le palais n'a pas encore eu le temps de se former !

— Et vous avez entièrement raison, chère marquise, abonde la gouvernante. Il faut immédiatement remédier à cet ennuyeux faux pas. » Elle pivote sur ses talons et hèle Toinette, qui se tient au bord de la salle avec les autres servantes. « Toi : viens ici ! »

La pauvre jeune fille jette des regards désespérés autour d'elle, mais nul ne peut lui venir en aide… ni Rafael ni moi. Intercéder une nouvelle fois en sa faveur, devant les courtisans, reviendrait à nous disqualifier d'office pour la Gorgée du Roy.

Toinette s'approche de la table d'un pas tremblant. Madame Étiquette elle-même laisse faire, tandis que les courtisans se réjouissent de ce divertissement impromptu. Les yeux des dames et seigneurs mortels s'écarquillent de plaisir, comme s'ils étaient au spectacle ; les prunelles des vampyres, au contraire, se contractent d'excitation, leur instinct de prédateur flairant la peur de la proie qui s'approche.

« Le moment est venu de t'acquitter de la dette que tu n'as pas payée l'autre soir, dit cruellement madame Thérèse à la jeune servante. Pour dédommager la marquise de Vauvalon de sa mauvaise surprise, tu vas pouvoir lui verser une coupe de sang plus frais que frais – et je dirais même, encore tout chaud !

— Par… par pitié, bafouille Toinette.

— Ne fais pas l'enfant, la tance madame Thérèse. Il s'agit de remplir une coupette de rien du tout. Je suis sûre que tu te sentiras mieux après, avec la conscience du devoir accompli. D'autant que c'est ta chère protectrice, Diane de Gastefriche, qui va se charger de te saigner. Voyons, il me semble que tu as les veines plus saillantes à droite… »

Sous ses airs de grand-mère sévère mais juste, Thérèse est un monstre encore pire que Montfaucon.

Maintenant le poignet droit de Toinette au-dessus de la table, elle me tend une aiguille reliée à un tube de caoutchouc, dont elle place l'extrémité dans une nouvelle coupe.

D'une main tremblante, je saisis l'aiguille, implorant la jeune servante du regard pour qu'elle me pardonne ; dans ses yeux, je ne lis que terreur et incompréhension.

Je cherche du bout de l'aiguille une zone de peau où pratiquer le prélèvement, comme j'ai vu mon père le faire si souvent au village. Mais le pli du coude est encore violacé, la ponction d'il y a quelques jours à peine n'ayant pas eu le temps de cicatriser complètement…

J'enfonce l'aiguille à côté, dans l'espoir de ne pas trop faire souffrir Toinette ; je ne parviens qu'à lui arracher un hurlement de douleur : j'ai manqué la veine.

« Oh, pardon, pardon ! » je balbutie, sentant tous les yeux braqués sur moi, douloureusement consciente que ma maladresse me fait perdre de précieux points dans cette odieuse épreuve.

Je darde l'aiguille à nouveau ; et, à nouveau, je manque la veine trop fine – à moins que ce soit ma main qui tremble trop fort.

« Eh bien, mademoiselle de Gastefriche, avez-vous du sable dans les yeux ce soir ? grince Thérèse au-dessus de mon épaule.

— Peut-être devrais-je essayer le bras gauche ?…

— Tut-tut ! Vous n'allez pas renoncer si vite ! »

Je devine soudain que si Thérèse m'a tendu le bras droit de Toinette, c'est justement parce qu'il n'est pas encore cicatrisé ; si elle ne m'a pas fourni de garrot, c'est pour que la veine ne ressorte pas. Cette horrible femme veut nous torturer le plus longtemps possible, Toinette et moi !

Le visage de la jeune servante n'est plus qu'un champ de détresse raviné de larmes, secoué de hoquets. Je voudrais la prendre dans mes bras, lui dire que tout cela en vaut la peine, que par cette humiliation elle achète la mise à mort du tyran qui lui a fait subir toutes les saignées de sa vie !

Incapable de lui communiquer ma sollicitude, ivre d'angoisse et de frustration, j'enfonce l'aiguille à la troisième reprise. Cette fois, je vise droit dans le point de ponction tuméfié, mon seul repère pour atteindre cette maudite veine que je ne parviens pas à localiser. Le sang se met enfin à couler dans le tuyau de caoutchouc – mais aussi à côté, car dans mes tentatives lamentables j'ai littéralement charcuté la pauvre Toinette. Des gouttelettes pourpres s'élargissent en corolle sur la nappe brodée.

« Enfin, voilà qui est fait ! » déclare madame Thérèse d'un air satisfait, une fois la coupe remplie. Elle se tourne vers Edmée : « Toutes nos excuses pour la lenteur du service, madame la marquise. »

La gouvernante remmène une Toinette livide vers le fond de la salle, tandis qu'Edmée lève la coupe à ses lèvres.

« Mmm, délicieux ! se régale-t-elle. Quel palais ! – enfin, façon de parler, pour une soubrette qui doit avoir grandi dans un taudis. »

Son mot d'esprit déclenche rires et applaudissements parmi les courtisans. Certains lui lèvent des toasts, de leurs verres remplis de vin ou de sang.

Dans ma bouche, le homard n'a plus aucun goût, pas davantage que le velouté ou que la dinde qui lui succèdent. Chaque bouchée est une torture, que je me force à déglutir et qui tombe comme une lourde pierre dans mon estomac noué. Deux heures durant, mon visage n'est plus qu'un masque figé dans un sourire douloureux. Je ne parviens pas à me réjouir de voir certaines de mes concurrentes renverser leurs verres de vin ou piquer du nez dans leur assiette, au point que madame Thérèse doit raccompagner deux d'entre elles au dortoir avant qu'elles ne s'effondrent. Le spectacle des courtisans mortels se goinfrant sans mesure me donne la nausée ; celui des vampyres absorbant goulûment les flacons de sang toujours plus grands qu'on leur apporte m'horrifie. À voir leurs narines frémir et leurs canines s'ériger, je repense avec effroi aux paroles de la princesse des Ursins dans les jardins royaux : pour une raison inconnue, la soif des immortels n'a cessé de s'accroître ces derniers temps…

Lorsque vient enfin le moment de quitter la table, j'esquive Alexandre et son flot d'explications que je n'ai aucune envie d'entendre. Tandis que les invités gavés de bonne chère, d'alcool et de sang rentrent au château d'un pas lourd, les pensionnaires ensommeillées montent se coucher. Je profite du mouvement chaotique pour échapper au groupe et me faufiler dans les couloirs plongeant vers les cuisines en sous-sol. Le souper est fini, ma prestation aussi – mon sort est désormais entre les mains de madame Étiquette et la suite ne dépend plus de moi. En revanche, je dois absolument trouver Toinette pour m'excuser du traitement que je lui ai fait subir !

Mes pas affolés me conduisent dans une région de la Grande Écurie où je n'ai jamais pénétré auparavant. Je dévale des escaliers, anxieuse de parler à Toinette, douloureusement consciente du peu de temps dont je dispose avant de remonter au dortoir. Il me semble entendre des frottements et voir des ombres grandir sur les murs. Dans ces couloirs sombres, point de servantes ni de valets : croyant gagner les cuisines, j'ai sans doute fait fausse route. Les parois dépourvues de moulures, sur lesquels semble suinter une légère humidité, me laissent un instant penser que je me suis égarée dans le territoire du reclus… Mais non, c'est impossible : je n'ai pas pu descendre aussi bas sous terre, et du reste les lampes à huile qui pendent au plafond indiquent que cette partie des caves est utilisée.

Je finis par arriver à une impasse : une pièce circulaire dépouillée, au milieu de laquelle s'élève une margelle de pierre surmontée d'une poulie.

Un puits.

Sans doute celui auquel les domestiques ont recours au cœur de l'hiver, lorsque le gel bloque les canalisations de la Grande Écurie.

N'ayant nulle part où aller, je m'apprête à faire demi-tour, lorsque je me heurte à une silhouette massive.

Dans la faible clarté des lampes à huile, il me faut un instant pour reconnaître le panier de hanches démesuré et la charlotte dégoulinante de rubans.

« Madame Thérèse ! » je m'exclame.

Elle m'a suivie jusqu'ici sans que je m'en aperçoive, et à présent sa robe disproportionnée condamne la seule issue.

« Avez-vous oublié où se trouve le dortoir ? me demande-t-elle sèchement.

— Je… j'ai dû boire un peu trop de vin de Champagne et je me suis perdue, je prétends. Pourriez-vous m'indiquer le chemin, s'il vous plaît ? »

Au lieu de s'écarter, la gouvernante avance vers moi, m'obligeant à battre en retraite vers le centre de la pièce.

« Vous avez peut-être abusé du vin de Champagne… mais apparemment, vous n'avez pas abusé du café ! » dit-elle d'une voix menaçante.

Mon sang se fige.

« Du café ?…, je répète.

— Ne faites pas l'innocente. Quand je suis montée coucher Joséphine et Anne-Gaëlle, tout à l'heure en plein souper, j'ai remarqué le chariot à collation rangé contre le mur. Des rats avaient festoyé des restes du goûter.

— À la Butte-aux-Rats aussi, ces bestioles étaient une vraie infection, dis-je, cherchant désespérément à changer de sujet. Ils s'introduisaient dans tous les recoins et étaient impossibles à attraper. »

Le visage de la gouvernante se fend d'un sourire froid, tandis qu'elle continue d'avancer vers moi :

« Oh, rassurez-vous, je n'ai eu aucun mal à attraper ces rats-là ! Il m'a suffi de me baisser pour les ramasser et les jeter au feu : ils étaient profondément endormis près de la cafetière renversée, les babines souillées de miettes de biscuits imprégnés de café.

— Vous voulez dire que le café aurait été… empoisonné ? dis-je d'une voix chevrotante. Mais par qui ?

— Par celle qui a préparé la collation, pardi ! assène la gouvernante. Toinette. Votre protégée. Votre complice. »

Mes talons se heurtent à la margelle du puits.

Je ne peux plus reculer.

« C'est vous qui lui avez dit de commettre ce crime, n'est-ce pas ? m'accuse la gouvernante en m'attrapant le bras. Avouez. Avouez ! Qu'on envoie enfin cette oie au gibet, et vous hors de ces murs ! »

Je tente de me dégager, mais la vieille femme s'agrippe à mon bras avec une force dont je ne l'aurais pas crue capable.

La panique bloque ma poitrine ; l'odeur terreuse et humide s'exhalant des murs me sature les narines ; je ne peux plus respirer !

« Petite intrigante ! gronde la gouvernante. Quand le Roy apprendra ce que vous avez fait, ce n'est pas le couvent qui vous attend : c'est la saignée, comme ces vulgaires roturières que vous aimez tant !

— Je vous signale que vous êtes une roturière, vous aussi ! » je parviens à rétorquer dans un souffle rauque.

La colère sur le visage fardé de la gouvernante se mue en expression de haine pure.

« Espèce de garce ! vocifère-t-elle en me giflant à toute volée. Vous vous croyez tellement supérieure à moi ? Je mérite d'être transmutée autant que vous, ou que n'importe quelle péronnelle de cette école ! »

Elle s'apprête à me gifler à nouveau, mais j'attrape son poignet tremblant de rage.

« Lâchez-moi immédiatement ! hurle-t-elle, une lueur de folie dans les yeux. Lâchez-moi ou je… je vous saigne ! »

Elle ouvre grand sa bouche aux dents plombées, visant ma gorge – mais dans la position où je la tiens, sa mâchoire ne parvient qu'à se refermer sur mon épaule.

La morsure hargneuse perce ma peau à travers l'étoffe de ma robe, me tirant un cri de douleur et d'effroi.

Ivre de panique, j'arrache de moi cette démente si obsédée par l'idée de la transmutation qu'elle se prend déjà pour une vampyre ; je la retourne contre la margelle et la pousse de toutes mes forces dans le puits.

Son énorme panier d'osier se coince dans l'ouverture, révélant ses multiples jupons de dentelle, ses bas de soie fine et ses jambes malingres s'agitant dans les airs.

Sous cet épais bouchon d'étoffes, la voix de la gouvernante me parvient, étouffée :

« Aidez-moi ! Aidez-moi immédiatement, petite sotte ! »

Je reste immobile au bord du puits, tétanisée, l'épaule en sang.

Centimètre après centimètre, je regarde les jambes de la gouvernante s'enfoncer, ses furieuses ruades ne servant qu'à écraser le panier dont les cerceaux craquent les uns après les autres.

Elle change soudain de ton, ses insultes se muant en supplications larmoyantes :

« Je vous promets que je ne dirai rien au Roy pour vos tricheries. Et vous tairez cette petite morsure de rien du tout qui m'a échappée. Ce sera notre secret à toutes les deux. Ce sera… Aaah ! »

Le reste du panier cède d'un seul coup.

Souliers, bas, jupons : tout cela disparaît à travers le gouffre noir, avec un long hurlement qui va diminuant jusqu'à s'éteindre dans un *plouf* lointain.

23
Art équestre

« MESDEMOISELLES, VOUS VOUS ATTENDIEZ SANS doute à ce que madame Thérèse vienne vous annoncer les résultats de l'épreuve d'hier soir, déclare madame de Chantilly à son entrée au dortoir. Seulement voilà : ce matin, elle est… euh… allée faire une course en ville. »

Autour de moi, les filles échangent des regards interloqués.

Madame Thérèse est habituellement omniprésente, réglant chaque aspect de la vie des pensionnaires du lever au coucher – et d'autant plus en cette période de compétition. Son absence inattendue plonge chacune dans la perplexité. Y compris le corps professoral : Chantilly se sent obligée d'affabuler, pour ne pas avouer que la matrone a tout simplement disparu.

« Votre chère gouvernante s'est rendue chez sa modiste pour faire ajuster sa toilette avant l'épreuve équestre de ce soir, affirme-t-elle, s'enferrant dans son mensonge.

— … ou peut-être qu'elle a fini par suivre ton exemple et qu'elle s'est fait la malle pour vivre le *big love* avec un vampyre ? me glisse Poppy à l'oreille. Tout le monde sait qu'elle bave devant les immortels. »

Je m'efforce de sourire à ces sarcasmes, la gorge nouée, l'épaule encore douloureuse de la morsure de la gouvernante sous ma nouvelle robe (j'ai jeté au feu le bustier taché de sang, hier soir en remontant au dortoir).

Poppy ne voit-elle pas comme je suis blême ?

Et toutes les autres, ne perçoivent-elles pas mon malaise ?

Non : elles sont suspendues aux lèvres de Chantilly, les yeux rivés sur le parchemin qu'elle sort de sa poche.

Après avoir rajusté ses besicles cerclées d'or, la professeure en entame la lecture d'un ton pompeux, comme lorsqu'elle déclame des odes et des panégyriques en classe :

« En ce vingt-neuvième jour d'octobre de l'an des Ténèbres 299, j'ai l'honneur d'annoncer les six candidates retenues à l'issue de l'épreuve d'art courtois, spécialement sélectionnées par la comtesse de Villeforge, par appointement du Roy ! Sont retenues, je cite…

« Hélénaïs de Plumigny… »

Toutes les têtes se tournent avec envie vers ma plus grande rivale, dont le visage rayonne d'orgueil.

« Proserpina Castlecliff… »

Il semble écrit qu'à la Grande Écurie, Hélé et Poppy marchent toujours dans les pas l'une de l'autre – et ce matin encore, elles se disputent la première place du classement.

« Françoise des Escailles… »

Un cri de joie étouffé retentit à ma droite : la petite brune appliquée suit de près les deux têtes de classe.

« Séraphine de La Pattebise… »

Plus que deux noms…, je songe, serrant secrètement la montre de maman dans la poche de ma robe.

« Marie-Ornella de Lorenzi… »

Plus qu'un nom…

« Diane de Gastefriche. »

Le nœud dans ma gorge se desserre subitement.

Je suis… prise !

Les murmures feutrés de toutes celles qui comprennent que pour elles, l'aventure s'arrête là, se transforment en un concert de lamentations. Les unes déplorent le souper trop tardif, les autres accusent le vin trop capiteux. Par bonheur, aucune des perdantes ne songe au véritable coupable : le café qui leur a fait perdre tous leurs moyens. Les principaux témoins ont disparu – les rats ont terminé au feu, et madame Thérèse au fond du puits. L'écho glaçant de son hurlement me revient en tête. Puis le bruit sourd de son corps percutant l'eau noire tout en bas. De combien de mètres est-elle tombée ? Quinze ? Trente ? Plus encore ? Le long silence ayant suivi sa chute m'a convaincue qu'elle s'était tuée.

« Assez de jérémiades ! déclare Chantilly, frappant dans ses mains pour rappeler les contestataires à l'ordre. Que celles qui ont perdu se réjouissent : vous avez quartier libre pour vous reposer jusqu'à lundi prochain, lorsque les cours recommenceront selon le rythme habituel. Et que les autres se préparent pour l'épreuve de ce soir. Le Grand Écuyer m'a chargée de vous dire que le carrousel aurait lieu dans le manège dès la tombée de la nuit. Vous l'effectuerez avec les six garçons sélectionnés… dont je vais vous révéler les noms. » Elle retourne son parchemin pour en déchiffrer le revers : « Messieurs de Montesueño, de Longuedune, de Grand-Domaine, de La Roncière, della Strada et du Charlois. »

Si mon cœur a exulté à l'annonce de mon nom, il explose littéralement en entendant celui de Tristan ! – mais ma joie est vite douchée par la fin de l'allocution de Chantilly :

« Le carrousel se déroulera en présence du marquis de Mélac, conclut-elle. Le ministre des Armées en personne se chargera de sélectionner les trois meilleurs cavaliers et les trois meilleures cavalières : quel honneur pour vous ! »

La professeure tourne les talons, me laissant méditer cette ironie cruelle : il échoit au maître des assassins de ma famille de décider si je vais pouvoir continuer la compétition ou pas…

*

« Sais-tu ce qu'il est advenu de madame Thérèse ? »

La question de Naoko me prend de court.

Dans le miroir de la salle d'eau, face auquel elle m'a assise pour me coiffer, son regard inquisiteur foudroie mon reflet. Ce soir, elle a épinglé mes cheveux sous un chapeau de dressage en feutre noir doublé de satin, comme il sied pour une reprise équestre devant des membres éminents de la Cour.

« Comment pourrais-je le savoir ? dis-je.

— Tu es rentrée bien après les autres au dortoir, hier soir. Personne ne s'en est aperçu car il était tard et les autres filles dormaient à poings fermés – surtout celles qui ont eu droit à ton café maison. Mais moi, comme tu le sais, j'ai le sommeil léger… »

Je vois mon visage blêmir dans le miroir, devenir plus blanc encore que celui de Naoko sous sa fine couche de poudre de riz.

« Rappelle-toi ce que nous nous sommes promis, me dit-elle. De ne plus rien nous cacher.

— Ce… c'était un accident, je balbutie. Thérèse est tombée dans un puits, au sous-sol. Je n'ai rien pu faire pour la sauver. »

Naoko me dévisage en silence, comme si elle lisait dans mon esprit ce qu'il s'est passé hier… comme si elle voyait que j'ai laissé la gouvernante chuter sans tenter de la retenir.

« De toute façon, c'était une horrible femme, je m'écrie. Elle méritait de mourir, pas vrai ? »

Le visage de Naoko reste fermé comme une porte de prison.

« Je ne l'appréciais pas plus que toi, dit-elle froidement. Mais qui es-tu, Jeanne ou Diane, pour décider qui mérite de mourir ?

— Thérèse était aussi cruelle que Lucrèce ! Tu les as vues, toutes les deux, s'acharner sur cette pauvre Toinette ! Je le dis et je le répète : ces deux gargouilles méritent de crever. »

Les lèvres me démangent de révéler à Naoko que les jours de Lucrèce sont comptés : comme tous les écuyers du Roy, elle périra sous les lames des frondeurs embusqués au château. Mais je ne dis rien, car Naoko ignore tout du projet de régicide – elle en est restée à l'idée que je veux juste assouvir une vengeance personnelle contre Alexandre de Mortange.

« Toi aussi, tu es cruelle, me rétorque-t-elle. Ta soif de vengeance tourne à l'obsession morbide. La mélancolie te dévore. Tu parles de la vie humaine comme une vampyre. Attention à ne pas devenir tout ce que tu détestes. Ce serait une revanche trop cher payée, Jeanne.

— Aucun prix n'est trop élevé pour venger les miens, tu entends ! je gronde en me levant de ma chaise, excédée par les accusations de Naoko. D'ailleurs, cette conversation me file mal au crâne. Je ferais mieux d'aller à l'écurie pour me préparer au carrousel. La nuit tombera dans moins d'une heure et je me suis assez pomponnée comme ça. »

*

À mon entrée dans l'écurie, l'odeur puissante des chevaux m'enveloppe comme une vague, dissipant mes états d'âme, balayant mon mal de tête naissant.

La présence frémissante des grands équidés me renvoie à ma propre part animale, ma part sanguine, celle qui prenait possession de mon corps lors de mes chasses en forêt. Fuir ou combattre. Tuer ou être tuée. Dans la nature, le choix se résume à des alternatives simples, pures, qui ne s'embarrassent ni de remords ni de regrets.

Je fends les ombres en direction de la stalle de Typhon, mes bottes d'équitation foulant le sol garni de paille.

La croupe puissante de l'étalon m'apparaît. Les reflets rouge sombre de sa longue échine nue luisent dans la lumière du soir, qui filtre à travers les hautes fenêtres. Contre toute attente, Typhon n'est pas encore sellé, ni même pansé… à moins d'une heure du carrousel, je me serais pourtant attendue à ce que les palefreniers commencent à le préparer.

« J'ai été aussi surpris que toi en descendant voir Fuego », résonne une voix derrière moi.

Je me retourne, plissant les paupières pour percer la pénombre crépusculaire.

Une silhouette sombrement vêtue se détache faiblement : celle de Rafael de Montesueño. Il se tient dans la stalle en face de la mienne, la main posée sur l'encolure de son petit pur-sang noir.

« Je crois que nous n'allons pas monter nos chevaux habituels, ce soir, murmure-t-il. Ou plutôt, j'en suis sûr.

— Que veux-tu dire ?

— Les palefreniers n'ont préparé aucune monture. Je le sais, car j'ai passé l'après-midi à l'écurie, en compagnie de mon fidèle Fuego qui m'a accompagné depuis l'Espagne. C'est le lieu où je me sens le mieux dans cette école. »

… et c'est aussi celui où tu as le plus de souvenirs, je songe, repensant aux rendez-vous nocturnes de l'Espagnol et de l'Indien, dont Naoko a été témoin.

« Il semble que Mélac amènera avec lui les chevaux que le Roy a choisis pour nous, reprend-il. Des animaux auxquels nous ne sommes pas habitués. Ça ressemble bien à l'Immuable : déstabiliser ses sujets en permanence, pour mieux les dominer. Comme hier soir, quand madame Thérèse t'a obligée à saigner cette pauvre Toinette devant tout le monde – je suis sûr qu'elle a eu l'aval du Roy. »

Je hoche la tête, prise d'un élan pour cet étranger qui ose critiquer l'ordre implacable de la Vampyria, et qui n'a pas hésité à verser son sang pour épargner une servante. Se pourrait-il qu'il appartienne lui aussi à la Fronde ? Sans doute pas, Tristan me l'aurait dit. Mais je sens qu'il pourrait être recruté.

« Si tu savais comme je m'en veux d'avoir fait subir ça à Toinette ! je lui confie, cherchant à le tester. Aucun roturier ne mérite un tel traitement, quel que soit le larcin commis. C'est vil. Et injuste.

— La Magna Vampyria tout entière est bâtie sur l'injustice », me répond Rafael sans ciller.

Son aplomb me désarçonne.

Une telle affirmation pourrait lui valoir l'exclusion de la Grande Écurie, ou tout au moins un blâme. Le fait d'afficher si ouvertement ses convictions me le rend plus sympathique encore. Je me souviens soudain qu'il est dans le peloton de tête de l'aile des garçons – si c'est lui qui est sélectionné pour la Gorgée du Roy, dans deux jours, et que nous nous retrouvons ensemble dans la chambre mortuaire, aurai-je le cran de le tuer ?

« Suraj n'en vaut pas la peine », je déclare à brûle-pourpoint.

Les yeux de Rafael s'écarquillent dans la pénombre des stalles.

Je sens mes joues s'enflammer, honteuse de mon indiscrétion – pourtant, il faut que je parle ! Il faut que je le dissuade de risquer la mort pour un garçon qui périra avant la fin de la semaine, comme tous les écuyers.

« Je sais qu'il s'est passé quelque chose entre vous deux », dis-je précipitamment, sans mentionner les confidences de Naoko pour ne pas la compromettre.

Il détourne les yeux, gêné :

« J'ignorais que ça se voyait autant que ça...

— Je ne l'aurais pas deviné toute seule. Mais j'ai entendu Suraj converser avec Lucrèce, l'autre soir après la gigue. » Je m'efforce de maîtriser ma respiration qui s'emballe, à mesure que j'invente un mensonge qui va peut-être sauver la vie de Rafael mais briser son cœur. « J'avais oublié un ruban dans la salle de gala : voilà pourquoi je suis redescendue. Dans l'embrasure de la porte, j'ai écouté à la dérobée la conversation des deux écuyers. Un badinage amoureux. Doublé de cruels sarcasmes. »

Au-dessus du col rigide à la mode de la cour d'Espagne, le visage de Rafael se fige.

« Entre les baisers dont il couvrait Lucrèce, Suraj se moquait de toi, dis-je, ayant douloureusement conscience que chacune de mes paroles est comme un poignard plongé dans la poitrine de Rafael. Il disait à sa compagne à quel point tes regards enamourés l'amusaient. Oui, c'est le mot qu'il a utilisé pour parler de toi : "un amusement". C'est tout ce que tu as été pour lui, quand il était pensionnaire de l'aile des garçons, privé de filles. Mais maintenant qu'il est avec Lucrèce, tu ne lui inspires plus que des ricanements pleins de mépris. »

Je prends une grande inspiration, rassemblant mes forces pour porter le coup de grâce :

« J'aurais préféré garder tout ça pour moi, mais mon devoir est de t'empêcher de commettre une terrible erreur. Je me doute que tu ne concours pas à la Gorgée pour servir un royaume que tu juges injuste, ça n'aurait pas de sens : c'est pour retrouver ce garçon que tu t'es lancé dans la compétition. Mais tu n'es plus rien pour lui, tu m'entends ? Plus rien du tout ! »

Tout au long de ma tirade, le visage de Rafael est resté immobile.

Il a tout encaissé stoïquement, sans que ses sourcils ne tressaillent.

Mais ses doigts aux ongles vernis de noir se sont accrochés à la longue crinière ondulée de son pur-sang, tels ceux d'un naufragé à un cordage.

« Merci pour ta franchise, finit-il par murmurer.

— C'est le moins que je puisse faire, dis-je, ravalant le goût amer de mon mensonge. Tu vois, tu n'as aucune raison de faire tous ces efforts pour un ingrat. Ne t'inflige pas l'humiliation de le rejoindre dans la garde du Roy. Oublie-le, tombe amoureux d'un autre qui saura t'aimer comme tu le mérites, et vis ta vie ! »

Je lui souris chaleureusement en songeant à cette vie que, par mes paroles trompeuses mais bienveillantes, j'ai peut-être épargnée.

Rafael, lui, reste de marbre dans son habit sombre.

« L'oublier, je ne pourrai jamais, dit-il d'une voix dont la gravité efface aussitôt le sourire sur mon visage. Là-bas aux Indes, je sais que Suraj a vécu des aventures avant de me rencontrer. Il est sensible aux charmes des filles comme à ceux des garçons. Peut-être qu'il ne pourra jamais m'aimer comme je l'aime, moi. Peut-être qu'il a vraiment trouvé dans les bras de Lucrèce quelque chose que je n'ai pas pu lui offrir. Peut-être que ce que nous avons vécu tous les deux n'a été pour lui qu'un "amusement"… » Ses yeux verts étincellent d'un éclat farouche. « … ou peut-être qu'il se sent obligé d'en parler ainsi, pour nier ses sentiments et ne pas déplaire au Roy. En tant qu'envoyé du maharaja, il se doit d'avoir un comportement irréprochable, il en va des relations diplomatiques entre la Magna Vampyria et le royaume de Jaipur. »

Rafael pousse un long soupir, plein de colère rentrée.

« L'Immuable voit d'un très mauvais œil tout ce qui sort de la norme, et qu'il considère comme un défi personnel à son autorité – comme si ce fossile vieux de trois cents ans pouvait décider qui j'ai le droit d'aimer ou pas !

« La Faculté condamne les relations du même sexe, y voyant un "vice" qui nuit à la reproduction du cheptel humain – comme si on ne pouvait aimer que pour produire toujours plus de sang frais afin de nourrir les vampyres !

« Les archiatres et les inquisiteurs qualifient l'amour entre garçons ou entre filles d'abomination digne du bûcher, au même titre que les stryges – comme si le sentiment pur que j'éprouve toujours pour Suraj était un monstre horrible à abattre ! »

Dans la quiétude de l'écurie, peuplée des lourdes respirations des chevaux, la voix de Rafael s'est elle aussi gonflée en un souffle animal, viscéral.

« Je ne sais pas pourquoi je te dis tout ça..., lâche-t-il soudain, reprenant le contrôle de lui-même après l'avoir perdu pendant quelques instants. Sans doute parce que j'ai senti que tu avais davantage d'empathie que bien des pensionnaires. Mais je ne peux pas te demander de me comprendre.

— Si, je te comprends ! » je m'exclame, emportée par l'émotion.

Je voudrais lui dire que je comprends ce que ça fait de vivre dissimulé.

Que je comprends la rage d'être différent et le désir de renverser une société arbitraire.

Mais bien sûr, je n'en fais rien.

Je ne peux que poser ma main sur son épaule et la serrer fort, pour lui communiquer tout mon soutien.

« Merci, murmure-t-il. Ça me touche. Et si tu me comprends vraiment, comme tu le dis, tu comprendras aussi que je dois concourir à la Gorgée. Pour prouver à Suraj que j'en suis capable. Pour *me* prouver que j'en suis capable. Et pour lui demander en face, d'égal à égal, s'il n'y a vraiment plus rien entre nous. »

Je vacille, sentant que tous mes efforts pour détourner Rafael de cette compétition funeste ne pèsent rien face à la force des sentiments qu'il éprouve encore.

À ce moment, un furieux bruit de cloches résonne derrière les murs épais de l'écurie : c'est le tocsin.

« Il est temps de nous rendre au manège », dit Rafael.

Il détache ses doigts des longs crins du cheval qui l'a suivi depuis la lointaine Espagne jusqu'à la froidure de Versailles – un exilé comme lui.

« Nous ne ferons pas équipe ce soir, mon vieux Fuego, dit-il en lui flattant une dernière fois l'encolure. Souhaite-nous bonne chance, à Diane et moi. »

Le pur-sang émet un souffle long et doux à travers ses naseaux, dégageant un petit nuage de vapeur. Comme un encouragement. Ou une bénédiction.

*

« Ah, Gastefriche et Montesueño : nous n'attendions plus que vous ! » s'exclame le Grand Écuyer au moment où nous pénétrons dans la carrière.

Les dix autres cavaliers et cavalières sont déjà là, debout dans la sciure. Les garçons sont tous vêtus de vestes courtes et de culottes de cheval. Quant aux filles, elles portent des robes pour monter en amazone, à l'exception de Poppy qui préfère comme moi chevaucher à califourchon – elle arbore ce soir des culottes en *blue jeans.*

J'échange un regard avec Tristan, pour la première fois depuis le souper hier soir ; il s'efforce de me sourire sous son chapeau de dressage. Mais à voir ses yeux plissés, je sens que l'incertitude le taraude. Le carrousel est sur le point de commencer, et toujours pas de chevaux en vue…

Le Grand Écuyer lui-même semble préoccupé. Il se tourne vers les gradins surplombant le manège, en face du balcon où les gardes suisses ont pris place avec leurs flûtes et leurs tambours. Une trentaine de spectateurs sont assis là, parmi lesquels je reconnais plusieurs courtisans de la veille. En revanche, ce n'est plus madame de Villeforge qui trône en juge suprême au milieu de cette assemblée en velours et dentelles. Le siège central est occupé par un grand homme maigre au visage anguleux, encadré d'une longue perruque brune aux boucles serrées. Le large chapeau orné de plumes d'aigle dont il est coiffé le distingue encore davantage au milieu des autres courtisans.

Mélac.

Sa nature profonde de mort-vivant ressort plus chez lui que chez les autres vampyres. Ici, nulle illusion de jeunesse. Il y a quelque chose de la momie dans sa face émaciée et dans ses joues creusées – comme si les crimes innombrables perpétrés par ses dragons au fil des siècles l'avaient rongé de l'intérieur.

« Nous sommes au complet, monsieur de Mélac, annonce le Grand Écuyer d'une voix tendue. Pour la dernière fois, je vous le demande : êtes-vous bien certain de vouloir recourir aux cavales vampyriques ? »

Le souvenir des monstrueuses tapisseries du cabinet aux cavales me revient en tête. Je les avais naïvement prises pour des représentations mythologiques, de pures légendes… J'avais oublié qu'à la Cour des Ténèbres, les cauchemars les plus odieux ont fâcheusement tendance à devenir réalité !

« Ce n'est pas moi qui le veux, c'est le Roy ! tranche le ministre des Armées depuis les gradins. Sa Majesté a décidé de corser l'épreuve d'art équestre cette année, car tel est son bon vouloir. »

Mélac tape dans ses longues mains osseuses et Montfaucon ne peut que s'incliner, avant de se retirer derrière le pare-bottes.

Au même instant, le portique du manège s'ouvre dans une bourrasque qui me glace jusqu'au fond de l'âme.

Les douze gentilshommes qui pénètrent dans le manège ne sont pas les palefreniers habituels : ce sont des vampyres au teint pâle, coiffés de larges chapeaux. Chacun mène par la bride une haute jument noire piaffante, au frontal couronné d'un grand plumeau blanc frémissant.

« S'il y en a parmi vous qui veulent renoncer, il est encore temps ! annonce Mélac. Bien sûr, tout abandon vous exclura définitivement de la compétition pour la Gorgée du Roy, car Sa Majesté ne peut souffrir les pleutres… »

Jeu de regards entre les concurrents. Certains, comme Françoise des Escailles, paraissent chercher une échappatoire ; d'autres, comme Hélénaïs de Plumigny, semblent mettre les autres au défi de se dérober. Dans les yeux de Tristan, la détermination a remplacé l'incertitude, et pour moi c'est tout ce qui compte.

Je reporte mon attention sur le meneur qui vient à ma rencontre, serrant les rênes dans son poing ganté.

À l'ombre de son grand chapeau, il me semble reconnaître… Alexandre !

« Je me suis débrouillé pour être là ce soir, me glisse-t-il à l'oreille. Et j'ai harnaché cette cavale spécialement pour toi. »

J'observe la tête d'ébène de la jument, enfermée dans des lanières de cuir. Ses pupilles fixes et dilatées ressemblent à celles des loups du Roy. Sous ses naseaux nervurés de veines bleuâtres, exhalant un souffle froid comme l'hiver, l'avant de sa dentition est normal : des incisives d'herbivore, faites pour trancher le foin. Mais les longues canines pointues qui leur succèdent, elles, sont faites pour déchirer la chair. Quant aux molaires de la cavale, elles mâchonnent le mors avec obstination, un long filet de salive pendant des lèvres écumantes jusqu'au sol.

« J'ai remplacé le mors de fer par un mors d'argent, me confie Alexandre, glissant les rênes dans ma main. Voilà qui devrait calmer la cavale, le temps du carrousel. »

L'argent, je le sais, est un métal toxique qui affaiblit les immortels – et sans doute aussi toutes les créatures vampyriques ayant de la ténébrine dans les veines. De fait, ma cavale semble bien plus calme que les onze autres, comme sonnée. Au lieu de piaffer et de renâcler avec fureur, elle se contente de baver abondamment…

En trichant ainsi au nez et à la barbe du Roy, quelques semaines seulement après son retour en grâce, je sais qu'Alexandre joue très gros. Telle est la mesure de l'obsession abjecte qu'il nourrit pour moi.

Du bout des lèvres, je balbutie un remerciement qui me répugne.

« Tu me remercieras une fois la Gorgée gagnée, chère Diane, murmure-t-il en m'aidant à mettre le pied à l'étrier. Plus tôt tu entreras à la Cour, plus tôt nous nous retrouverons ! »

Au moment où je le frôle, mon regard accroche le sien : ses yeux brillent d'un éclat ardent… passionné ! Il me dévore littéralement des yeux, comme si j'étais sa chose.

L'estomac révulsé, je me hisse jusqu'à la selle, pour m'éloigner au plus vite de lui.

Les autres cavaliers et cavalières ont plus de mal à se mettre en place : leurs juments noires s'agitent nerveusement, certaines ruent en soulevant des nuages de sciure qui scintillent sous les lustres.

« Les cavales sont les joyaux des écuries royales ! commente Mélac depuis les gradins, haussant la voix pour couvrir les hennissements des monstrueux quadrupèdes. Sur les champs de bataille, elles égorgent l'ennemi d'un coup de dents. Certes, il leur arrive parfois de désarçonner un cavalier maladroit pour lui déchirer le ventre – mais que voulez-vous, telle est leur nature guerrière ! »

Le ministre des Armées semble se réjouir de la détresse des concurrents. De grands sourires se peignent sur les visages des courtisans autour de lui. Les messieurs emperruqués et les nobles dames se tortillent sur les gradins ; certains ajustent des lorgnettes dorées, comme au théâtre, pour mieux voir qui tombera en premier.

Les meneurs quittent le manège, nous laissant seuls avec les cavales.

Une clochette retentit : le signal du début du carrousel.

Tandis que les premières mesures du rondeau militaire dégoulinent depuis le balcon aux musiciens, je place mes aides pour mener ma cavale jusqu'au bout de la piste. Entre mes mollets, le ventre de la jument n'est pas tiède et vivant comme celui de Typhon, mais froid et mort. Aucune respiration ne soulève ses larges flancs, même lorsque je la lance au galop pour effectuer une première volte. Tout autour du manège, à équidistance, les autres cavales tournent elles aussi, leurs grandes parures en plumes d'autruche s'agitant en cadence.

Ayant changé de main, nous galopons le long du manège au son du rondeau qui accélère. Ce n'est pas seulement le roulement des tambours qui me vrille les tympans : il y a aussi le fracas des sabots cognant contre le pare-bottes. Par sauts et ruades, les bêtes furieuses essayent déjà d'éjecter leurs cavaliers !

Celles qui montent en amazone, ayant choisi de sacrifier un peu de praticité pour un surplus d'élégance, en sont pour leurs frais : leur assiette asymétrique les désavantage fortement pour garder l'équilibre. La plus gracieuse de nous toutes, la pauvre Séraphine de La Pattebise, est la première à en payer le prix : elle chute tandis que nous nous apprêtons à effectuer un nouveau changement de main sur la diagonale.

S'écrasant dans la sciure, elle déclenche les exclamations ravies de l'assistance. La cavale qui l'a désarçonnée pile net et se retourne vers elle, tous crocs dehors.

Séraphine pousse un hurlement suraigu.

Elle tâche de se relever tant bien que mal, mais elle s'empêtre dans les lourds plis de sa robe de moire.

La première morsure lui arrache son chapeau de dressage, et avec lui une pleine touffe de cheveux.

Au même instant, une autre cavale surexcitée par les cris de Séraphine désarçonne à son tour sa cavalière – Marie-Ornella de Lorenzi.

Horrifiée, je me cramponne de toutes mes forces aux crins de ma monture, jetant des regards affolés à mes concurrents. Ils sont trop occupés à maîtriser leurs propres cavales pour songer à porter secours aux malheureuses – du reste, le protocole ne le permet pas : il faut continuer le carrousel coûte que coûte !

Le cœur chaviré, j'ouvre la rêne à droite pour amorcer un grand cercle. Les deux cavalières à terre, qui ont enfin réussi à se relever, se précipitent vers le portique au pied des gradins.

« Laissez-nous passer, par pitié ! » hurle Marie-Ornella de Lorenzi.

D'un violent coup de dents, la cavale dans son dos arrache un grand pan de sa somptueuse robe cousue de fils d'or, dévoilant ses jupons blancs en dessous. Les courtisans s'esclaffent comme s'ils assistaient à une comédie bouffonne. Leurs rires sonores se mêlent aux battements des tambours.

Mélac, lui-même hilare, finit par lever le pouce, tel un empereur romain à sa tribune.

Les palefreniers entrouvrent le portique, juste assez pour permettre aux deux demoiselles en pleurs de se réfugier derrière.

À peine se sont-elles mises à l'abri que leurs cavales, ivres de rage, cherchent de nouvelles proies. Elles se précipitent vers les deux cavaliers les plus proches : Giacomo della Strada et Pierre du Charlois. Si ces derniers avaient réussi à maîtriser à peu près leurs montures jusqu'à présent, ils perdent désormais tous leurs moyens. Tentant de se défendre de l'attaque avec leur cravache, ils ne parviennent qu'à se déséquilibrer, et tombent à leur tour.

L'orchestre suspendu entame un nouveau mouvement, signe pour les cavaliers encore en selle d'entamer une nouvelle figure : une serpentine à trois boucles. Au bout de mes doigts crispés sur les rênes, je sens la bouche dentue tirer sur le mors d'argent. Je presse mes jambes pour aller de l'avant, à la rencontre de Tristan qui arrive dans la direction opposée. Les traits contractés, le visage luisant de sueur, il m'encourage fiévreusement du regard, puis me dépasse.

Derrière lui vient Poppy, sans aucun doute la meilleure cavalière de l'aile des filles, qui parvient à rester digne. À l'opposé, Françoise des Escailles est complètement écrasée sur sa cavale, les yeux écarquillés de peur derrière ses besicles, son unique étrier déchaussé tressautant dans les airs entre les pans de sa robe à volants. Hélénaïs se situe quelque part entre ces deux extrêmes, le visage tendu par l'angoisse sous sa coiffure élaborée qui se déstructure un peu plus à chaque foulée. Zacharie de Grand-Domaine et Thomas de Longuedune s'en sortent à peu près pareil – c'est-à-dire difficilement.

Rafael ferme la marche des cavaliers venant à ma rencontre, dans la dernière boucle de la serpentine. Son savoir-faire équestre est connu à la Grande Écurie, mais la manière dont il maintient sa cavale sous son contrôle dépasse tout ce que j'imaginais. Sans mors d'argent ni autre artifice de ce genre, il parvient à la faire avancer à un trot régulier, ses appuis parfaitement alignés, sa tête tellement rentrée dans le poitrail qu'on ne distingue même plus ses crocs aiguisés. Il n'y a que la ride barrant le front de l'Espagnol pour trahir sa concentration extrême, dans ce numéro qui paraît sans effort.

« Courage ! me souffle-t-il au moment où nous nous frôlons. Le plus dur est fait. »

Je prends en effet conscience que nous avons passé les trois quarts de la reprise.

Ma cavale tourne au bout du manège, me révélant la perspective. Giacomo et Pierre ont réussi à se mettre à l'abri in extremis, rejoignant Séraphine et Marie-Ornella derrière le pare-bottes. Les quatre furies libérées de leurs cavaliers divaguent au milieu de la sciure. S'attaquant les unes aux autres, elles s'arrachent leurs plumeaux. Elles semblent s'être momentanément désintéressées des huit cavaliers restants, nous laissant l'espoir de terminer le ballet équestre à peu près normalement.

J'amorce l'une des dernières voltes, le cœur battant.

Mais les courtisans, venus ici pour assister aux jeux du cirque, ne l'entendent pas de cette oreille : des protestations et des sifflements se mêlent aux dernières mesures du rondeau. Un projectile fuse soudain des gradins, droit dans ma direction. J'ai le réflexe de l'éviter de justesse… il atterrit dans l'œil de la cavale derrière moi.

Un cri furieux me déchire les tympans, entre le hennissement d'un cheval et le rugissement d'un tigre. La bête percutée se cabre et renverse sa cavalière, Françoise des Escailles.

La petite brune atterrit brutalement dans la sciure, perdant son chapeau et ses besicles sous le choc.

« Au secours ! » pleure-t-elle.

Elle se met à chercher à tâtons les verres grossissants sans lesquels elle est myope comme une taupe.

Elle ne parvient qu'à se prendre les pieds dans les encombrants volants de sa robe satinée, sans voir sa cavale revenir vers elle au triple galop.

« Attention ! » je hurle.

Françoise redresse la tête dans ma direction, les paupières plissées, de la sciure plein les cheveux.

Elle lève la main comme elle le fait si souvent en cours pour réclamer la parole – mais ce soir, c'est vers moi qu'elle tend désespérément les doigts, pour m'appeler à l'aide.

La cavale éborgnée referme sa bouche monstrueuse sur le bras tremblant.

Un affreux craquement d'os brisés retentit.

Le blanc de l'humérus broyé éclate entre les crocs pointus.

Une pluie de sang drue retombe sur la piste.

L'orchestre entonne le roulement de tambour final, couvrant les exclamations des courtisans et les hurlements de douleur de Françoise.

Les quatre cavales libres se précipitent sur elle comme des fauves sur une gazelle, pour s'en repaître.

24

Art de la conversation

« LE SORT DE FRANÇOISE DES ESCAILLES est désormais entre les mains des chirurgiens de la Faculté », annonce sombrement madame de Chantilly devant les demoiselles réunies au grand complet.

Ce matin, un silence funèbre règne dans le dortoir.

Chacune ici sait que les opérations de la Faculté sont bien souvent synonymes de mort – pour un Barvók à peu près rapiécé, combien de boucheries médicales terminant à la fosse commune ?

Les dernières images du carrousel de la veille tournent en boucle dans mon esprit : la longue minute où la pauvre Françoise est restée en proie aux cavales, avant que les meneurs parviennent à les maîtriser. Ce bras broyé comme une brindille… Ces touffes de cheveux arrachées avec des fragments de scalp… Et ces lambeaux de robe ensanglantés que les monstrueuses juments se disputaient furieusement… Que peut-il bien rester à sauver de la malheureuse, après une telle curée ? Peut-être aurait-il mieux valu qu'elle meure, plutôt que de se retrouver en morceaux sur la table d'opération des archiatres de Versailles…

« Autre mauvaise nouvelle : madame Thérèse n'est pas en mesure de vous rejoindre pour le moment, reprend la professeure d'art de la conversation, m'arrachant à mes pensées. Elle a pris froid en revenant de chez sa modiste et doit rester alitée. C'est pourquoi vous ne l'avez pas vue hier au manège, et que vous ne la verrez sans doute pas ce soir. »

Chantilly rajuste ses besicles, d'un geste qui trahit sa nervosité. De toute évidence, le corps de la gouvernante n'a toujours pas été retrouvé… Tant mieux.

« Il me revient donc de vous annoncer les candidates retenues pour la troisième épreuve de la compétition », poursuit-elle.

Elle s'éclaircit la voix, ménageant un suspense artificiel : seules trois cavalières sont restées en selle hier soir.

« Hélénaïs de Plumigny…

« Proserpina Castlecliff…

« Diane de Gastefriche. »

Après le bain de sang de la veille, nulle ne songe à manifester sa joie, pas même Hélénaïs dont le visage sculptural reste de marbre entre ses serpenteaux bouclés. Quant à Naoko, loin de se réjouir pour moi, elle s'est réfugiée à l'autre bout du dortoir. Elle ne m'a pas adressé la parole depuis notre conversation houleuse. Il ne semble rien rester de notre amitié – pas même la fleur de lotus en soie qu'elle avait cousue pour moi, et que j'avais égarée.

« Quant aux garçons retenus, voici leurs noms, enchaîne Chantilly en déchiffrant un morceau de parchemin.

« Rafael de Montesueño… »

Oui, bien évidemment, le meilleur cavalier de la promotion ! Mais Tristan arrive certainement en second : il a gardé sa belle prestance, hier lors de la reprise.

« Zacharie de Grand-Domaine… »

Le Louisianais ? C'est vrai qu'il s'est bien débrouillé. Bah, Tristan se contentera de la troisième place sur le podium.

« Thomas de Longuedune. »

Mon ventre se contracte.

Une protestation s'échappe de ma gorge :

« Impossible ! »

Tous les yeux se tournent vers moi.

« Euh… je veux dire, êtes-vous certaine d'avoir bien lu, madame ? je me reprends.

— Si je porte des verres grossissants, c'est précisément pour bien lire, mademoiselle de Gastefriche, rétorque sèchement la professeure, me fusillant du regard pardessus le cadre doré de ses besicles.

— Tout de même, êtes-vous bien sûre qu'il n'y a pas une erreur ? »

Chantilly place ses mains sur les hanches rembourrées de sa robe, son imposante chevelure coiffée d'un napperon frémissant de désapprobation.

« Poser deux fois la même question à son interlocutrice, voilà qui relève de la pire lourdeur en matière d'art de la conversation, me tance-t-elle. Vous m'aviez habituée à mieux. J'espère que vous vous ressaisirez ce soir.

— Je… euh… veuillez m'excuser, je balbutie, douloureusement consciente de la jubilation d'Hélénaïs à côté de moi.

— Bien. Ne me faites pas honte devant la princesse des Ursins. La ministre des Affaires étrangères, l'un des plus beaux esprits de la Vampyria, nous fera l'honneur d'arbitrer les échanges dans le petit théâtre de la Grande Écurie. L'épreuve se déroulera en deux étapes – d'abord les demoiselles, puis les messieurs. La forme choisie est la conversation libre agrémentée de vers, en privilégiant les octosyllabes, car ils sont courts et percutants. À l'issue de chacune des joutes, la fille et le garçon les moins éloquents seront éliminés. » Elle émet un toussotement. « Nous nous rendrons au théâtre dès la tombée de la nuit, avant le souper : on converse toujours mieux le ventre vide, quand l'esprit n'est pas alourdi par les torpeurs de la digestion. »

*

La journée du 30 octobre, l'avant-dernière avant la Gorgée du Roy, est la plus solitaire de toutes celles que j'ai connues depuis mon arrivée à la Grande écurie.

Naoko ne me parle toujours pas. Je suis sans nouvelles de Tristan et je sais que je ne pourrai pas le revoir avant l'épreuve. L'idée de continuer sans lui me pétrifie. La perspective d'échanger sous forme de vers octosyllabes me tétanise. Le doute s'infiltre en moi tel un venin. Si Tristan a été éliminé hier, qui me dit que ce ne sera pas mon tour ce soir ?

Je passe l'après-midi prostrée, dans la salle d'eau où Naoko me coiffait naguère. Derrière la fenêtre, les titans du mur de la Traque m'observent en silence de leurs yeux de pierre, aux paupières de plus en plus creusées à mesure que le soleil descend. Au creux de ma paume, je serre la montre à gousset de maman.

Ô maman, si seulement tu pouvais être avec moi ce soir !

« Diane ? »

Je me raidis et referme vivement mes doigts sur la montre.

J'étais tellement absorbée par mes pensées que je n'ai pas entendu la porte de la salle d'eau s'ouvrir derrière moi.

« Qu'y a-t-il ? » dis-je en me retournant sur mon tabouret – et en glissant en un même mouvement la montre dans la poche de ma robe.

Poppy se tient là, sur le seuil. Elle a délaissé son denim de tous les jours pour revêtir une robe de taffetas crème, dont la clarté la fait paraître un peu moins pâle, par contraste. Ses longs cheveux défaits ruissellent en cascades brunes sur les roses de tissu garnissant son corsage.

« Ça va, *darling* ? me demande-t-elle.

— Pourquoi ça n'irait pas ? je réponds, sur la défensive.

— L'élimination de La Roncière semble t'avoir filé un coup…

— Pas du tout.

— … et Naoko, avec qui tu étais comme cul et chemise depuis ton arrivée à la Grande Écurie, n'est pas là pour te coiffer ce soir. »

L'Anglaise appuie là où ça fait mal – une tactique pour me déstabiliser avant l'épreuve ?

« Et alors ? j'aboie. Ne me dis pas que c'est pour ça que tu rappliques, pour me coiffer !

— Si. »

Son sourire amical me laisse sans voix, et j'ai soudain honte de la hargne avec laquelle je lui ai répondu.

« Je ne suis pas aussi douée que la geisha sans sourire, je te l'accorde, mais je pourrais t'aider à confectionner ton chignon, dit-elle humblement. Et je ne cracherai pas sur un coup de main de ta part pour mettre un peu d'ordre dans tout ça. »

Elle désigne du doigt son imposante masse de cheveux.

Je hoche la tête, l'invitant à entrer.

Elle prend une brosse et se met à lisser mes mèches grises, tout en continuant à me parler :

« Ce soir, notre alliance peut aller au-delà d'un simple coup de peigne. Joignons nos forces contre la pimbêche à plumes lors de la joute oratoire – la conversation est son point faible, nous n'aurons pas de mal à la couler. Et affrontons-nous demain en épreuve d'art martial. Si je dois perdre, je préfère que ce soit contre toi. La victoire de Plumigny à la Gorgée du Roy me rendrait malade. Alors que si c'est toi qui gagnes, je saurai me consoler. »

Elle m'adresse un pâle sourire dans le miroir, ses yeux luisant d'un éclat fiévreux, plus maladif que jamais.

« Marché conclu », dis-je dans un souffle.

*

« Pressons ! » nous enjoint madame de Chantilly, ouvrant la marche dans le grand escalier.

Elle est venue nous chercher peu de temps après que le tocsin a sonné. Hélénaïs lui emboîte le pas, plus en beauté que jamais, les plumes de sa coiffure à la hurluberlu frémissant à chaque marche, suivie de Poppy et moi.

Nous parvenons à une double porte ornée de sculptures dorées représentant deux masques aux orbites creuses : le rire de la comédie à droite et les pleurs de la tragédie à gauche.

« Rappelez-vous de toujours présenter un visage agréable, mesdemoiselles, nous glisse Chantilly en guise d'ultime conseil. On peut lancer les piques les plus assassines, du moment qu'on les dit avec le sourire ! »

Les gardes suisses postés de part et d'autre de la porte en ouvrent les battants, et c'est ainsi que je pénètre pour la première fois dans le théâtre de la Grande Écurie.

C'est une pièce relativement exiguë, rendue plus étroite encore par les moulures tarabiscotées ornant les murs et les lourds rideaux de velours rouge flanquant la petite scène. Face aux planches, la pénombre de la salle bruisse de présences. Sur les banquettes serrées, il me semble qu'on a entassé autant de courtisans que la veille dans les vastes gradins du manège.

Chantilly exécute une révérence sophistiquée devant la haute dame à la coiffure raffinée qui trône au premier rang : la princesse des Ursins.

Autant Mélac m'avait paru davantage momie qu'immortel, autant la princesse des Ursins me semble plus vivante que vampyre. Son long cou de cygne semble palpiter d'un cœur battant – ce qui bien sûr est impossible. Sa peau, bien que lisse et sans défaut comme celle de tous les seigneurs de la nuit, a cette fraîcheur rosée qui n'appartient qu'aux vivants. Artifice cosmétique ? Je ne saurais le dire. La princesse des Ursins possède une beauté aussi resplendissante que délicate. Je me demande si c'est sa longue carrière diplomatique qui lui a appris à sourire ainsi, de manière aimable, sans dévoiler en rien la pointe de ses canines…

« Mesdemoiselles, éblouissez-nous avec votre bel esprit ! » nous lance-t-elle gracieusement.

Nous gravissons les quelques marches menant aux planches.

Depuis ce promontoire, je ne distingue guère les visages des spectateurs, mais uniquement leurs yeux brillants, reflétant l'éclat de la scène. Alexandre se trouve-t-il parmi eux ? L'idée qu'il puisse m'épier sans que je le voie, tel un prédateur tapi dans l'ombre, me met horriblement mal à l'aise.

Trois coups de bâton résonnent soudain : le signal du début des hostilités.

Poppy attaque directement, se tournant vers Hélénaïs pour la mitrailler des vers octosyllabes que nous avons préparés tout spécialement pour elle :

« Si votre esprit est aussi court
« Que vos quartiers de noblesse,
« Mieux vaut cesser là tout discours
« Avant que je vous mette en pièces ! »

Des exclamations enthousiastes résonnent à travers la salle ravie. Attaquer Hélénaïs sur sa noblesse récente, c'est vil. Mais c'est exactement ce genre de bassesse qui réjouit les courtisans. C'est aussi ce qui blessera le plus facilement cette fille orgueilleuse, et c'est tout ce qui compte.

J'enchaîne aussitôt, haussant la voix pour que toutes et tous m'entendent distinctement, prononçant bien les huit syllabes de chaque vers :

« Dindes, pintades et chapons,
« Vous ont appris à roucouler :
« Plutôt que les plumes d'un paon
« Coiffez donc celles d'un poulet ! »

À nouveau, des exclamations réjouies courent parmi les rangs, tandis que la perfection du visage d'Hélénaïs se décompose sous sa coiffure emplumée.

Je m'attends à ce qu'elle se mette à bégayer, s'enfonçant toute seule aux yeux des spectateurs.

Mais les mots qui sortent de sa bouche maquillée avec soin sont parfaitement articulés, prenant l'assistance à témoin :

« Oyez la reyne de la triche,
« Qui trompe l'aristocratie !... »

Elle se retourne brusquement vers moi.

« ... Dites, *baronne Gastefriche* :
« Doit-on vous appeler ainsi ? »

Une sueur glacée coule le long de ma colonne vertébrale.

Elle sait ! hurle une voix dans ma tête. *J'ignore comment, mais Hélénaïs a percé mon masque !*

« Je... je ne vois pas ce que vous voulez dire, je balbutie, perdant tous mes moyens.

— Vous n'êtes pas une baronne de Gastefriche, voilà ce que je veux dire, assène Hélénaïs.

— Si, je suis une baronne de Gastefriche ! je criaille. Comme mon père et tous mes ancêtres avant moi ! Mes... mes papiers de noblesse le prouvent ! »

Au premier rang de la salle, la belle Des Ursins me dévisage silencieusement.

À côté d'elle, Chantilly roule de gros yeux réprobateurs, car rien n'est plus contraire à l'art de la conversation que de hausser le ton.

Sans se départir de son calme diabolique, Hélénaïs entame un nouveau quatrain :

« Elle est venue de ses montagnes
« Telle Vénus sortie des eaux ;
« Il se murmure en sa campagne
« Que ses papiers seraient des faux ! »

Mes yeux s'envolent à travers le petit théâtre, cherchant instinctivement une issue.

La sensation d'être acculée me terrorise.

Il me semble manquer d'air, et la tête commence à me tourner…

Soudain je ne suis plus Diane, la fière baronne en lice pour la Gorgée du Roy : je suis à nouveau Jeanne, la sauvageonne des forêts. Or ce soir, les forêts sont peuplées de bêtes féroces dont les pupilles dilatées me dévorent déjà !

Incapable de rester en place, les jambes tremblantes, je recule vers les coulisses, provoquant les exclamations feutrées des courtisans et l'avertissement catégorique de Chantilly :

« Diane ! C'est inadmissible ! Je vous préviens que si vous quittez la scène en pleine joute, vous êtes disqualifiée d'office ! »

Du bout des planches, Hélénaïs pointe sur moi un index accusateur, comme pour me crucifier de son ongle vernis :

« Vous êtes une mauvaise actrice,
« Une baronne d'opérette,

« Ou plutôt une usurpatrice :

« Une petite bannerette ! »

Je me fige à l'extrême limite de la scène, la tête résonnant telle une cloche du dernier mot que ma rivale a prononcé.

Bannerette ? Le titre de banneret, je le sais, est juste inférieur à celui de baron dans la hiérarchie nobiliaire.

« Mon père a payé des juristes pour faire des recherches approfondies dans les archives de la noblesse, à propos de cette pupille sortie de nulle part », jubile Hélénaïs, rompant brusquement avec les octosyllabes pour cracher librement tout son venin. Elle se tourne vers l'auditoire. « J'ai reçu les résultats des recherches par corbeau. Il se trouve que les Gastefriche n'ont *jamais* été élevés au rang de baron. Ils se sont arrogé ce titre il y a des siècles, allant jusqu'à le faire porter sur leurs papiers de noblesse. Dans leur province boueuse, aucun magistrat n'a songé à aller vérifier… jusqu'à ce que les enquêteurs mandatés par mon père révèlent cet usage abusif ! »

J'étouffe dans mon corset trop serré, déjà à demi plongée dans l'ombre des coulisses.

Le fait que le vieux Gontrand de Gastefriche se soit attribué un titre supérieur au sien ne m'étonne guère, prétentieux comme il était !

Au soulagement que ma fausse identité n'ait pas été percée à jour, s'oppose la honte d'avoir perdu la face. J'ai attaqué Hélénaïs sur ses origines, elle m'a rendu la pareille en dénigrant le nom de Gastrefriche. Je me suis lamentablement ridiculisée et elle est désormais intouchable.

Le sentiment d'une perte irréparable me tombe dessus comme une chape de plomb.

J'ai échoué dans cette joute.

Pas plus que Tristan, je n'accéderai à la Gorgée du Roy.

Ma famille ne sera jamais vengée et la tyrannie continuera pour des siècles encore.

À moins que…

« Peut-être que j'ai menti sur mon titre, dis-je, traversée par une fulgurance soudaine. Mais c'était à mon corps défendant, car j'ignorais que je n'étais que bannerette et pas baronne. J'ai l'audace de penser qu'il y a pire crime en ces murs. D'autres, parmi nous, mentent chaque jour volontairement, au nez et à la barbe des professeurs et de tous les élèves… » Je m'avance à nouveau dans la lumière de la scène, me dirigeant vers Poppy. « … Lady Castlecliff voudrait faire croire à la Cour qu'elle est une jeune fille en pleine santé, mais en réalité son sein est pourri jusqu'au trognon ! »

Sous le rouge colorant artificiellement ses joues, le visage de Poppy devient plus blême que jamais.

« Diane ! hoquette-t-elle. *You bitch !* »

Mes yeux me piquent et s'embuent de larmes, comme pour brouiller son image et la dérober à ma vue – car son visage, c'est celui de ma félonie.

La gorge serrée, je m'adresse à la ministre trônant à l'avant du public :

« Une tuberculeuse en phase terminale : est-ce vraiment ce genre de personne que vous souhaitez promouvoir, madame des Ursins, pour veiller sur le Roy ?

— Je… je vous assure que ma maladie n'est pas si avancée… », bégaye la pauvre Poppy, interpellant à son tour la princesse.

J'ai l'impression déchirante de la voir s'accrocher à ses rêves d'Amérique et même plus – au seul remède qui pourrait lui sauver la vie. Seulement voilà : la mort d'un tyran opprimant des millions de sujets est plus importante que la vie d'un seul !

Prise d'une inspiration soudaine, dont la cruauté m'effraie moi-même, je crucifie Poppy d'un quatrain improvisé :

« Vous vous droguez à la morphine.
« Succomberez-vous d'asphyxie
« Ou rongée par cette toxine ?
« Rendez-vous à votre autopsie ! »

C'en est trop pour Poppy : frappée par cette trahison implacable, à bout de souffle, elle est prise d'une violente quinte de toux. L'acoustique caverneuse du théâtre répercute ses expectorations, auxquelles se mêlent les exclamations outrées des courtisans.

Elle plonge fébrilement la main dans sa poche, à la recherche d'un mouchoir – mais, avant qu'elle ait le temps de le porter à sa bouche, une grande giclée de sang jaillit sur son corset, transformant les roses de taffetas crème en coquelicots vermeils.

*

La nausée me prend en sortant du théâtre.

J'ai l'horrible impression d'être sur le point de vomir mes entrailles, comme Poppy a craché ses poumons.

Sa quinte de toux a mis fin à la joute. Des Ursins nous a décrétées vainqueures de facto, Hélénaïs et moi. Elle pardonne aux Gastefriche de s'être attribué un titre supérieur au leur, mais pas aux Castlecliff d'être victimes d'une maladie ancestrale. Telle est la loi d'airain de la Cour des Ténèbres, où les plus faibles sont toujours écrasés…

Les femmes de chambre ont été appelées en urgence pour conduire la perdante – désormais considérée comme contagieuse – dans une pièce claquemurée à l'écart des autres.

« Vous avez été formidable, me glisse Hélénaïs, un sourire admiratif sur ses lèvres vermeilles. Aussi impitoyable que Lucrèce, mon modèle. J'avoue que jusqu'à présent, j'avais du mal à voir en vous une écuyère du Roy, mais ce soir vous avez montré un tout autre visage. Un visage de force brute. »

Je serre les dents : les paroles d'Hélénaïs insistant sur ma ressemblance avec Lucrèce résonnent beaucoup trop comme celles de Naoko me comparant aux vampyres. Suis-je donc devenue semblable à l'écuyère : une furie antique, une déité de la vengeance dévorée par la mélancolie, qui n'a plus rien d'humain ?

« Peut-être pourrions-nous devenir amies ? insiste Hélénaïs. Et si vous soupiez à ma table, ce soir, avant de croiser le fer demain ?

— Je n'ai aucun appétit et j'ai mal à la tête, veuillez m'excuser. »

Je la plante devant l'entrée de la salle de gala bruissante, pour m'échapper dans le grand escalier. Je n'ai qu'une hâte : aller me coucher sans souper et fuir dans le sommeil, le plus vite, le plus loin possible !

Mais alors que je monte les marches quatre à quatre, un petit groupe les descend le long de la rampe opposée : ce sont les garçons menés par le général Barvók, en route pour leur joute oratoire.

Zacharie de Grand-Domaine avec son regard intense et énigmatique…

Rafael de Montesueño dans ses habits noirs…

Tristan de La Roncière et sa crinière de feu !

Je me fige au milieu de l'escalier, prise de vertige :

« Tristan ? Mais je croyais que…

— Thomas de Longuedune a déclaré forfait », me confie-t-il dans un souffle.

L'intendant de l'aile des garçons émet un grondement :

« Silence, messieurs ! Économisez votre salive pour la joute. »

Tristan ne peut m'adresser qu'un sourire fugace, avant d'être happé par l'escalier. Cela suffit à me transporter. Je monte les marches quatre à quatre : ma volonté de gagner est intacte, et même plus forte que jamais !

Parvenue dans le dortoir déserté, je me rue droit sur le lit d'Hélénaïs. Ah comme ça, elle s'est permis d'enquêter sur les Gastefriche pour me descendre ? À mon tour d'être indiscrète !

Je crochète la serrure de son placard à l'aide d'une épingle à cheveux.

Parmi les robes hors de prix et les parures précieuses, il y a une liasse de courrier : toutes les lettres qu'Hélénaïs a reçues quotidiennement.

Je m'empare du papier en haut de la pile – le plus récent, sans doute celui qui a révélé le titre usurpé par le vieux baron.

Une écriture sèche et nerveuse court sur le fin parchemin.

Hélénaïs, tu trouveras dans ce pli de quoi disqualifier définitivement Diane de Gastefriche. Encore faut-il que tu réussisses à aligner deux mots d'esprit. N'importe qui d'autre que toi se serait déjà débarrassé de cette campagnarde mal décrottée. Ne me déçois pas comme ta faible sœur, Iphigénie. Sois forte. Écrase cette Diane. Écrase-les toutes. Et remporte la Gorgée du Roy, pour que le nom de Plumigny continue de rayonner à la Cour !

C'est signé *Anacréon de Plumigny.*

Pas *Père,* ni *Papa.*

Et tout le reste de la correspondance est du même acabit : nul trace d'amour paternel dans ces lettres, rien que les instructions cinglantes d'un maître à une exécutante.

Je comprends soudain d'où vient ce culte de la force qu'on a inculqué à Hélénaïs ; quant à cette sœur, Iphigénie, dont elle n'a jamais parlé… je saurai m'en servir contre elle pendant le duel demain.

Je referme soigneusement le placard, le cœur battant.

25
Torture

DES SEMAINES DURANT, JE M'ÉTAIS IMAGINÉ que si j'arrivais jusqu'au bout de la compétition, la dernière nuit avant la finale ne serait qu'une longue insomnie migraineuse.

C'était compter sans la dernière des boules de morphine de Poppy, que j'ai gardée sous mon oreiller en prévision de cette échéance. Sous l'influence de la drogue, je dors d'une traite, d'un sommeil lourd et cotonneux.

« Tristan de La Roncière et Rafael de Montesueño s'affronteront ce soir, nous annonce Chantilly au réveil. Zacharie de Grand-Domaine s'est lui aussi exprimé admirablement, et la joute a été très serrée. »

Cette annonce a un goût doux-amer. Bien sûr, la sélection de Tristan me réjouit. Mais j'aurais préféré que Rafael n'accède pas à la finale. Je ne supporte pas l'idée d'avoir à le neutraliser, s'il se retrouve dans la chambre mortuaire du Roy avec moi…

Les joues échaudées, le cœur déchiré entre la joie d'être si près du but et le remords de tout le mal que j'ai causé pour en arriver là, je me tourne vers le dortoir.

Ma face enflammée se heurte à treize visages fermés.

« Les quatre duellistes seront conviés au château dès le son du tocsin, reprend Chantilly. Nous les escorterons en ambassade : nous tous, les professeurs, ainsi que les aînés de la Grande Écurie. Une fois au château, nous attendrons dans le salon d'Apollon que le Roy ait achevé sa cérémonie du Grand Lever de sarcophage. À huit heures, les duellistes s'affronteront sous ses yeux, dans la galerie des Glaces, la pièce la plus prestigieuse du château. Seule la fine fleur de la noblesse de France et d'Europe sera admise, il n'y aura pas de place pour tout le monde ! »

Les joues poudrées de la professeure rosissent à l'idée de faire partie des élus invités au spectacle. Car c'est bien de cela qu'il s'agit, pour elle et pour les courtisans : une distraction.

« La règle est celle du premier sang, reprend-elle. Ce qui signifie que dans chaque combat, le premier combattant à saigner sera éliminé. Attention toutefois : au cours des années précédentes, le coup du premier sang a parfois été mortel… À l'issue des duels, Sa Majesté fera mener les deux vainqueurs dans la chambre mortuaire pour leur offrir la précieuse Gorgée. »

Si hier je m'étais sentie terriblement seule, c'est pire encore aujourd'hui : une vraie torture. Non seulement Naoko continue de m'éviter, mais les autres demoiselles me considèrent avec un mélange de crainte et de dégoût.

Aux yeux de toutes, j'ai enfoncé un poignard dans le dos de Poppy, la trahissant alors que j'avais juré de faire équipe avec elle pour la joute oratoire. À présent, l'Anglaise est confinée dans sa chambre et il est même question de la renvoyer de l'autre côté de la Manche pour éviter toute contagion… J'ai réussi l'exploit de me mettre tout le dortoir à dos, et de faire d'Hélénaïs la grande favorite pour le duel de ce soir. Même auprès des compétitrices les plus acharnées, la violence de ma trahison ne passe pas. J'ai l'estomac qui se noue rien que d'y penser. Mais je ravale ma bile.

Je ne suis pas là pour jouer les courtisanes, moi.

Je suis là pour me venger !

Les autres filles peuvent me haïr autant qu'elles veulent, murmurer des injures dans mon dos : la seule chose qui importe, c'est de gagner le combat de ce soir, l'ultime obstacle avant d'accéder au Roy et de le trucider !

Après le déjeuner, j'échappe à la nuée des pensionnaires et je me débarrasse de ma robe de cour pour revêtir la tenue que j'ai prévu de porter ce soir : des culottes de velours collantes pour libérer mes jambes, et un bustier aux longues manches soigneusement boutonnées jusqu'aux poignets pour couvrir mes bras. Je chausse mes souliers les plus plats et j'enfile la jupe la plus légère de ma garde-robe par-dessus le tout – une fine étoffe en soie de Lyon beige qui ne gênera pas mes mouvements. Dernière touche : j'enferme mes cheveux dans un carcan de barrettes ; ce n'est pas aussi élégant que les chignons de Naoko, mais au moins cela me dégage complètement le visage.

Ainsi préparée, je cours à la salle d'armes pour m'entraîner une dernière fois. La vaste pièce voûtée est déserte, les lustres au plafond éteints. À la lumière des quelques lampes à huile faisant office de veilleuses, les armes accrochées aux murs semblent encore plus intimidantes. Comment deviner celle qui sera choisie pour le duel ? Ces derniers jours, à chaque épreuve, les arbitres ont redoublé de perversité pour nous déstabiliser. La saignée de Toinette en pleine épreuve d'art courtois... Les cavales vampyriques pour l'épreuve d'art équestre... Et la contrainte des octosyllabes, ajoutée au dernier moment à l'épreuve d'art de la conversation. Est-ce que ce soir, on nous demandera de nous battre au sabre ? à l'espadon ? avec une arme plus baroque encore ?

Je profite de la solitude pour réviser mes bottes et mes parades, me battant avec ma rapière contre un ennemi invisible. La pièce caverneuse décuple le bruit de ma respiration. Dans la demi-pénombre, je me force à imaginer tous les yeux de la Cour braqués sur moi.

Au bout d'une heure de ce jeu-là, essoufflée, je m'accorde une pause.

À peine ai-je reposé la rapière sur son crochet que j'entends un bruit de pas derrière moi.

Je me retourne, le cœur battant dans l'espoir que Tristan soit lui aussi venu s'entraîner.

Une main gigantesque jaillit de l'ombre et se referme sur mon visage, écrasant contre mon nez un chiffon qui m'enflamme les narines et m'endort le cerveau.

*

Du chloroforme !

Voilà la première pensée qui fuse dans mon esprit, au moment où je me réveille.

Mon père utilisait parfois cette substance anesthésiante à l'odeur douceâtre pour endormir les malades, avant de pratiquer une incision ou un arrachage de dent.

J'ouvre les yeux sur un plafond noyé d'ombres.

Des liens solides emprisonnent mes chevilles et mes poignets, me maintenant allongée sur une couche dure comme du bois.

« Du calme ! » gronde une voix caverneuse.

Je tourne la tête, écrasant ma joue contre la planche rêche : là, assis sur une chaise à côté, se trouve Raymond de Montfaucon, directeur de la Grande Écurie et Grand Écuyer de France. L'unique lanterne accrochée au plafond dispense un faible halo de lumière, creusant les ombres de sa face bilieuse.

« Où suis-je ? je m'écrie. Que me voulez-vous ? Le… le duel ! Quelle heure est-il ? »

En guise de réponse, Montfaucon pointe une vieille horloge qui se dresse à côté d'une cheminée au feu agonisant. Les deux aiguilles sont superposées, indiquant six heures et demie.

Une décharge nerveuse secoue mon corps entravé :

« Je suis attendue au château, pour le combat singulier qui commencera à huit heures ! Libérez-moi tout de suite ou je hurle ! »

Mais la longue face du directeur reste impassible entre les boucles détendues de sa perruque noire.

« Vous pouvez hurler tout votre saoul, dit-il en désignant la lourde porte de fer qui condamne la pièce. Ici, dans le ventre de la Grande Écurie, nul ne vous entendra. Bien d'autres se sont égosillés avant vous, en vain. »

À ces mots, je ressens le silence total qui nous entoure : le même qui régnait dans l'antre du reclus. Le Grand Écuyer m'a entraînée profondément sous terre.

Quant aux formes métalliques accrochées aux murs, dont je discerne les contours aiguisés à mesure que mon regard s'habitue à la pénombre… ce sont des instruments de torture ! Des tenailles, des étaux et des scies, dont certaines sont brunes de sang séché !

La macabre réputation de Montfaucon me revient en mémoire, lui qui descend d'une longue lignée de bourreaux… et qui semble encore pratiquer l'art familial, secrètement, dans cette chambre de torture escamotée !

« Avouez tout de suite, vous m'épargnerez de la sueur et vous vous épargnerez des larmes, me menace-t-il.

— Avouer quoi ? » dis-je, sentant une panique sans nom me gagner, le sentiment nauséeux d'être entièrement à la merci de ce forcené.

Il pousse un long soupir :

« Inutile de jouer à ce jeu-là. Le chevalet de torture vous tirera des aveux à coup sûr. Il me suffit de tourner cette manivelle, là, pour vous écarteler petit à petit – et pour faire jaillir de votre bouche les mots qui ne veulent pas sortir. »

Je prends conscience avec horreur que les cordes emprisonnant mes bras et mes jambes sont reliées à une roue – et la main gauche du tortionnaire est posée sur la poignée.

De la droite, il sort un objet de la poche de sa veste de cuir noir.

Je crois d'abord que c'est un mouchoir, pour essuyer le sang qui coulera de mes membres disloqués.

Mais peu à peu, dans la lumière de la lanterne, je distingue une fleur.

Un lotus de soie blanche.

Celui que Naoko m'avait confectionné pour le souper vampyrique – et que j'avais égaré.

« Je vous ai vue porter cette parure à l'épreuve d'art courtois, susurre le Grand Écuyer. Et je l'ai retrouvée cet après-midi, gisant dans les sous-sols. Plus précisément, à côté du puits où les limiers m'ont mené, après avoir humé un linge appartenant à madame Thérèse. Son cadavre flottait tout au fond du trou. C'est vous qui l'y avez poussée, n'est-ce pas ? »

Ma respiration s'emballe.

Mes pensées s'affolent.

Je vais peut-être rendre mon dernier soupir ici, ce soir, mais ce sera sans trahir Tristan et la Fronde !

« Madame Thérèse en avait toujours après moi, à me persécuter sous prétexte que je viens d'une campagne perdue, dis-je en levant les yeux au ciel. Je ne pouvais plus souffrir ses attaques et ses vexations. Après tout, elle n'était qu'une vieille roturière acariâtre en fin de course, alors que je suis une jeune noble promise à un brillant avenir. Épargnez-vous la torture : je n'ai pas honte d'avouer qu'elle n'a eu que ce qu'elle méritait ! »

J'en rajoute dans le personnage odieux que Montfaucon a projeté sur moi dès le premier jour : celui d'une « querelleuse à l'ego surdimensionné », d'une « arrogante qui pense que la Gorgée du Roy lui revient de droit ». Ce sont les mots mêmes qu'il a utilisés. Eh bien soit, que je sois cette arrogante, pourvu que cela masque la véritable raison qui m'a poussée à me débarrasser de la gouvernante !

« Je m'en doutais, dit-il, son affreux visage déformé par une grimace de dégoût qui le rend plus repoussant encore. Madame Thérèse était loin d'être parfaite : elle était mesquine, arriviste et souvent même méchante. Mais vous êtes pire encore ! »

Il lâche la manivelle du chevalet et se dirige vers un établi installé sous ses instruments de torture.

« Vous ne me libérez pas, maintenant que je vous ai tout dit ? je lui lance, le cœur battant à tout rompre. N'oubliez pas que je suis pupille du Roy ! »

Il se retourne vers moi : dans sa main, il tient une longue seringue remplie d'un liquide blanchâtre.

« Vous êtes surtout ce que la noblesse produit de pire, m'accuse-t-il sombrement. Une engeance qui se croit tout permis, pour qui la vie d'autrui n'a aucune valeur. Je ne doute pas que la Cour vous pardonne le meurtre de madame Thérèse – après tout, vous êtes noble et elle n'était que roturière, comme vous le rappelez avec tant de mépris. Mais moi, je ne vous pardonnerai jamais. Je ne permettrai pas que vous accédiez à la Gorgée du Roy. Pour rien au monde ! »

La manière dont le Grand Écuyer parle de la noblesse, à laquelle il appartient pourtant, me désarçonne. Son visage se mure dans une détermination farouche, meurtrière. Plus que jamais, il ressemble aux bourreaux dont il a hérité les instruments.

« De notoriété publique, la Gorgée ouvre une voie royale vers la transmutation, dit-il. Or ce pauvre monde déjà tellement martyrisé ne mérite pas qu'on lui inflige un fléau tel que vous, pour les siècles des siècles ! Je suis mortifié que mon école ait produit un monstre comme Lucrèce… Cela ne se reproduira pas avec vous. » Brandissant la seringue d'une main, il commence à déboutonner la manche de mon bustier de l'autre. « En guise de vie éternelle, cette injection d'arsenic vous offrira le sommeil éternel.

— Non ! » je hurle alors qu'il remonte brutalement ma manche.

Il se fige.

Ce n'est pas mon cri qui l'a arrêté : c'est la cicatrice de la saignée au pli de mon coude.

« Mais…, souffle-t-il, écarquillant ses yeux lestés de lourdes poches. Tu… tu es une roturière ! »

Je me débats comme une enragée, la terreur d'être démasquée s'ajoutant à celle d'être à un doigt de la mort.

« Relâchez-moi ! je hurle à pleins poumons. Relâchez-moi, ou le monstre aux mains suturées vous arrachera la tête ! Mon démon gardien me vengera, je vous le jure ! »

Mes vociférations sonnent comme celles d'une démente.

Mais les yeux de Montfaucon s'écarquillent un peu plus.

« Tu as rencontré Orfeo ? » murmure-t-il, abasourdi.

Trempée de sueur, je cesse soudain de m'agiter.

Parce que mes gesticulations ne servent à rien.

Parce que entendre le nom du reclus, pour la première fois, me calme étrangement.

« Orfeo ? je répète, les lèvres tremblantes. C'est ainsi qu'il s'appelle ? »

Le Grand Écuyer se rassied lentement, posant la seringue d'arsenic à ses pieds.

« C'est ainsi que *je* l'appelle, rectifie-t-il. Avant moi, nul ne s'est soucié de lui donner un nom. Je l'ai trouvé une nuit dans la cour de la Grande Écurie, voilà trois ans, trempé et terrorisé, sur le point de se faire déchiqueter par les chiens. Il poussait des grondements pathétiques et inarticulés de sa bouche dépourvue de langue. Il avait dû s'échapper du laboratoire clandestin où il avait vu le jour, dans les faubourgs de Versailles, pour se traîner jusqu'à la grille. Depuis, je l'abrite secrètement au fond des caves de l'école.

— Vous l'avez baptisé d'après Orphée, je murmure, me remémorant *Les Métamorphoses* d'Ovide. Du nom du plus grand poète de l'Antiquité. Car il a beau être muet, il est capable de tirer les sons les plus déchirants de son harmonica. »

Succédant à mes hurlements, le silence de la chambre de torture me semble plus assourdissant encore. Je me rappelle les accords poignants de la musique du reclus, résonnant sur les toits de la Grande Écurie. Je me souviens aussi du contact froid de sa poitrine contre ma peau, tandis qu'il m'emportait dans ses bras vers les profondeurs de l'école. C'était la froideur de la mort… et des Ténèbres.

« Quel genre de créature est Orfeo ? je souffle. Une goule ?

— Les Ténèbres seules ont enfanté les goules. Tandis que des êtres humains ont modelé les Ténèbres pour donner naissance à Orfeo. Dis-moi, toi qui sembles connaître ta mythologie sur le bout des doigts : sais-tu comment a terminé l'Orphée antique ?

— Euh... déchiqueté par les bacchantes, les suivantes démentes du dieu Bacchus, jalouses de sa musique... ? » je suggère.

Le Grand Écuyer hoche gravement la tête :

« C'est exactement ce qu'est Orfeo : un monstrueux Orphée recomposé. Un assemblage de fragments de cadavres déchiquetés, cousus les uns aux autres au mépris des lois les plus sacrées de la nature. J'ignore d'où proviennent les différents morceaux qui le constituent, et pourquoi ses créateurs n'ont pas jugé utile de le doter d'une langue. Mais son visage porte un tatouage de larme au coin de l'œil. C'est le signe de reconnaissance des bandits napolitains infestant les bas-fonds de Paris. Voilà pourquoi je lui ai donné un nom italien.

— Cette monstrueuse hybridation est-elle l'œuvre des docteurs de la Faculté ? je demande, mue tant par la curiosité que par le besoin de gagner du temps.

— Non. Si les inquisiteurs de la Faculté avaient vent de son existence, ils l'enverraient aussitôt au bûcher. Ce sont des alchimistes de la Fronde qui ont créé cette abomination qu'est Orfeo. »

Ma respiration se bloque.

Entendre le mot de *Fronde* dans la bouche du Grand Écuyer me suffoque.

« Mais je croyais que les frondeurs n'étaient que des rebelles incultes... », dis-je.

J'ai beau jouer les ignorantes, je ne peux m'empêcher de penser au laboratoire alchimique secret de mes parents. Y auraient-ils mené d'autres activités que la création de bombes artisanales ? Se seraient-ils risqués à manipuler les Ténèbres pour créer des abominations, eux aussi ? Non, je ne peux pas le croire !

« La Fronde est une hydre nébuleuse aux mille visages, marmonne Montfaucon, songeur. Un fourre-tout de personnes et de groupes hétéroclites : paysans et citadins, va-nu-pieds et bourgeois, roturiers et seigneurs. Leur apparente cohésion n'est qu'une illusion. Là où les frondeurs vertueux veulent abolir la Magna Vampyria dans l'honnête espoir d'instaurer un monde meilleur, les frondeurs pervers désirent seulement conquérir le pouvoir et la vie éternelle. Ces derniers manipulent les Ténèbres sans vergogne, tentant de percer le secret de la nature vampyrique pour se l'approprier… mais jusqu'à présent, dans leurs tentatives impies de recréer un vampyre authentique, ils ne sont parvenus qu'à produire des ébauches ratées comme Orfeo. »

Les paroles de Montfaucon me sidèrent – *les frondeurs vertueux* ? *l'honnête espoir d'instaurer un monde meilleur* ? Est-ce vraiment le directeur de la Grande Écurie qui s'exprime ainsi ? Je n'en reviens pas. Cet homme que je craignais entre tous, l'incarnation même de l'autorité royale à l'école, tient un discours qui pourrait le conduire droit au gibet !

Il cligne des yeux, semblant reprendre soudain conscience de ma présence :

« Dis-moi plutôt : qui es-tu vraiment, sous ta couverture de nobliaute de province ?

— Si j'ai une couverture, que dire de la vôtre ! je m'écrie, tremblante d'espoir. Le Grand Écuyer de France est dans le même camp que moi : celui de la justice ! »

Montfaucon se lève brusquement, me dominant de toute sa hauteur, sa tête furieuse auréolée par la lanterne chancelante au plafond.

« La justice est le mot le plus dangereux du monde, car chacun la définit à sa guise ! vocifère-t-il d'une voix de dément. Que de massacres a-t-on perpétrés en son nom ! Et quels fleuves de sang mes aïeux ont-ils fait couler pour étancher son gosier à jamais assoiffé ! Nous, les Montfaucon, les bourreaux maudits de l'Immuable, nous avons décapité, écartelé, écorché, éviscéré le peuple de France pendant des siècles. Dans le silence de mes nuits, il me semble que les âmes de toutes ces victimes viennent me demander des comptes ! »

Son immense corps est pris d'un tremblement nerveux, comme s'il ployait soudain sous le poids des milliers d'exécutions pratiquées par sa terrible lignée.

La fêlure de cet homme, la raison profonde de la bile jaune qui sourd de chaque pore de sa peau, c'est la culpabilité. J'ose espérer que cette dernière vient avec son revers lumineux : la possibilité d'une rédemption.

« Je vois que vous haïssez l'Immuable, dis-je dans un souffle. Vous abhorrez ce que vos ancêtres ont fait pour lui complaire. Peut-être même que vous n'avez jamais utilisé tous ces instruments de torture vous-même, malgré vos discours intimidants. »

Montfaucon se rembrunit.

« Oh, si, je les ai utilisés…, gronde-t-il d'une voix sourde. Le sang des Montfaucon coule dans mes veines et je porte en moi la malédiction de ma famille : le besoin irrépressible de faire craquer des corps, de rompre des cous ! » Son visage se tord dans une grimace tourmentée, où la haine de ses origines le dispute à la jouissance sauvage de se vautrer dans la barbarie. « La différence entre mes ancêtres et moi, c'est que j'ai réussi à canaliser mes pulsions meurtrières, pour les diriger contre une cible bien précise. Vois-tu, je hais la chasse à courre, comme tout ce qui peut faire couler le sang des êtres vivants – c'est pourquoi j'ai particulièrement peu apprécié que tu me défies, l'autre jour, alors que j'avais donné l'ordre d'arrêter de traquer ce cerf. En revanche, je pratique assidûment la chasse aux goules, ces vermines cannibales qui déterrent les os des morts dans les cimetières, qui s'attaquent aux pauvres mendiants dans les rues et qui volent les nourrissons dans les berceaux. Comment crois-tu que j'ai constitué cette collection de pattes parfaitement préservées, que tu as vues dans mon bureau ? »

Je frémis en songeant aux créatures anthropophages qui ont dû être allongées sur le chevalet avant moi.

« Orfeo aussi se nourrit de chair humaine, je rétorque. Vous avez prétendu avoir fait enlever les têtes de ces frondeurs auvergnats, l'autre jour, sur la grille. Mais c'est un mensonge. Je sais que votre protégé les a emportées… pour les manger !

— Non, pas pour les manger : pour leur donner une sépulture.

— Une sépulture ? »

La mémoire me revient du soin avec lequel le reclus avait arrangé les têtes défigurées par les corbeaux, leur rendant leur dignité. Je me rappelle comment il avait rempli leurs orbites creuses de jolis galets, et recousu leurs plaies avec application.

« La nuit, j'arpente les cimetières de Versailles à la recherche de goules à exterminer, dit Montfaucon. Orfeo passe derrière moi tel un chien fidèle, pour ramasser les os et les crânes dont les antres des goules sont jonchés. Vois-tu, mon protégé est incapable de parler le langage des êtres vivants, mais il comprend celui des choses mortes. Il les entend chanter leurs histoires… Peut-être parce qu'il a lui-même été modelé à partir de cadavres ? À nos retours de chasse, il polit et nettoie son macabre butin, rassemblant les restes dispersés d'un même corps ou d'une même famille. Puis il va les inhumer à nouveau pour l'éternité, dans des endroits connus de lui seul, où nulle goule ne pourra jamais les exhumer. »

À en croire Montfaucon, les os rongés que j'avais vus sur la table du reclus, le premier soir de notre rencontre, ne portaient pas la marque de ses dents. Au contraire, il les avait emportés dans sa chambre pour réparer les outrages infligés par les goules !

« Les apparences peuvent être trompeuses, je murmure.

— En effet. Et tu en as parfaitement joué pour infiltrer mon école. »

Il décroche la lanterne au plafond et l'approche de moi pour mieux m'examiner, les pans de sa longue perruque effleurant mon visage.

« Qui es-tu ? me demande-t-il à nouveau. Et pourquoi veux-tu absolument concourir à la Gorgée du Roy ? »

Je prends une inspiration profonde : je sens que le moment est venu pour moi de convaincre cet être brisé que ma cause est bonne, de restaurer sa foi dans l'idée de justice, de le rallier à mon combat !

« Je m'appelle Jeanne Froidelac, dis-je en expirant. L'Immuable a fait massacrer ma famille. Les têtes sur la grille de l'école, c'étaient celles de mes parents et de mes frères. »

La bouche du Grand Écuyer s'arrondit de stupeur.

« Toi, la fille de ces malheureux ? » L'ombre du remords assombrit sa face blême. « J'étais persuadé que le spectacle de leurs têtes tranchées te réjouissait, quelle erreur de jugement j'ai commise…

— Ce spectacle m'a emplie de rage ! dis-je avec toute la véhémence que me permet la posture malcommode où me maintient le chevalet. Cette vision d'horreur a renforcé ma détermination. Celle de me venger du tyran. Oui, vous m'avez bien entendue : je suis venue à Versailles pour détruire l'Immuable. Alors libérez-moi et laissez-moi accomplir mon destin ! »

Un ricanement sans joie secoue l'échine voûtée de mon geôlier :

« Jeune inconsciente ! Seule la douleur du deuil peut t'inspirer une telle folie. C'est un projet stupide et suicidaire, voué à l'échec. Tu t'imaginais vraiment pouvoir venir à bout du plus puissant vampyre de l'univers – à toi toute seule, une petite campagnarde sans expérience de la Cour ? »

Je serre les lèvres, déchirée entre l'envie de crier à Montfaucon que je ne suis pas seule, et le devoir de garder le secret.

« Et quand bien même tu réussirais à détruire l'Immuable, en quoi cela améliorerait-il le sort du peuple ? renchérit-il. Même si le Roy disparaît, la Vampyria demeurera : un autre immortel prendra la place vacante sur le trône. » Il secoue sa grosse tête emperruquée avec fatalisme. « Non, vraiment, ce n'est pas au palais que la révolte portera ses fruits. Ni ce soir ni jamais. Tu vas rester attachée ici jusqu'à après-demain, quand la Gorgée du Roy sera passée.

— Vous ne pouvez pas faire ça ! Les gens se demanderont où je me trouve ! Tout le monde m'attend pour l'épreuve d'art martial ! »

Il hausse les épaules :

« Ce ne sera pas la première fois que tu t'éclipses inopinément. Les courtisans mettront ça sur le compte de ton tempérament imprévisible. Ils se diront que tu as préféré fuir plutôt que d'affronter Hélénaïs de Plumigny en combat singulier. Elle sera nommée nouvelle écuyère du Roy, par forfait de ta part.

— Vous me volez ma vengeance ! je rugis, hors de moi.

— Non : je te sauve la vie. Je ne connaissais pas ta famille, ni les motivations qui les animaient, vertueuses ou perverses. Mais ce que je sais, c'est que toi, tu peux mettre ta vie au service de la cause du peuple. De manière utile et réfléchie, et non dans une expédition hasardeuse vouée à l'échec. » Il se redresse comme pour mieux me jauger, afin d'estimer si je suis à la hauteur de la tâche qu'il ambitionne pour moi. « Tu as de l'énergie et du courage à revendre, je te l'accorde. Tu pourrais les mettre à profit aux Amériques.

— Aux Amériques ? » je hoquette.

Il opine du chef :

« Là-bas, dans les lointaines colonies, l'emprise de la Magna Vampyria n'est pas aussi ferme. C'est à l'ouest que se lèvera l'aurore, j'en ai la conviction. Non pas une rébellion obscure et éphémère, mais une révolution qui pourrait peut-être dissiper les Ténèbres elles-mêmes ! » Ses yeux luisent entre ses mèches tombantes, comme s'il contemplait déjà cet horizon embrasé. « Depuis des années, je profite de ma position pour jouer les intermédiaires entre les frondeurs des Amériques et ceux de la métropole que j'estime vraiment sincères – je peux te dire qu'ils se comptent sur les doigts d'une main. »

Les Amériques, terre d'espoir… je croirais entendre les paroles de ma pauvre Poppy. Je me souviens aussi des mystérieux événements de la Nouvelle-York, évoqués par madame Thérèse. Quant à ce rêve mystique d'une aurore qui dissiperait les Ténèbres… il me donne le vertige.

Montfaucon raccroche la lanterne au plafond et saisit une lourde chaîne soudée au mur. Elle se termine par un épais arceau de fer qu'il attache à ma cheville droite, la verrouillant à l'aide d'une petite clé pendant à son trousseau. Alors seulement, il dénoue les cordages qui emprisonnent mes jambes et mes bras.

Je me redresse et m'assieds sur le bord de la planche de bois, étirant mes membres ankylosés.

« Pas la peine d'essayer de briser cette chaîne, m'avertit-il. Elle est constituée des maillons les plus solides, pour retenir les goules les plus féroces. »

Il pose un pichet d'eau et une miche de pain au coin du chevalet ; puis, du bout de sa botte, il pousse un seau rouillé près de moi.

« Tiens, voilà de quoi te restaurer. Tu pourras utiliser le seau en guise de pot de chambre. Tâche de te reposer. Pour l'heure, il faut que je me rende au palais afin d'y représenter l'école pendant le rituel de la Gorgée.

Mais dès demain, j'arrangerai un convoi pour t'emmener au Havre, d'où tu embarqueras pour les Amériques. »

Il s'apprête à tourner les talons, mais je ne peux pas le laisser partir comme ça.

Je ne peux pas abandonner Tristan seul aux prises avec le Roy.

« Attendez ! je m'écrie. Libérez-moi, laissez-moi concourir à la Gorgée comme il était prévu, je vous promets que je ne ferai pas de vagues.

— Pas question, rétorque-t-il, catégorique, réendossant déjà le costume de directeur de la Grande Écurie.

— Par pitié, je vous en conjure ! »

Il sourcille.

« Pourquoi tant d'empressement ? La perspective d'aller aux Amériques ne t'enchante-t-elle pas ?

— Je… euh… si. Mais je voudrais revoir mes camarades une dernière fois avant de partir. »

Au moment où je prononce ces paroles, je me rends compte que j'en ai trop dit.

Le large front ridé de Montfaucon se contracte.

Mon insistance a allumé la suspicion dans son esprit.

« M'aurais-tu menti ? marmonne-t-il. Seriez-vous plusieurs à comploter ce régicide ? As-tu des complices parmi les pensionnaires ?

— Non, je vous assure que non », je tente de le détromper.

Mais il est trop tard.

« Se pourrait-il que tu te sois liguée avec Takagari ou Castlecliff, les deux demoiselles avec lesquelles on t'a vue passer le plus de temps ? s'interroge-t-il tout en lissant fébrilement sa barbiche du bout de ses longs doigts. Non : ces deux étrangères ne peuvent disposer des réseaux nécessaires pour monter une telle opération au palais… Restent les garçons. Et notamment celui dont tu sembles t'être amourachée : La Roncière… »

Les yeux du Grand Écuyer s'écarquillent dans la pénombre.

« Mais bien sûr ! s'exclame-t-il. Le désistement de Thomas de Longuedune aurait dû me mettre la puce à l'oreille ! Hier, nous avons reçu un corbeau annonçant la mort de son père, terrassé dans son manoir des Landes par une crise cardiaque aussi foudroyante qu'inattendue. Fils unique et seul héritier, le jeune Longuedune a dû quitter la compétition et même l'école pour aller prendre possession des terres familiales… laissant ainsi le champ libre à La Roncière ! Il faut que j'aille l'arrêter avant qu'il ne soit trop tard !

— Non ! je hurle, tirant sur ma lourde chaîne.

— N'as-tu donc pas compris ce que je t'ai expliqué, petite sotte ? Ce La Roncière semble aussi présomptueux que toi. Un indécrottable romantique, sans aucune conscience des réalités politiques. Un provincial débarqué de sa campagne, qui croit pourvoir changer la face du monde en un seul coup d'éclat. Mais cet attentat précipité contre le Roy ne changera rien du tout.

— C'est vous qui ne comprenez rien, vieux fou ! Tristan se bat comme moi, comme mes parents, pour la liberté ou la mort ! » Je répète avec rage, avec hargne : « Vous m'entendez : la liberté ou la mort ! Un combat que vous êtes bien trop couard pour relever, avec vos vaporeux rêves d'Amérique qui ne sont que des excuses pour ne pas risquer votre peau ! Et pendant ce temps, la soif des vampyres augmente, la Faculté prépare le doublement de la dîme – je le sais, j'ai entendu Des Ursins en parler. Nous n'avons pas de temps à perdre. C'est maintenant qu'il faut agir. Maintenant, vous m'entendez ! Ne gâchez pas cette occasion unique de renverser le tyran ! »

Mais Montfaucon ne m'écoute plus.

Déjà, il se précipite sur la porte cloutée de la cellule.

Il tourne fébrilement l'une des clés de son trousseau dans la serrure.

Folle de panique, je saisis le premier objet qui me tombe sous la main – le pichet en étain – et je le projette droit sur lui.

Avec toute la détresse d'avoir trahi le secret de Tristan.

Avec toute l'acuité de mes années de maniement du lance-pierre.

Le lourd récipient percute la nuque du Grand Écuyer dans un bruit sourd.

Son corps de géant s'effondre au sol dans un tremblement sismique.

Pantelante, des cheveux plein les yeux, j'aperçois la porte déverrouillée qui s'entrouvre en grinçant.

Une ombre se tient sur le seuil.

Celle du reclus.

26

Orfeo

« JE... JE N'AI PAS FAIT EXPRÈS », JE BALBUTIE.

Le corps de Montfaucon gît sur les dalles glacées, immobile.

Celui de son protégé se dresse dans l'ombre de la porte, frémissant.

Jusqu'à présent, celui que j'appelais « mon démon gardien » m'a mystérieusement apporté son aide ; mais maintenant que j'ai assommé et peut-être même tué son maître, l'homme qui l'a sauvé et recueilli, je doute qu'il soit aussi conciliant...

« Il a trébuché et il est tombé tout seul », je prétends, les lèvres tremblantes.

En guise de réponse, les chaussons de cuir de la créature s'avancent lentement. Le reclus pénètre dans la faible lumière de la lanterne, plus distinct que je ne l'ai jamais vu. Les culottes de toile enserrant ses cuisses massives et la tunique enveloppant son torse puissant sont couverts de coutures – c'est lui-même, je le devine, qui a rapiécé ses vieux habits, tout comme il a recousu les plaies des têtes coupées. Quant à sa face penchée vers le sol, elle est toujours cachée par la profonde capuche du chaperon de cuir retombant sur ses épaules.

Il s'accroupit auprès du corps de Montfaucon, dont la perruque est tombée dans la chute, exposant son crâne dégarni.

Le reclus tend sa large main ; elle a une couleur verdâtre, presque translucide, qui me rappelle la surface des mares d'altitude en Auvergne, couvertes d'algues vertes que le soleil ne parvenait jamais à pénétrer tout à fait.

Ses longs doigts passent sur le crâne nu de Montfaucon avec un respect inattendu chez une telle créature. Lorsqu'il relève la main, je peux voir briller une substance sombre sur la pulpe de son index : du sang frais. Il saisit alors le pichet d'étain : lui aussi est couvert de sang. Ses épaules se mettent à frémir, tandis qu'un grondement de bête blessée s'élève de sa capuche.

« Je te jure que c'était un accident ! » je m'écrie, sentant la panique me gagner.

La créature se relève avec la souplesse d'un félin et fond sur moi.

Son odeur de feuilles mortes me sature les narines.

Son grondement de détresse – car c'est de cela qu'il s'agit – me vrille les oreilles.

Ses doigts, qui l'instant d'avant effleuraient délicatement la nuque de Montfaucon, se referment sur mon bras pour le broyer.

Ivre de terreur, je me débats, m'accroche à la capuche de ma main libre.

« Tu dois me croire ! je hurle. Tu dois me croire… Orfeo ! »

Au moment même où je prononce ce nom, j'arrache la capuche.

Le reclus lâche aussitôt mon bras pour se couvrir le visage de ses énormes mains.

Pas assez vite cependant pour me cacher ses yeux, dont j'aperçois l'éclat l'espace d'une seconde : deux grands yeux vert pâle.

Nous restons un instant immobiles l'un face à l'autre, la prisonnière enchaînée à la table de torture et le monstre dissimulé derrière le masque de ses mains.

« Orfeo…, je répète dans un murmure, sentant tout le pouvoir de ce nom qui l'humanise, le tire du royaume des abominations pour le hisser dans celui des humains. Regarde-moi, Orfeo. Et laisse-moi te regarder. »

Ses longs doigts glauques tressaillent.

Au-dessus des manches de sa tunique, je peux clairement distinguer les points de suture noircis encerclant ses poignets, tels deux bracelets. Comme s'ils avaient été cousus aux avant-bras.

Je m'efforce de dominer ma peur :

« Je sais que tu me comprends. Et je sais aussi que ces mains derrière lesquelles tu te caches sont capables de faire des merveilles. Elles savent redonner leur dignité aux morts. Et tirer d'un harmonica des notes qui font chavirer le cœur des vivants. »

D'un geste hésitant, Orfeo écarte enfin ses paumes. Ses yeux réapparaissent. On dirait des morceaux de jade, piqués de prunelles noires et vibrantes. Le visage qui se compose autour de ces gemmes étranges oscille entre la beauté et l'horreur. Une grâce funèbre se détache du nez puissant et droit, de la bouche aux lèvres pâles de noyé, des paupières piquées de longs cils noirs semblables à de délicates pattes d'insecte. Au coin de la paupière droite, la larme tatouée dont m'a parlé Montfaucon bave un peu, comme si l'encre avait commencé à se dissoudre. Sous ces traits qui pourraient être ceux d'un jeune mort de vingt ans, le cou est cerné d'une longue ligne de points de suture, dessinant un collier en pointillés violacés. La tête d'Orfeo a été greffée sur un tronc qui n'est pas le sien.

« Je m'appelle Jeanne », dis-je dans un souffle.

Un tintement retentit soudain, provenant de la vieille horloge au fond de la cellule : il est sept heures.

La Gorgée du Roy, le duel imminent, et Tristan qui m'attend !

« Merci de m'avoir sauvée, l'autre soir quand j'allais tomber du toit, dis-je à Orfeo, m'efforçant de ralentir mon débit qui s'emballe pour qu'il me comprenne. Merci de m'avoir permis de dire adieu aux miens. Et merci d'avoir mis leurs restes en un lieu sûr, où les goules ne les profaneront pas. »

Il me semble voir une flamme s'allumer dans les yeux de jade – oui, une flamme d'émotion. Montfaucon a dit vrai : son étrange protégé peut réellement entendre le chant des os. Celui des têtes de ma famille a dû le toucher au cœur – ce cœur vivant, que j'ai senti battre dans sa poitrine figée, lorsqu'il me serrait contre lui !

« Ce soir, c'est à mon tour de t'aider, lui dis-je précipitamment. Je suis fille d'apothicaire. Je connais les gestes qui peuvent soigner ton maître et le remettre sur pied. Mais pour cela, il faut que tu me libères. » J'agite la cheville, faisant cliqueter les lourds maillons qui me retiennent prisonnière. « S'il te plaît, va prendre la clé de la chaîne, dans le trousseau de ton maître. »

Orfeo se retourne vers le corps inanimé de Montfaucon.

Je l'encourage de la voix la plus douce possible, alors que je voudrais crier pour vaincre ses réticences :

« Le temps presse, Orfeo ! »

Il glisse jusqu'au corps de Montfaucon et, de ses longs doigts à la fois puissants et précis, retire le trousseau de clés sans en faire tinter une seule.

Avec la même délicatesse, il introduit la plus petite des clés dans la serrure de la chaîne à ma cheville.

L'arceau de fer s'ouvre.

Je suis libre.

« Merci », dis-je.

Je tends la main vers la sienne. Au moment où mes doigts touchent sa peau froide, je lutte contre le réflexe de les retirer aussitôt. Il me suffit de plonger mes yeux dans les siens pour vaincre ma répulsion : il y a une âme au creux de cet assemblage de chairs mortes, fondues les unes dans les autres et miraculeusement conservées par la puissance des Ténèbres. Orfeo ne possède pas la grâce glacée des vampyres, qui semblent taillés dans le marbre ; mais, dans son imperfection même, il est plus vivant qu'ils ne le seront jamais. Montfaucon me l'a décrit comme une ébauche de vampyre ratée – à mes yeux, cette ébauche est poignante.

Mes doigts se referment doucement sur le trousseau de clés.

Orfeo me laisse les prendre sans chercher à les retenir.

Il remue ses lèvres exsangues, comme pour formuler des mots qui ne veulent pas sortir. Sa bouche dépourvue de langue n'est capable d'émettre qu'un son profond et caverneux, pareil à l'écho des grottes de mes montagnes, où je trouvais refuge lorsqu'une averse me surprenait en pleine chasse.

La frustration de ne pouvoir s'exprimer froisse son étrange visage.

Il glisse alors la main dans la poche de sa tunique et en sort une tuile d'ardoise dérobée à un toit, et un morceau de craie usé.

Il se met à tracer des lettres aussi précises que ses travaux de suture :

Les os du maître n'ont pas commencé à chanter.
Il n'est pas encore mort.
Merci de le soigner.

Le fait de lire ces mots parfaitement calligraphiés me serre le cœur : voilà une preuve supplémentaire de la sensibilité palpitant dans le corps d'Orfeo. Ce que je m'apprête à lui faire subir n'en est que plus cruel…

« Peux-tu m'attraper ce flacon de formol, là sur l'établi ? je lui demande en faisant mine d'étirer mes bras courbaturés. L'odeur puissante devrait aider ton maître à reprendre ses esprits. »

À peine Orfeo a-t-il le dos tourné que j'attrape la lanterne au plafond, saute au bas du chevalet et me précipite sur la porte toujours entrouverte.

Le cœur battant à tout rompre, je me rue dans le couloir et claque le lourd battant de fer derrière moi.

Du bout de mes doigts tremblants, j'enfonce la plus grosse clé du trousseau dans la serrure et tourne un tour.

Un poing massif s'abat de l'autre côté, faisant trembler le panneau sur ses gros gonds.

Je tourne la clé une deuxième fois.

Le martèlement du reclus pris au piège comme une bête sauvage envoie des vibrations furieuses dans ma main et jusque dans mon épaule.

J'arrache la clé de la serrure comme une dague qu'on retire d'un dos poignardé, je lève la lanterne vacillante et je m'enfuis dans les souterrains.

Même lorsqu'il n'y a plus que le fracas de ma course dans les couloirs abandonnés, j'ai l'impression d'entendre encore gémir Orfeo – le dernier d'une longue série d'alliés que j'ai trahis, et certainement le plus innocent de tous.

*

L'air glacé de la dernière nuit d'octobre me gifle au sortir de la Grande Écurie.

Mes pieds ont instinctivement retrouvé le chemin qu'ils avaient emprunté début septembre, jusqu'à l'étroit escalier en colimaçon conduisant à la porte de service. L'une des clés du trousseau de Montfaucon a eu raison de cet ultime obstacle.

Me voici à présent dans la ruelle où j'avais débarqué deux mois plus tôt. Même si j'ai reboutonné la manche de mon bustier, je frissonne, mes dents claquent.

Il me faut gagner le château au plus vite, avant de mourir de froid dans cet automne polaire !

Je dois trouver la galerie des Glaces, avant qu'Hélénaïs soit déclarée vainqueure par forfait !

Je me précipite vers la place d'Armes, chaque bouffée d'air lardant mes poumons de mille aiguilles de givre.

La vaste esplanade est déserte, sans coches, diligences ni carrosses : à cette heure, tous les courtisans sont déjà réunis au château pour les réjouissances de la nuit.

Six gardes suisses postés devant l'ouverture béante du mur de la Traque, emmitouflés dans d'épais manteaux de fourrure, croisent leurs hallebardes pour me bloquer le passage.

« Qui va là ? gronde un septième, le plus gradé, envoyant un nuage de vapeur dans la nuit.

— Je suis Diane de Gastefriche, finaliste pour la Gorgée du Roy ! je m'écrie. Sa Majesté m'attend ! »

L'officier porte la main à la poignée de son épée, hésitant sur la conduite à adopter devant cette folle à moitié gelée, qui ose invoquer le nom de l'Immuable. Sous sa toque de fourrure enfoncée jusqu'au bas du front, ses yeux brillent d'un éclat suspicieux à la lueur des torchères. D'un coup de lame, il pourrait me trancher la gorge.

« Je reconnais ses cheveux gris, capitaine ! s'exclame soudain l'un de ses hommes. C'est la fille qui est entrée au palais comme une mendiante l'été dernier, et qui en est ressortie comme pupille du Roy ! »

Pupille du Roy : ces mots magiques font l'effet d'un sésame.

Les hallebardes s'écartent ; le capitaine baisse son épée pour m'offrir son bras ; nous nous enfonçons dans l'épaisseur du mur de la Traque.

La grille d'honneur surgit au bout du tunnel, surmontée de son lugubre masque d'Apollon nocturne.

Le château gigantesque, que j'avais découvert bourdonnant de courtisans à la fin de l'été, se dresse au milieu du grand silence de la nuit. Derrière les centaines de fenêtres hermétiquement closes, des myriades de lustres étincellent de mille feux.

« Plus vite, plus vite ! je crie au capitaine. Où se trouve la galerie des Glaces ? »

Il désigne du doigt le corps central du palais, au bout d'une majestueuse cour dallée en damier :

« La galerie est au premier étage, du côté des jardins, halète-t-il. On y accède par l'escalier des ambassadeurs. »

J'avance si vite qu'il est obligé de me suivre en courant, ses lourdes bottes fourrées peinant à rattraper mes souliers légers.

« Laissez-la passer ! » ordonne-t-il aux gardes effarés, postés devant une grande entrée éclairée de flambeaux.

Ils s'écartent, et c'est ainsi que je pénètre pour la première fois de ma vie dans la demeure de l'Immuable – non pas comme je l'avais imaginé, en grande pompe et entourée de tout le personnel de la Grande Écurie, mais seule et grelottante.

Après la pénombre de la nuit, la blancheur des murs immenses m'éblouit.

L'éclat aveuglant des lustres en cristal me brûle les yeux.

Je me jette à tâtons dans un colossal escalier de pierre. Il est taillé dans des marbres de couleur rouge, verte, grise, composant un kaléidoscope qui me donne le tournis. Les oriflammes dégoulinant des rambardes monumentales sont plus étourdissantes encore : Espagne et Portugal, Prusse et Germanie, Savoie et Piémont, et tant d'autres encore : des dizaines de drapeaux frappés de la chauve-souris marquant l'allégeance au Roy des Ténèbres… Il y a là tous les vice-royaumes de la Magna Vampyria, dont j'étudiais jadis les minuscules emblèmes dans l'atlas familial, et qui m'écrasent à présent sous leurs étendards aussi vastes que des voiles. Et moi, « la petite campagnarde », comme dirait Montfaucon, j'ose défier cette invincible armada… ?

Je fais irruption en haut de l'escalier, le capitaine des gardes suisses toujours sur les talons.

« Place ! Place ! » s'époumone-t-il.

Une nouvelle flopée de gardes s'écarte pour me laisser pénétrer dans un salon surchargé de moulures dorées, entre lesquelles s'ouvrent de grands panneaux peints de scènes mythologiques. Des parfums riches et entêtants m'enflamment les narines. Des dizaines de courtisans sont parqués là, tous mortels si j'en crois la couleur de leurs talons.

« Mesdames et messieurs, s'il vous plaît, soyez raisonnables et laissez-nous passer… », implore le capitaine.

Il ne peut s'adresser à ces nobles d'un ton martial comme il l'a fait jusqu'à présent, et du reste les courtisans ne semblent pas du tout disposés à se pousser.

Mon instinct me dit que ce sont là les moins bien lotis des habitants du palais, pas suffisamment en grâce pour avoir l'honneur d'accéder à la galerie des Glaces. Comme l'a dit Chantilly, seule la fine fleur de la noblesse est conviée aux duels. Depuis des années, des générations peut-être, ces dames et ces seigneurs venus des quatre coins de la Vampyria ont dû délaisser leurs vastes domaines pour s'entasser au château dans des chambres minuscules, au plus près d'un monarque qui les dédaigne. À présent, c'est vers moi qu'ils retournent leur amertume. Une invitée échevelée et bleue de froid, sans même un manteau pour se couvrir : voilà enfin quelqu'un de plus méprisable qu'eux !

« Quelle extravagante ! » grince une femme à la face criblée de mouches.

« Quelle intempestive ! » rétorque un petit monsieur juché sur des souliers à boucles d'or.

« Faites la queue comme tout le monde, si vous voulez avoir une chance d'apercevoir le Roy à la fin de l'épreuve », me jette un autre poudré.

Ces mondains parlent déjà de la fin de l'épreuve !

Tel un écho à leurs paroles pleines de bile acide, un tintement sourd retentit soudain :

Bom ! – c'est le premier coup de huit heures, qui sonne aux multiples horloges du palais.

« Laissez-moi passer ! » j'implore en exécutant une révérence comme me l'a enseigné Barvók, dans l'espoir de les attendrir.

Bom ! le deuxième coup s'abat, repris en écho par tous les clochers de Versailles derrière les hautes fenêtres festonnées de velours cramoisi.

Les courtisans ne bougent pas d'un iota.

Je lorgne au-dessus des perruques saturées de fanfreluches et de rubans, en quête d'une issue. Mon regard affolé se heurte aux peintures murales : elles représentent toutes une jeune femme courant à travers des forêts nocturnes.

Diane.

La déesse de la chasse, dont j'emprunte le nom.

Mais transmutée en vampyre : au lieu de donner Actéon en pâture à ses chiens, comme dans *Les Métamorphoses* d'Ovide, c'est elle qui lui déchire la gorge de ses dents acérées. Le malheureux chasseur couronné de bois, déjà à moitié changé en cerf, semble me regarder avec la même détresse que Bastien – mon pauvre frère ! – au moment d'expirer.

Un rugissement sauvage monte du fond de mes entrailles :

« Je suis Diane de Gastefriche, pupille du Roy, et je vous ai dit de me laisser passer ! »

Bom ! au moment où tonne le troisième coup aux horloges et aux clochers, faisant fi de toutes les règles d'art courtois, je plante le capitaine inutile derrière moi et je fonce tête baissée. Pareille à un boulet de canon, j'écrase les souliers vernis, je bouscule les riches manteaux, je fends les robes empesées.

Je débarque dans un deuxième salon, tout entier dédié aux représentations de Mars. Sur la plus grande des peintures, le dieu de la guerre au teint vampyrique est vêtu d'une armure épineuse entièrement rouge de sang. Quant à la pièce, elle est deux fois plus vaste que la première, et quatre fois plus peuplée.

Bom ! le quatrième coup résonne au-dessus du tumulte des conversations.

Je fonce derechef dans le tas, jouant des coudes et des genoux au milieu d'un concert de protestations outrées, jusqu'à un nouveau salon orné des portraits et statues du dieu Mercure – les ailes de colombe à ses sandales véloces ont été remplacées par des ailes de chauve-souris.

Ce cauchemar n'en finira-t-il donc jamais ?

Bom ! me répondent les horloges, inexorables.

Je fends le salon de Mercure, pensant atteindre enfin la galerie des Glaces, pour arriver dans une pièce entièrement tapissée d'or : le salon d'Apollon.

L'effigie nocturne du dieu solaire, que j'avais vue au-dessus de la grille d'honneur, est reproduite sur tous les murs, me donnant l'impression vertigineuse que des dizaines d'yeux noirs m'épient.

Bom !

Hagarde, je me rends compte que de nombreux talons rouges parsèment désormais la foule qui piétine d'impatience, signe que j'approche du but. La sensation de froid, elle aussi, va croissant. Mais il ne m'est plus aussi facile de me frayer un chemin – si mes réflexes de chasseresse m'ont permis de slalomer entre les courtisans mortels engoncés dans leurs tenues d'apparat, il en va tout autrement des immortels. Sur mon passage, des ongles cruels s'accrochent à moi comme autant de griffes, déchirant ma jupe de soie fine, arrachant mes barrettes, défaisant mes cheveux.

Bom !

Au moment où résonne l'avant-dernier coup de l'heure fatidique, je m'extirpe du salon d'Apollon pour me jeter dans une ultime salle. *Ultime*, oui, je le sens, car elle est différente de toutes celles qui l'ont précédée. Ici, point de courtisans. Il n'y a que des majordomes en livrée et des gardes armés jusqu'aux dents, postés au garde-à-vous sous de gigantesques fresques peintes représentant les campagnes du Roy des Ténèbres. Champs de ruines et de morts s'étendent à perte de vue, témoignant du temps lointain où l'Immuable a unifié la Magna Vampyria, pour la figer à jamais sous son joug.

Au milieu de ce spectacle de désolation se dresse une grande porte ouvragée – celle qui, j'en suis sûre, mène à la galerie des Glaces !

Je m'élance de toutes mes forces…

Bom !

Une main s'abat sur mon épaule en même temps que résonne le dernier coup de huit heures.

Je tombe à genoux sur les dalles de marbre, haletante.

« Interdiction d'entrer dans la galerie des Glaces sans autorisation expresse du Roy », tonne une voix.

Le crâne vibrant, je me redresse pour identifier celui qui a stoppé net ma course folle.

Ce plastron de cuir ocre…

Et ce turban sous lequel luisent deux yeux sombres…

« C'est moi, Suraj, je balbutie. C'est Diane…

— Diane ? » dit-il en fronçant ses épais sourcils noirs.

Il rengaine sa dague à double lame, qu'il avait sortie par réflexe ; puis il me tend la main, comme jadis dans les jardins royaux.

Mais l'été dernier, son bras était ferme et inflexible, alors qu'aujourd'hui il tremble un peu.

« Mille pardons, s'excuse-t-il. Le Roy m'a confié ce bataillon, avec pour consigne d'arrêter tous les importuns. Vous vous êtes élancée comme une forcenée et… je ne vous avais pas reconnue.

— Eh bien, vous savez qui je suis maintenant, dis-je en me relevant, à bout de souffle. J'imagine que tous les aînés sont là, derrière cette porte, et que les duels vont commencer ? »

Il hoche la tête, blême.

L'anxiété que je lis sur son visage me rappelle soudain celle de la véritable Diane de Gastefriche, lorsqu'elle nous avait accueillis dans sa chambre, Bastien et moi. Prisonnière de la volonté de son horrible père, elle avait laissé son amoureux tomber dans un piège mortel sans avoir la force de l'en détourner.

Ce soir, Suraj est dans la même situation d'impuissance que la bannerette. L'amoureux qu'il a rejeté, mais pour lequel je sens qu'il continue de nourrir les sentiments les plus vifs, se trouve derrière cette porte. Rafael est sur le point de commencer un duel qui lui coûtera peut-être la vie. Si l'Indien tremble, c'est parce qu'il brûle d'intervenir sans pouvoir s'y résoudre. Il est écartelé entre son amour interdit et son allégeance au Roy, tout comme la fille du baron était déchirée entre Bastien et son père.

« Un geste de ta part, et Rafael renoncera au duel, je lui glisse à l'oreille, dans un tutoiement que lui seul peut entendre. C'est uniquement pour se rapprocher de toi qu'il concourt à la Gorgée. Par ton silence, tu risques de le perdre à jamais. »

Je m'écarte de lui.

Ses yeux noirs se sont écarquillés de stupeur, comme s'il prenait soudain conscience de quelque chose qu'il avait toujours su, au fond de lui, sans oser l'admettre.

« Allons, messieurs ! dis-je à haute voix en me tournant vers les majordomes flanquant la porte. Je suis Diane de Gastefriche, la dernière aînée qui manquait à l'appel. Ouvrez-moi, car je suis attendue. »

D'un signe de la tête, Suraj ordonne aux gardes de nous laisser passer.

Les deux battants s'ouvrent sur un torrent de lumière plus éclatant que le jour.

27
Art martial

« DIANE DE GASTEFRICHE, PUPILLE DU ROY ! »

La voix du majordome à l'entrée de la galerie des Glaces résonne comme un coup de tonnerre, décuplée par un écho formidable.

Mes oreilles évaluent la dimension de la salle à son acoustique hors du commun, avant que mes yeux éblouis en perçoivent les détails…

D'abord, je distingue les pilastres de marbre rouge qui semblent soutenir la voûte entièrement peinte, d'où pendent des constellations de lustres scintillants. Puis j'aperçois les immenses fenêtres donnant sur les jardins enténébrés, au pied desquelles murmurent des centaines de courtisans en tenue d'apparat. Les riches étoffes s'écartent pour nous ménager un passage, à Suraj et à moi.

Tout en avançant, le cœur battant à tout rompre, je remarque les candélabres baroques qui se dressent au-dessus des perruques. Ce sont des nymphes plaquées d'or, chacune tenant dans ses bras un éclatant bouquet où se mêlent pampilles de cristal et cierges larmoyant de cire blanche. Il me semble que les yeux de ces « statues » me suivent de leur regard tremblant, comme si de vraies femmes étaient emprisonnées dans ces carapaces dorées !

Bouleversée, je reporte mon attention sur le mur opposé, où de gigantesques miroirs font face aux fenêtres.

L'horreur à nouveau : la moitié des courtisans ne s'y reflètent pas ! Leurs justaucorps brodés et leurs robes à sequins semblent flotter dans l'air, tels les vêtements de spectres désincarnés. Le froid glacial qui règne dans la galerie n'est pas dû aux courants d'air : je suis en présence des immortels les plus puissants, les plus féroces du monde !

Je m'efforce de fixer mon attention vers le bout de la galerie, où me dirigent mes pas chancelants. Un trône d'or s'élève sur une haute estrade. Les longs accoudoirs et le dossier colossal affectent la forme de volutes tourmentées, d'où émergent des nuées de chauves-souris aux gueules béantes, plantées de crocs aiguisés comme des dagues. On dirait un tourbillon remonté des enfers et figé dans l'or massif, au milieu duquel siège le maître de la Magna Vampyria : Louis l'Immuable.

En ce 31 octobre 299 de l'ère des Ténèbres, deux cent quatre-vingt-dix-neuf ans nuit pour nuit depuis sa transmutation, le monarque porte son costume de sacre : chemise à majestueux jabot noir, manches cascadantes de dentelles noires, bas de soie noire luisante. Le tout est enveloppé dans un immense manteau de velours sombre doublé de fourrure d'hermine, dont les pans dégoulinent sur les marches de l'estrade. Au milieu de ce morceau de nuit, sous la chevelure ténébreuse, le masque d'or luit tel un astre distant.

Une voix profonde s'en échappe, sans que ses lèvres fixes ne se meuvent :

« Eh bien, mademoiselle de Gastefriche, il semble que vous soyez toujours à contretemps. L'été dernier, vous vous êtes présentée trop tôt à la Cour. Ce soir, vous arrivez trop tard – et dans quel état ! »

Une silhouette voûtée frémit dans l'ombre du trône, enveloppée dans un manteau écarlate au sommet duquel se déploie une gigantesque fraise de tissu blanc. Une tête chauve au teint bleuâtre y est posée, pareille à une tête coupée reposant sur une assiette : celle d'Exili, le Grand Archiatre. Son ricanement se répercute sous les hautes voûtes séculaires, comme pour répéter : *trop tard, il est trop tard !*

Mon regard tombe sur un large parterre dégagé au pied de l'estrade royale.

De part et d'autre se tiennent les professeurs et les pensionnaires de la Grande Écurie. Le général Barvók et Zacharie de Grand-Domaine… Madame de Chantilly et Séraphine de La Pattebise… La chevalière de Saint-Loup et Marie-Ornella de Lorenzi… Tous me regardent avec perplexité, sauf deux aînées : Naoko et Hélénaïs. Sous son chignon orné de fleurs de cerisier et de peignes nacrés, la Japonaise me sourit – comme si, en dépit de nos différends, elle était heureuse que je sois enfin là. Au contraire, Hélénaïs me dévisage avec fureur. Ce soir, elle a troqué ses volumineuses robes à panier contre une robe de cuir moulante plus adaptée au combat, semblable à celles que porte Lucrèce. Ma rivale se voyait déjà rejoindre mademoiselle du Crèvecœur parmi les écuyères du Roy, et voilà que je viens lui contester sa victoire…

Quant aux deux combattants au milieu du parterre, que mon arrivée a figés en plein duel, je ne peux les regarder sans sentir mon cœur se déchirer.

Le sourire éclatant de Tristan lorsqu'il m'aperçoit !

Le visage palpitant de Rafael à la vue de Suraj !

En sueur dans leur chemise blanche, une courte épée à la main, ils ressemblent à deux pantins suspendus aux fils invisibles que tient le Roy.

« Je n'ai aucune excuse, Votre Majesté, dis-je en exécutant une profonde révérence dans ma jupe de soie lacérée, sous laquelle affleurent mes culottes de velours. Je sais que je suis arrivée trop tard. Je sais que huit heures ont déjà sonné, signant ma défaite par abandon. Mais je sais aussi que vous, le seigneur immortel de la Magna Vampyria, vous êtes le maître tout-puissant de l'espace et du temps. »

Je me redresse en prononçant ces derniers mots, *l'espace et le temps*, que j'ai entendus vibrer dans la bouche du monarque alors qu'il se rendait à son observatoire pour contempler le cosmos.

« N'êtes-vous pas l'Immuable ? je demande au milieu du silence des courtisans, horrifiés que j'ose prendre ainsi le Roy à partie. Votre puissance sans limites infléchit jusqu'au cours du temps lui-même, comme en témoigne votre règne qui a mis fin à l'histoire. Que sont quelques minutes de plus ou de moins, pour un souverain qui tient l'éternité dans sa main ? Nul doute que d'un mot, d'un seul, vous pourriez effacer mon retard. »

Du haut du trône fantastique, le masque d'or du Roy demeure impénétrable. Je lui demande un mot pour m'accorder une deuxième chance, mais je sais bien qu'il lui suffirait de retourner le pouce pour me condamner aussitôt à mort.

La salle entière semble retenir son souffle, les secondes suspendues telles des gouttes gelées.

Une voix filtre entre les lèvres métalliques :

« Soit. »

Aussitôt, la galerie des Glaces se ranime : les courtisans recommencent à murmurer ; les valets reprennent leur service empressé ; derrière le bruissement des robes, Hélénaïs fulmine à nouveau ; Tristan se remet en garde.

Il se fend d'une botte, profitant du trouble de Rafael toujours décontenancé par l'arrivée de Suraj.

La Cour pousse un cri d'excitation : la lame a éraflé l'épaule de l'Espagnol, dessinant une estafilade pourpre sur le blanc de sa chemise.

« Suraj, puisque vous êtes là, conduisez le perdant à l'infirmerie de la Faculté ! ordonne le Roy. Ma pupille n'a plus besoin de votre escorte : c'est seule qu'elle va devoir se battre, dans quelques instants. »

L'écuyer se précipite pour soutenir Rafael.

Dans les yeux de ce dernier, je ne lis ni la douleur de la blessure, ni le regret de la défaite : seulement la joie d'être dans les bras de son amant.

Ils s'éloignent l'un et l'autre, emportant leur précieux secret loin de la Cour qui a déjà reporté toute son attention sur Tristan.

La chevalière de Saint-Loup marche jusqu'à lui pour prendre son bras, qu'elle lève bien haut, à la vue de tous :

« Le vainqueur ! » s'exclame-t-elle.

Un tonnerre d'applaudissements ébranle la galerie. Lesquels, parmi ces courtisans, saluent servilement le nouvel écuyer du Roy ? Et quels sont les conjurés qui exultent de voir leur champion si près du but ? Ces derniers ont le bras long, s'ils ont vraiment hâté la mort du vieux père de Thomas de Longuedune pour libérer la voie à Tristan, comme Montfaucon l'a supposé. Un sacrifice de plus sur le chemin qui mène à la chambre mortuaire du Roy… à la destruction du tyran.

La tête bourdonnante des applaudissements, je m'abîme dans le regard de Tristan, et lui n'a d'yeux que pour moi – jusqu'à ce que des docteurs en blouses noires, coiffés de hauts chapeaux coniques, l'entraînent en direction de la chambre mortuaire.

À cet instant, je sens une main se poser discrètement sur mon poignet – une main glacée.

Je me retourne vivement, devinant déjà de qui il s'agit :

« Alexandre…

— Ne te voyant pas venir, je pensais que tu avais renoncé à te présenter, et je t'avoue que j'en étais soulagé, me glisse-t-il, son visage angélique froncé par l'inquiétude entre ses longues mèches rousses.

— Ma décision est prise, je rétorque, pressée de me détacher de lui.

— Écoute-moi ! insiste-t-il. Le Roy a décidé que les duellistes se battraient ce soir avec des épées vampyriques. Des lames assoiffées de mort, qui n'ont qu'un seul but : faire couler le plus de sang possible, que ce soit celui de l'adversaire ou du combattant qui la manie. Je t'en conjure, Diane, fais attention à toi. »

La voix de la chevalière retentit, me libérant de cet encombrant soupirant qui me hérisse :

« Maintenant, au tour des bretteuses ! »

Elle donne l'épée de Rafael à Hélénaïs et me tend celle de Tristan.

Je baisse les yeux, la mise en garde du vicomte de Mortange résonnant encore dans ma tête. De loin, j'avais pris ces armes pour de simples épées de cour – mais c'était compter sans la perversité du palais. La garde richement ornée a la forme d'une chauve-souris aux ailes à demi déployées pour protéger la main du bretteur. Lorsque mes doigts se referment sur la poignée, j'ai l'impression d'empoigner un morceau de glace. Il me semble que les deux rubis figurant les yeux de la chauve-souris émettent une lueur palpitante. Sur la lame forgée dans un acier sombre aux reflets dangereux, le sang de Rafael rougeoie encore, mais d'un éclat de plus en plus terne à chaque instant… Avec horreur, je me rends compte que le métal *absorbe* le fluide vital, telle une terre asséchée se gorgeant d'eau !

« En garde, mesdemoiselles ! » déclare la chevalière de Saint-Loup.

Hélénaïs se positionne de profil dans sa robe de cuir.

Je lève moi aussi mon épée : elle vibre au bout de ma main, faisant trembler mon bras comme si elle brûlait de m'échapper.

J'ai à peine le temps d'affermir ma prise, que mon adversaire se fend dans ma direction.

Renonçant à parer son coup de cette arme que je ne parviens pas à maîtriser, je m'esquive au dernier moment : la lame d'Hélénaïs passe à quelques centimètres de mon visage.

Des exclamations ravies montent des rangs des courtisans, certains se haussant sur la pointe des pieds pour mieux voir.

Déjà, Hélénaïs repart à l'assaut, une expression sauvage sur le visage. Son arme paraît la tirer en avant ; ou plutôt, l'escrimeuse et sa lame semblent ne plus former qu'une seule entité sanguinaire.

Cette fois, acculée dos aux courtisans, je n'ai pas le champ pour esquiver : je lève mon épée afin de parer la sienne.

Fracas des fers qui se croisent !

Choc qui se répercute jusqu'au creux de mes os !

Regard enfiévré d'Hélénaïs, si proche de moi que je peux sentir sa respiration haletante sur mon front !

« Renonce, petite souris, me souffle-t-elle. Tu sais que je suis la plus forte à l'escrime, et mon épée ne se contentera pas d'une simple égratignure : c'est ton cœur qu'elle veut percer ! »

Dans les yeux mordorés d'Hélénaïs, je vois brûler la rage de vaincre, mais aussi une forme d'effarement : celui d'une cavalière emportée par sa monture.

« Tu prétends être forte…, je siffle entre mes dents. Mais en réalité, tu crains d'être aussi faible qu'Iphigénie ! »

Les paupières d'Hélénaïs s'écarquillent de stupeur à la mention de cette sœur secrète.

Sa lame tremble au bout de son bras.

Je profite de sa surprise pour me dégager, dardant mon épée sur sa cuisse pour lui tirer le premier sang.

Mais Hélénaïs, rapide comme l'éclair, se ressaisit aussi vite qu'elle s'est laissée aller : elle bloque ma lame de la poignée de la sienne !

Déséquilibrée, je bascule en avant, obligée de lâcher mon épée pour rouler en boule sur le parquet.

J'atterris parmi les courtisans à l'autre bout du parterre, percutant de plein fouet un valet qui en laisse tomber son plateau d'étain.

Un déluge de verres s'abat autour de moi, se fracassant telle une grêle cristalline sur les lattes du parquet.

Le souffle court, des mèches obstruant ma vision, je tends fébrilement la main vers la poignée de l'épée gisant un mètre plus loin…

« Attention à toi ! » hurle la voix de Naoko dans mon dos.

… j'ai juste le réflexe de retenir mes doigts avant qu'ils ne s'écorchent : mue par une force démoniaque, l'épée traîtresse a pivoté au sol pour diriger sa lame assoiffée de sang dans ma direction !

Me voilà sans défense au sol, ma propre arme dirigée contre moi, mon adversaire se rapprochant à pas chassés. Pensant la déstabiliser en citant son courrier, je n'ai réussi qu'à déclencher sa fureur. Il n'est plus question d'épargner la « petite souris », désormais : elle veut l'embrocher !

Tu es perdue ! crie une voix en mon for intérieur.

Écoute ton instinct ! s'exclame une autre.

Je saisis un pied de verre brisé…

… et le projette de toutes mes forces sur les plumes frémissantes d'Hélénaïs, comme jadis lorsque je tirais au lance-pierre les faisans en plein vol.

Elle pousse un cri perçant : le cristal effilé a entaillé sa joue.

Stoppée net dans sa charge, elle porte la main à son visage, explorant la plaie du bout des doigts comme si elle ne parvenait pas à y croire.

« Le premier sang a été versé ! s'écrie la chevalière de Saint-Loup.

— Mais…, balbutie Hélénaïs. Cette garce n'a pas utilisé l'arme réglementaire… »

Elle se tourne vers l'estrade royale, tremblante de rage et d'indignation :

« Sire, votre pupille a triché : vous devez la sanctionner ! »

Les exclamations enfiévrées des courtisans cessent comme par magie.

Davantage que le fragment de cristal, ce sont les paroles d'Hélénaïs qui viennent de sceller son sort.

Un grondement terrible s'élève du masque royal, faisant vibrer jusqu'aux pampilles des lustres :

« *Nous devons ?* Vous osez nous donner des ordres, vous, une misérable mortelle ? »

Réalisant trop tard l'impardonnable erreur qu'elle vient de commettre, Hélénaïs lâche son épée.

« Je… je suis confuse, Sire… ce n'est pas ce que je voulais dire…, bafouille-t-elle.

— Hors de notre vue », murmure l'Immuable d'une voix sourde, plus assassine que tous les hurlements.

Terrassée de honte, Hélénaïs recule parmi la marée des courtisans qui l'absorbe, la dérobant au courroux royal.

« La vainqueure ! » proclame Saint-Loup en m'aidant à me relever.

Comme pour Tristan quelques instants plus tôt, une nuée de docteurs se précipitent vers moi tel un vol de corbeaux, leurs blouses noires m'emportant dans un sombre tourbillon.

28

Gorgée

J'Y SUIS ARRIVÉE... !

Cette phrase obsessionnelle tourne en boucle dans mon esprit étourdi.

J'ai dû mentir, trahir, tricher, mais j'y suis arrivée !

Les docteurs m'entraînent à travers de longs couloirs au parquet craquant. À en juger par leurs larges fraises et les insignes d'or ornant leurs chapeaux coniques, ils font partie des plus puissants dignitaires de la Faculté.

La foule des courtisans sur nos talons, nous parvenons à une haute porte au panneau arborant l'insigne royal : le masque d'Apollon nocturne.

Exili, le Grand Archiatre, est déjà là, sépulcral dans son manteau écarlate. Quels corridors dérobés a-t-il empruntés pour arriver ici aussi vite ? J'ose à peine lever les yeux sur son crâne cadavérique, dont la teinte nécrosée contraste avec le blanc éclatant de sa fraise. Ce n'est pas seulement le froid émanant de sa personne qui me fait frissonner : son être irradie un malaise profond, viscéral, nauséeux… J'ai la sensation de n'être pas seulement en présence de la cruauté pure, comme avec les autres vampyres, mais aussi de la perversion la plus abjecte.

« Maintenez les courtisans à distance ! » ordonne-t-il aux écuyers du Roy de sa voix onctueuse.

Ils sont là tous les cinq, vêtus de cuir, montant la garde – il ne manque que Suraj, dépêché par le souverain lui-même pour conduire Rafael à l'infirmerie.

Lucrèce me perce de son regard d'aigle, comme si elle ne me jugeait pas digne de l'élévation qui m'attend. Mais elle n'ose exprimer son mépris en présence d'Exili, le plus proche conseiller du monarque. La foule des courtisans elle-même, maintenue derrière un cordon de velours pourpre, s'est tue. Après l'excitation des duels dans la galerie des Glaces, il règne ici une atmosphère pesante. Pour la plupart, c'est le recueillement qui précède un rituel mystique ; pour les conjurés, c'est le calme avant la tempête d'un massacre programmé.

Ça y est.

J'y suis.

Au seuil du destin.

« Diane de Gastefriche : vous attendrez avec Tristan de La Roncière dans l'antichambre, m'enjoint Exili. Le Roy vous invitera lui-même dans la chambre mortuaire lorsqu'il sera prêt à vous offrir la Gorgée. » Le Grand Archiatre effleure ma joue de l'ongle bleui prolongeant son index osseux, envoyant des frissons d'horreur et de dégoût jusque dans la moelle de mes os. « Pénétrer dans la chambre mortuaire est un privilège exceptionnel, qui n'est offert qu'à de rares élus – seuls les plus hauts nobles mortels et immortels de la Cour peuvent assister au Grand Lever de sarcophage. Le nombre est encore plus restreint en ce qui concerne le rituel intime de la Gorgée. C'est dans cette pièce même que j'ai procédé à la cérémonie de transmutation du Roy, voilà près de trois siècles. Depuis, le temps s'y est arrêté. Cette stase peut déséquilibrer les mortels non préparés, leur donner une sorte de… vertige. Tâchez d'être digne de l'honneur qui vous échoit, et de ne pas vomir vos tripes fumantes sur les souliers du Roy. »

Entendre parler de mes « tripes fumantes » par cet être habitué aux dissections sur les tables d'opération de la Faculté me révulse.

« Je me tiendrai du mieux possible, Votre Éminence, je parviens à articuler.

— Bien. Maintenant, armez-vous de patience : le Roy prend son temps pour se préparer au rituel. Il aime à méditer sur son existence infinie, avant de s'ouvrir les veines pour en laisser perler quelques gouttes d'éternité… »

À ces mots à la fois fascinants et terrifiants, les écuyers ouvrent la porte de l'antichambre. Elle révèle un étroit vestibule immaculé, pourvu de bougeoirs fixés aux murs.

Tristan est ici, frémissant dans sa chemise au dos encore trempé de la sueur du duel.

Les mains des docteurs me poussent en avant et la porte se referme aussitôt derrière nous.

« Tu vas bien ? je murmure du bout des lèvres.

— Avec toi, toujours », me répond-il dans un chuchotement ému.

Sa voix me paraît lointaine, comme étouffée, alors que je sens son souffle sur mon front. Mon instinct me dit que cette étrange antichambre fait office de sas entre le monde extérieur – où le temps se déroule normalement –, et la chambre mortuaire – où Exili a affirmé qu'il s'était arrêté. Les bougeoirs brillent d'un éclat immobile, sans les tremblotements infimes qui animent habituellement les flammes des bougies.

Au milieu de cette blancheur figée se dresse la double porte de la chambre mortuaire. Elle est tout en ébène – le bois ténébreux dans lequel sont sculptés les carrosses des vampyres. Une aura glacée émane des épais panneaux noirs, ciselés de crânes et d'ossements mêlés de signes ésotériques.

Je frissonne dans ma jupe déchirée.

Davantage que deux élus sur le point d'être élevés, j'ai l'impression que nous sommes deux sacrifiés jetés en pâture au Minotaure. Les Ténèbres sont presque palpables derrière cette porte, plus concentrées que jamais !

Percevant mon trouble, Tristan prend ma main.

« Je t'aime, Jeanne, me souffle-t-il. Je n'ai jamais douté que nous nous retrouverions tous les deux ici ce soir. Comme je te l'ai dit, c'est notre destinée ! »

Je jette un coup d'œil anxieux autour de moi, saisie par la peur qu'on nous surprenne.

Mais le vestibule est désert. Nos chuchotements ne peuvent filtrer ni à travers les murs étanches, ni à travers la lourde porte d'ébène. Ici, nous sommes vraiment hors du monde.

« Détends-toi, me dit Tristan. Nul ne peut nous entendre. »

Je hoche la tête, m'efforçant de lui sourire ; je me rends compte que ce n'est pas difficile quand mes yeux sont plongés dans les siens.

« J'ai hâte qu'on en finisse, lui dis-je.

— Moi aussi, Jeanne. » Il serre ma main un peu plus fort. « Tu sais, il y a une chose que j'attends avec plus d'impatience encore que la destruction du tyran. Je brûle de pouvoir enfin parler de toi à ma mère, la noble dame de La Roncière, et à nos alliés. »

Les sentiments de Tristan me réchauffent ; mais quelque chose, dans ses paroles, me trouble aussi.

« Parler de moi à tes alliés ? je répète du bout des lèvres. Tu veux dire que les frondeurs embusqués au château ignorent ma participation à la conjuration ?

— Je n'ai rien dit à personne, pour te préserver, m'avoue-t-il en me couvant d'un sourire protecteur. Vois-tu, les plus grands nobles mortels du pays font partie de la cabale. Comment crois-tu qu'on ait pu dissimuler des armes dans la chambre mortuaire ? Seuls des gentilshommes ayant accès au Grand Lever de sarcophage ont pu s'en charger, subrepticement ! Ce qu'ils veulent obtenir, avec la mort du Roy, c'est la fin de ce numerus clausus insupportable qui limite le nombre de vampyres. Voilà la tyrannie contre laquelle se bat la fronde des princes : celle qui nous empêche de nous transmuter ! Tu imagines bien que mes prestigieux alliés n'auraient jamais accepté de s'associer à une petite roturière comme toi. Tu es un simple gibier à leurs yeux. »

Mon cœur manque un battement.

« Petite roturière », « simple gibier » : est-ce bien Tristan, mon justicier à l'âme pure, qui parle ainsi ?

« Mais…, je hoquette. Quand tu me disais te battre pour la liberté ou la mort…

— Eh bien oui : la liberté pour la noblesse mortelle d'accéder sans entraves à la transmutation ! susurre-t-il. La liberté pour les seigneurs de boire sans mesure le sang de leurs vassaux ! Les nobles dignes de ce nom se doivent d'être des prédateurs altiers, et non des animaux apprivoisés parqués à Versailles. Tel est l'ordre de la nature sauvage, que tu connais aussi bien que moi. »

La tête me tourne, mes oreilles bourdonnent, comme après un coup de poing en pleine face.

Je ne peux pas croire ce que je viens d'entendre.

J'ai forcément mal compris.

« Quand tu t'emportais contre la pression insupportable que la dîme royale fait peser sur le peuple…, j'insiste, répétant les mots mêmes avec lesquels Tristan m'avait enflammé le cœur.

— La dîme *royale*, en effet, précise-t-il. Ces tonnes de sang qui sont envoyées chaque année des provinces vers Versailles. Quelle spoliation insupportable ! » Ses yeux flamboient d'une flamme de révolte – pas au service du peuple, comme je l'avais mal interprété, mais au service exclusif de sa caste. « Après la destruction du Roy, la dîme restera sur les terres où elle est produite, décrète-t-il. Ma mère pourra retrouver une jeunesse éternelle en saignant ses métayers – après tout, ces gens lui appartiennent tout autant que les champs qu'ils cultivent. Mes frères et sœurs, mes cousines et cousins puiseront eux aussi dans ce réservoir de sang roturier : c'est leur droit féodal le plus sacré. »

Je sens mes jambes se dérober sous moi, et je suis obligée de me retenir au seul appui à portée de mes mains : l'épaule de Tristan.

« Ne t'inquiète pas, me glisse-t-il, se méprenant sur la cause de mon trouble. Je suis aussi bouleversé que toi. Notre rencontre à la Grande Écurie m'a pris totalement par surprise : rien ne m'avait préparé à l'évolution de mes sentiments pour toi. Qui l'eût cru : moi, un La Roncière, follement épris d'une fille du peuple ! Mais tu as beau être née dans la fange, ton cœur est noble, je te l'ai dit. Tu n'es pas un gibier, Jeanne : tu es une prédatrice, comme moi. Nous comblerons le gouffre que la société a creusé entre nous. Écoute-moi : dès que nous aurons décapité le Roy, tous les deux dans la chambre mortuaire, nous pourrons boire tout notre saoul à son cou tranché. Pas juste une petite gorgée mesquine, non : des lampées entières ! Nous nous ouvrirons les poignets pour nous vider de notre sang mortel, et nous le remplacerons dans nos veines par le sang vampyrique le plus puissant de tous. Doté du pouvoir de régénération suprême, ce fluide refermera aussitôt nos blessures et effacera jusqu'aux marques infamantes de la dîme sur tes bras. » Il dépose sur mon front un baiser qui m'emplit de frissons de confusion. « La belette des campagnes va véritablement se changer en noble hermine. Nul n'osera t'attaquer sur tes origines douteuses, une fois que tu seras transmutée. En m'épousant, tu délaisseras le nom insignifiant de Froidelac pour devenir une La Roncière : nous créerons dans les forêts d'Ardennes un nouveau royaume vampyrique… une nouvelle dynastie éternelle ! »

L'estafilade sur sa joue me semble soudain prendre la forme d'une tige hérissée d'épines : c'est la branche des La Roncière, à laquelle il veut m'ajouter.

Prenant mon vertige d'horreur pour une pâmoison de délice, Tristan m'enlace un peu plus étroitement.

« Je ferai de toi ma reyne immortelle, murmure-t-il tendrement, ses yeux bleus étincelant d'amour et d'orgueil. Tu seras crainte et admirée dans l'univers entier. On fera des chansons à la gloire de ta beauté d'argent, que les ans ne flétriront jamais. Jeanne la Magnifique, souveraine des Ardennes et maîtresse de mon cœur, pour les siècles des siècles ! »

C'est la déclaration parfaite, dont rêverait toute âme amoureuse : la promesse d'un amour littéralement infini.

C'est aussi l'aveu glaçant que Tristan n'a jamais compris qui j'étais vraiment, et que je me suis moi aussi entièrement fourvoyée sur son compte.

Avant que je puisse articuler la moindre parole, les deux battants de la chambre mortuaire s'ouvrent enfin, sans qu'aucune main ne les pousse. Plus encore que ce mouvement surnaturel, le silence total des lourds panneaux d'ébène tournant sur leurs gonds d'acier me glace le cœur.

La vaste pièce qui s'ouvre a dû être couverte de dorures autrefois, mais elle est aujourd'hui entièrement noire, calcinée comme les vestiges de Pompéi. Colonnes doriques, cariatides cambrées, moulures en forme de dieux ou d'animaux : tout cela est recouvert d'une croûte de cendre uniforme, d'un noir si profond qu'il absorbe toute la lumière pleuvant des lustres en cristal d'obsidienne et, semble-t-il, jusqu'aux sons eux-mêmes. Si l'acoustique de l'antichambre émoussait l'ouïe, celle de la chambre mortuaire l'obstrue entièrement.

Tel un caisson imperméable au temps qui passe, les aiguilles sont figées à minuit aux cadrans des horloges, marquant pour toujours l'heure à laquelle Louis XIV est devenu Louis l'Immuable, voilà près de trois siècles.

Un énorme sarcophage de pierre noire trône au milieu de ce mausolée : le cercueil où le Roy gît durant ses journées.

Pour l'heure, il se tient debout devant nous, nous dominant de toute sa hauteur.

Dévêtu de son imposant manteau de sacre et de son justaucorps brodé, il ne porte plus que sa chemise de soie noire, au-dessus de laquelle luit son masque d'or. Ce dépouillement le rend plus impressionnant encore : les manches retroussées laissent voir ses bras nus et musculeux, à la chair blanche gonflée de veines bleuâtres, serpentant telles les nervures d'un marbre baroque.

Mon instinct animal me hurle de fuir ce prédateur suprême, siégeant au sommet de toutes les chaînes alimentaires.

Mais mes jambes, mues par le même magnétisme démoniaque qui m'avait ensorcelée lors de la gigue sans repos, se mettent en route vers le Roy.

Mes souliers n'émettent aucun son en frappant le parquet noir.

Aucune parole n'émane du masque de sphinx du monarque.

Et pourtant, j'entends sa voix assourdissante résonner en mon for intérieur, si puissante qu'elle me broie le cerveau plus cruellement que mes pires migraines :

« Viens à moi, Diane de Gastefriche. Bois à la source de la vie éternelle. »

La froideur absolue émanant de son être me paralyse.

Il lève la main droite ; ses ongles s'érigent, telles les griffes d'un monstrueux félin jaillissant de leur gaine de chair. Il pose la pointe aiguisée de son index contre son poignet gauche et ponctionne l'une de ses veines, d'où commence à perler un liquide sombre et lourd.

Puis il agrippe mon cou.

Je sens que, d'une simple pression de ses doigts griffus, il pourrait briser ma nuque aussi facilement que celle d'un lapereau.

Ses pupilles noires se dilatent complètement à travers les fentes de son masque, envahissant tout le blanc de ses yeux. Le spectacle de ses prunelles abyssales, à quelques centimètres de moi, me remplit d'une terreur indicible. C'est une épouvante issue du fond des âges, qui remonte aux cauchemars de mon enfance et même avant : aux origines de l'espèce humaine, si vulnérable face aux grands fauves peuplant la nuit des temps.

Je voudrais fuir, mais mon corps ne m'obéit plus.

Je voudrais hurler, mais aucun son ne sort de ma bouche.

Le Roy des Ténèbres la bâillonne de son poignet ensanglanté.

Un liquide d'une froideur mortelle, pesant comme du plomb, se répand sur ma langue. Il n'a aucune saveur, et pourtant j'ai l'impression de goûter la mort elle-même.

Tandis que l'Immuable déverse son sang saturé de ténébrine dans mon organisme, j'aperçois Tristan par-dessus son épaule, à la fois proche et terriblement lointain. C'est comme si les dimensions de cette pièce hors du temps échappaient aux lois de la géométrie. Parvenu à se mouvoir sans attirer l'attention du monarque, Tristan se tient près du mur arrière de la chambre, dont il soulève l'un des panneaux de bois sombre – celui à la tête de lion. Lorsqu'il se retourne, il brandit un pieu dans sa main droite et une épée d'argent dans la gauche.

Je le vois glisser sans un bruit jusqu'à moi, sa bouche articulant des mots muets, ses cheveux blonds se soulevant dans cette atmosphère comprimée qui ne porte aucun son.

L'étau des doigts royaux se relâche brusquement sur ma nuque.

L'horrible source à laquelle je m'abreuvais malgré moi s'arrache violemment à mes lèvres.

Au moment où l'Immuable se retourne, Tristan se jette sur lui de tout son poids, pour lui planter le pieu effilé en plein cœur.

Un hurlement silencieux m'ébranle l'âme.

Comme si tous les astres de l'univers s'effondraient sur eux-mêmes.

Les murs cendreux de la pièce se mettent à vibrer.

Les longs doigts du Roy, déformés par leurs ongles démesurés, se referment sur le pieu fiché dans sa cage thoracique pour l'en extirper ; mais Tristan continue de l'enfoncer de toutes ses forces ; il me lance l'épée d'argent, pour mieux pousser le pal de bois de ses deux mains.

Je déchiffre sur ses lèvres tremblantes le cri muet que la chambre mortuaire étouffe :

« Maintenant, décapite-le ! »

Son visage affiche la même expression exaltée que dans la clairière au cerf.

Juste après notre folle cavalcade.

Juste avant notre long baiser.

Ses yeux éperdus me répètent son serment d'amour absolu, une fois encore :

« Toi, la maîtresse de mon cœur, tu seras ma reyne pour l'éternité ! »

Je me vois reflétée dans le miroir azuré de ses iris, telle que je pourrais devenir : une souveraine terrible, la plus puissante que le monde ait jamais connue, mes yeux irradiant de Ténèbres et ma chevelure d'argent couronnée de tempêtes !

Je lève la lame d'une main tremblante.

Et je l'enfonce dans le cou de Tristan, jusqu'à la garde.

Tristan lâche le pieu.

Ses jambes se dérobent sous lui.

Il tombe à genoux sur le sol, les deux mains plaquées sur sa gorge d'où le sang jaillit à gros bouillons.

Entre ses longues mèches blondes, ses yeux bleus écarquillés me dévisagent avec stupeur.

Ses lèvres ruisselantes de sang – qu'il y a quelques jours encore j'embrassais passionnément – s'entrouvrent pour prononcer mon nom.

Je ne puis le permettre : cette bouche-là ne doit plus parler, ni aujourd'hui, ni jamais !

Ces yeux-là doivent se fermer pour toujours, emportant l'image vertigineuse qu'ils m'ont renvoyée de moi !

Les paupières baignées de larmes, la vision trouble, je lève le bras au-dessus de Tristan agenouillé et j'abats la lame de toutes mes forces sur sa nuque. Sa tête se décolle de ses épaules, comme jadis celle de Valère, et va rouler aux pieds du monarque.

Déjà, ce dernier arrache de sa cage thoracique le pieu dégoulinant d'un liquide noir comme de l'encre. Un peu de ténébrine s'évapore de la blessure béante, formant dans l'air des volutes maléfiques. Sous mes yeux embués, la poitrine crevée du monarque se contracte : les côtes fracassées se ressoudent, le sang noir reflue dans la blessure telle une marée qui se retire, la peau blanchâtre se retisse au-dessus du gouffre magiquement refermé. Un grondement de souffrance silencieux accompagne cette odieuse métamorphose, envoyant des vibrations dans le masque d'or à l'expression figée.

L'Immuable fait rouler la tête de Tristan du bout de son soulier à talon rouge, comme si c'était une charogne. La porte de la chambre mortuaire s'ouvre d'elle-même en claquant, puis celle de l'antichambre, mues par la volonté surnaturelle du Roy des Ténèbres. Les sons extérieurs, que la pièce mystique étouffait, m'explosent aux oreilles : hurlements de douleur, vociférations de haine, coups de fusil et fracas de lames.

À travers l'enfilade de portes, j'aperçois les hauts murs blancs du couloir striés d'éclaboussures rouges. Les corps des gardes suisses et des écuyers assassinés s'amoncèlent sur le parquet, témoignant du massacre qui a commencé dès que Tristan et moi avons pénétré dans la chambre mortuaire. Mon regard s'accroche à un éclat métallique au milieu de cette épouvantable boucherie – c'est le gantelet de fer de Lucrèce du Crèvecœur, laquelle gît égorgée dans son propre sang. Les têtes décapitées des immortels se mêlent aux cadavres éviscérés des courtisans mortels, par dizaines. Un effluve piquant vient relever l'odeur douceâtre du sang : c'est le parfum de l'essence de fleur d'ail, que les conjurés ont largement répandue dans le couloir avant de se livrer au massacre.

Ces derniers, occupés à poignarder et à éventrer, cessent soudain leur besogne pour lever les yeux dans notre direction. Sur leurs visages maculés du sang de leurs victimes, l'angoisse de recevoir bientôt la mort remplace la joie sauvage de la donner.

Le Roy pousse un rugissement tellurique.

Recroquevillée au sol derrière lui, je vois les longues mèches de sa chevelure se hérisser autour de sa tête, pareilles aux rayons vengeurs d'un soleil noir.

De ses mains griffues, il déverrouille le mécanisme secret fermant le masque dans sa nuque.

Le faciès d'or tombe au sol dans un bruit mat, telle une coquille vide.

De là où je suis, je ne peux apercevoir le visage du souverain, ni sa mâchoire vampyrique libérée du carcan de métal ; mais les conjurés, eux, se prennent le spectacle en pleine face. Une terreur innommable déforme leurs traits, écartelant leurs bouches dans des gémissements de désespoir absolu, écarquillant leurs yeux au point de les faire sortir de leurs orbites fardées.

Le Roy fond sur eux tel un cyclone de Ténèbres, volant au-dessus du plancher dans sa chemise gonflée par un vent surnaturel.

Une violente bourrasque claque la porte de l'antichambre derrière lui, m'ensevelissant dans une nuit aussi noire et silencieuse que le fond d'un caveau.

29
Vision

NOUS SOMMES RÉUNIS TOUS LES CINQ À TABLE.

Maman, papa, Valère, Bastien et moi.

Le bouillon de faisan fume dans sa soupière, au milieu de la table garnie de fleurs des champs.

À travers la fenêtre, les rayons chauds de la fin d'après-midi baignent les visages de ma famille.

« Bienvenue à la maison, Jeanne », me dit mon père.

Je voudrais lui répondre, mais la détresse me noue la gorge.

Malgré les apparences, je sais que ma famille est morte.

Ce souvenir d'aspect si réel n'est qu'une illusion du passé, ramenée à la vie par le pouvoir maléfique de la chambre mortuaire où le temps n'a pas cours.

La dernière image de mon bonheur familial restera figée pour toujours dans la lumière dorée de sept heures, par ce soir du 31 août, avant que le poing de l'inquisiteur martelant notre porte vienne tout fracasser.

« Je… je tenais le cou du Roy sur le fil de mon épée, mais je n'ai pas pu le trancher, je balbutie. Je tenais à portée de main la vengeance qui m'a obsédée des semaines durant, mais je me suis dérobée… »

Valère rajuste ses besicles, comme à chaque fois qu'il s'apprête à me sermonner.

« Ne sois pas si dure avec toi-même », dit-il.

Toute trace de nervosité a disparu de sa voix. Mon grand frère semble plus apaisé que jamais, et sa douceur inattendue calme étrangement mon angoisse.

« Je suis fier de toi, belette, ajoute Bastien en me touchant la main. Tu as fait ce que tu devais. »

Ses yeux sensibles brillent aussi fort que lorsque nous allions regarder les nuages.

« L'établissement d'un nouveau règne sanguinaire n'aurait servi en rien notre cause, conclut maman en me souriant tendrement, ses longs cils bruns ourlant ses yeux d'or. C'est en minant ce règne-ci de l'intérieur que tu pourras reprendre notre flambeau, et même davantage : accomplir ce pour quoi nous nous sommes tant battus. » Son sourire lumineux s'élargit, chassant les dernières ombres qui pesaient sur mon cœur. « Les grands changements ne se nourrissent pas de vengeance, ma fille, mais de vision. La vengeance nous accroche à ce qui n'est plus, comme une chaîne au passé. Mais la vision nous projette vers ce qui n'est pas encore, tel le souffle du futur ! »

À ces mots prophétiques, je me rends compte que la lumière ambiante s'est éclaircie : ce n'est plus le brasier mourant du soir, mais l'éclat limpide du matin. Les cheveux de ma mère sont différents – plus courts, parcourus de mèches claires. Elle ne porte pas l'une de ses longues robes d'herboriste pleines de poches, mais des culottes d'homme taillées dans ce nouveau tissu, le denim, que j'ai découvert récemment. En réalité, tous les membres de ma famille sont vêtus de ces étranges culottes. Mes frères n'arborent plus leurs grossières chemises de toile brute, mais des maillots de corps aux manches courtes, bariolés de couleurs vives. Sur celui de Valère apparaît une sphère décorée de pentagones noirs et d'hexagones blancs, surmontée de la mention énigmatique *Coupe du monde 2014*. Celui de Bastien est traversé d'un éclair rouge et bleu frappé de la phrase *We can be heroes just for one day*.

Je tourne la tête, ébahie : la demeure où j'ai passé mon enfance est à la fois semblable et différente, à l'image de ceux qui l'habitent. Au-dessus de la cheminée, la gravure encadrée du Roy des Ténèbres a disparu. À la place se trouve une sorte de miroir de verre à la surface parcourue d'images mouvantes : des chars sans chevaux roulent sur des routes filant à perte de vue, en dépit de la loi du parcage ; des oiseaux mécaniques volent sans battre des ailes dans la nuit d'été, emmenant à leur bord des femmes et des hommes libérés de la loi du couvre-feu ; je vois même une gigantesque cathédrale de fer se propulser magiquement vers les étoiles.

Ces images extraordinaires semblent venir tout droit des Antipodes, ce pays imaginaire échappant à la Magna Vampyria, dont rêvait Bastien. Et, tel un rêve, elles se dissolvent dans la lumière radieuse du matin.

*

J'ouvre les paupières.

Me voici allongée dans un lit, comme il y a une semaine lorsque la fièvre m'avait terrassée. Aujourd'hui encore, Naoko est penchée à mon chevet.

« Je suis là, Diane, murmure-t-elle. Tu as dormi presque la nuit entière. »

À la douceur de sa voix, je sens que j'ai enfin retrouvé ma chère amie perdue ; mais le nom qu'elle utilise pour s'adresser à moi sonne comme un avertissement : nous ne sommes pas seules.

Je prends conscience que je ne me trouve pas à la Grande Écurie, mais dans une chambre du château aux lambris dorés, éclairée de grands lustres. Des docteurs peuplent la pièce, leurs blouses noires se détachant des riches peintures sur les murs.

« Elle s'est réveillée ! Faites prévenir le Roy ! » s'écrient-ils.

Prenant conscience du contact des draps fins sur ma peau, je baisse les yeux : les marques de saignée ont disparu aux plis de mes coudes nus, accomplissant l'ultime prophétie de Tristan. Un peu de ténébrine coule désormais dans mes veines, et le dernier stigmate de ma condition de roturière s'est effacé.

La porte s'ouvre soudain.

Un souffle glacé me fouette le visage, tandis que les docteurs inclinent leurs chapeaux coniques.

L'Immuable pénètre dans la pièce, accompagné de ses gardes, de ses ministres et de son Grand Archiatre. Une nouvelle chemise noire a remplacé celle que le pieu de

Tristan a percée, au-dessus de la blessure miraculeusement refermée par la puissance des Ténèbres. La fantastique chevelure du monarque est retombée sur ses épaules. Ses griffes se sont rétractées dans ses doigts pâles. Surtout, il porte à nouveau son masque d'or impénétrable, cachant ce visage que malgré tous mes efforts je ne parviens pas à imaginer.

Une voix profonde s'élève des lèvres métalliques :

« Vous avez sauvé la Couronne, Diane de Gastefriche. Nous vous avons vue arracher cette épée des mains de l'ignoble régicide, pour la retourner contre lui. Qui eût cru qu'une petite souris grise comme vous pût peser si lourd dans la balance du destin ? »

Ne sachant que répondre, j'incline la tête contre mon oreiller en signe de soumission, assumant ce rôle de souris grise que le souverain m'a assigné. Qu'il me considère donc comme un petit animal familier : je me faufilerai d'autant mieux dans les coulisses de son règne pour en ronger les ficelles !

« Les membres de cette cabale ignoble ont décimé nos écuyers, reprend-il. Ils sont morts tous les cinq, à l'exception de notre fidèle Suraj, que nous avions envoyé raccompagner le perdant. Les infâmes frondeurs ont pu goûter notre royal courroux ! Cinquante d'entre eux ont été tués sur-le-champ : leurs corps seront empalés dès demain sur le mur de la Traque, en guise d'avertissement. Cinquante autres croupissent dans nos geôles : le sort qui les attend est pire encore. À l'heure qu'il est, l'armée de Mélac marche sur les Ardennes. Nos dragons ont pour consigne de capturer les félons vivants, à commencer par la dame de La Roncière. Nous leur réservons les plus longues, les plus douloureuses tortures – n'est-ce pas, Montfaucon ? »

Je remarque soudain la présence du Grand Écuyer, au fond de la pièce.

Il a dû trouver un moyen de sortir de sa chambre de torture souterraine après avoir repris conscience, à moins qu'Orfeo l'ait aidé à forcer la porte. Il se tient là, à présent, lugubre dans son long manteau de cuir.

« Oui, Sire, dit-il en inclinant sa face cireuse. Nous traiterons ces traîtres comme ils le méritent, afin de leur arracher des aveux complets. »

Au moment où il relève la tête, son regard brillant entre ses boucles molles accroche le mien. J'y lis quelque chose que je n'y ai jamais vu : de l'admiration. J'ai réussi à stopper la révolution de palais contre laquelle il m'avait mise en garde, et dont les conséquences auraient été dramatiques pour le peuple. Une prolifération anarchique du nombre de suceurs de sang, sans l'encadrement du numerus clausus, aurait littéralement achevé le quart état ! Je n'ai pas exécuté Tristan pour sauver le Roy, non, mais pour préparer la véritable révolution : celle qui dissipera les Ténèbres et détrônera l'Immuable, ainsi que l'ensemble des vampyres et tous les Tristan du monde !

« Suraj et vous êtes désormais nos seuls écuyers, dit le monarque, sans se douter qu'en m'adoubant il s'allie à celle qui a juré sa perte. Y a-t-il quelque chose que nous puissions faire pour vous exprimer notre gratitude ? Parlez sans honte, mademoiselle. Bijoux, animaux exotiques, armes raffinées : toutes les extravagances vous sont permises… Qu'est-ce qui vous comblerait ? Ne nous dites pas que vous voudriez danser votre gigue sans repos de vainqueure avec cet Alexandre de Mortange…

— La seule chose qui puisse me combler, Sire, c'est votre sécurité, dis-je. Il vous faut reconstituer au plus vite une garde personnelle complète.

— Eh bien, est-ce tout ? Ce souci vous honore. Certes, il nous faut reformer une nouvelle garde. Mais qui choisir ? Auriez-vous un nom à nous suggérer ?

— Je réponds de Proserpina Castlecliff. »

L'espace d'un instant, l'éclat des lustres luit silencieusement à la surface du masque d'or.

« Cette tuberculeuse éliminée de la compétition, que l'on dit proche de l'agonie ? lâche finalement le Roy, dubitatif.

— Elle vous est déjà entièrement dévouée, Sire. Si vous lui offrez la Gorgée qui lui sauvera la vie, elle vous sera d'autant plus fidèle. »

Il hoche la tête, agitant les longues boucles de son incroyable crinière sombre :

« Voilà qui est habilement pensé. Vous alliez la finesse psychologique à l'agilité physique. Nous avons hâte de découvrir quel pouvoir notre Gorgée développera chez vous, qui ne manquez pas de potentiel. »

Je m'efforce de sourire : les seuls pouvoirs que je désire sont ceux qui m'aideront à renverser le tyran qui me fait face.

« Mais l'Anglaise n'est arrivée que troisième dans la compétition, reprend le Roy. Si nous l'élevons, l'étiquette demande de promouvoir aussi tous les demi-finalistes. Cela tombe bien : quatre candidats pour prendre les quatre places vacantes. Ainsi, votre vœu sera comblé et notre garde instantanément reconstituée. »

Il se tourne vers les docteurs, les commandant de sa manche festonnée de dentelle noire :

« Faites venir les élus dans la chambre mortuaire immédiatement, pour que nous leur offrions notre Gorgée. Que leur élévation ait lieu sans plus tarder. Que l'État reprenne son cours imperturbable. Proclamez à travers toute la Vampyria que l'Immuable n'a pas même été ébranlé par cette faction pathétique. Telle est notre réponse implacable à ceux qui, osant souhaiter notre perte, ont signé la leur ! »

ÉPILOGUE

DEMAIN, 1er NOVEMBRE, J'EMMÉNAGERAI officiellement au palais.

Aux yeux du monde, je suis Diane de Gastefriche, écuyère du Roy des Ténèbres.

Mais dans le secret de mon cœur, je serai toujours Jeanne Froidelac, héritière du combat de ma famille.

Aucun des cinq autres écuyers du Roy, avec qui je suis appelée à vivre aussi étroitement qu'avec des sœurs et des frères, ne soupçonne ma véritable identité.

Je ne sais pas si Poppy me pardonnera jamais de l'avoir trahie, malgré ma tentative de me racheter en plaidant sa cause auprès du monarque.

Je suis certaine en revanche qu'Hélénaïs ne manquera aucune occasion pour provoquer ma chute.

Rafael et Suraj ont trop à faire pour se soucier de moi : il leur faut cacher leur propre secret aux yeux du Roy et de la Cour entière.

Quant à l'énigmatique Zacharie, j'ignore ce qu'il pense de moi.

À la Cour des Ténèbres, mes ennemis sont nombreux. Les conjurés mortels, dont j'ai contrecarré les plans, n'ont peut-être pas tous été tués ou enfermés par les dragons du Roy. Les courtisans immortels sont plus dangereux encore : Edmée et Marcantonio m'ont donné un avant-goût de leurs jeux cruels. Alexandre représente un péril d'autant plus redoutable qu'il s'est entiché de moi – lui qui, il y a vingt ans, a tué une autre écuyère royale. Quant à Exili, le Grand Archiatre, mon instinct me dit de me méfier de lui comme de la peste.

Mais, de même que tous les roturiers ne sont pas des alliés, ainsi que madame Thérèse me l'a prouvé, tous les nobles ne sont pas des adversaires. Dans les mois et les années à venir, je pourrai compter sur au moins deux d'entre eux : ma chère Naoko et Montfaucon, accompagnés du troublant Orfeo. Des êtres déracinés comme moi, des damnés de la Vampyria : une étrangère possédée par un démon, un bourreau torturé par le remords et un innocent sans parole ni passé. Avec leur aide, il me faudra relever des défis immenses, répondre à des questions vertigineuses.

Quelle est la nature secrète des Ténèbres ?

Pourquoi se renforcent-elles ces derniers temps, excitant la soif de sang des vampyres et la fureur des abominations nocturnes ?

Est-ce que le vent de rébellion qui souffle aux Amériques atteindra le cœur de la Vampyria avant que les Ténèbres la dévorent de l'intérieur ?

Enfin, quel est le sens de l'étrange vision qui m'a saisie lorsque j'étais seule dans la chambre mortuaire ? Une prophétie ? Un horizon ? Ou juste un mirage sans consistance ?

Le chemin menant à la libération du peuple sera escarpé, j'en ai conscience.

Les pièges seront nombreux, entre les frondeurs épris de justice et les autres, qui comme Tristan veulent le pouvoir pour eux-mêmes.

La route sera jalonnée de sacrifices plus douloureux encore que ceux que j'ai dû faire pour en arriver là.

Qu'importe.

Le temps d'une vengeance sauvage et autodestructrice est passé.

Commence celui du minutieux sabotage de la Vampyria.

Tant que mon cœur vivant battra dans ma poitrine, je poursuivrai ma lutte secrète contre les seigneurs de la nuit : la liberté ou la mort, à jamais, j'en fais le serment !

REMERCIEMENTS

Le moment est venu de remercier celles et ceux qui m'ont accompagné dans cette périlleuse aventure.

Tout d'abord ma famille, qui m'a soutenu sans faille pendant toutes ces nuits où j'errais entre notre calendrier et l'an des Ténèbres 299.

Ensuite Constance, Fabien et Glenn, mes éditeurs, qui m'ont suivi dans les couloirs de Versailles au risque de payer le prix du sang.

Nekro, Loles et Tarwane, les talentueux artistes qui ont donné vie au monde baroque qui me hantait. Misty Beee, la fabuleuse cartographe qui a courageusement exploré les frontières les plus reculées de la Magna Vampyria.

Joël, Céline et Barbara, qui ont peaufiné le livre que vous tenez entre les mains. Alexandra, Laetitia, Céline, Filipa, Christiane, Benita, Alix, Isabelle, Tiffany et toute l'équipe des éditions Robert Laffont.

Enfin, Billie et Rasco, les compagnons de mes nuits d'écriture, qui comme tous les chats ont la capacité magique de voir à travers les Ténèbres, au-delà des abîmes de l'espace et du temps.

En refermant ce livre, chère lectrice, cher lecteur, vous refermez la porte de la Cour des Ténèbres.

Mais une nouvelle porte s'ouvrira bientôt, sur une nouvelle Cour...
Jeanne et moi,
nous vous donnons rendez-vous !

Livre II

Livre III

Le *Tarot Interdit Vampyria*,
aux éditions 404

« Victor Dixen transforme le Roi-Soleil
en un vampire immortel. Une réussite ! »

Le Figaro

« Sur un rythme fracassant, *Vampyria*
est une lecture fascinante et envoûtante ! »

France Info

« On vibre avec Jeanne et on n'a qu'une envie,
tourner les pages, encore et encore. »

20 minutes

Composition et mise en pages
Nord Compo à Villeneuve-d'Ascq

MIXTE
Papier issu de
sources responsables
FSC® C003309

L'éditeur de cet ouvrage s'engage dans une démarche
de certification FSC® qui contribue à la préservation
des forêts pour les générations futures.

Pour en savoir plus :
www.editis.com/engagement-rse/

Cet ouvrage a été achevé d'imprimer en mai 2022
sur les presses de Normandie Roto Impression s.a.s.
61250 Lonrai (Orne)
N° d'impression : 2201949

Imprimé en France

La police d'écriture 1790 Royal Printing
utilisée dans ce roman est inspirée du Romain du Roy,
police créée sur ordre de Louis XIV
pour être utilisée par l'Imprimerie royale.

N° d'édition : 63882/01